ФРАНК ТИЛЬЕ

ЛУКА,

или

Темное бессмертие

АЗБУКА

Санкт-Петербург

УДК 821.133.1
ББК 84(4Фра)-44
Т 40

Перевод с французского Риммы Генкиной

Серийное оформление Вадима Пожидаева

Оформление обложки Ильи Кучмы

Тилье Ф.

Т 40 Лука, или Темное бессмертие : роман / Франк Тилье ; пер. с фр. Р. Генкиной. — СПб. : Азбука, Азбука-Аттикус, 2020. — 480 с. — (Звезды мирового детектива).
ISBN 978-5-389-17161-9

В новом романе Тилье вновь вступают в игру комиссар Франк Шарко и Люси Энебель. Команда Шарко сталкивается со странными и зловещими обстоятельствами: из номера в подозрительном отеле исчезает беременная молодая женщина, которую бездетная пара готова была озолотить; на дне ямы, вырытой в лесу, находят изуродованное тело; человек, который знает день и час своей смерти, ускользает от полиции. И наконец, они получают письмо, зловещий манифест.

Франк Шарко и Люси Энебель начинают мрачную гонку. Часы тикают.

Ад только начинается.

Впервые на русском!

УДК 821.133.1
ББК 84(4Фра)-44

ISBN 978-5-389-17161-9

Посвящается Клоду Мепледу

Переводчик выражает огромную благодарность Андрею Портнову за высокопрофессиональные консультации по поводу всего, что имеет отношение к IT-технологии, что позволило переводчику не выглядеть тем чайником, коим он на самом деле является.

Помни об этой ночи, она залог бесконечности.

Данте Алигьери

Свет, находящийся в нас, стал тьмою. И тьма, в которой мы живем, стала ужасна.

Лев Толстой

ПРОЛОГ

Июль 2016 г.

Встреча была назначена в дешевой гостинице в Мспиль-Амло, в паре километров от взлетных полос аэропорта Шарль-де-Голль. Для Элен и Бертрана Лесаж, супружеской четы, чья семейная жизнь до того протекала без особых встрясок, следующие минуты должны были стать решающими. Их машина стояла в глубине паркинга с потушенными фарами. Бертрану уже не сиделось на месте.

— Наташа должна приехать через пятнадцать минут. Я пошлю ей номер комнаты, как только окажусь внутри.

И хотя Элен Лесаж ждала этого дня целую вечность, одного слова мужа было бы достаточно, чтобы она все бросила. Слишком рискованно, слишком ненадежно. И как можно довериться этой Наташе, которую они никогда не видели? Все, что они о ней знали, сводилось к обмену несколькими электронными письмами.

— Мы еще можем развернуться и уехать.

Бертран вертел в руках толстый конверт — пять тысяч евро купюрами по пятьдесят, плод двухлетней экономии.

— Нет. Мы уже давно бьемся. Пожалуйста, Элен, избавь нас от этого. Мы перебрали все возможности, другого способа нет, ты и сама понимаешь.

— Но мы же ничего о ней не знаем! У нас ни малейшей гарантии, ни малейшей уверенности! Все произошло так быстро! Ты отдаешь себе отчет?.. А если она исчезнет?

А если... ну, не знаю, если она будет пить или колоться во время...

— Мы уже это обсуждали. Мы готовились несколько недель, отступать больше нельзя. И потом, я сниму видео. По крайней мере, хоть какие-то следы останутся.

— Кошмар какой-то.

Он погладил ее по щеке. В трудные моменты это всегда действовало на нее успокаивающе.

— Я вполне осознаю, какие жертвы нам предстоят. Я все знаю, Элен. Но скажи мне, вот прямо сейчас скажи, что ты не хочешь этого ребенка. Скажи, и мы откажемся от этой затеи.

Элен не нашла в себе сил ответить, тогда Бертран сунул конверт в кожаную сумку и вышел из машины.

Вдалеке виднелись взлетно-посадочные полосы. Раскалившийся за день бетон медленно остывал и теперь играл отблесками уходящих за горизонт белых и красных ограничительных огней.

Бертран прижал сумку к бедру и направился к мрачной гостинице. Автоматический ключ с номером комнаты ждал его в ячейке. Чтобы вступить во владение номером, то есть четырьмя безликими стенами с мебелью и занавесками мышиного цвета, следовало набрать код, выданный машиной. Настоящая нора для транзитных пассажиров. Бертран поставил электронный будильник на тумбочку под телевизором, прямо напротив кровати. Прогресс не остановить: в совершенно невинный на вид предмет была встроена снимающая в высоком разрешении видеокамера с широкоугольным объективом и вставлена рассчитанная на много часов записи карта памяти. Он включил устройство, нажав на кнопку «Будильник», затем набрал на своем мобильнике сообщение и отправил на адрес *natacha.nat@gmail.com*. Его корреспондентка отличалась болезненной осторожностью и не пожелала дать ему номер своего телефона.

Я на месте. Комната номер 22.

Бертран принялся расхаживать взад-вперед. Через пять минут он всерьез задумался о том, чтобы все бросить и свалить вместе с женой. Не подавать больше признаков жизни, не отвечать на мейлы, которые Наташа будет слать, не найдя никого в назначенном месте.

Спустя двадцать минут в дверь постучали. Наташа соответствовала своему описанию: темноволосая, среднего роста, маленькие, глубоко посаженные голубые глаза расположены слишком близко к вздернутому носику. «24 года», — указала она, на шестнадцать лет младше его. Девица не из тех, на кого он оглянулся бы на улице, но и не противная с виду. На ней были хлопчатобумажные брюки свободного покроя и бежевый свитер с длинными рукавами.

Она протянула правую руку, прижимая другую к телу. Они поздоровались. В смущении Бертран не знал, что сказать, и она взяла инициативу на себя:

— Все будет хорошо, договорились? Я уже два раза это делала. И теперь люди, которые мне доверились, самые счастливые родители на свете. У вас результаты анализа с собой?

— Анализ... а, да.

Бертран передал ей документ, свидетельствующий, что заражения ВИЧ-инфекцией не обнаружено. Она села на кровать, лицом к камере, и углубилась в чтение. Он разглядывал ее. Длинные темные волосы, немного непропорциональное лицо — левая скула чуть ниже правой. Дырочки у основания ноздрей и на мочках ушей наверняка остались от пирсинга, который она, конечно же, сняла, чтобы выглядеть более презентабельно. Кто она такая? Откуда? Почему сдает напрокат свой живот? Только ли ради денег?

Элен права: оказаться здесь, с этой незнакомкой, которая станет ни больше ни меньше как биологической матерью их будущего ребенка, полное безумие. Но разве французские законы с их бесчисленными противоречиями оставляют им право выбора?

Взамен она протянула ему результаты анализа крови месячной давности. Свою фамилию и адрес, а также название лаборатории она замазала черным фломастером. Бертран отметил, что все показатели близки к указанным нормам, что подразумевает общее хорошее состояние здоровья. Но он ведь не врач и, в сущности, ничего в этом не понимает.

— А как я могу быть уверен, что это ваши результаты?

— Вопрос доверия. Ведь нас привело сюда именно доверие, верно?

Все началось двумя неделями раньше, на форуме медицинского сайта, зарегистрированного в Бельгии. В результате долгих поисков Бертран и Элен нашли там объявления, размещенные женщинами из Франции.

Я Наташа, молодая незамужняя женщина 24 лет, великодушная и с широкими взглядами. Хотели бы помочь супружеской паре обрести счастье стать родителями, предложив выносить их ребенка. Веду спокойный, размеренный образ жизни. Я предоставлю свою яйцеклетку, но хочу, чтобы вы знали: это будет ваш ребенок, а не мой. Я рожу во французском роддоме, таким образом вы сможете избежать всех административных проблем, а я в точности опишу порядок действий, который обеспечит получение вами ребенка.
Если мое предложение вас заинтересовало, напишите на мой электронный адрес: natacha.nat@gmail.com.

За этим последовал обмен письмами по электронной почте, который и привел к встрече: у Наташи начался период овуляции, что давало благоприятный промежуток для действий.

Пара решилась довериться телу незнакомки просто потому, что они не смогли найти другой выход. В двадцать пять лет Элен перенесла операцию по удалению матки. После четырех лет бюрократической волокиты на заявление об усыновлении пришел отказ. Они обегали все учреждения, выясняя, что законодательства различных стран говорят относительно вынашивания третьим лицом, и все безрезультатно. Сколько супружеских пар пытались связаться с иностранными агентствами — как, например, с теми, кто использовал в качестве суррогатных матерей украинок, — и в результате были задержаны на границе с запретом на ввоз ребенка на территорию? Сколько детей рождались у американских женщин, а потом им отказывали во французском гражданстве? Ни документов, ни школы, ни социальной защиты... В последние годы государство усилило контроль и больше не шло на уступки. Бертран знал это: мошенникам и контрабандистам пришлось столкнуться с последствиями.

Потом они услышали о возможности прибегнуть к услугам французской суррогатной матери: достаточно было порыться на франкоязычных форумах. Админы сайтов, зарегистрированных во Франции, — doctissimo.com, aufeminin.com — отслеживали и удаляли нелегальные объявления, но их коллеги в соседних странах были более снисходительны.

Установив прямую связь с суррогатной матерью, они перешли к обсуждению денежных вопросов. За все надо платить: и за живот, и за «предоставленную» яйцеклетку. Суррогатное материнство запрещено на территории Франции, но закон можно обойти, если у тебя есть необходимые деньги, чтобы оплатить матку, а главное, крепкие нервы. Вот уж чего Бертрану жестоко не хватало.

Наташа почувствовала это и попыталась его успокоить:

— Расслабьтесь, а то ничего не получится. Деньги в купюрах по пятьдесят у вас с собой?

Он кивнул, по-прежнему застыв на месте. У него еще оставались вопросы, но теперь, стоя перед ней, он чувствовал себя сбитым с толку и неспособным вспомнить, что следует делать дальше. Она порылась в сумочке, протянула ему пипетку в упаковке и пару латексных перчаток.

Через двадцать минут Бертран по-прежнему оставался в ванной. Она потеряла терпение:

— Ну что там?

— У меня не получается!

— Только не говорите, что вы никогда не дрочили. Не будем же мы торчать здесь всю ночь...

Наконец он появился, с мокрым лбом и наполненной спермой пипеткой, зажатой в правой руке между большим и указательным пальцем. Наташа тоже натянула перчатки. Она сидела на краю постели, спустив трусики до щиколоток. Влажность в комнате, неловкость ситуации, исподтишка снимающая камера... На Бертрана нахлынуло смешанное чувство грусти и стыда, особенно когда женщина сунула пипетку между ног, погрузила ее во влагалище и впрыснула содержимое. Он заметил рубцы на ее ляжках. Старые порезы? Разрывы?

Ну все, дело сделано... Заметив, как внимательно он разглядывает ее рубцы, она быстро натянула трусики и брюки.

— Аванс...

Бертран вручил ей содержимое кожаной сумки. Она взвесила пачку и не стала пересчитывать.

— Отлично. Я свяжусь с вами позже по мейлу. Если прилипло, я пошлю вам УЗИ с датой наступления беременности, но только одно. Если же нет, встретимся снова и начнем сначала.

— А почему только одно УЗИ? Мы же...

— Я вам уже объясняла: матери, собирающиеся отказаться от ребенка, получают медицинское обслуживание, только удостоверив свою личность. И не забудьте: никогда никому об этом не рассказывайте.

Она разломала пипетку на мелкие кусочки, бросила остатки в унитаз и спустила воду.

— Официально вы изменили жене и у нас был незащищенный секс. Это же не запрещено, верно?

— Верно.

Она в последний раз взглянула на него и пошла к двери. Бертран протянул руку, словно хотел удержать исчезающий призрак.

— В своих мейлах вы пишете то «Наташа», то «Натали». Это не ваше настоящее имя... Я даже не знаю, как вас зовут.

— Зовите меня и пишите мое имя, как вам вздумается. Так будет лучше.

И, не сказав больше ни слова, она испарилась.

Следующие недели были для их семьи окутаны черными тучами тревоги и страха. Сначала они решили, что их элементарно облапошили, потому что Наташа не давала о себе знать. В вечер оплодотворения она пришла в гостиницу пешком и ушла так же. У них не было ни малейшей возможности отыскать девушку. Ее объявление исчезло с форума уже вечером, сразу после их встречи. Мейлы, которые пытался отправить ей Бертран, возвращались обратно с пометкой об ошибке: *«Адресат неизвестен»*. Единственное, чем они располагали, было видео, а значит, лицо Наташи. Ну и что с этим делать? Обращение в полицию исключено, они попались, и Наташа это знает. Ссоры стали многочисленными и бесконечными и едва не положили конец восьми годам их супружества. Конечно, они потеряли деньги, но куда тяжелее было то, что они потеряли надежду вырастить ребенка.

К концу третьего месяца пришло спасительное сообщение с электронного адреса, почти полностью идентичного первому: *natalia.nat@gmail.com*. Так они узнали, что их ждет ребенок, темная едва различимая фасолинка на единственном снимке УЗИ. Это хрупкое существо, желанное вопреки всякому здравому смыслу, существовало.

И тут наступило время, когда супруги принялись непрестанно убеждать себя и друг друга в правильности своего выбора. Нет, это не торговля человеческим существом или какая-то иная форма эксплуатации, а совершенно законное желание, как у всякого другого, иметь и любить ребенка. Почему женщине, у которой из-за рака вырезали матку, отказано в праве быть матерью? Элен не представляла себе ни жизни, ни смерти без любви к дочери или сыну. То, в чем им отказали природа и Франция, они взяли сами.

Обретение ребенка требовало жертв. Покинуть Париж и круг друзей, чтобы избежать многочисленных вопросов, которые, без всякого сомнения, возникнут при появлении новорожденного. Выдержать трудные объяснения с родителями и описать ситуацию, поставив их перед свершившимся фактом. Бертран начал искать новое место коммерческого представителя где-нибудь в провинции и нашел такое километрах в ста к югу от Парижа. Они оставили свою квартиру в Двадцатом округе и сняли дом в Саране, недалеко от Орлеана. Элен не вернулась к своей работе помощника управляющего: будущий младенец обеспечит ей стопроцентную занятость.

Они взяли потребительский кредит в двадцать тысяч евро. По своим кредиткам они снимали каждую неделю по четыреста евро и прятали наличные в коробку из-под обуви, засунутую в укромный уголок на чердаке. У Элен начались приступы паранойи, она убеждала себя, что весь мир в курсе их тайны. Она твердила, что в один прекрасный день явится полиция, чтобы отобрать у них ребенка, а их самих бросить в тюрьму. Бертран успокаивал ее, в надежде, что присутствие младенца положит конец его мучениям.

По прошествии шести месяцев они начали обставлять детскую для будущего младенца. Дочки или сыночка? Этого они не знали. Они выбрали зеленые обои и купили коляску-трансформер, которую и поставили в центре комнаты. Элен не носила ребенка, но в глубине сердца переживала всю гамму чувств будущей мамы. Ей случалось спать, прижимая к животу подушку, словно она хотела уже сейчас защитить малыша и передать ему материнскую любовь. Ни одной ночи не проходило без мыслей о ребенке.

Последний мейл пришел в первый день весны 2017 года, истинный знак судьбы. Наташа родила на прошлой неделе, на две недели раньше срока, она заранее написала отказ от ребенка. Мальчишку, сына, предел их мечтаний. По ее словам, все прошло хорошо, без малейших осложнений. *Как по маслу*, написала она. Ребеночек получился вполне упитанный и среднего роста.

Наташа назначила Бертрану встречу в Люксембургском саду в Париже в половине восьмого вечера, на следующий день после получения послания.

Кроме нескольких бегунов, в холодном парке никого не было, и она ждала одна недалеко от теннисных кортов, зябко потирая руки в тонких кожаных перчатках. Беременность, а потом роды обвели ее глаза темными кругами. Коротко остриженные и теперь обесцвеченные волосы обрамляли округлившееся лицо с мертвенно-бледными щеками. В крыльях носа и на мочках ушей теперь сверкал пирсинг. Бертран едва узнал Наташу, но ему неудержимо захотелось сжать ее в объятиях — несмотря на стресс и бессонные ночи, причиной которых она была, ведь она приютила и сберегла в своем лоне сына. Их сына: Элен и его.

— Спасибо...

Она не смогла его оттолкнуть, потом протянула ему фотографию:

— Мне удалось тайком его снять.

Взглянув на нечеткую фотографию, Бертран почувствовал, как к глазам подступают слезы. Младенец с плотно закрытыми глазами лежал в кувезе, раскинув в стороны крошечные ручки. Он был ангельски красив. Бертран подумал, что мальчик похож на него. Ему бы так хотелось прижать ребенка к себе, услышать, как он плачет, почувствовать его тепло. Он спросил, можно ли оставить фотографию себе, но она вырвала снимок у него из рук:

— Это будет моим единственным воспоминанием о нем. Я оставлю ее себе.

Она внимательно осмотрелась и направилась в сторону рощицы.

— Еще раз объясняю, что надо делать дальше. Вы должны неукоснительно следовать моим указаниям, если не хотите накликать на себя проблемы. Понятно?

— Понятно.

— Я назову вам три имени ребенка, координаты больницы и дату рождения в обмен на двадцать тысяч евро, которые вы мне должны. Они у вас?

— Они здесь. В купюрах по пятьдесят, как вы хотели.

— Отлично. С этой информацией вы сначала отправитесь в любую мэрию, чтобы составить заявление о признании отцовства. Чиновник в бюро регистрации актов гражданского состояния не сможет вам отказать, потому что вы делаете свое заявление без принуждения, по доброй воле. Ясно?

— Ясно.

— Но тот же чиновник может начать расследование, если почует неладное. Вы должны оставаться спокойным, вести себя естественно. Вы запомнили историю, которую я вам написала в мейлах? Легенду, которую вам придется повторять всем, кто будет задавать вопросы?

— Да... Я познакомился с вами в командировке, около восьми с половиной месяцев назад.

— В начале июля. Будьте точны.

— В начале июля, да. Мы немного перебрали с выпивкой, в гостинице у нас случился незащищенный секс. Я знал только ваше имя, Наташа, но оставил вам свой номер телефона. Я не получал от вас никаких известий, кроме одного, три месяца назад, когда вы сообщили, что беременны и я отец...

— Продолжайте.

— Вы не смогли сделать аборт, потому что заметили слишком поздно. Вы сообщили мне, что собираетесь подписать отказ, потому что не желаете иметь никакого отношения к этому ребенку. Но вы не хотели лишать меня возможности стать отцом и сочли своим долгом проинформировать меня о рождении ребенка.

Наташа кивнула и остановилась. Втянув голову в плечи, она внимательно следила за всем, что происходит вокруг. Бертран ощущал ее страх. Вызван ли он темнотой и скользящими среди деревьев тенями? Или она боялась идти одна с такой крупной суммой денег?

— Отлично, именно так и говорите. А теперь давайте покончим с этим.

Бертран передал ей сумку, набитую купюрами по пятьдесят евро. Она бросила в нее беглый взгляд, осторожно пощупала несколько банкнот, потом запихнула сумку под куртку.

— Три имени, которые я ему дала, — это Лука, Антуан и Виктор. Он родился в роддоме больничного центра в Осере, 17 марта в 9 часов 10 минут. На данный момент его, возможно, уже передали в социальную службу защиты детей, и, по всей логике, в ожидании усыновления он должен находиться в яслях Эрмитажа, недалеко от больницы. А если не в них, то пойдите в больницу и спросите, но других яслей в Осере все равно нет. Отправляйтесь в ясли сразу же, как только получите свидетельство об отцовстве. У вас есть два месяца, считая от даты рождения, чтобы предъявить свои права. На счет «раз» они не отдадут вам ребенка, а проведут социальное расследование, это нормально. Сначала выяснят у вашей жены, какие соображения толкают ее на то, чтобы принять в семью ребенка, рожденного в результате супружеской измены. Спросят, насколько серьезно ваше собственное намерение оставить младенца себе. Найдите убедительные аргументы.

Бертран молча кивнул. Он сумеет выстоять и защититься. Он знает, как тяжело ребенку расти без отца. Своего он никогда не знал.

— Ничего не говорите ни о вашей просьбе об усыновлении, ни о неспособности жены зачать ребенка, иначе ситуация покажется подозрительной, и они начнут разнюхивать, понятно?

— Понятно.

— Потом ребенок будет ваш. Получит новое свидетельство о рождении, где вы будете фигурировать как отец. У него будет ваша фамилия.

Она подняла воротник, засунула руки глубоко в карманы:

— Я дам вам один совет: старайтесь быть как можно незаметнее с этим ребенком. Спокойно живите своей жизнью, старайтесь растить его как можно лучше, а главное — не привлекайте к себе внимание. Никогда. Поменьше света. Вы понимаете? Свет может привлечь тени...

От ее последних слов Бертран похолодел. Воздух вдруг показался ему слишком свежим.

— Тени? Какие тени?

Еще раз оглядевшись вокруг, она заколебалась и добавила:

— Он особенный, этот ребенок. Ваша безвестность будет ему лучшей защитой.

И совершенно так же, как почти девять месяцев назад, она, даже не обернувшись, ушла, в день, последовавший за наступлением весны. Бертран смотрел ей вслед, и внезапно его потрясло ощущение глубокой уверенности: эта женщина умирает от страха.

Часть первая
АНГЕЛ

1

Ноябрь 2017 г.

Беспокойное черно-пепельное небо нависало над Парижем уже дней десять, поливая его одним из тех бесконечных дождей, капли которых падают, как кинжалы. Как раз то, что требуется, чтобы вас прикончить, если вы умудрились сохранить немного тепла в глубине сердца. И все потому, что именно это время года обозначало переход от жизни к смерти, от света к тьме, и зашкаливало по количеству самоубийств, гастроэнтеритов и мучительных болей в коленях.

Франк Шарко ненавидел осень. Подняв воротник непромокаемой парки до самых ушей, в башмаках, тонущих в пропитанном водой перегное, он в одиночестве брел по лесу Бонди, в пятнадцати километрах к востоку от Парижа, в департаменте Сена-Сен-Дени. Он свернул в сторону от дорожек, проложенных для прогулок, и теперь пробирался через более густую растительность, болото бурых папоротников в непролазной грязи, двигаясь в направлении прудов. Его жена Люси и лейтенант Паскаль Робийяр возились здесь уже пару часов: вдали, между голыми стволами дубов и буков, среди других, Франк различал две их промокшие фигуры.

Около восьми утра один из любителей утренних прогулок поднял тревогу: его бельгийская овчарка вдруг кинулась в чащу, застыла и принялась безостановочно лаять. Увидев, что она нашла, мужчина немедленно набрал телефон жандармерии. Вызов сначала поступил в местный комиссариат Олнэ-су-Буа, затем, ввиду особой гнусности и географической зоны преступления, — в парижскую бригаду уголовного розыска. Поскольку Шарко был на совещании у руководства судебной полиции, Паскаль Робийяр, их процессуалист[1], по распоряжению прокурора Республики дал делу ход. На место прибыла служба криминалистического учета, чтобы обеспечить неприкосновенность зоны и установить оборудование для первых исследований научной полиции. День обещал быть долгим и мокрым.

Шарко поприветствовал весь честной народ, в том числе копов из Олнэ и любителя прогулок с его собакой. Серые и замкнутые лица под дождем. Люси дрожала в своей черной куртке с капюшоном, который не помешал светлым прядям ее насквозь промокших волос прилипнуть к щекам, порозовевшим от холода. Франк помахал ей рукой:

— Почему копы никогда не берут с собой зонтов? Нет ничего постыдного в том, чтобы раскрыть зонтик, когда идет дождь. Это что? Вопрос мужественности?

— Скорее, сострадания жертвам. Им холодно, ну и нам тоже. — Люси кивнула на яму в пяти метрах от них: — Не лучшее зрелище.

На месте преступления техники вбивали колышки, устанавливая навесы — белые палатки с заостренными крышами, чтобы надежнее защитить и зону, и тело. Под проливным дождем их задача, непростая даже в идеальных условиях, превращалась в преодоление полосы препятствий.

[1] *Процессуалист* — специалист по процессуальному праву, *здесь*: член группы, отвечающий за бюрократические процедуры. *(Здесь и далее примечания переводчика, за исключением отдельно оговоренных случаев примечаний автора.)*

Шарко попросил у капитана из службы идентификации разрешения пройти за оградительную ленту, натянутую вокруг ямы, и приблизился к ней, пробравшись по размеченной вешками тропинке через папоротник орляк и ломонос. Прежде чем нырнуть в бездну, он закрыл глаза. Таков был его ритуал. Даже после двадцати девяти лет оперативной работы первый взгляд на место преступления представлял собой напряженный момент в жизни копа. Он был обещанием новой охоты, мощной дозой героина, про который заранее известно, что со временем он тебя разрушит. Шарко любил такие моменты не меньше, чем ненавидел, а этим утром был уверен, что возненавидит. Потому что на него лились потоки воды, и он со своими людьми барахтался где-то в чаще леса, а подобные преступления, совершенные не пойми где, оказывались самыми неподатливыми для расследования.

Труп обнаженного мужчины лежал в грязной жиже на дне прямоугольной ямы площадью метр на два и около полутора метров глубиной. В тусклом свете ноябрьского утра можно было различить, что это тело, белое, точно едва распустившаяся лилия, покрывали рваные фиолетовые раны и глубокие разрезы, особенно на руках и груди, под дождем ставшие черными и блестящими. В животе на уровне печени зияла дыра, и наполовину вывалившийся из нее орган выглядел как дьявольский язык.

Человек был неузнаваем. Лицо словно расплавилось, не давая Шарко определить возраст. Пустые глазницы казались бездонными, как пропасть. Несмотря на свое состояние, полувсплывшее тело наверняка было довольно свежим — максимум двенадцать часов. Первые признаки разложения еще не проявились, и, хотя печень торчала наружу, обычно падкие на такое угощение черви пока отсутствовали.

Шарко оглядел набрякшие от воды стены ямы, подпертые шестью деревянными щитами, которые не давали им обрушиться. Работа минера, четкая и точная. Франк прищурился и переместился на метр влево. Заметил застрявший в дереве крошечный кусочек чего-то, в виде серпа. Ноготь? Во всяком случае, похоже. Он вернулся к рукам жертвы, слишком черным от грязи, чтобы различить детали.

Коп постарался не ступать за пределы ограничительных вешек и подошел к жене. Заметил широкую фанерную доску чуть подальше.

— А это что?

— Крышка могилы.

Шарко вытер дождевые струи, заливающие лицо. Он уже мечтал о доброй чашке горячего кофе. Пикник они здесь, в лесу, устраивать не будут, но проваландаются еще четыре-пять часов как минимум. Впрыскивания кофеина просто необходимы, для того и предназначались прислоненные к дереву термосы.

— Эй, иди глянь.

Люси подвела его к доске. Указала на кучу мертвых листьев и вырванной жимолости. Пахло влажным деревом, гнилью, вывороченной землей, словно лес хоронил сам себя.

— Вырванные растения и листья понадобились, чтобы скрыть доску, которую положили поверх углубления. К счастью, у собаки оказался хороший нюх, иначе тело гнило бы здесь много дней, пока его не нашли. Эта яма не вчера тут появилась, и сделана она не наспех. Ее следовало выкопать, укрепить щитами. Эти штуки тяжелые, их сложно переносить, за пару часов не управишься. Мы в глухом углу, вдали от тропок. Создатель ямы хотел быть уверен, что его тайник не найдут.

От их курток разлетались фонтаны ледяных брызг. Лес, где в погожие дни любили прогуливаться семьями, поздней осенью приобретал зловещий вид со своими голыми деревьями и образовавшейся межзвездной пустотой. Шарко до упора застегнул молнию на куртке жены:

— Ты продрогла. Возвращайся в контору.

Ему не удавалось произнести «Бастион», обозначение, которое приклеилось к их новому зданию, расположенному на одноименной улице.

— Бывало и похуже.

Майор полиции засунул руки поглубже в карманы. Издалека его массивный силуэт выглядел как еще один дуб.

— Там какая-то штука, которая очень уж похожа на ноготь, застрявший в дереве щита, видела?

— Я в основном сосредоточилась на теле.

— Если и правда ноготь, значит наш мужик был еще жив. Убийца заставил его раздеться догола и сбросил туда. Яма не такая глубокая, тогда почему же он не вылез?

— Может, он был смертельно ранен, в агонии и не способен подняться. Ты видел, в каком состоянии его живот?

— И перед смертью он, как мог, старался уцепиться, но впустую... Потом убийца преспокойно вспорол ему брюхо и раскроил физиономию, чтобы не дать нам слишком быстро его опознать.

— Рано делать выводы. Во всяком случае, мы имеем дело с редкой мразью и полным отморозком.

Шарко огляделся вокруг, потом посмотрел на коллег, пытающихся установить палатку над ямой. Паскаль Робийяр помогал им.

— Пошли подсобим.

Двадцать минут спустя три палатки выстроились в ряд и обеспечили сухой коридор длиной около девяти метров. Техники забегали еще шустрее к своему фургону, перетаскивая оборудование. Ноги увязали в грязи, подошвы ботинок, которые приходилось извлекать с отвратительным чавкающим звуком, пропитывались влагой.

Теперь световые шары Sirocco подсвечивали место преступления снизу и, расположенные таким образом, охватывали даже зоны тени. Один из техников, в сапогах и перчатках, спускал их в яму при помощи небольшой стремянки. Он подтвердил наличие ногтя, вырванного с левой руки жертвы.

Паскаль Робийяр следил за изъятием проб и с максимальной точностью записывал все на диктофон: обстоятельства изъятия, описание места, жертвы, метеоусловий... После того как лейтенант Жак Леваллуа перевелся в АТО – антитеррористический отдел, – Робийяр унаследовал его роль процессуалиста в группе Шарко. В итоге в команде образовалось одно вакантное место, и все с нетерпением ожидали нового старшего капрала, который должен был прибыть завтра.

Укрывшись от дождя, Люси грела руки, обхватив стаканчик с обжигающим кофе. От влажности у нее разболелись колени. У ног образовалась лужа.

— Забавный денек для празднования второй годовщины свадьбы.

— Бывает. Убийцы являются на банкет без приглашения. Сходим в ресторан в другой раз.

Шарко не стал задерживаться на этой теме и продолжил звонить, в том числе заместителю прокурора, чтобы отправить запрос на подъем тела и аутопсию в самые сжатые сроки. Люси знала, до какой степени воспоминание об их свадьбе, о которой он говорил как об одном из прекраснейших моментов в его жизни, было для него болезненным: во время терактов 13 ноября 2015 года[1] они находились в Венеции. Шарко не смог быть рядом со своими товарищами, с парнями с набережной Орфевр, 36, которые вошли в концертный зал «Батаклан» через три часа после трагедии. И которые смогли потом во всех подробностях опи-

[1] Вечером 13 ноября 2015 г. в Париже в течение 40 минут произошла серия из трех терактов: подрыв террориста-смертника рядом со стадионом «Стад-де-Франс», где проходил футбольный матч в присутствии президента Франсуа Олланда; расстрел террористами посетителей двух кафе; захват заложников в концертном зале «Батаклан», который силы безопасности брали штурмом. В общей сложности жертвами терактов стали 130 человек, более 350 были ранены.

сать лик ужаса. Работая копом, ты отравляешь себе существование именно ради таких моментов, а когда ты их пропускаешь, образуется пустота, которая втягивает тебя, создавая ощущение, что ты спрятался в кусты, когда был больше всего нужен.

Под полотнищем палатки трещали вспышки фотоаппаратов. Работала подключенная к передвижному генератору помпа, выкачивая жидкость — воду, кровь, грязь, — в которой плавало тело. Следовало снять отпечатки пальцев во влажной среде, взять образцы ДНК, а еще попытаться найти насекомых *in situ*[1], для уточнения датировки. По-настоящему кропотливая работа, но ни одной мелочью нельзя пренебречь, поскольку, как хорошо было известно Шарко, дьявол всегда кроется в деталях.

Чуть подальше Робийяр и двое техников склонились над папоротниками у края ямы. Укрывшись под сводом палатки, один из них задействовал электросушилку, возможно, чтобы выделить отпечатки ног, прежде чем делать гипсовые слепки. Люси смяла стаканчик и пристально посмотрела на своего спутника:

— Николя вряд ли понравится, что ты его не предупредил. Он опять решит, что его держат на скамье запасных.

— Его плановое занятие с врачом начинается сразу после обеда, а я хочу, чтобы он прошел все, от А до Я. Это важно и для него самого, и для его будущего пребывания в бригаде.

— Пошли ему хотя бы сообщение, скажи, чтобы ехал из госпиталя прямиком в Бастион, пусть чувствует себя в деле. Если можно избежать трений...

— Сделаю.

Сказав это, Шарко так и остался стоять, уставившись в пустоту. Его мысли часто где-то витали после переезда Управления с набережной Орфевр в район Батиньоль. Люси спрашивала себя, не стал ли он подвержен приступам

[1] На месте *(лат.)*.

меланхолии из-за необходимости обживать новое место и из-за новой ответственности, связанной с его теперешним положением в убойном отделе.

Другими словами, дуб пересадили на новое место, и вполне вероятно, что дуб чахнет.

2

Вновь и вновь переживать кромешный ад этого зрелища, *ad vitam æternam*[1]. Переходя улицу. В булочной. Ночью. Во сне. Зрелище, которое предстает с еще большей дьявольской точностью, стоит сомкнуть веки, чтобы избавиться от него.

У ада было название: посттравматическое стрессовое расстройство, ПТСР. В него можно вляпаться с размаху даже через четыре года после трагедии, даже если речь идет о закаленном копе, привычном к самым отвратительным преступлениям.

— Маленькое отступление: я видел в вашей медицинской карте, что два года назад вы прошли курс лечения доксициклином от разновидности прионовой болезни, о которой я никогда прежде не слышал. Некая... «короба»...[2] Какие-либо ее осложнения дают о себе знать?

Николя Белланже сидел напротив доктора Тьерри Эбера в психиатрическом отделении для взрослых клиники «Питье-Сальпетриер» в Тринадцатом округе. Он сжимал обеими руками колени. Дело о короба было, безусловно, одним из самых мрачных и тяжелых в его карьере.

— Никаких. Болезнь захватили вовремя, она не успела развиться.

— Отлично. Ладно, вернемся к нашей программе. Я вам еще раз объясню, как действует воспоминание.

[1] До конца своих дней *(лат.)*.
[2] См. роман «Шарко». ***(Примеч. автора.)***

Николя принимал участие в исследовании, называемом «Франция Живая Память», предназначенном прежде всего для помощи страдающим ПТСР жертвам терактов в Париже и Ницце, а также для всех добровольцев. Разумеется, случай его травматизма совершенно особый, он восходит еще к 2013 году и никак не связан с атаками исламистов, но то восхождение на голгофу страдания, которое непрестанно прокручивалось у него в голове, как и безуспешные попытки как-то этому противостоять — гипноз, транквилизаторы, кокаин, — вполне оправдывало включение его в программу.

— Воспоминание не является чем-то застывшим в нашем мозгу. Всякий раз, когда сознание его воспроизводит, оно меняется. Например, некая ситуация вызывает у вас воспоминание из детства, когда вы бегали мальчиком по пляжу. В этом воспоминании вы одеты в зеленые плавки, хотя на самом деле плавки были синими. Мозг не выносит пустоты и постоянно ее заполняет, чтобы воспоминание могло считываться логическим образом. И новая версия, та, где вы в зеленых плавках, будет заново записана в долгосрочной памяти до следующего раза. В противоположность расхожему мнению, чем чаще мы возвращаемся к воспоминанию, тем сильнее оно меняется, все больше удаляясь от истины.

Николя не отрывал взгляда от лежащего перед ним письма, составленного в соседнем помещении и описывающего ту неоперабельную болезнь, которой он страдал, — худшее воспоминание в жизни. Каждая фраза, перенесенная на бумагу, была кровоточащей раной. Его персональный бука ждал его там, на белом листке бумаги.

— Воспоминание состоит из сенсорной части — звуки, образы, запахи — и из эмоциональной. Именно вторая часть порождает стрессы и кошмары. Препарат, который вы приняли около часа назад, дюмеронол, помешает эмоциональной нагрузке усилиться при воспроизведении и провести таким образом перезапись травмирующего воспоминания.

Дюмеронол, вообще-то, является бета-блокатором, предназначенным для гипертоников и страдающих сильными мигренями. Возможно, у вас проявятся довольно серьезные побочные эффекты: бессонница, учащенное сердцебиение, дрожь, а также эпизодические и довольно короткие тревожные состояния. Также желательно, чтобы вы избегали мест, связанных с травмой: в вашем случае темных пространств, подвалов и подземелий... Все понятно?

— Не совсем. Я не хочу все забыть. Вам это может показаться парадоксальным, но я хочу помнить, что произошло, я хочу сохранить это в себе. Я не хочу забывать обстоятельства смерти Камиль.

— А вы и не забудете. Как я уже сказал, вы сохраните образы, звуки, запахи, но по мере наших еженедельных сеансов вы отдалитесь от тех эмоций, которые с ними связаны. Как если бы вы нажимали на больной зуб, из которого удален нерв. Камиль больше не будет то и дело вторгаться в вашу жизнь. Угнетающее вас ощущение, что она, точно призрак, постоянно присутствует, мало-помалу исчезнет. Как только будете готовы, прочтите мне ваше письмо.

Такова цена выздоровления: согласиться, чтобы его памятью манипулировали, чтобы с его воспоминаниями играли. Открыть сундук с самыми интимными чувствами и вручить их постороннему. Николя считал такое вмешательство в его разум ужасающим, но разве у него есть выбор?

Он взял листок. Писать следовало в настоящем времени и от первого лица. Снова пережить и со всей силой, тщательно подобранными словами воссоздать весь кошмар последних дней ноября 2013 года.

— Этой ночью я иду первым. Спускаюсь по ступеням, которые ведут под землю, в темноту, потом пробираюсь по карьерам. Там есть статуи, вырубленные из камня, надписи, возможно оставленные немецкими солдатами во вре-

мя Второй мировой. Все это мрачно до жути, но я все дальше ухожу в темноту, все глубже, с единственным фонариком в руке. Потом коридоры становятся у́же, путь преграждают осыпи, мне приходится ползти на коленях, пока я не оказываюсь в большом черном зале, где замечаю вдали слабый свет свечей. Я слышу звук сыплющихся камней позади. Это Франк Шарко, мой коллега, который присоединяется ко мне. У него замкнутое, мрачное лицо, и сейчас, когда я пишу это письмо, я отчетливо вижу каждую его черточку, будто он здесь, прямо напротив. Вот это мне труднее всего переносить из всего, что происходит у меня в голове: реализм. Шарко приказывает мне оставаться на месте и обходит меня. Я иду за ним, он не хочет, чтобы я заходил в зал, но я отодвигаю его с дороги... Я...

Николя поднимает затуманенные слезами глаза на психиатра. Голос его уже не раз срывался.

— Простите, вообще-то, я не из слезливых.

— Это нормально, что вы расстроены, иначе вас бы здесь не было. Однако крайне важно, чтобы вы прочли свое письмо до конца.

Коп глубоко вздыхает. Тьерри Эбер говорил успокаивающим тоном, а Николя прежде и представить себе не мог, что окажется лицом к лицу с психиатром, но обратной дороги нет. Он больше не желает возвращаться в ад алкоголя и наркотиков. Блевать ночами, рвать на себе волосы, дрожать, скорчившись на полу. Эта программа его последний шанс.

— *...Я различаю большую белую простыню, подвешенную и подсвеченную с другой стороны. Похоже на крыло гигантской птицы. Вижу на ней тень распятого тела с распростертыми руками, парящего в метре от земли. Я знаю, что это она, знаю, что это Камиль, и мир рушится. Я захожу за простыню. Камиль смотрит на меня широко открытыми глазами. Ее грудь распорота, ей причинили боль.*

Эта картина возвращается без конца. Взгляд, который она мне посылает, черная рана, похожая на втягивающую меня бездну, втягивающую до сегодняшнего дня.

Николя бросает письмо на стол, бумага обжигает ему руки. Четыре года, а у него по-прежнему ничего не получается. Как одно лишь упоминание о пережитом может разрушать вас, вызывать пот и дрожь? Это письмо ему придется перечитывать на каждом сеансе в течение восьми недель, после приема дюмеронола. Долгий крестный путь.

Психиатр делает какие-то записи, просит приносить письмо на все последующие встречи.

— Держите его под рукой, в ящике стола например. Хорошо, если вы будете о нем думать, осознавать его присутствие рядом, но не перечитывайте его вне этих стен, так будет лучше. Увидимся через неделю.

Беседа закончена. По его словам, потребуется два или три сеанса, чтобы появились первые благотворные результаты этой терапии.

Николя вышел с тяжелой головой, как же она болит... Его взгляд упал на лицо молодой женщины лет тридцати, сидящей в приемной. Сумочка на коленях, спина прямая, но глаза ее расширяются, когда она его видит. Николя хотел было остановиться, но доктор Эбер уже за спиной. Женщина встает и, проходя мимо него, успевает бросить:

— Пожалуйста, не говорите никому. Это очень личное, и никто не в курсе.

Она торопливым шагом заходит в комнату, из которой он только что вышел. Николя не может опомниться. Взволнованный и задумчивый, он раскрывает зонтик и пешком спускается по бульвару Опиталь. Идет быстро, чтобы снять напряжение, забыть про сеанс и свой панцирь, который специалист взломал в два счета.

Взгляд на часы: ровно четыре. Шарко просил заехать на работу, не уточнив, в чем дело. Он сядет в метро на Аустерлицком вокзале. С этими бесконечными дождями Париж стал таким же серым, как небо над ним.

Он направился на север до ворот Клиши, в сторону Батиньоля. В этом квартале, в пяти минутах хода от метро, расположилась новая вотчина парижской судебной полиции. Тысячи копов, которые с восходом солнца выплескивались на разбитые на квадраты улочки с их многоэтническим простым населением. Прощай, легендарная набережная Орфевр, 36, с ее тесными и такими неудобными кабинетами. Николя никому не признавался, но ему больше нравились эти новые здания. Лифты позволяли не корячиться каждое утро и каждый вечер по ста восьмидесяти восьми ступенькам. А пространство, как и организация служб, было куда функциональнее.

Но не так-то легко выкорчевать копов с набережной Орфевр, особенно самых старых, того же разлива, что Шарко. Поэтому, чтобы сохранить легенду, Бастион, сверхсовременный и суперохраняемый, с его мнимым видом больничного центра, тоже числился под номером 36.

36, улица Бастиона.

И все же Николя скучал по виду на Новый мост и Сену, по Ле-Аль[1] неподалеку и по всему лучшему, что мог предложить Париж в плане баров, ресторанов и прочих заведений. Вместо этого — подъемные краны, строящиеся здания, меняющийся район и будущий Дворец правосудия, второе самое высокое здание Парижа после башни Монпарнас, колосс из стекла и стали, который будет связан с Бастионом подземными переходами.

Вход для копов находился в правой части здания — через специально оборудованный системой безопасности турникет, который проворачивался только после прикладывания карточки-триколора с чипом. Николя за сотню метров заметил человека, который нервно расхаживал под дождем, уткнувшись носом в наручные часы. Дважды

[1] *Ле-Аль* (*фр.* les Halles) — бывший рынок «Чрево Парижа», теперь административный и коммерческий центр.

этот тип, промокший насквозь мужчина лет пятидесяти, направлялся к центральному входу, но оба раза передумывал, разворачивался и возвращался на исходную точку, на тротуар напротив, рядом с большой безлюдной стройкой. Николя подошел к нему:

— Вы что-то ищете?

Сперва мужчина, не отвечая, проследовал дальше, потом остановился и вернулся:

— Вы полицейский?

— Капитан уголовной полиции.

Снова взгляд на часы.

— Одну минуту. Всего одну минуточку. Он сказал в 17:02, не раньше.

— Вы стоите перед зданием национальной полиции. Или объясните причину вашего присутствия здесь, или уходите.

Мужчина озирался по сторонам. Кого-то ждет? Он проявлял подозрительную нервозность. Когда он внезапно расстегнул молнию на куртке и сунул руку за пазуху, коп схватил его за запястье и притиснул к решетке.

— Ой! Потише! Это просто...

Человек извлек бежевый запечатанный конверт.

— ...письмо. Письмо, которое надо передать в полицию.

— Зачем? Что в нем?

— Я ничего не знаю. Возьмите его и отпустите меня. Прошу вас. Это вопрос жизни и смерти.

Он вроде бы не шутил, его тело было напряжено, а челюсти сжаты так, что казались ввинченными друг в друга. Руки дрожали.

— Помогите мне... Помогите мне, прошу. Я уверен, он здесь... Он следит за мной...

В его вылезших из орбит глазах мерцало безумие. Он прошептал эти слова, будто боялся, что его услышат. Николя не прикоснулся к конверту. Он попросил мужчину развести руки и наскоро досмотрел:

— Пройдемте. Разберемся внутри.

— Нет... Пожалуйста... Возьмите письмо и отпустите меня...

Николя крепко держал его за плечо. Превратившись в настоящий комок нервов, мужчина выгибался дугой и дергался так, что Николя пришлось усилить хватку. Тот закричал.

Внезапно плечо выскользнуло из рук Николя. Мужчина рухнул на мокрый асфальт и скорчился с искаженным лицом, широко распахнув рот в попытке вдохнуть. На шее и лбу набухли вены, из горла больше не вырывалось ни звука. Глаза налились кровью, и Николя показалось, что они сейчас выскочат из орбит. Конверт упал в лужу. Полицейский закричал, подзывая службу бсзопасности. Подбежали два копа, а также персонал, который наблюдал за сценой изнутри здания.

— Вызовите «скорую», быстрее!

Полицейский встал на колени и постарался перевернуть мужчину на спину, но безуспешно: тот был сгустком страдания, его скрюченные пальцы пытались вцепиться в склонившиеся над ним лица. Кровь разливалась по его глазным яблокам.

— Черт! Кто-нибудь знает, что надо делать? — закричал Николя.

В панике мужчину попытались повернуть на бок, чтобы он смог вдохнуть. Его горло выдавило странное бульканье, и он перестал дышать. Тело обмякло.

Несколько минут спустя, несмотря на разряды дефибриллятора и попытки реанимации, человек был мертв.

3

Шарко положил джинсы и куртку сушиться на радиатор, надел темно-серый костюм, галстук и черные туфли, рукой взъерошил седой ежик, без сил рухнул в кресло и уставился на несметное количество фотографий, прикрепленных к стене прямо у него перед носом.

Став начальником группы, Франк получил право на собственный кабинет на седьмом этаже Бастиона, отведенном под уголовное право и антитеррористический отдел. Раньше, на набережной Орфевр, все ходили вверх-вниз по лестницам, перемещаясь с места на место и перемешиваясь в непринужденном бардаке. Отныне — строгость, организованность, эффективность, каждый на своем этаже, в своем подразделении, причем доступ в некоторые осуществлялся только по отпечатку пальца.

Нет худа без добра, конечно, но Шарко не знал ничего, кроме изначального управления полиции на Орфевр, 36. То здание, считавшееся устаревшим и неприспособленным, было всей его жизнью, оно задавало ритм радостям, горестям и взрывам гнева. Его ремесло менялось, подчиняясь прогрессу, и именно это стремительное течение, устремленное в будущее, больше всего ужасало копа, привыкшего к традиционным методам. Все эти компьютеры, технологии, дела, все чаще раскрываемые благодаря электронным устройствам и файлам... Он слабо в этом разбирался. И впадал в тоску. Глядя на молодежь вокруг, на мальчишек едва ли не вдвое его младше, он и себя чувствовал устаревшим, похожим на старый Минитель[1], задвинутый в глубину шкафа. И в то же время он сочувствовал этой юной поросли, которой не доведется испробовать вкус настоящей охоты, как ему в молодые годы. Модернизированные копы. Копы 2.0[2].

Франк погрузился в туман ностальгии. Ошметки его бывшей жизни, которые ему удалось собрать, громозди-

[1] *Минитель* (*фр.* Minitel) — аппарат информационной системы, созданный в конце 1970-х гг. Пик использования сети пришелся на 1990-е гг. В середине 2000-х в связи с широким распространением Интернета было объявлено о прекращении работы Минителя.

[2] *Человек 2.0* — термин, обозначающий человека, улучшенного с помощью технологий, или «постчеловека».

лись на письменном столе: табличка с названием улицы, с точностью до мельчайших деталей повторяющая настоящую с адресом «Набережная Орфевр, 36», кружка с Орфевр, 36, медали из 36, фото группы во дворе 36 и даже кусочек противосуицидной сетки, перекрывавшей лестничный проем, которую поделили перед переездом. В тот день Франк подождал, пока останется один, чтобы пустить слезу, выцарапывая *«Здесь был ФШ»* на старом полу под своим бывшим креслом. Закончилась эпоха, и это здорово подорвало его боевой дух.

Николя постучал и вошел. Он выглядел так же, как комиссар несколькими часами раньше: вымокший с головы до пят. Франк Шарко вскочил и постарался напустить на себя вид повеселее. Бросил коллеге махровое полотенце, извлеченное из шкафа.

— Ну как? Что твоя программа?

— Классная развлекуха. Глотаешь пилюлю, читаешь травмирующее письмо, которое сам же и написал, отвечаешь на несколько вопросов — и прости-прощай до следующей недели, а там все по новой.

— Как, и все?

Белланже предпочитал не слишком распространяться, особенно о том, что касалось побочных эффектов. Пара седых волос появилась в его темной шевелюре, лоб глубоко прорезала «львиная морщина», но это было скорее результатом излишеств, чем возраста: ему еще не было и сорока. И, несмотря ни на что, выглядел он как тридцатилетний. Кожаная куртка на плечах, красивая морда, весь мускулистый — просто идеальный герой мюзикла.

— А что ты думал? Что они вскроют мне череп, чтобы извлечь пинцетом дурные воспоминания?

— Ну, что-то вроде того. Значит, можешь продолжать работу?

— Без проблем.

Шарко внимательно вглядывался в него несколько секунд, потом забрал полотенце.

— Я только что видел под окном «скорую» и все такое. Похоже, какой-то тип умер прямо перед Управлением?

— Он перекинулся прямо у меня на руках, можно сказать. Лет пятидесяти, при себе ни бумаг, ни телефона. Нервный, испуганный, из тех, которые, кажется, вот-вот взорвутся у тебя под носом. Он хотел во что бы то ни стало передать в полицию письмо. Оно намокло, но прочесть можно. Я поместил его в сушильню[1], а до того сфотографировал. Хорошо бы ты глянул. Сейчас перешлю файл.

Николя поколдовал над своим мобильником, и послание появилось на одном из двух расположенных перед Шарко экранов.

— От чего умер?

— Похоже на сердечный приступ, но ты бы видел его глаза... кроваво-красные. Не думаю, что инфаркт может вызвать нечто подобное. Короче, спасти его не удалось. В пять минут его не стало. Пока что «скорая» увезла его в больницу Биша; я попросил не прикасаться к тому и держать на холоде. Надо отправить запрос, чтобы его перевезли на набережную Рапе[2] для вскрытия по всей форме.

— Вскрытие по всей форме? Зачем?

— Открой мейл. И глянь на рисунок слева вверху.

Франк послушался. Посмотрел на символ, нарисованный коричневым фломастером. Он слегка растекся от воды, но Шарко узнал наспех нарисованную голову шимпанзе со злобным выражением, глазами с белой радужкой и непокорным вихром на голове.

— Это мне что-то напоминает.

— Короткая же у тебя память. Этот значок около двух лет назад обнаружили на веб-странице сайта Елисейского дворца. Хакеру удалось взломать пароль админа и опуб-

[1] Специальная комната, расположенная на том же этаже, которая позволяет высушить предметы или одежду, связанные с уголовным делом. *(Примеч. автора.)*

[2] На набережной Рапе расположен Институт судебной медэкспертизы.

ликовать генетический профиль президента. К профилю прилагалась угроза, если ты помнишь. *«Если Франция выберет путь развития искусственного интеллекта и индустриализации человеческой мысли, то готовьтесь к худшему. Ангел будущего»*.

Теперь Шарко вспомнил. История обошла всю прессу и поставила на уши службы безопасности. Взломанная страница гласила, среди прочего, что президент происходит из народа викингов и с вероятностью в 73 процента рискует заполучить болезнь Альцгеймера. Страница была убрана с сайта Елисейского дворца в течение четверти часа после ее появления, а сама информация тут же объявлена *дурной шуткой*. Но социальные сети успели ее заполучить. Вдобавок к профилю и угрозе на странице журналистам предлагалось убедиться, что образец отпечатка пальца, содержащийся на двусторонней пленке, отправлен в лабораторию «WorlDna», находящуюся на Гибралтаре. Это учреждение было ведущим на рынке расшифровки генома и анализа ДНК. За какую-то сотню евро оно смогло извлечь ДНК из нескольких клеток, оставшихся на отпечатке пальца президента, и определить его генетический профиль.

— Ты должен прочесть письмо...

Шарко вернулся к экрану. Письмо было написано от руки, черными чернилами. Почерк хоть и нервный, но разборчивый.

Я мог бы рассказать вам, что происходит в Осло, но вполне вероятно, что на данной, слишком ранней стадии вам на это плевать. Точно так же, как если я вам скажу, что на Кубе скоро начнется эпидемия холеры, что Аустерлицкий вокзал скоро поплывет или что в Судане через несколько дней вспыхнут военные столкновения, вы, безусловно, примете меня за сумасшедшего. А если я вам скажу, что в 17:02 сегодня, в среду, 7 ноября 2017 г., человек, у которого будет это письмо, умрет прямо перед вами? А... Вот это уже интересно. Кажется, теперь я привлек ваше внимание, шимпанзе...

Шарко бросил взгляд на часы, потом перевел глаза на Белланже:

— Тот человек умер во сколько?

— Ровно в 17:02.

Коп на мгновение задумался. Почему 17:02? Почему не круглая цифра, например — просто семнадцать?

— Я не ошибаюсь, он назвал нас шимпанзе?

— Тебя это тоже раздражает?

Шарко вернулся к письму.

Поначалу как предвестники они забавляли. Затем как завоеватели — удивляли. Сегодня, превратившись в монстров, они ужасают. А завтра? Никогда еще до настоящего времени кучка людей и компаний — Google, Apple, Facebook, Amazon... то есть GAFA — не формировала до такой степени мышление миллиарда шимпанзе и не направляла их выбор. Вас захватили роботы и алгоритмы. Мобильник стал продолжением вашего мозга, который вы бесконтрольно предоставляете базам данных. Я жалею вас даже больше, чем ненавижу, бедные шимпанзе, отныне ваша жизнь принадлежит Google и Facebook! Ваше существование основано на лайках, а без них вам кажется, что вы никто.

Но вы не правы, кое-что вы собой представляете: вы сырье. Материал для страховых компаний, банков, рекламщиков, продавцов машин и политических партий. Вы думаете, что пользуетесь кучей бесплатных услуг, но эта дармовщина имеет цену: ваша личность. Ваша свобода.

Параллельно ученые, направляемые этими не слишком щепетильными силами, убивают смерть и манипулируют вашими генами, чтобы сделать вас более совершенными, улучшить, заставить стареть не так быстро. Родилась новая евгеника — евгеника, которая не уничтожает, а улуч шает. Для меня это одно и то же, потому что те, кто не был улучшен, у кого не хватило средств, становятся слабым звеном, париями, которых рано или поздно общество так или иначе уничтожит само. От чипа до гигантского монстра Гидры расстояние всего в один шаг. Господи, да ведь вы завтрашние лабораторные животные, и никто ничего не говорит! Все попустительствуют. И подбадривают.

Несмотря на мое предупреждение, президент подписал подтверждение курса на развитие искусственного интеллекта. Он позволяет непрозрачным инвестиционным фондам финансировать предприятия как у нас, так и по всей Европе. Чем они занимаются в своих лабораториях? За своими компьютерами? Вы хоть это знаете? А я знаю.

Мы живем, а не функционируем. Нас родили, а не произвели. В какой мир мы попали, если жизнь творится в пробирках? Если женщины сдают внаем свои животы в обмен на пачку банкнот? Если люди используют роботов, чтобы было проще открыть дверь собственного дома?

Шимпанзе, вручающие свою жизнь машинам, которые их кормят, нарушая законы природы, должны заплатить. Вскоре миллионы глаз, устремленные на экраны, обнаружат мой манифест и все ужасы, порожденные этим миром. И когда вы поймете, до какой степени уже слишком поздно (я покажу вам, на что способны эти монстры, прячущиеся во Франции, со своими сбирами вроде Карателя), вы зааплодируете моим поступкам.

Встречаемся здесь: http://www.manifeste-angedufutur.com. Игра начинается.

Если вы перекроете доступ к этому сайту, я убью их и загружу видео в Интернет. И маленький совет: отнеситесь к этому сообщению ОЧЕНЬ серьезно.

Шарко переварил прочитанное и оперся подбородком на сложенные ладони:

— Что ты об этом думаешь?

— Скверно пахнет.

Майор перешел ко второму экрану и набрал на клавиатуре указанный веб-адрес. Высветилась черная страница. Наверху большими белыми буквами было написано: *«Там, где прячется маска, находится обезьяна»*. И внизу справа: *«Одновременное подключение: 3»*. Больше ничего.

Шарко молча поглубже устроился в кресле. Три параллельные глубокие складки пролегли на его лбу. Вдруг счетчик показал *4*. Николя кивнул на экран своего мобильника:

— Это я только что подсоединился. Счетчик отражает количество посетителей. Это означает, что, помимо нас, еще двое зашли на эту страницу с разных точек. Ангел будущего, возможно, и... кто-то другой.

— Что это такое, *manifeste-angedufutur.com*?

— Понятия не имею. Но необходимо начать официальное расследование. Выяснить личность типа, который передал письмо, а также причину его смерти. Если верить его словам, он всего лишь курьер. «Шимпанзе». Он был очень напряжен и очень нервничал. Попросил меня о помощи, очень тихо, словно за ним следили. Нечто довольно сильное вынудило его прийти сюда. И потом, есть еще этот логотип и предупреждение: «Я убью их».

Под удивленным взглядом коллеги Шарко стер мейл:

— Ладно... Вот что ты сейчас сделаешь. Тебя здесь не было, ты не присылал мне никакого мейла и ни о чем не рассказывал. Ты немедленно отправишься к боссу и устроишь так, чтобы он передал это дело другой группе.

— Другой группе? Ты спятил?

Франк открыл заклеенный конверт, достал оттуда пачку только что напечатанных фотографий и протянул ему:

— Его обнаружили этим утром в лесу Бонди. Поэтому я и хотел, чтобы ты подъехал сюда. Мы будем заняты по горло.

Капитан полиции внимательно рассмотрел снимки. Тот, где труп был крупным планом, привлек его внимание. Черные раны. Неузнаваемое лицо, разодранное до костей... Торчащая печень... Шарко встал и подошел к окну. Шеренги домов, строительные леса, подъемные краны и бульдозеры. Он уперся пальцами в стекло:

— Вскрытие завтра утром, и наш новый сотрудник, старший капрал, пойдет с кем-то из вас. Лучшее, что можно придумать для разминки. Как ты думаешь?

— Как я думаю? Я думаю, что ты увиливаешь. У нас часто бывало по нескольку дел в работе, в чем проблема? Тот тип попросил меня о помощи, он испустил дух буквально у меня на руках. И еще это письмо и сайт... Наклевывается интересное дело. Я хочу над ним работать.

Шарко вернулся к столу и снял телефонную трубку, чтобы положить конец разговору.

— Мало ли чего ты хочешь. Ступай к Жеко. У меня и так на неделе одно совещание за другим. А еще у меня жена, двойняшки и, вообще-то, жизнь тоже. Два крутых дела зараз — это перебор. От твоей истории несет серой, а я не хочу гробить свои выходные. И потом, все эти компьютерные штучки, искусственный интеллект и прочее уже не для меня. Жизнь бесценна, а время летит слишком быстро.

Николя швырнул фотографию на папку:

— Ты руководишь группой уголовного розыска, это тебе не Диснейленд. Если тебя воротит от твоего кабинета, воняющего новоделом, и от совещаний, которые к нему прилагаются, зачем ты согласился на эту должность?

— Потому что возраст подошел. У меня уже не те ноги и не та дыхалка, что раньше. А моя должность как раз то, что надо для начала завершения карьеры.

— То, что надо? Шутишь? Ты подыхаешь от желания вернуться к оперативной работе. Для тебя собственный кабинет хуже тюрьмы — это у тебя на лбу написано. Как только появляется возможность выбраться наружу и пошлепать башмаками по дерьму, ты тут как тут. Разве не правда?

— Не вранье. Но...

— Я не пойду к Жеко. Ступай сам и сам с ним разбирайся.

Николя направился к двери. Перед тем как выйти, он обернулся:

— И твоя идея про вскрытие — полное дерьмо. Не так встречают новичка, не подсовывают ему трупешник в первые же часы работы. Хреново ты стареешь, приятель.

И Николя захлопнул за собой дверь. Шарко сопроводил его уход характерным жестом и отложил телефон, не сводя глаз с экрана.

— Насрать мне на твою грошовую критику. Пока что я делаю, что хочу, мать твою!

Продолжая ворчать, он навел курсор на крестик, чтобы закрыть страницу. Увидел, как в левом углу экрана появилась красная точка, потом исчезла. На черной странице она появлялась и исчезала, приблизительно каждые пять секунд. Шарко прищурился и приблизил лицо к картинке. Что бы это значило? Там что, кто-то есть — позади, в темноте? Что означает загадка про обезьяну и маску? Кто такой «Каратель»? Он терпеть не мог игры типа «пройди по жуткому следу».

Он попробовал поискать в Google *manifeste-angedufutur.com.* Но, кроме ссылки, выводящей на тот же сайт, ничего не было.

Если вы закроете доступ на сайт, я их убью, говорилось в письме. Человек отдал богу душу у входа в Управление, держа в руках этот текст, и ровно в означенное время. 17:02. Как кто-то мог умереть в столь точно предсказанный час, да еще и прямо у них под дверью? В него что, выстрелили отравленной стрелой из духовой трубки, или как?

Полная хрень. Не зная, что предпринять, Франк продолжал неподвижно сидеть в своем кресле. Белланже не ошибся: раньше шеф бы набросился на такое дело, наплевав и на перегрузку, и на бессонные ночи. Ведь именно такие ночи и выковали их команду... Их семью...

Он больше не прикоснулся к экрану и, брюзжа, поднялся:

— Ты меня достал по самые помидоры, Белланже.

4

В горло ей словно столовой ложкой напихали толченое стекло. Крошечные осколки, впиваясь в слизистую, вызывали желание вывернуться наизнанку. Флоранс сглотнула с болезненной гримасой; слюны не хватало. Веки отяжелели, и когда она поднимала их, раскрывая глаза цвета берлинской лазури, ничего не менялось. Тьма внутри и снаружи.

Боль растекалась в теле молодой женщины от затылка до кончиков пальцев на ногах. Голова кружилась, изнутри ее долбили настоящие удары молота. Она скорчилась, поджав колени под подбородком, как собака, свернувшаяся в своей корзине.

Когда она захотела разогнуть спину, то почувствовала сопротивление. И когда попыталась вытянуть ноги — тоже. Округлая раковина, очевидно, и была тем, что вынуждало ее сидеть в этой болезненной позе. При каждом движении она ощущала трение нейлона о свою кожу. Похоже, она была одета в ветровку от своего спортивного костюма и непромокаемые штаны бренда K-Way. И все было сухим.

Флоранс вспомнила, что занималась спортивной ходьбой под дождем, в отсветах фонарей. Долгий путь вдоль порта в квартале Жавель. Вздувшаяся черная Сена, чья потаенная энергия катила медленные волны. Как обычно, Флоранс свернула к парку Андре Ситроена, чтобы потом пройти по улице Монтань-де-л'Эсперу, но так до нее и не добралась. До нее донесся какой-то шум в кустах аллеи. Она едва успела обернуться и заметить среди деревьев восковое лицо с широкой улыбкой, черными усами и пустыми провалами на месте глаз. А потом — чья-то рука, зажавшая ей рот, острая боль в плече. И темнота.

После долгих судорожных попыток, извиваясь, как могла, Флоранс сумела выпрямиться, но головокружение еще на несколько секунд снова прибило ее к полу. Встав на колени, а потом на ноги, она расставила руки, чтобы попытаться понять, где она находится. Ей не удавалось вытянуть руки горизонтально — так, чтобы спина не уперлась в стену. Со всех сторон ее окружала изогнутая переборка. Она изо всех сил ударила по невидимой поверхности, но кулаки отскочили от пластика или плексигласа... Флоранс подняла руки над головой; кончиками пальцев она могла коснуться другой поверхности, на этот раз горизонтальной и тоже гладкой. И круглой. Крышка. Она подпрыгнула и толкнула ее со всей энергией, которую придавала ей молодость. Ничто не сдвинулось с места. Она заорала:

— Я хочу выйти!

В чем ее заперли? Почему? Одно слово пробивалось в мозгу, буква за буквой. К-И-Д-Н-Е-П-П-И-Н-Г. Да, именно: какой-то псих похитил ее и теперь заставит гнить здесь и будет насиловать. А потом убьет, потому что такие истории всегда заканчиваются плохо. Но почему она?

Для Флоранс было не новостью, что извращенцы и любители подсматривать следят за ней в соцсетях. В последние месяцы оскорбительные послания и угрозы стали обычным явлением, но она ограничивалась тем, что убирала соответствующие профили. А вдруг один из них решил наказать ее, помучить, кто его знает, из каких диких соображений? Хотя ей казалось, что она приняла все меры предосторожности. На Facebook полную анонимность ей обеспечивал псевдоним. Никто не видел ее лица. Она не делилась никакой личной информацией. Как ее могли выследить?

Обхватив голову руками, она снова закричала. Ее рука наткнулась на крепление мини-камеры, похожей на шлем велосипедиста. Указательным пальцем она подцепила один из ремешков и постепенно добралась до затылка. Аппарат был на месте. Она сорвала его с крепления, и к ней вернулась надежда: под объективом мигала красная точка. Это означало, во-первых, что батарейка заряжена и по-прежнему питает систему, а во-вторых, что камера готова передавать. Она порылась в заднем кармане куртки:

— Ну же, ну же, пожалуйста!

Флоранс перерыла все карманы, ощупала каждую складку одежды, все напрасно. Этот урод забрал ее мобильник. Она встала на четвереньки, ощупала всю круглую поверхность пола. Наткнулась на какие-то упаковки. Содрала обертку, понюхала. Шоколадные батончики, пакеты чипсов... Потом бутылка. Вода. Слава богу. Она умирала от жажды.

— Кто вы?

Флоранс оторвала губы от бутылки и обернулась. Мужской голос шел откуда-то сзади. Она всем корпусом развернулась к переборке и уперлась в нее ладонями:

— Кто говорит? Почему меня здесь заперли?

Молчание, последовавшее за вопросом, показалось ей бесконечным до такой степени, что она спросила себя, не почудилось ли ей.

— Понятия не имею. Вас принесли сюда два дня назад. В воскресенье. Ну, я так думаю. Сейчас, должно быть, вторник. С тех пор вы не шевельнулись. Я решил, что вы мертвая. Наверняка вам вкатили дозу.

— Два дня? Не может быть... А вы? Вас... вас тоже заперли?

— Да. Я здесь как минимум три дня. Я очнулся с водой и едой. Пить мне больше нечего, и... еды тоже совсем мало. Если у вас есть, что пить, не совершайте ту же ошибку, что и я, экономьте воду: неизвестно, сколько еще времени мы здесь пробудем... И еще... вам будет меньше хотеться... писать.

Она прижала бутылку к себе:

— Кто вы?

— Меня зовут Бертран Лесаж. А вас?

Имя показалось ей знакомым, но Флоранс не могла восстановить контекст. В голове плавал туман.

— Флоранс Визёр. А мы... мы знакомы?

— Не думаю, нет.

— Где мы?

— Не знаю. В каком-то подвале или старом здании. Наверняка недалеко от железнодорожных путей. До того как вы пришли в себя, я слышал гудок. Это был поезд, я уверен. Нас держат в чем-то вроде цилиндра с крышкой. У моего цилиндра в крышке есть дырка с трубкой, которая ведет наружу. Чтобы я мог дышать, как мне кажется.

Флоранс выпрямилась, пощупала:

— В моем тоже дырка. И... Да, я чувствую трубку.

Дырка была небольшой, туда и рука не пролезала. Флоранс вцепилась в ее края, попыталась расширить, но только изрезала пальцы.

— Я смог увидеть, что тут вокруг, единственный раз, когда наш похититель доставил вас, — сказал Бертран. — Он держал фонарик. Это мужчина в белой маске, вроде тех жутких масок, что носят хакеры. Я слышал, как он пыхтел, когда опускал вас туда. Похоже было... на животное.

Белая маска... Улыбка... Черная бородка...

— Он что-нибудь говорил? — спросила Флоранс. — Он сказал вам хоть что-то?

— Он потребовал логин и пароль от моей страницы в Facebook, иначе пригрозил, что убьет вас. И он бы это сделал, поэтому я исполнил его требование.

— Доступ к вашей учетной записи в Facebook? Зачем?

— Не знаю, — очевидно, чтобы контролировать страницу вместо меня. Послушайте, я видел стенку моего цилиндра, ваш совсем рядом. И еще... Мы в каком-то большом помещении, пол вокруг бетонный. Слева от меня занавес, который, я думаю, разделяет помещение на две части. Над и под этим занавесом тянутся какие-то кабели и трубки. И еще, мне кажется... тут, в паре метров от нас, стоит камера на треноге. Хотя я не вполне уверен. И еще, между нашими цилиндрами, закрепленными на потолке, было еще...

— Что?

Флоранс услышала звук кожи, трущейся о пластик. Наверное, невидимый собеседник стоит всего в нескольких сантиметрах от нее.

— А что это за красная движущаяся точка? — спросил он.

— Объектив в футляре, закрепленном ремнем у меня на затылке. Он фотографирует каждую минуту. И подключен к моему мобильнику, который автоматически пересылает снимки в мой альбом на Facebook. Люди могут смотреть его в реальном времени.

— Вы хотите сказать, что наш похититель оставил вам камеру? И можно увидеть, что она снимает в этот момент?

— Нет. Он забрал у меня мобильник. Камера не может передавать фотографии. Она сейчас ни на что не годится. Потому он ее и не тронул. Он в точности знал, как эта штука работает. И наверняка наблюдал за мной.

Эта мысль вогнала ее в еще больший ступор. Как долго он следил за ней? Был ли он одним из интернет-пользователей, подключенных к ее сетям? Одним из «друзей»?

Молчание, потом снова раздался голос:

— Значит, посредством этих фотографий интернет-пользователи могли стать свидетелями вашего похищения в режиме реального времени?

— Да... нет, я не знаю, это зависит от того, когда был сделан последний снимок. Моя система каждую минуту посылает один снимок. Может... наш похититель не сразу ее заблокировал, я не знаю. Я включаю камеру только тогда, когда хочу поделиться, — например, когда бегаю. В дополнение к фотографиям в тот вечер мой маршрут в реальном времени отражался на Facebook.

Бертран уперся лбом в переборку. Изо всех сил. Он слушал, не говоря ни слова.

— Короче, если во время моей пробежки похититель резко отключил мой мобильник, вполне возможно, мои подписчики начали задаваться вопросами, прежде чем обратиться в полицию...

Флоранс приложила свои длинные худые ладони к лицу. Она сама в это не верила. По словам соседа, она провалялась здесь двое суток, и никто не бросился ее спасать.

Ее настоящее имя на Facebook не значится. Для соцсетей она была *Flowizz*. Она запечатлевала какие-то моменты своей жизни, увиденные с ее затылка, но никогда не фотографировала саму себя. В этом была вся оригинальность ее замысла. Несмотря ни на что, она максимально оберегала свою личную жизнь, кликала в сети только изредка и лишь иногда писала сообщения своей группе.

В приступе тошноты она рванулась вперед и набросилась на перегородку, раз за разом нанося удары с криками отчаяния:

— Кто вы? Зачем вы так с нами поступаете? Покажитесь!

Она остановилась, только когда закончились силы.

— Послушайте, вы должны успокоиться, ладно? — тихо проговорил Бертран. — Отсюда не выбраться, поверьте, я уже все перепробовал. Надо беречь силы и думать...

— Нет. Я не хочу думать. Я хочу выйти отсюда. Я хочу вернуться домой.

— Я понимаю. И тоже хочу вернуться домой. Но мы оказались тут наверняка не случайно. И помещение, и наши цилиндры, и наше похищение — это требовало подготовки. Какой-то предварительной организационной работы, понимаете? Если он в маске, если у нас есть еда и питье, значит он не собирается нас убивать. Вы меня слышите?

— Слышу.

— Скажите мне, откуда вы. Где росли. Расскажите о себе, это поможет нам понять, что нас связывает.

Флоранс сползла по перегородке, прижала колени к груди. В диаметре цилиндр был самое большее один метр.

— Я живу в Исси-ле-Мулино... У меня... у меня небольшая квартирка... Мне... мне двадцать семь лет, я работаю дистанционно — в области информатики. Советы и все такое...

— Вы фрилансер? Ни начальника, ни коллег?

— Да, никого. Я... много бегаю, хожу в походы, езжу в групповые туры, как только представится случай. У меня бывали и дальние поездки, в Амазонию или в Африку.

Я люблю путешествовать, смотреть на мир и на людей. В том-то и проблема, что людей я вижу много, и... любой мог сделать с нами это... А вы? Расскажите о себе.

— Как я уже сказал, меня зовут Бертран Лесаж. Я живу в Саране, недалеко от Орлеана, мне сорок один год, я коммерческий директор магазина электротоваров. Женат. Меня похитили из дома, когда я копался в машине. А значит, моя жена точно подняла тревогу. И в этот самый момент меня активно ищут. По крайней мере, я надеюсь...

Воцарилась мертвая тишина, которую Флоранс поспешила прервать:

— Вы начали говорить про какую-то штуку между нашими цилиндрами. Что там?

В следующие десять секунд Флоранс вообразила себе массу всего, но никоим образом не ожидала услышать пару слов, которые после паузы, показавшейся ей бесконечной, возникли в воздухе, как всадники Апокалипсиса.

— Петля висельника.

5

Ночи Николя были неспокойными, и сегодняшняя не стала исключением. Круговорот навязчивых образов и мыслей не дал ему сомкнуть глаз. Он снова раз за разом видел у своих ног мертвого незнакомца, человека без документов, с налитыми кровью глазами и искривленным ртом. Он переживал каждую минуту своей беседы с доктором Эбером в клинике, думал о каждом слове, вырванном из нутра, чтобы прозвучать громко и ясно. Этой ночью Камиль снова пришла повидаться, она танцевала в тумане его кошмаров, и пол негромко поскрипывал под ногой робкого призрака.

Да вдобавок не стоит забывать о паршивой погоде, вишенке на торте. Он слушал, как бесконечный дождь стучит по прогулочной палубе как раз над его каютой. Коричневые воды реки вытанцовывали у самого иллюминатора. Без сомнения, они поднимались.

Копу не приходилось сталкиваться с кошмаром июньского паводка, но он чувствовал, как растет напряженность среди обитателей барж вдоль всего порта Аньер-сюр-Сен. Накануне удары молотков и хлопанье досок раздавались до самой ночи. На берегах начали поднимать мостки, укладывая бетонные блоки. Встречаясь на набережной, соседи обсуждали положение дел. На сайте водных путей Франции или на Vigicrues[1] следили за метеопрогнозами, за уровнем воды в реке Гран-Морен в ста километрах от Парижа, а также в Марне и Йонне, притоках Сены. Водохранилища были наполнены на две трети максимального объема. Череда метеорологических катастроф делала любителей отдыха на воде параноидально чувствительными к любому затяжному дождю.

Николя быстро привел себя в порядок, воспользовавшись крошечной душевой, примыкавшей к каюте. Стоя под душем, он не уставал любоваться видом реки с одной стороны и деревьев — с другой. Запахи лимона, смешанные с запахом воска. Ощущение, что ты на природе, хотя достаточно было поднять глаза, чтобы увидеть на заднем плане шеренги домов Аньера. Но капитану полиции нравились иллюзия свободы, поскрипывание обшивки судна в темноте и килевая качка, словно приглашающая в путешествие.

Он выскреб все до гроша, чтобы купить эту старую баржу семидесятых годов. Банковский заем в сто пятьдесят тысяч евро на двадцать лет, совершенно разорительные ежемесячные выплаты, а главное, аренда стоянки ценой больше восьми тысяч в год — вот во что ему встало приобретение собственной посудины, но он больше не мог жить в квартире. Идея купить домик под Парижем с маленьким

[1] Служба информации о риске паводка на основных водных путях Франции *(фр.)*.

садиком относилась к области научной фантастики. И потом, корабль для одинокого мужчины в четырех станциях метро от нового расположения Судебной полиции — это идеально. Свобода стоит дорого.

В девять часов с плещущимся в желудке кофе он перебрался через плавучий мостик и углубился в окрестности порта Ван Гога. Деревянные столы для пикников, привязанные к ветке качели, велосипеды, мячи... Отдельный мирок, где решили обосноваться несколько десятков семей. Полицейский поприветствовал стоящего перед зданием дирекции начальника порта, прошел через решетчатые входные ворота и через пять минут бодрого шага втиснулся в переполненное метро на станции «Габриэль Пери». Он возвращался в джунгли с их шимпанзе, как прочувствованно выражался Ангел будущего. Сам он тоже принадлежал к этим полчищам.

Курс на Институт судебной экспертизы. Вскрытие обнаруженного в лесу трупа началось в девять утра, и Николя в разговоре с Шарко настоял на своем присутствии. Поезд наземного метро с надрывным скрежетом повернул налево сразу за Аустерлицким мостом, перед станцией «Набережная Рапе». В окно было видно огромное, похожее на пакетбот строение из красного кирпича, зажатое между Сеной и пятой линией, — парижский ИСМЭ[1]. Туда со всеми возможными предосторожностями ежегодно переправляли три тысячи трупов, то есть в среднем по десятку за день. Смерти было плевать на метеоусловия, проблемы финансирования и шимпанзе. Она работала в полную силу.

Николя торопливо вышел из вагона, пересек сквер Альбера Турнера и, натянув на голову капюшон, пробежал несколько метров до входа для посетителей — он уже набрал двадцать минут опоздания. В конце коридора он различил силуэт, сидящий на стуле лицом к ритуальной плеяде бюстов различных директоров института.

[1] *ИСМЭ* — Институт судебно-медицинской экспертизы.

Заметив его, Одри Спик чуть ли не бегом бросилась к нему. В одной руке она держала шерстяное пальто, в другой — черный зонтик. Николя не мог не признать, что в своем черном льняном пиджаке, двуцветном платке и лаковых ботинках, сверкавших, как на витрине магазина, она выглядела привлекательно. Ее лицо с высокими скулами и серо-голубыми глазами с чуть миндалевидным разрезом обрамляло каре цвета воронова крыла. Она была невысокой и очень тоненькой.

Они пожали друг другу руки.

— Прежде всего я хотела вас поблагодарить. Когда я вчера вечером увидела на своем мобильнике высветившийся номер майора Шарко, то подумала, что вы все ему рассказали про клинику. Но он, совершенно очевидно, был не в курсе.

— Клиника клиникой, а служба службой. Добро пожаловать в команду, старший капрал Спик. Я сейчас вернусь.

Николя оставил ее в коридоре и подошел к стойке за разъяснениями. После чего направился к лестнице. Одри безропотно последовала за ним.

— Не знаю, как тебе удалось это скрыть, но поступить в Управление, проходя курс лечения от ПТСР, о котором ты ничего не сообщила своему новому начальству... одно могу сказать: это круто. Классная основа для здоровой жизни в команде.

— Вы... Ты тоже не должен был ничего знать. Это очень личное. Все из-за того, что в клинике не сумели обеспечить анонимность и...

— Брось, я уже забыл. Только надеюсь, у тебя не будет проблем с работой, потому что, как нетрудно заметить, ты сразу попала в самый разгар. Вижу, ты вроде при полном параде и готовилась к приятному дню, типа пройтись по кабинетам, но с этим придется обождать.

— Без проблем.

— Ты в курсе дела?

— Франк Шарко мне вкратце изложил. Тело, обнаруженное вчера утром в лесу. Обнаженное, неопознанное и изуродованное. Как ты и сказал, мне предстоит сразу окунуться с головой.

Николя молча кивнул. Одри послушно пошла за ним следом. Этот тип дружелюбен, как тюремная дверь. Определенно, ей придется нелегко в Париже, городе, который всегда действовал на нее угнетающе, про который она ничего не знала еще полгода назад и где у нее не было ни родных, ни друзей. Но уехать с Юга и начать с нуля на новом месте, следуя программе «Франция. Живая память», было единственным способом как-то разрешить проблемы.

Перед самым выходом на арену Николя обернулся к ней. Накануне он просмотрел ее личное дело. Два года в ночной антикриминальной бригаде в Марселе, три года в бригаде по борьбе с наркотиками в Тулоне, еще три в отделе по борьбе с торговлей людьми в Ницце. Никаких пробелов в пути следования. Если она стала жертвой теракта на Английской набережной[1] — что он и предположил, учитывая ее участие в программе, — и если сегодня она проходит курс лечения, то как же она могла продолжать работу после июля 2016-го? Как смогла скрывать от всех свои страдания? Алкоголь? Колеса? Кокс? Как он сам в свое время.

— Все будет нормально?

Она побелела. Любое посещение морга по-прежнему действовало на нее ужасно. Она прикрыла глаза. Картины, звуки, запахи трагедии, произошедшей шестнадцать месяцев назад, ожили при приближении к смерти. Она все еще чувствовала теплоту крови на своих ладонях... Горячее дыхание на затылке... Давление пальцев, сомкнувшихся у нее на спине... Ее зрачки сузились, когда она подняла веки.

— Да, все будет нормально.

На самом деле про нормальность и речи не было.

[1] 14 июля 2016 г. в Ницце грузовик под управлением выходца из Туниса врезался на Английской набережной в толпу людей, наблюдавших за салютом в честь Дня взятия Бастилии. 86 человек погибли, 308 получили ранения. Нападавший был застрелен полицией.

6

Николя первым шагнул на вытертый бурый линолеум. Он бы предпочел, чтобы медэкспертом оказался не Поль Шене: этот человек в ярко-синих кроках на ногах проводил вскрытие Камиль. Он искромсал его любовь, вытащил один за другим ее органы или то, что от них осталось, потом разрезал их, отправив на весы или в пластиковые чаны. Однако Белланже вежливо поздоровался и представил нового члена команды.

Без дальнейших проволочек они расположились вокруг тела, у которого на большом пальце ноги красовалась этикетка. Шене с помощью ассистента уже вымыл, взвесил и отсканировал его. В момент их появления он как раз рассматривал на экране полученные рентгеновские снимки.

— Лицо мужского пола, белый, рост около метра семидесяти, вес семьдесят килограммов. Брюнет, короткая стрижка, возраст предстоит определить антропологу, но я бы сказал — от двадцати пяти до тридцати пяти. Тело пребывало обнаженным во влажной внешней среде, вне доступа ветра, при температуре воздуха от девяти до тринадцати градусов, в ночь с понедельника на вторник.

Отступив на шаг, Одри скрестила руки и приоткрыла губы, чтобы дышать ртом: медэксперт не предложил ментоловую мазь, а только респираторы и перчатки для защиты от микробов.

— Окоченение почти максимальное к моменту поступления тела, во вторник 7 ноября 2017 года, в 15:30, внутренняя температура семнадцать градусов, то есть выше температуры окружающей среды. Я сделал кое-какие подсчеты и глянул на графики. По первой прикидке, дата смерти приходится на канун его обнаружения, то есть на понедельник, 6 ноября, между десятью часами вечера и двумя часами ночи.

Одри смотрела на изуродованное лицо. В правой пустой глазнице еще оставалась вода, словно человек плакал.

Медэксперт вынужден был промыть ее струей, чтобы избавиться от грязи. Она ощутила звон в ушах, низкое эхо, пробивавшееся из глубины головы. Это был голос судмедэксперта. Теперь Шене перешел к внешнему осмотру. Он измерял, фиксировал каждую рану, записывая свои наблюдения на диктофон в своем мобильнике. Молодая женщина потрясла головой и больше не сводила глаз с тела. Она должна сосредоточиться, оставаться в этом помещении вместе с остальными рядом с трупом и пройти эту проверку, как она уже делала десятки раз.

— Носовая перегородка сломана, скулы сплющены... На лицо была вылита какая-то очень едкая жидкость, жировые ткани не растворены, что указывает на кислоту, но требуется подтверждение токсиколога.

Кислота, подумал Николя. Убийца не пожалел усилий. Стремился ли он скрыть личность жертвы? Или им двигало желание разрушать? Уничтожить лицо?

— Следы сопротивления на предплечьях и ладонях. Очевидные следы связывания на запястьях и щиколотках, *ante mortem*[1]. Левый мизинец ампутирован на уровне второй фаланги, но, судя по рубцеванию, операция имела место давно... Ноготь указательного пальца левой руки вырван и найден на месте преступления... Наличие татуировки на внутренней поверхности левого запястья.

Николя с другой стороны стола склонился ближе:

— Татуировка какого рода?

— Грубая, из тех, какие делают себе самостоятельно черной тушью, и недавняя, судя по степени заживления. Это дата: «7/11/2017 17:02».

Николя обошел стол, чтобы взглянуть самому. Шок.

— Вчера прямо перед Бастионом ровно в это время умер человек, оставив нам письмо с угрозами. 7 ноября 2017 года в 17:02.

Медэксперт держал руку покойника и внимательно разглядывал кончик указательного пальца.

[1] Перед смертью, прижизненные *(лат.)*.

— Мы его получили сегодня рано утром. Его доставили из Биша, верно?

— Да. Мы вызвали «скорую» к Бастиону. Вроде бы он умер от сердечного приступа, только вот глаза налились кровью.

— Увидим. Он стоит в плане, я займусь им в конце дня. В любом случае странное совпадение эта твоя история.

Николя сфотографировал татуировку. Как можно предполагать здесь случайность? Как человек мог носить на предплечье дату, с точностью до минуты обозначающую смерть другого человека, который к тому же скончался на день позже его самого? И зачем оставлять на теле такой нестираемый знак?

Он бросил взгляд на Одри, та была неподвижна и сосредоточенна. Трудно сказать, хорошо она себя чувствует или плохо: казалось, ее лицо покрывает слой воска, что придавало ей сходство с телами, которые вылавливают в канале после недолгого пребывания в воде.

— Ты заметил малюсенькую отметину между большим и указательным пальцем? — бросил Шене. — Это любопытно. Похоже на след от укола, только толстой иглой. На сканере я заметил присутствие инородного тела. Сейчас посмотрим.

Врач взялся за скальпель и сделал тонкий надрез. Лезвие наткнулось на крошечную пластиковую трубочку, не крупнее рисового зернышка. Он аккуратно подхватил ее пинцетом, протер о рукав халата и поднес к свету. Она была прозрачной, с миниатюрными электронными деталями внутри.

— Похоже на электронный чип.

Николя и Одри внимательно изучили предмет.

— Чип под кожей?

— Я и не знал, что такое можно вживить — разве что в научно-фантастических фильмах, я хочу сказать. В любом случае вживление любительское. Такие штуки в больнице не практикуют.

Медэксперт поместил чип в пластиковый пакет и вручил Николя, затем отошел к рабочему столу за угольником и продолжил обследование.

— Калечащие повреждения с частичной утратой ткани... Зубные дуги удлиненные, с узким внутренним межклыковым пространством. Клыки нанесли глубокие раны. Некоторые идут до кости, разрывая мускулы и сухожилия. Подреберная область вскрыта, даже разодрана. Часть печени извлечена наружу и изглодана. Укусы не человеческие.

Пока Николя задумался о печени: зачем ее вытащили из внутренностей жертвы? Шене попросил ассистента промокнуть края ран, на которые он указывал тампоном на палочке.

— Затребован анализ на амилазу, чтобы подтвердить наличие слюны животного. Небольшое ее количество всегда можно обнаружить, если имел место укус, даже при самых неблагоприятных погодных условиях. И пожалуйста, сделай срезы с этих трех ран для патологоанатома.

Шене приложил угольник к специфическому повреждению на правом бедре:

— А вот здесь нечто необычное, должен признать.

Он сфотографировал рану крупным планом, потом вернулся к шее:

— Царапины под подбородком, типичные для хищника, который продвигает голову вперед, когда чувствует, что его хватка слабеет. На конечностях, то есть на ступнях, ногах, ладонях и руках, следы жестокого нападения. Кровоподтеки преждевременного окраса, красные и синие. Возможно, были нанесены *ante mortem*, что следует подтвердить диафаноскопией. Все это согласуется с оборонительными отметинами: субъект был атакован при жизни, одним-единственным животным, учитывая однотипную форму укусов. Некоторые другие раны, в частности в области печени, скорее, нанесены *post mortem*[1].

[1] Посмертно *(лат.)*.

— У вас есть соображения относительно того, какое это может быть животное? — спросила Одри.

Шене поднял руку, призывая к терпению. Он продолжил описание, остановился на трупных пятнах, предположил, что смерть стала следствием раны в области горла, а после того, как человек скончался, была извлечена печень. Николя подумал, что речь может идти об инсценировке или о некоем ритуале, придуманном убийцей.

Медэксперт взял несколько проб — из-под ногтей, волосы — для токсиколога. По его мнению, лицо было раздроблено, размозжено каким-то тяжелым инструментом, вроде металлического лома или кувалды, уже после смерти, а потом растворено кислотой. Одри крепилась изо всех сил, стараясь держаться прямо, но гул в голове нарастал. Несмотря на леденящий холод в прозекторской, ее ладони под перчатками стали влажными, а по спине стекали капли пота.

Медэксперт сделал всем знак подойти ближе:

— Видите? Вот хватка на горле. Мощная, глубокая. Я посмотрю после вскрытия, но, по-моему, он потерял много крови, что и стало причиной смерти. В таком случае место обнаружения тела и было местом преступления. Но мы это и так предполагали.

— О чем ты думаешь? — спросил Николя.

— Я поговорю с ветеринаром. Априори я дал бы руку на отсечение, что это собака какой-нибудь мощной породы, вроде стаффа или питбуля. Мне приходилось осматривать жертв нападений животных такого рода, когда я консультировал в госпитале Помпиду. У них специфическая форма укуса, очень широкая челюсть и короткие клыки, как здесь. И они способны вырвать половину икры.

— Так почему в нашем случае это не может быть такой зверь?

Шене подвел полицейских к экрану компьютера, рядом с окном, выходящим во внутренний двор ИСМЭ. Дождь барабанил по стеклу, нарушая покой мертвецов. Шене показал несколько снимков:

— Перелом большой берцовой кости в месте укуса. *Idem*[1] локтевой и лучевой костей. Эта зверюга буквально раздробила ему кости. Даже питбуль не способен причинить такие повреждения. А размер пасти! Это ни в какие ворота.

— Тогда кто? Лиса? Волк?

— Нет-нет, у них форма пасти более вытянутая, более узкая. Я дам вам ответ, как только получу заключение ветеринара.

Четверть часа спустя медэксперт перешел к внутреннему обследованию. Вскрытие грудной клетки и брюшной полости, полости таза, черепа, извлечение внутренних органов — и все это под визг грудинных пил, скрип скальпеля, металлических прикосновений к мягкой коже, покрытой синими, лиловыми и желтыми разводами. Одри засунула в рот сразу три пластинки ментоловой жвачки. А Николя не смотрел ни на Шене, ни на тело. Он вспоминал фотографии с места преступления, ноготь, застрявший в древесине щита. Может, этого человека бросили в яму на съедение зверю, прежде чем изуродовать лицо и вскрыть живот, чтобы вытащить кусок печени? Кто присутствовал при убийстве? Человек подвергся пытке, потом его изувечили и оставили в грязи под ледяным дождем. Да вдобавок эта непостижимая татуировка, зловещее предсказание...

Коп чувствовал, как в животе разгорается огонь — энергия, необходимая, чтобы с головой погрузиться в новое расследование. Охота началась.

Шене подтвердил смерть в результате разрыва сонной артерии. Кровь из нее выплеснулась под давлснием, значит сердце в тот момент еще билось. Когда все органы были взвешены, срезы сделаны и все необходимые образцы изъяты, медэксперт сложил все на место, как в игре «Док-

[1] То же самое *(лат.)*.

тор Мабуль»[1], и зашил, чтобы хоть отчасти придать телу человеческий облик — непростая задача при подобном состоянии лица. Кто-то скучал по этому человеку, кому-то он был нужен и близок, а значит, кто-то однажды придет сюда, чтобы попытаться опознать и, возможно, достойно похоронить...

Когда вскрытие закончилось, Николя убрал в карман опечатанный пакет с чипом и в сопровождении Одри направился к выходу. Оказавшись снаружи, молодая женщина сделала глубокий вздох и подняла голову. Горизонт ограничивался стеклянными башнями Берси и вполне подходил к постапокалиптической картине. Холод дождевых капель на коже успокоил ее и отбил пропитавший их обоих запах мяса с душком и кишечных газов. Николя достал сигарету и прикурил, укрывшись под портиком входа.

— Непросто? — бросил он, предлагая сигарету и ей.

Она отказалась и глянула на сообщение, от которого завибрировал телефон.

— Скажем так: разделка туши — не та часть нашей работы, которую я люблю больше всего. А эта была особенно ароматной.

— Я спрашивал не о вскрытии.

Она не ответила, быстрыми и точными движениями набрала на клавиатуре ответ, широко улыбнулась, открыв ровные зубы, и убрала мобильник в карман. На несколько секунд ее лицо озарилось слабым бледным светом, украденным у хмурого неба. Николя осознал, что пристально ее разглядывает. Он отвернулся и посмотрел на экран собственного телефона.

— По правде говоря, тухлятину никто не любит. Ты на машине?

— На метро.

— Ладно. Тогда пошли.

[1] *«Доктор Мабуль»* — настольная игра для детей, где играющий выполняет роль хирурга, вытаскивающего пластиковые «органы» из «пациента».

Он выслушал сообщение, которое прислал Шарко. *«Это я. После вскрытия возвращайтесь, и побыстрее. Это сайт в Интернете. И эта штука движется»*. Он отсоединился и, едва зайдя в метро, связался с адресом, который числился в избранном.

То, что он обнаружил, едва не заставило его пропустить поезд.

7

С самого утра Одри чувствовала, что ее будто закрутило в вихре. Не было времени ни зайти в оружейную и получить свой «зиг-зауэр», ни глянуть на помещение, которое отныне ей предстоит делить со своей новой командой. Бастион был целым городом. Километры одинаковых коридоров. Двери на сколько хватает глаз. Службы и сокращения — UGP, SABL, SRIJ — что это?! — от которых начинала кружиться голова. В лифте и на седьмом этаже ее встретили приветливые лица, она пожимала руки, но не запомнила ни одного имени или звания. Все было слишком быстро.

Шарко с нетерпением ждал их с Николя у дверей кабинета комиссара Жеко, всего в нескольких метрах от своего собственного. Молодую женщину впечатлил разворот плеч ее начальника, его суровое изможденное лицо, на котором, словно на папирусе, отразились все тридцать лет его службы в уголовной полиции. Она уже навела справки о невероятной карьере этого копа, о громких делах, которые ему удалось раскрыть, и теперь спрашивала себя, сумеет ли она проявить себя на достаточной высоте, чтобы работать в его команде.

Он протянул ей руку, твердую, как полено:

— Сразу в омут с головой. Добро пожаловать в преисподнюю.

— Счастлива в ней оказаться, майор Шарко.

— Зови меня Франк или Шарк, как больше нравится. И мы на «ты». Как было в морге?

— Ну... поначалу холодновато, но к этому быстро привыкаешь.

Он улыбнулся ей. Они зашли, она первая. Максим Жеко кратко поздравил ее со вступлением в ряды и пожал руку Николя. Затем комиссар предложил пройти в оперативный штаб, примыкающий к его просторному кабинету. Помещение, которое могло вместить человек десять, было оборудовано по последнему слову техники, с большим столом, защищенными телефонами, телевизорами. Николя сел рядом с Одри и шепнул ей:

— Ты уже видела Франка Шарко, нашего босса, Максима Жеко, начальника уголовной полиции. А это... Простите, вы...

Он смотрел на женщину лет сорока с открытым лбом и короткими светлыми волосами, откинутыми назад.

— Я Летиция Шапелье, специалист из BEFTI, Отдела расследований мошенничества в области информационных технологий. Мы располагаемся на третьем этаже. Я штатское лицо и занимаюсь новыми технологиями. Обычно сижу перед экраном у себя в кабинете, но меня вызвали на это дело.

Одри сдержанно ее поприветствовала. Несмотря на косметику и подтянутый вид, Шапелье показалась ей усталой или больной: глаза и кончик носа у нее покраснели, как будто ее мучил насморк.

— А это Жак Леваллуа из антитеррора, наш сосед по этажу, — продолжил Николя. — Это ему ты обязана своим местом в команде, потому что он предательски нас покинул после многих лет доблестной и верной службы.

— И не жалуюсь. Очень приятно.

— Напротив Паскаль Робийяр и Люси Энебель, твоя новая семья. Люси по совместительству жена майора.

Люси махнула ей рукой:

— Ага, по совместительству. Добро пожаловать.

Быстрый обмен кивками. Одри постаралась запомнить имена и должности, прежде чем обратить свой взгляд к четырем большим экранам, занимавшим всю дальнюю стену. Обычно они в реальном времени показывали записи любой камеры наблюдения в Париже и его ближайших окрестностях, и их можно было переключать прямо отсюда. Нечто вроде облегченного варианта *Big Brother*[1] по версии Управления, чьей главной задачей была борьба с терроризмом, а также отслеживание подозреваемых по всему маршруту их движения. Но на этот раз только два верхних экрана были отведены под наружные камеры. Что касается нижних, то один показывал электронный скан письма с угрозами, а на другой было выведено содержание интернет-страницы *manifeste-angedufutur.com.*

Одри ознакомилась с письмом и посмотрела на соседний экран. Он показывал два цилиндра метра два высотой, накрытые крышками и расположенные меньше чем в тридцати сантиметрах друг от друга. Она узнала большие резервуары, какие устанавливают в саду у водостоков, чтобы собирать дождевую воду. Они были прозрачными, что позволяло видеть их содержимое.

Внутри были заперты мужчина в синем рабочем комбинезоне, покрытом масляными пятнами, и молодая женщина в темно-синих спортивных штанах. Скорчившись на полу, они сидели спиной к объективу. Помещение, казалось, было освещено мощным прожектором, явно расположенным позади снимающей камеры. Между двумя цилиндрами можно было рассмотреть подвешенную к потолку толстую веревку со скользящей петлей. В глубине — стены из неотделанного бетона, внизу электрические кабели, которые змеились по полу и исчезали за занавесом. Наверху экрана высвечивалось странное послание:

Там, где прячется маска, находится обезьяна.

[1] *Большой Брат (англ.)* — центральный образ романа Джорджа Оруэлла «1984», единоличный лидер государства, где за гражданами установлена тотальная слежка.

Максим Жеко остался стоять в торце стола, упершись о него ладонями. Хрупкий, вполовину легче Шарко, костюм на три размера меньше, но этот сорокалетний мужчина с заострившимися чертами лица, состоящего из одних углов, и глазами такой черноты, что из нее не пробивалось ни одного лучика света, внушал уважение.

— Похоже, Ангел будущего вернулся, — произнес он низким голосом, — и на этот раз сразу развил бешеную скорость. Давайте, Летиция. Освежите нам память. Расскажите о нем.

Специалист из BEFTI взяла слово:

— Прошу прощения за мой плаксивый вид, но я страдаю мигренями, и головные боли в последние дни все сильнее. Но могу вас заверить, что это, разумеется, не мешает мне работать. Так вот, короче... Ангел будущего в информационном поле гигантище. Хакер, способный влезть в любую систему и взломать пароли. С тех пор как он опубликовал генетический код президента, его пытались отследить всеми возможными компьютерными способами, но впустую. Обычно личности такого типа совершают какую-нибудь маленькую ошибку, позволяющую их идентифицировать. Только не он. Говоря проще, его соединения с сайтом Елисейского дворца были защищены длинными цепочками серверов с неотслеживаемыми соединениями, расположенными по большей части в странах Восточной Европы...

Она глянула на экраны, потом повернулась к собравшимся:

— Он использовал номер взломанной кредитки, возможно купленной в Даркнете, чтобы оплатить лабораторию «WorlDna», которая провела генетическое исследование, основываясь на отпечатке пальца, а также фальшивый адрес электронной почты, причем особо защищенный, на который он и получил лабораторные результаты перед тем, как опубликовать их на сайте Елисейского дворца.

Глаза Летиции Шапелье заблестели, она выпрямилась на стуле, взяла стаканчик с водой и поднесла его к губам.

— Мы перерыли все, искали в Интернете, в активных сетях биоконсерваторов, среди анти-GAFA, — вмешался Жак Леваллуа. — Мы также отправили запрос в Главное управление внутренних сил безопасности. Ни следа какого бы то ни было Ангела будущего. Что касается способа, каким он раздобыл отпечаток, идентифицированный нашей службой как принадлежащий президенту, то и тут не нашлось и тени следа. Слишком обширное поле. Это могло случиться когда угодно и где угодно. На митинге, когда президент еще не был президентом, или в момент рукопожатия, что было частым явлением восемь месяцев назад, или в любом месте и с любым предметом, которого президент мог коснуться.

Комиссар посмотрел на Одри, чьи брови в форме безукоризненных полукружий сейчас выражали изумление.

— Да, это были именно его отпечатки пальцев, старший капрал Спик. В нашем заведении это секрет Полишинеля, но постарайтесь не распространять данную информацию за пределами здешних стен. Даже если сами анализы ДНК носят предсказательный характер и совершенно ненадежны, вы можете себе представить, сколь катастрофическим с точки зрения возможных перевыборов станет формальное подтверждение того, что нами управляет президент, происходящий из народа варваров, да еще с семидесятипроцентной вероятностью на то, что в ближайшие годы у него разовьется болезнь Альцгеймера...

Одри подумала, что у всех президентов случалась болезнь Альцгеймера, когда речь заходила о том, чтобы сдержать предвыборные обещания. Жеко вгляделся в лицо каждого, кто сидел вокруг стола.

— Это доказывает также, что наш парень не шутник и к его угрозам следует относиться крайне серьезно. В этой истории уже есть один мертвец, причем прямо у наших дверей. Вчерашний прискорбный инцидент непосредственно перед Управлением является мощным символом: он нападает на нас, следовательно, на власть, а значит, на государство. Загадочная надпись вверху страницы, два человека, запертые в резервуарах для воды, и виселица между ними — от всего этого за версту несет садистскими играми. В письме говорится о манифесте, как и в названии сайта.

Он уставил указательный палец в экраны, в его жесте одновременно читалось и приказание.

— Я не желаю бойни в прямом эфире. Никто не должен знать о существовании этого сайта. Ни малейшей утечки, ни слова вне стен службы, и бегите, как от огня, от всего, что похоже на микрофон журналиста. Это не ваша забота, а моя и прокурора. Если пресса докопается, то все окажется на первых полосах любого таблоида.

На экране произошло движение. Молодая женщина в спортивном костюме, сидя на корточках, повернулась к камере. Она казалась ослабевшей и смотрела прямо в объектив. По ее лицу катились слезы. Она спустила брюки и помочилась в пустую бутылку из-под воды. Копы смотрели на нее со смесью отвращения и жалости.

— Мы сможем больше узнать об этом интернет-сайте?

Летиция Шапелье не сразу отвела глаза от экрана:

— Ну... Я уже посмотрела: имя домена приписано к «Датаскопу», это французский хостинг-провайдер. Когда прокурор даст зеленый свет, я получу доступ ко всем следам. Мы узнаем, кому принадлежит сайт, когда был создан, а также получим IP-адреса всех пользователей, которые на него когда-либо заходили. На мой взгляд, Ангел будущего слишком осторожен, чтобы создать сайт со своими настоящими координатами. Как и с лабораторией «WorlDna», он наверняка использовал фальшивые данные — фальшивое имя, фальшивый адрес, краденую банковскую карту, — и вполне возможно, что он подсоединяется и ведет его через посторонние серверы, как и было с сайтом Елисейского. Громадная разница заключается в том, что данный сайт принадлежит ему, так что он может делать все, что ему заблагорассудится.

— А у нас будет возможность закрыть этот сайт, если потребуется?

Она заколебалась:

— Да... С помощью хостинг-провайдера. Но как раз этого лучше не делать.

— Почему?

— Наш субъект наверняка подсоединен к своей странице. И он знает, что мы тоже на ней, или благодаря счетчику, или, что надежней, просматривая имеющийся в его распоряжении список посещений. При малейшем обрыве связи он может привести свою угрозу в исполнение и убить этих... этих людей.

— И он полон ненависти, — вмешалась Люси. — *«Несмотря на мое предупреждение...»*, *«Бедные шимпанзе»*, *«Шимпанзе должны заплатить»*. Он говорит *«вы»*, *«вы делаете»*. Он считает нас шимпанзе и отделяет себя от общей массы. Он не хочет смешиваться с нами. Он не слишком нас любит и если полностью впал в свое безумие, то рискует дойти в нем до конца.

Максим Жеко кивнул и снова обратился к Шапелье:

— И тем не менее следует подготовить процедуру быстрого отключения. Чтобы достаточно было нажать на кнопку, если дела пойдут совсем плохо и доступ к сайту возможных пользователей будет заблокирован. Вы сможете это обеспечить?

— Да, тут нет никаких сложностей.

— Отлично.

Жеко обратился к Леваллуа:

— Как по-твоему, к чему нам нужно готовиться в ближайшие часы или дни?

— К тому, что он перейдет к действию. Очевидно, что он написал манифест и цель у него одна — распространить свою идеологию. Если бы он прямо сейчас прислал его и попросил опубликовать, ни один журналист и пальцем не шевельнул бы. Он прекрасно знает, что сначала нужно придать себе весу. Поддать жару. Этот сайт — его витрина, залог серьезности его выступления. Когда он хакнул страницу Елисейского дворца, опубликовал генетический код, это не возымело того эффекта, на который он рассчитывал, даже с публикациями в прессе и ссылками в соцсетях. Все было опровергнуто, ничего не доказано, через несколько дней интерес пошел на спад. И вот через два года он возвращается. А учитывая эту страницу и то, что вчера произошло прямо перед Бастионом, будьте уверены, что он дозрел и полон куда большей решимости.

Леваллуа указал пальцем на нижнюю часть правого экрана:

— Сдается мне, он в самом скором времени раскроет существование своего сайта, не знаю как, но он это сделает. Иначе какой смысл, если мы — единственные его зрители? И число подключений начнет расти. Если те, кто зайдет на его страницу, будут классическими интернет пользователями, очень немногие из них оттуда уйдут. Остальные, напротив, не смогут от нее оторваться и еще дадут ссылку на нее всем своим контактам. Те ее размножат и так далее. Всем известно пристрастие людей к патологиям, к вуайеризму, к трансгрессии[1]. Знаете, как говорят: случись авария на обочине, и все только в ту сторону и смотрят... Короче, если информация появится, за несколько часов она расползется как вирус, и мы не сможем противостоять всестороннему и бурному обсуждению этого дела в прессе. Все, что угодно, выплеснется в лихом бардаке, лишь бы это было зрелищно и захватывало аудиторию.

Шарко слушал, не говоря ни слова. Леваллуа попал в точку. В наши дни, учитывая соцсети, все вспыхивало от малейшей искры. Некоторые не слишком щепетильные СМИ не тратят время на проверку источников и показы-

[1] *Здесь*: преодоление социальных запретов.

вать будут без фильтров, потому что каким бы жестоким ни было зрелище, оно привлечет толпу.

На экране мужчина в рабочем комбинезоне встал и посмотрел в камеру, оперпшись ладонями о переборку. Впервые они смогли увидеть его лицо.

— Другими словами, он схватил нас за яйца, — бросил Жеко.

— С вашего позволения, можно сказать и так, да.

— Я не допущу, чтобы какой-то жалкий недоумок издевался над нами. Дело становится приоритетным. Шарко, подключай к этому дорожный каток. Тряси соответствующие службы. Анализ письма, бумаги, почерка, поиск отпечатков. Найдите, какие магазины продают такого рода резервуары для воды; у него крупногабаритная модель, значит не слишком распространенная. Свяжись с BRDP[1], я хочу знать, кем был тип, который вчера скончался у нас на руках, и как, мать его, он умудрился предсказать свою смерть в 17:02. Кто посещал сайт до нас, кто эти пленники... И где сам мерзавец скрывается. Дело леса Бонди спустим на тормозах. Оно может подождать.

Шарко одобрительно кивнул. Николя встал:

— Простите, комиссар, но я, напротив, считаю, что мы должны вплотную заняться расследованием истории с лесом Бонди.

— А можно узнать почему? Того, что на нас свалилось, тебе недостаточно?

— При всем уважении, но у трупа из леса была на запястье татуировка с точными датой и временем смерти нашего анонимного курьера. И он написал не «17 часов», а «17:02». Какова вероятность совпадения? Таких случайностей не бывает, оба дела безусловно связаны. Продвинемся в одном, продвинемся и во втором.

[1] Бригада по борьбе с преступлениями против личности. Служба, расположенная на том же этаже и занимающаяся исчезновением людей, а также идентификацией трупов *(фр.)*. *(Примеч. автора.)*

Шарко вытаращил глаза. Шеф тоже, особенно когда Николя предъявил фото татуировки и опечатанный пакет.

— У того человека был еще вот этот электронный чип, вживленный в руку.

Пакет с чипом и мобильник со снимком пошли по рукам. После некоторого раздумья Жеко принял решение:

— Ты прав, такая штука исключает любую случайность. А татуировка, она что, предсказание? Фокус?

— Не знаю, комиссар.

— Ладно, Шарко, держишь оба дела на равном приоритете, за мной общий контроль. И не стесняйся в ресурсах; если нужно, можешь взять кого-то из группы Юрьеза, он работает над делом педофила, но там не пожар. Я со своей стороны тоже посмотрю, кого тебе подбросить, потому что тут будет завал, я нюхом чую. Ведем два дела параллельно, причем на данный момент в условиях «очевидности»[1], нам это развязывает руки и поможет избежать кучи отчетности.

Он сложил стопкой бумаги и уставил палец на майора:

— Ты жмешь на все педали и докладываешь мне каждый день. Если только очередной теракт не свалится нам на голову, оперативный штаб в вашем распоряжении; собирайтесь, когда вам удобно, а главное, используйте его возможности на все сто. Это хороший инструмент, так что не пренебрегайте. Все телефоны прямые, можете связываться с нужными людьми в нужный момент, не теряя времени. А если вы умеете управляться со всей этой компьютерной хренью, то будет вам счастье. Договорились?

Франк только кивнул, губы его вытянулись в тонкую, как лезвие, линию. Все встали, кроме Одри, которая уткнулась носом в свой мобильник.

[1] *«Очевидные» преступления* — такие, которые совершаются в условиях очевидности, когда исходная информация содержит данные и о событии, и о виновном. При их расследовании внимание в первую очередь уделяется выяснению обстоятельств и мотива.

— В твоем телефоне есть что-то более интересное, чем наши мелкие неурядицы, старший капрал Спик? — бросил комиссар.

Молодая женщина протянула экран. На нем был портрет мужчины, который в этот самый момент смотрел в их сторону из глубины своего цилиндра и взглядом умолял о помощи.

— Я знаю, кто он.

8

С сиреной, закрепленной магнитом на крыше их «Пежо 207» с надписью «ПОЛИЦИЯ», Люси и Николя прокладывали себе путь по автостраде A10 в направлении Орлеана. Из-за ливня водители еле ползли, что, в свою очередь, замедлило движение на протяжении многих километров. Вдали в зеркале заднего вида медленно исчезал в серо-черной мгле Париж, словно проглоченный пастью великана.

Лицо на экране мобильника Одри Спик принадлежало Бертрану Лесажу, жителю городка Саран, о котором в последнее время шло много разговоров. Вместе с женой он оказался в центре скандала, который взбаламутил политическое и медийное пространство. Люси продолжала просматривать на своем телефоне посвященные ему статьи и вкратце пересказывала их Николя.

— Я не следила за этой историей, но, похоже, там масса пикантных подробностей. Только послушай: *«Во время обычной проверки следователь по гражданским делам сумел вскрыть невероятное мошенничество в области вынашивания чужих детей. Обвиняемая супружеская чета посредством короткого объявления на бельгийском сайте нашла анонимную суррогатную мать, готовую родить им ребенка. Этот ребенок был зачат путем оплодотворения семен-*

ной жидкостью мужа в гостинице парижского предместья в июле 2016...»

— Как поэтично...

— *«...Чтобы их уловка удалась, вышеозначенные супруги воспользовались прецедентным правом, введенным в 2006 году, позволяющим установить отцовство даже в случае отказа матери от ребенка. Чета Лесажей была обвинена судом высшей инстанции Орлеана в оставлении без надлежащего ухода родившегося ребенка или ребенка, который должен появиться на свет»*.

Она пробежала другие статьи.

— Парочка пока не смогла получить младенца, который оказался юридически заблокирован в яслях в Осере. Проблема в том, что, если Бертран Лесаж действительно отец и требует отдать ему малыша, это перекрывает ребенку возможность оказаться в приемной семье. В целом история напоминает какую-то чадящую газовую трубу, особенно если глянуть на разразившиеся дебаты. Тут тебе и Центр репродуктивной медицины, и Ассоциация суррогатного материнства, и усыновление...

— Ничего удивительного, если вспомнить, какой бардак творится при обычном разводе, когда речь заходит об опеке над детьми. А что там с биологической матерью?

— О ней ничего нет.

Ее телефон зазвонил. Паскаль. Она включила громкую связь.

— Я в BRDP, — сообщил Робийяр. — В их картотеке пропавших нет ничего о Бертране Лесаже. Мы связались с муниципальной полицией Сарана: супруга не подавала никакого заявления о нападении или похищении. На телефонные звонки она не отвечает. Группа местных полицейских только что отправилась по их адресу. Ставни закрыты, никакого шума, машина припаркована у дома, но никто не отвечает на стук. Я сказал им, что мы сами займемся.

— Через сорок пять минут мы будем там, — бросил Николя. — Пошли туда слесаря.

— О’кей.

Люси дала отбой:

— Это скверно попахивает. Первое, что она должна была бы сделать, когда исчез муж, — вызвать копов.

Двадцать минут спустя Николя съехал с автострады.

— Похоже, Франк на меня злится. К концу совещания он меня испепелял самым своим убийственным взглядом. Он не хотел двух дел зараз. Но я же не мог промолчать? Ведь важно было сказать про татуировку, верно?

— Ты просто делал свою работу. Франк с трудом пытается освоиться, и я думаю, он переживает, что меньше времени проводит с нами. Представь, что быка заперли в кабинете.

— Кстати, ты не в курсе, почему он взял Одри Спик? Нельзя сказать, что кандидатов на место Леваллуа не хватало.

— Похоже, что паритетный состав полов на сегодняшний день является одним из критериев отбора. А дальше Франк отобрал лучшие личные дела. Девушка предложила свою кандидатуру, у нее железобетонный послужной список — бригада по наркотикам, потом по торговле людьми, — плюс она попадает в нужный момент... На собеседовании она производит хорошее впечатление, как и при посещении будущего рабочего места. Вот и все, никаких особых загадок. Во всяком случае, я-то довольна. Команде явно не хватало женского присутствия.

Она глянула на него краешком глаза, и ей захотелось его подразнить.

— Ты впервые настоял на своем присутствии при вскрытии. И должна признаться, утер нам всем нос. А еще ты был там, когда она впервые пришла в Бастион, и проявил массу внимания, надо заметить, а также оказался отличным гидом. Она очень миленькая, наша новенькая, и такая вся ладная.

Белланже пожал плечами:

— Ты что, решила, будто я наброшусь на нее из-за ее аккуратной попки? Промашечка вышла. И потом, эта девица влюблена без памяти. Всю дорогу в метро она только и делала, что слала СМС с приклеенной улыбкой на губах, всякие «я тоже скучаю» и прочую дребедень в таком роде. Для ясности: я не собирался читать, но... вагон был переполнен, и ее просто притиснуло ко мне.

— А что, в ее резюме не указано «не замужем»?

— Ты из брачного агентства? Разве нельзя быть не замужем и иметь парня? Может, ее парень остался в Ницце или приехал с ней в Париж. Или же она лесбиянка. Что это меняет, если она справляется? Остальное не наше дело. Что за мания всегда все знать...

Люси не стала настаивать. Белланже мгновенно вспыхивал, стоило выйти за рамки работы. Офицер судебной полиции, чье прошлое кокаиниста ни для кого не было секретом, да еще проходящий курс лечения от ПТСР — немудрено, что у него редко возникало желание рассказывать о своей личной жизни.

В пять вечера они встретились со слесарем, который ждал их в квартале малоэтажной застройки. Сначала они обошли вокруг дома, пробираясь по пропитанному водой саду. Трава беспорядочно разрослась, деревья давно пора было подрезать — дело о суррогатном материнстве наверняка поглощало всю энергию супружеской четы. У Люси возникло ощущение, что сквозь планки в ставнях пробился голубоватый отсвет, который померк в тот момент, когда она подняла голову. Она застыла.

— Вон там... мне показалось, что я заметила свет сквозь ставни.

Николя поднял глаза, но ничего не увидел.

— Тебе показалось или ты уверена?

— Он просто мелькнул. Да еще дождь и капюшон... Ни в чем я не уверена.

— Пошли посмотрим.

Все входы в домик были заперты. Они подозвали слесаря, и тот меньше чем за пять минут разобрался со входной дверью. Николя скинул капюшон и зашел первым, с «зиг-зауэром» в руке. Нажав локтем на выключатель, он осветил гостиную слева и открытую кухню справа. На столе тарелка с прилипшими остатками макарон, пустой стакан из-под воды, брошенные столовые приборы с присохшим соусом. В раковине громоздится посуда, мусорное ведро переполнено.

Николя потрогал раскаленный обогреватель:

— Это полиция! Есть кто?

Не получив ответа, он начал опасаться худшего, раз уж машина стояла на подъездной дорожке. Внезапно леденящая тишина была нарушена скрипом прямо над их головами. У Николя перехватило дыхание, и он бросился к лестнице. Люси следовала за ним по пятам, сжимая во влажных ладонях оружие. Память тела оживала каждый раз, когда она вот так проникала в пустое на вид жилище. Опасность могла возникнуть из любой слепой зоны, из сгустка тени...

— Все нормально? — прошептал Николя.

— Да-да...

Еще один выключатель, Николя нажал и на него. Теперь они продвигались медленно, внимательно прислушиваясь к малейшему шуму. Прошли мимо детской. Над пустой колыбелью без матраса покачивались зверушки, подвешенные к мобилю. Люси заметила на кресле у шкафа ноутбук с закрытой крышкой, на которой мигал индикатор: он был подключен к сети.

Как если бы призрак был здесь всего несколько секунд назад.

В ванной пусто. В глубине коридора смятые простыни на кровати в родительской спальне. На полу валяется одежда. Николя для подстраховки осмотрел платяной шкаф, пока Люси заглядывала под кровать. Потом капитан нажал каблуком на паркет:

— Заметь, иногда эта штука поскрипывает сама по себе, особенно когда жарко. Дерево увеличивается в объеме.

Люси не ответила. Она вернулась в детскую, не ослабляя внимания. Зверушки на мобиле завершили свой бег по кругу. Она осторожно открыла крышку ноутбука. На экране высветилась страница Бертрана Лесажа на Facebook, а в соседнем окне был сайт *manifeste-angedufutur* с двумя пленниками, сидящими в цилиндрах.

Здесь кто-то был. Кто-то, знающий о существовании сайта, и кто смотрел на пленников. Что и объясняло наличие еще одного подключения.

Люси подобрала с пола конверт, валяющийся прямо рядом с компьютером. В верхней части бланка значился адрес медицинской гематологической лаборатории в Бордо, одной из лучших частных лабораторий Франции, куда они сами иногда отправляли пробы ДНК для более продвинутых анализов или в случае особо сложных дел. Люси уже собралась развернуть сложенный внутри листочек, когда ее взгляд упал на большой шкаф. Одна деталь изменилась с момента, когда она первый раз заходила в комнату: дверцы с решетчатыми филенками были теперь закрыты.

Знаками она предупредила Николя о возможном постороннем присутствии. Потом подошла к шкафу и, остерегаясь оставаться на прямой линии, рывком распахнула дверцу.

Элен Лесаж завопила. Она скорчилась в углу, в халате, прижав согнутые колени к груди. Вид у нее был совершенно безумный.

9

Одри наконец удалось освоиться в большой комнате на седьмом этаже, у входа в которую висела табличка «Группа Шарко». Рисунок черным фломастером, изображающий рыбу-молот[1], впитался в древесину двери и стал несмываемым, как и подпись «Под угрозой исчезновения». Мелкие сколы и царапины свидетельствовали о напрасных

[1] Игра слов. Рыба-молот — это разновидность акул, а «Shark» по-английски «акула». Имя Шарко пишется как Sharko, что и послужило поводом для шутки.

попытках стереть шутку. По всей очевидности, Шарко был из тех копов, на которых молодежь смотрела с глубоким почтением, а ветераны воспринимали как скалу, являвшуюся частью пейзажа и придававшую ему надежную устойчивость.

В их помещении витал запах нового дерева и хозяйственных растворителей. Каждый коп постарался восстановить свой персональный кокон постерами, сувенирами и личными тотемами. Старший капрал без труда догадалась, где чье место. Судя по афишам с женщинами-культуристками и банке с протеиновым порошком рядом с креслом на колесиках, стол здоровяка Паскаля Робийяра располагался слева от нее. Владения Люси у окна были заставлены рамками с фотографиями и теми поделками из бельевых прищепок или пробок, которые дети обычно дарят на День матери. Стол Николя Белланже, напротив ее собственного, был самым нейтральным и безликим. Только несколько ручек в желтоватой кружке, стопка скоросшивателей, офисное оборудование и початая бутылка воды без этикетки.

Как последний новоприбывший и младшая по званию, она унаследовала рабочее место справа от двери, рядом со шкафом, где под полками архивных дел стояли кофейные чашки, тарелки, пачки с печеньем, гриль-раклетница и даже несколько бутылок игристого. Легенда не врала: здесь и ели, и спали.

Одри положила сумочку, достала термос с черным чаем и поставила его справа от второго компьютерного экрана — исключительно чтобы обозначить свою территорию. Ей дали логины, пароли, учетные записи электронной почты, а дальше разбирайся сама. Ни одного коллеги в комнате, чтобы разъяснить ей что-то в случае надобности, но, учитывая все, что на них свалилось, оно и понятно.

Едва она, со стаканчиком обжигающего чая в руке, начала обживаться, как в дверь просунулась голова Франка Шарко. В руках у него был пластиковый пакетик с чипом.

— Я спущусь в Идентификацию по делу трупа в Бонди. Пойдешь со мной?

Одри вскочила с кресла на колесиках и двинулась за своим новым командиром. Чай подождет.

— Ты получила все свои причиндалы? Ствол и прочее? Сейчас все немного наперекосяк, но не пугайся, у нас не всегда так жарко.

— Смею надеяться.

— И кстати, об акуле на двери... Когда имя шутника дойдет до твоих ушей, а оно дойдет, то полагаюсь на тебя, сможешь наябедничать, идет?

— Знаете, ябедничать не совсем в моих правилах.

Он ответил улыбкой. Снова лица, «здравствуйте» и «привет», рукопожатия, на которые она отвечала со сдержанной вежливостью. Вместо того чтобы воспользоваться лифтом, Шарко направился к лестнице, и они преодолели все пять этажей пешком. Ее шеф был типом быстрым, нервным, в вечной погоне за временем. Одри задумалась, какой должна быть их семейная жизнь с Люси Энебель. Работать в нескольких метрах друг от друга, да еще при четких иерархических отношениях — это совсем не то, о чем мечтают, желая насладиться жизнью. Интересно, а вечером, за столом, они что, перебирают все свои убийства или сравнивают марки стволов?

Их ждал капитан Оливье Фортран. Именно он занимался консервацией следов на месте преступления в Бонди. Крупный парень в башмаках со стальными накладками, которые при каждом шаге издавали металлический лязг.

— У меня для вас подарочки. Сегодня Рождество.

— Люблю, когда ты так говоришь, — откликнулся Шарко. — Ты еще не знаком со старшим капралом Одри Спик. Прибыла только сегодня утром и сразу угодила в пекло.

Капитан протянул ей руку:

— Да уж, сразу с головой. Ты откуда?

— Судебная полиция Ниццы.

— Там слишком много солнца, да?

Шарко заметил, как на лицо Спик набежала грустная тень. Майор поставил точку в неловкой ситуации, протянув капитану пакетик с чипом:

— Можешь провести все исследования? Похоже на электронный чип. Это нашли на запястье трупа, под кожей.

Фортран отложил пакетик в сторону:

— В смысле отпечатков из письма ничего не выдоили, из-за воды. Графологическая экспертиза еще не завершена.

Он привел их в помещение, где громоздились крупные опечатанные предметы, стоявшие прямо на полу или на полках, снабженные этикетками. Они вышли на середину комнаты, где шесть деревянных щитов, расставленных прямоугольником на доске, повторяли контуры ямы. На полу и перед одним из щитов с внешней стороны ждали гипсовые слепки.

— Высушив грязь рядом с ямой, мы смогли сделать слепки отпечатков ног, которые вы здесь и видите. Не все, некоторые были слишком нечеткими. Мы их расставили приблизительно в том порядке, как было на месте преступления. Они находились именно в таком положении: одни рядом с другими. Мы выявили как минимум семь видов различных отпечатков.

Шарко нагнулся и поднял слепки. На них карандашом была написана прикидка размеров — от тридцать седьмого до сорок пятого.

— То есть ты хочешь сказать, что как минимум семь человек смотрели, как жертву рвут на части?

— Вполне логичный вывод, да. Отпечатки были свежими, учитывая, сколько воды лилось с неба. Тридцать седьмой — самый маленький размер. Скорее всего, женщина или ребенок...

Шарко и предположить не мог, что их было несколько, склонившихся над ямой и наблюдающих за агонией человека. Фортран взял пульверизатор с реагентом Bluestar, предназначенным для выявления следов крови, и отодвинул один из щитов.

— Ну, занимайте места в зрительном зале. Как в кино.

Они повиновались. Фортран подошел к выключателю и вырубил свет. Помещение без окон погрузилось в абсолютную темноту. Он вернулся к ним, подсвечивая себе фонариком, и распылил реагент на все щиты.

Шарко присвистнул сквозь зубы:

— Настоящий фейерверк.

Одри вертелась во все стороны, она была под сильным впечатлением. Щиты украсились флюоресцирующим желтым. На глубине шестидесяти сантиметров ни один квадратный миллиметр не избежал сияния под воздействием «проявителя». А дальше светящие капли разлетались, как рой мошкары. Крови одного-единственного человека, раненного, подвергшегося нападению, не могло хватить, чтобы покрыть такую поверхность, да еще и так равномерно.

Молодая женщина указала на отдельное пятно на метровой высоте, прямо напротив нее:

— Похоже на отпечаток животного.

— Да, размером со среднюю собаку. Есть и другие. Вот здесь. И там...

Как если бы собака с лапами в крови сама пыталась выбраться из ямы, подумал Шарко. Что же происходило в лесу? Как объяснить всю эту кровь? Через минуту свечение, вызванное напылением Bluestar, начало затухать. Фортран пошел включить свет. Потом он указал на особые зоны на щитах:

— Видите эти маленькие зазубрины, связанные с дефектами дерева? Рядом мы обнаружили элементы волосяного покрова, причем на всех шести щитах. А также нашли вырванные когти и зубы, валявшиеся в грязи на дне ямы. Я только что получил данные из лаборатории. По совокупности признаков они установили наличие восьми различных животных.

— Восьми животных? — повторил Шарко.

— Да. Длинные сухие волосинки различных цветов. Клыки различной степени изношенности... Без хромосомного анализа, который потребует некоторого времени, невозможно определить ни тип животного, ни породу, но наш специалист практически уверен, что речь идет о собаках.

— Однако, по мнению медэксперта, на жертве были укусы только одного вида, — сказала Одри, — а не восьми. Причем укусы анормально мощные.

— В таком случае шерсть и зубы были там до жертвы. Мне тут в голову пришла одна вещь...

Шарко снова увидел себя в гуще леса. Место, отрезанное от мира... Усилия и время, которые понадобились, чтобы вырыть эту дыру. И тяжелые щиты, которые пришлось тащить, чтобы укрепить ее... Крышка и растительность, чтобы ее укрыть...

— Собачьи бои?

— Именно. Собаки там рвали друг друга на части. Это могло бы объяснить большое количество крови на уровне холки породы вроде питбуля, многочисленные отпечатки лап, клыки на земле. Бросаешь туда двух псов — и пусть убивают друг друга. Накрываешь дыру доской и растительностью, когда не используешь ее, и до следующего боя.

— Вот только два дня назад одну из собак заменили человеком. А зрители были уже там...

Одри без труда представила себе бойню в глубине ямы и подумала о самых маленьких отпечатках. Против натасканного боевого животного, наделенного жуткой силой, у голой и беззащитной жертвы не было ни малейшего шанса.

— Дикари...

— К несчастью, наш мир полон дикарей, и те, кто организует такие бои, не из самых чувствительных.

Оливье Фортран обошел конструкцию и сделал коллегам знак присоединиться.

— И последнее, что у меня для вас есть: может, вы в курсе, что все деревянные щиты предназначены для транспортировки по Европе и должны проходить обработку в соответствии со строгими нормами химических средств защиты растений, причем эта обработка контролируется на каждом этапе. В любой момент можно выяснить, кто произвел щит, когда, откуда он, и все благодаря выжженной маркировке. И передвижение щитов отслеживается логистическими системами. Другими словами, можно выяснить названия последних предприятий, которым они принадлежали.

Он указал на один из углов щита:

— Тот или те, кто вырыл яму, большие хитрецы, потому что постарались соскрести печати с наших шести щитов, очевидно с помощью ножа. Они знают правила и наш образ действий.

— Бывшие «клиенты».

— Да, они, без сомнения, уже побывали на экскурсии в наших стенах. Но они убирали маркировку наспех и не были достаточно тщательны, чтобы обмануть глаз и аппараты специалистов. Мы предположили, что все щиты принадлежат к одному лоту, и действовали, как бы накладывая друг на друга листы кальки. Совмещая еще читаемые фрагменты цифр и букв с разных щитов, мы сумели восстановить единый номер производителя.

Шарко высоко ценил моменты, когда шестеренки сцеплялись подобным образом. Хоть он и не любил технологию, следовало признать, что она бывала ему полезна, особенно в данный момент. Фортран достал из кармана сложенный листок.

— Слава богу, нам иногда еще везет в расследовании. Я позвонил производителю, его компания расположена в районе Рона-Альпы и снабжает около двадцати предприятий. Большая часть находится на юге, посмотрите... Лион, Марсель, Авиньон... Но в списке есть единственная местная компания. Здесь.

Глаза Шарко блеснули. Фортран отметил адрес в Пьерфите, в департаменте Сена-Сен-Дени.

Самое большее в двадцати километрах от леса Бонди.

10

Элен Лесаж обмякла на диване в гостиной, зажав ладони между коленями. Не требовалось знаний психиатра, чтобы понять, что она на грани погружения в бездну. Фиолетовые мешки под глазами, изгрызенные до крови ногти, блестящие под светом волосы с нефтяным отливом, собранные в тугие косы. Раскачиваясь взад-вперед, она уставилась потухшими глазами в открытый ноутбук, лежащий на журнальном столике; ее сжатые губы походили на росчерк темного карандаша.

— Мы знаем, что вам страшно, — проговорила Люси самым доброжелательным голосом. — Похититель вашего мужа обратился к нам, он прислал сообщение. Именно поэтому мы здесь.

— Какое сообщение?

— Письмо, в котором он высказывает свое отвращение к тому, во что превращается мир благодаря новым технологиям, генетическим манипуляциям, вообще всему, что идет против природы.

— Например, тому, что сделали мы с мужем?

Люси старалась взвешивать каждое свое слово, чтобы не торопить и не напрягать собеседницу.

— Что-то в этом роде, да. В письме он также сообщает нам, что существует интернет-сайт *manifeste-angedufutur.com*, и требует, чтобы мы не прерывали соединения с ним. На данный момент мы в том же положении, что и вы: мы не знаем, что будет дальше. Но зато мы знаем, что каждая минута на счету. Мы хотим отыскать вашего мужа, и для этого нам нужна ваша помощь.

Женщина всхлипнула и после секундного колебания протянула свой мобильник, спрятанный в глубине кармана. Но не выпустила из рук, когда Николя захотел взять его.

— Вы говорите, парижская уголовная полиция? Та самая набережная Орфевр, тридцать шесть? Значит, вы найдете моего мужа? Вы вытащите его оттуда?

— Мы все для этого сделаем.

Элен разжала руку и отдала аппарат. Продолжая слушать то, что она рассказывала срывающимся голосом, Николя прочел сообщение, которое она только что вывела на экран:

— Это случилось... в субботу, ближе к вечеру. Бертран был в гараже, он... возился со своей старенькой коллекционной «дианой». Он всегда оставался там часами в выходные, его это успокаивало, особенно сейчас... Я заметила его исчезновение, только когда получила сообщение, посланное с его телефона: *Это не Бертран, а его похититель. Ваш муж у меня. Если вы предупредите кого бы то ни было, я убью его. Будьте уверены, я это сделаю. Оставайтесь дома, закройте ставни, никому не отвечайте. Выйдите на сайт www.manifeste-angedufutur.com и ждите продолжения.* Я... я так и сделала, в точности... Я послушалась. И я... часами смотрела на эту черную страницу. Целыми днями... Пока однажды...

Она указала на экран и разразилась слезами. Николя отметил, что она помнила сообщение с точностью до запятой. Он прокрутил остальные СМС, оставшиеся без ответа, которые Элен отправляла потом на телефон мужа: «Кто вы?», «Зачем вы это делаете?», «Верните мне моего мужа...» Похититель вынудил ее ничего никому не рассказывать. Он хотел все держать под контролем, все сам решать.

— По-вашему, мужа похитили в гараже?

— Да, или в саду. Бертран оставлял дверь в гараж нараспашку, когда возился с машиной. Когда я спустилась, его тележка на колесиках наполовину виднелась из-под машины, а на полу были разбросаны инструменты.

Они пошли осмотреться на месте. «Диана Ситроен» выпуска 1975 года покоилась на подъемном устройстве. Все вокруг еще было залито антикоррозийной жидкостью. Элен Лесаж рассказала, что искала повсюду, много раз выходила наружу, потом закрыла дверь гаража. Николя скрупулезно все осмотрел, вышел под дождь в сад перед въездом, но ничего существенного не обнаружил. Дом стоял в глубине, высокие кипарисы скрывали его от глаз возможных наблюдателей. Потом все вернулись в гостиную и снова уселись в кресла. Николя достал блокнот для записей и ручку:

— Можете ли вы сообщить какие-то детали, которые способны нам помочь? Например, не заметили ли вы чего-нибудь непривычного перед исчезновением вашего мужа? Машина, стоявшая неподалеку? Коммивояжер, постучавшийся в вашу дверь? Мы полагаем, что похититель долго вынашивал свой замысел и прекрасно знал, где и когда нанести удар. Так что хорошенько подумайте. Важна каждая мелочь.

Она покачала головой:

— У меня это все время прокручивается в голове. Вы наверняка в курсе, что нам предъявлено обвинение...

Люси кивнула.

— Мы с Бертраном... последние пять месяцев переживаем нелегкий период. Он выставлен на всеобщее обозрение, под обстрел прессы, даже создал на Facebook публичную страницу для поддержки. Я оставалась в стороне, муж хотел защитить меня от этой бури в СМИ.

Она кивнула в сторону компьютера:

— На своей странице в Facebook Бертран защищает право каждого иметь ребенка. Он публикует фотографии, статьи. Многие журналисты приезжали к нам поговорить с ним. Нас просто волна затопила. Так что мне трудно сказать.

— Вы позволите?

— Конечно.

Николя записал в блокнот аккаунт на Facebook. Больше десяти тысяч подписчиков. Потом он просмотрел страницу. Бертран Лесаж вел там ежедневную битву с помощью статей, видео и фотографий себя самого, дома, пустой детской. Похитителю несложно было наблюдать за ним дистанционно, найти его адрес, порыться в личной жизни и выработать план. Ниже на двух снимках можно было увидеть оформленную в ярких цветах комнату с длинным рядом лежащих в колыбельках младенцев. Лицо одного из них было обведено.

— Вот Лука, ребенок, которого мы собирались усыновить, — пояснила Элен. — Бертрану удалось его сфотографировать в яслях Осера. Эти сволочи так и не дали нам ни разу подержать его на руках. Сейчас Луке уже восемь месяцев. Восемь месяцев, как он растет в том заведении, ожидая родителей, попав в ловушку абсурдности французской системы. Почему они не дают нам забрать его к себе? Кто посмеет утверждать, что там ему лучше, чем с нами? Мы могли бы дать ему столько любви.

Люси испытывала сочувствие к этой совершенно потерянной женщине, но она понимала также и позицию властей. Речь идет не только о том, чтобы дать любовь, но и личность, корни, а законы биоэтики существуют, чтобы избежать возможных злоупотреблений. Те истории, которые попали в прессу, демонстрировали жестокость самой процедуры. Например, случай с таиландской суррогатной матерью: из двух благополучно рожденных ею близнецов один оказался носителем гена трисомии 21[1]. Приемные родители забрали только здорового близнеца, оставив его брата-инвалида этой и без того неимущей женщине, неспособной обеспечить ни его, ни себя.

Люси постаралась сохранять дистанцию, которую требовала профессия.

— Как началась эта история? Как юстиции удалось выявить махинацию, которую вы разработали вместе с мужем и суррогатной матерью?

Элен сидела с замкнутым лицом.

— Мы здесь не для того, чтобы судить вас, — добавила Люси, — а чтобы отыскать вашего мужа. Нам нужно понять, как все это произошло.

[1] *Трисомия* — хромосомная патология, вызывающая синдром Дауна.

Помолчав, та в конце концов решила довериться им:

— Все шло хорошо до расследования, инициированного социальной защитой детей. Это было последним препятствием перед тем, как забрать ребенка. Когда один из их психологов пришел сюда, чтобы понять, почему мы хотим любой ценой взять этого ребенка, мой муж сослался прежде всего на свое... отцовство. Поскольку сам он рос без отца, то считал своим долгом принять ребенка. Он придумал историю с адюльтером. Я избавлю вас от подробностей того разговора, но нам показалось, что их сотрудница проглотила нашу историю... Конечно, мы ничего не сказали ей о моем бесплодии, это немедленно навело бы на подозрения. Мы подготовили все ответы, предвосхищали все вопросы. Только мы нарвались на стерву, которая... решила сунуть свой нос в архив досье по усыновлению. Словно у таких людей шестое чувство на любой подвох.

Люси заметила, что у ее собеседницы дрожат пальцы. Легко представить себе, в каких мучениях Элен Лесаж провела последние четыре дня, запершись затворницей, которой поначалу только и оставалось, что разглядывать черную страницу, а потом агонию мужа в цилиндре, стоящем меньше чем в метре от петли виселицы.

— Она извлекла на свет божий наше дело по усыновлению. А там было указано все, в том числе и моя неспособность не только родить, но и выносить ребенка. Наше вранье свалилось нам же на голову. Когда... когда они нас вызвали, когда я увидела этих людей прямо перед собой, я... я разрыдалась и сломалась. Я призналась во всем, думая, что найду у них хоть каплю сочувствия... Мы желали этого ребенка больше всего на свете. Но они были неумолимы и дали ход юридической машине. Суд высшей инстанции, следователь по гражданским делам... И это было только начало кошмара.

Боль затопила ее. В конце концов она встала:

— Хотите воды? У меня больше нет кофе, вообще ничего...

Они вежливо отказались. Она вернулась со стаканом воды, выпила мелкими глотками.

— Наш адвокат посоветовал предать дело гласности, чтобы связать руки судье. Все выплыло наружу в начале сентября. Удачный момент, по его словам, потому что в правительстве шли жаркие дебаты по поводу репродуктивной медицины... Ее услуги собирались гарантировать любой женщине, желающей произвести на свет ребенка. Наша идея была в том, чтобы сказать: развивая репродуктивную медицину, но продолжая запрещать суррогатное материнство, вы не оставляете выхода всем женщинам, кто не может ни предоставить овоцит[1], ни выносить ребенка. Женщинам вроде меня.

Она показала на экран:

— И к нам хлынули журналисты. На Facebook нас поддержали тысячи людей, многие понимали, каким образом желание иметь ребенка толкнуло нас на то, что мы сделали. И даже... даже начали говорить о создании нескольких объединений здесь, во Франции, чтобы снова запустить бесконечные обсуждения проблем суррогатного материнства. Но вы и представить себе не можете, как жестко отреагировали другие. Нам стали поступать угрозы. Некоторые злопыхатели специально подписывались на нашу страницу, только чтобы нас изничтожить, обозвать сторонниками рабовладения, обвинить в том, что мы пользуемся чужой бедностью и даже что мы эксплуатируем... духовки для выпечки младенцев. Бертрана обозвали доктором Менгеле[2], вы можете такое вообразить? Как можно сравнивать его с Менгеле?

Люси знала, что тема суррогатного материнства является водоразделом, приводящим к резкому столкновению

[1] *Овоцит* — незрелая половая клетка.

[2] *Йозеф Менгеле* (1911–1979) — врач-нацист, проводивший медицинские опыты над узниками Освенцима.

мнений. Некоторые заговаривали даже об евгенике из сострадания, об «уберизации»[1] женской матки. В Индии, например, суррогатные матери были собраны на «фермах» с единственной целью их эксплуатации, и богатые иностранцы приезжали выбрать младенца, как в супермаркете...

— Я перечитала и отобрала самые отвратительные комментарии. Может, похититель мужа был из их авторов?

— Вы так думаете?

— Кто знает? Мне незнакомы эти люди, которые прячутся под масками. К некоторым учетным записям доступ ограничен, другие ведут на пустые страницы. Думаю, некоторые профили фальшивые. Может даже, наши собственные соседи или друзья ополчились на нас под анонимными аккаунтами.

Нужно будет прочесать страницу и все нити, ведущие к обсуждению. Возможно, Ангел будущего, прежде чем перейти к действию, высказывал угрозы или ядовитые комментарии в их адрес.

— А кто биологическая мать?

Выражение лица Элен изменилось, губы раздвинулись, обнажив маленькие блестящие резцы.

— Она не оставила никаких следов, мы не знаем, кто она, только что она называла себя Наташей. Все, чем мы располагаем, — это видео. Мой муж... — она сделала видимое усилие, чтобы продолжить, — мой муж в тот день заснял их в номере гостиницы. Ничего в этом не было непристойного, мы только хотели... иметь хоть какое-то свидетельство, на всякий случай.

Люси кивнула, показывая, что понимает.

— Полицейские из центрального комиссариата Орлеана около двух месяцев назад попросили нас отдать им файл. Свяжитесь... с майором Фредериком Боэси.

[1] От названия компании «Uber». Имеется в виду компьютеризация сферы услуг.

Она ткнула пальцем в сторону Николя:

— Фредерик Боэси. Вы записываете? Вы должны с ним увидеться. Задать ему все вопросы и найти моего мужа.

Николя кивнул и записал информацию. Она продолжала:

— Я узнала, что несколько дней назад они напали на след Наташи, но, к сожалению, больше мне ничего не известно. Может, она что-то знает о том, кто совершил похищение.

— Почему вы так считаете?

— Бертран рассказал мне, что в тот вечер, когда Наташа получила деньги и в обмен рассказала о месте рождения, она чего-то боялась. Она намекнула на «свет, который может притянуть тени». Как минимум, неясное предупреждение.

— Она боялась кого-то? Чувствовала, что ее преследуют?

— Больше я ничего не знаю. И еще... Кое-что другое... Самое ужасное, конечно... Настоящий удар ножом в самое сердце, как если бы нам других проблем не хватало.

Она крутила стакан в раскрытых ладонях. Копы молчали, давая ей рассказывать в своем ритме. Николя записывал наиболее важные моменты.

— Это... наш адвокат... Благодаря видео он сумел убедить судью назначить тест на отцовство... Не помню точно, недели четыре или пять назад. Он говорил, что доказанное отцовство Бертрана может склонить чашу весов в нашу сторону... Мужу пришлось поехать в Бордо, чтобы там взяли образец слюны. Я не помню названия, это какая-то сверхсовременная лаборатория.

— Медицинская гематологическая лаборатория, — сказала Люси. — Я видела конверт наверху.

— Да, точно... В этом конверте копия результатов, которые адвокат передал нам двенадцать дней назад. Мой... мой муж не является генетическим отцом Луки.

Элен Лесаж потрясла головой, не сводя глаз с экрана:

— Мы... не поверили, когда пришли результаты. Мы не понимали, у нас нет никакого объяснения, вот что самое ужасное. На записи ясно видно, как Наташа вводит себе сперму моего мужа. Она забеременела от другого мужчины и заставила нас поверить, что это сын Бертрана... Но кто настоящий отец? Он в курсе? Почему она так поступила? Чтобы получить больше денег? Впрыскивая в себя содержимое кучи пипеток?

Люси ничего не сказала, но пришла к естественному заключению: Элен Лесаж и ее муж не имели никакой биологической связи с этим ребенком.

— Вначале, когда я получила СМС с угрозами, я сказала себе, что похититель — это настоящий биологический отец. Что он нашел нас из-за освещения в прессе и захотел любым способом отомстить.

— А что вас заставило отбросить эту мысль?

— Вторая похищенная девушка... Вся эта сцена... В ней не чувствуется и следа мести. И потом, это слишком уж сложно. — Элен разрыдалась. — Они там заперты уже несколько дней. У них почти не осталось ни еды, ни воды. Вы... вы же видели, девушке пришлось мочиться в бутылку... И еще веревка виселицы... Это ужасно. Ужасно.

Люси подошла к ней и погладила по спине:

— Вы больше не должны оставаться одна. Вам есть к кому поехать?

Элен покачала головой, вроде бы даже не задумавшись:

— Нет... Я не хочу уезжать отсюда. Я не хочу его бросать.

— В таком случае я пришлю к вам кого-нибудь. Нам понадобится дополнительная информация, вроде номера телефона вашего мужа. Шансы, что похититель оставил его мобильник включенным после того, как послал СМС, очень невелики, но мы все же постараемся определить его геолокацию. Вы можете показать нам запись, где видна биологическая мать в гостинице?

Она согласно кивнула, вывела видео на свой компьютер и отошла в сторону. Люси и Николя внимательно смотрели на экран, запоминая каждую черту этой Наташи. Худая молодая женщина, поджарая и нервная. Как эта пара могла довериться ей до такой степени, что согласилась, чтобы она выносила их ребенка? Люси не понимала, но в конце-то концов, а что бы она сама сделала на их месте? После сцены оплодотворения она остановила запись. Николя отошел, чтобы ответить на звонок.

— Как только закончим здесь, сразу же отправимся в центральный комиссариат и свяжемся с майором Боэси, — сказала Люси. — Будьте уверены, мы сделаем все возможное, чтобы вернуть вам мужа.

Элен кивнула. Николя в сторонке расхаживал туда-сюда, прижав телефон к уху, и делал ей знак подойти. Он обменялся с собеседником еще несколькими словами, дал отбой и вывел напарницу наружу, где прежде всего прикурил сигарету.

Я не все понял, но вроде бы идентифицировали второго человека, запертого в цилиндре. Ну, не совсем точно, известен только ее ник на Facebook. Там она называет себя «Flowizz».

11

Одри только что получила свое первое задание. Прежде чем вернуться в оперативный штаб, Шарко выдал ей ключи от полицейской машины без опознавательных знаков и велел съездить по адресу предприятия, владевшего деревянными щитами и расположенного в Пьерфите.

Двадцать километров — пустяк, подумала она, садясь за руль. Но это были двадцать километров по Парижу, а здесь мерили не в километрах, а в часах, особенно после полудня и в плохую погоду. Она застряла в пробке на автостраде N1 под дождем, заливавшим ветровое стекло, посреди скрипа тормозов и глухого покашливания моторов. Красно-белые световые блестки вились по стеклу под пепельным небом. Она вздрогнула, когда появившийся из ниоткуда мотоциклист едва не задел ее боковое зеркало. Потом другой, справа, заставил свой мотор взвыть и кулаком постучал в дверцу, веля подвинуться. Одри заметила фары желтого грузовика с прицепом слева, когда на малой скорости вползала в туннель, серые стены которого сомкнулись вокруг нее. В ловушке под тоннами бетона. Без всякой возможности убежать, если что.

Вообще-то, она собиралась подумать над расследованием, систематизировать то, что принес этот первый безумный день, но заливающий ее пот не оставлял такой возможности. Ощущение, что чьи-то руки месят ее внутренности. Врач из клиники «Сальпетриер» говорил о возможных проявлениях побочных эффектов, таких как приступы отчаянной паники.

Куда делся тот тяжелогруз? Вот он, прямо за ней, сразу за задним бампером ее машины. Продвинуться вперед невозможно. Она не видела водителя, только темный силуэт. Ее пальцы сжались на руле, а страх начал накачивать кровь в мускулы. Она протолкалась в правый ряд. Скрип буферов, шквал гудков — неразбериха звуков билась у нее в висках. Задыхаясь, она до отказа опустила стекло. Волна вони от дизельного топлива вызвала дурноту. Она немедленно закрыла окно.

Дрожащей рукой достала мобильник и набрала СМС: «Ты здесь, милый?» Через несколько секунд ей ответили: «Да, я тут. Как ты, Одри?» — «Плохо, мне страшно. Ты мне нужен. Поговори со мной».

Она с трудом дышала, запертая в салоне машины. Сосредоточилась на светящемся экране, на разговоре. Освободить свой разум, вырваться отсюда, из этого туннеля, хотя бы мысленно. «Поговори со мной. Поговори со мной еще, Ролан». Между двумя сообщениями она поднимала голову, чтобы продвинуться вперед. Когда ей пришлось ударить по тормозам, чтобы не воткнуться в машину впереди, она поняла, что ее жизнь здесь превратится в кромешный ад, если терапия не сработает. Она должна выздороветь любой ценой.

К концу полуторачасовой пытки она прибыла наконец в пункт назначения. Быстро припарковалась и вылетела под дождь, втягивая воздух большими шумными глотками.

Было уже ближе к семи, так что входные ворота предприятия оказались закрытыми. Но ей повезло: один из владельцев задержался на складе.

Естественно, первым местом, куда ее направили, оказалась транспортная компания. Одри увидела в этом знак судьбы, боевое крещение. Сумерки уже скользили по кузовам большегрузов, выстроенных на парковке. Их высокие черные бамперы напоминали голодные безжалостные рты. Молодая женщина старалась не смотреть в их сторону и побежала, как бегут от стаи волков. Она направилась к длинному зданию из черного листового железа. Через приоткрытые ворота пробивался луч света, она проскользнула туда, закрыла за собой дверь и прислонилась спиной к металлу. Какое облегчение.

Дождь маленькими ручками царапал по жести. Колонны товаров возвышались, как стоящие рядами разноцветные высотки. Одри пришла в себя. «Хеффнер Транспорт» специализировался на оптовой доставке продуктов питания и крупной бытовой электротехники. Она подошла к упакованному холодильнику и наклонилась, рассматривая деревянный поддон. Маркировка располагалась сзади, но, изогнувшись, она сумела прочитать: *FR-RH-58395*. Как раз тот номер, который восстановили Фортран и его команда.

— Что вы там делаете?

Мужчина лет сорока, в джинсах и водолазке, стоял позади нее с планшетом в руке. Одри предъявила ему свою явно новенькую полицейскую карточку:

— Парижская уголовная полиция.

Звучало странно, во всяком случае для нее самой. Она постаралась перейти на соответствующий тон и объяснила, что щиты с его склада были совершенно точно использованы для укрепления ямы, в которой обнаружен труп. Сирил Биго не дал себя запугать — он возвышался над ней, и его тень накрывала молодую женщину с головы до ног.

— Ну и что? Почему вы решили, что щиты именно с моего склада? Полагаю, вы говорили с производителем и должны были выяснить, что мы не единственные, у кого они есть.

— Да, но вы единственные, кто располагается в департаменте Сена-Сен-Дени, а преступление было совершено в двадцати километрах отсюда.

— А какое преступление?

— В чаще леса собака насмерть загрызла человека. Его лицо напоминало клубничное варенье, а печень торчала из живота.

Биго проняло. Он медленно опустил планшет:

— Черт. Жуть какая. А раз вы здесь, то... Вы подозреваете кого-то из моих людей?

— Я просто веду расследование. Полагаю, все ваши щиты отслеживаются?

— У нас случаются кражи щитов, как в любой транспортной компании, если вы к этому клоните.

— Кто ворует? Служащие или посторонние?

— Посторонние скорее бы украли эти холодильники. Нет, химичим своими силами. И ни для кого это не секрет. Раньше товар «падал с грузовика». Две-три бутылки абсента или коробки с мясом исчезали время от времени между двумя перегонами. Но логистика товаров теперь под строгим контролем, всегда в точности известно, кто что перевозит, вплоть до каждой бутылки. Поэтому отыгрываются на всем остальном, где электронного контроля нет. Провода, медь, щиты — у нас сперли даже шланги для поливки, которые валялись за складом. Шоферы имеют доступ к грузовикам и к погрузочным площадкам. Некоторые возвращаются в середине ночи. Одни прячут товар, другие его забирают. Кражи не крупные, но, когда в конце года подбиваешь бабки, становится грустно, особенно при нынешних обстоятельствах.

— У вас есть подозрения?

— Вы же понимаете, если бы я поймал кого-то за руку, у меня не было бы выбора, кроме как уволить, даже за деревянный щит. Но они обходят камеры и покрывают друг друга. Шофер — профессия тяжелая, парни стоят плечом к плечу. Мы, кабинетные, для них злые финансисты, которые гребут деньги, посиживая вёсь день на стуле, вы понимаете? Я не могу назвать вам какое-то конкретное имя, но мог бы сдать всех разом.

— Так и сделаем. Дайте мне список.

Он сунул планшет под куртку и предложил ей следовать за ним.

— Сколько водителей здесь работают?

— Двадцать три водителя и двое кладовщиков. Мы с братом создали это предприятие в 2003-м. Я вам все распечатаю, но, честно говоря, не вижу, кто бы мог иметь отношение к вашей поганой истории. Печень торчала, говорите?

Они вышли и обогнули склад, двигаясь к сборному вагончику. Одри заметила на стоянке пять или шесть машин, припаркованных елочкой, и отметила, что надо заглянуть туда перед уходом. Устроившись у себя в кабинете, Биго включил принтер.

— А вы не знаете, у кого-нибудь из ваших работников есть одна или несколько собак? Из сильных пород, вроде питбулей?

— Представления не имею. Я своих ребят знаю по работе, а в их личную жизнь не лезу.

— И никаких слухов о подпольных собачьих боях?

— Ни сном ни духом, сожалею. Может, вам лучше спросить их самих.

Одри чувствовала, что он не хочет неприятностей ни с копами, ни с водителями.

— А вы можете мне сказать, кто не работал в ночь с понедельника на вторник? Скажем, в районе десяти вечера.

Он сверился с компьютером и выделил шесть имен:

— Эти шестеро находились еще в дороге. Все остальные закончили работу около пяти или были в отгуле.

Она поблагодарила, оставила свои координаты и вышла, накинув на голову капюшон. Ряд фонарей за решеткой бросал на асфальт зеленоватые отблески. Одри свернула к паркингу, который заметила раньше. Эти машины должны принадлежать водителям, которые еще в дороге. Она заглянула в салоны. Чистота некоторых из них оставляла желать лучшего, но ничего подозрительного она не заметила.

Ее внимание привлек бежевый пикап, местами помятый, с тонированными стеклами на задних дверцах. Она заглянула в окно водительского места. Полная пепельница окурков... Початая бутылка кока-колы на пассажирском сиденье, лежащая на свернутой в ком куртке... Пара сандалий на полу... Ей хотелось бы найти какую-то деталь, выдающую присутствие собаки: подстилку, поводок, ошейник или шерсть... Она вернулась к задним стеклам. Даже включив фонарик на мобильнике, она ничего там не разглядела.

Эта машина действовала на ее сознание как магнит, а Одри знала, до какой степени следует считаться с собственной интуицией. Она вернулась в бюро и спросила, кому принадлежит фургончик. По слова Биго, владелец, Эммануэль Прост, двадцати восьми лет, водитель, работавший в компании три года, в день убийства закончил около пяти вечера.

Компьютер сообщил, что сегодня тот отправился в Бельгию и должен вернуться вечером, между половиной девятого и девятью. Прежде чем пойти к своей машине, Одри постаралась довести до сведения хозяина, что его умение хранить секреты будет бесценно для них всех. Добравшись до укрытия, она просмотрела остальные строки списка. Большинству работников было от двадцати пяти до сорока лет, и жили они в радиусе километров тридцати.

Вышеозначенный Прост жил в Гуссенвиле. Согласно GPS, это в восемнадцати километрах к северу и в пятидесяти двух минутах езды, учитывая это чертово движение на дорогах.

Она посмотрела на часы. 18:55. У нее еще есть время до возвращения Проста. Адрес, только номер на улице, позволял предполагать, что он живет в отдельном доме. Одри могла позволить себе быстренько сгонять туда, только чтобы сориентироваться на местности, ничего больше, и по мере возможности выяснить, есть ли там собака. Просто чтобы заткнуть эту проклятую интуицию.

12

Шарко не удержался от соблазна все-таки выбраться из своего кабинета, хоть на пару часов. Подышать воздухом снаружи. Поработать наравне со своими людьми. В его ДНК были улицы, дождь, холод. А не войлочные покрытия и запах слишком свежей древесины.

Вместе с экспертом Летицией Шапелье он припарковался на улице Леблан, недалеко от парка Андре Ситроена и порта квартала Жавель, в Пятнадцатом округе. У него было два фонарика, но только один зонтик, и, как галантный мужчина, он протянул его даме. Они шли вдоль набережной. Шапелье подключилась к публичной странице некоей Flowizz на Facebook.

Графическое приложение с поразительной отчетливостью показывало ее тремстам друзьям всю пробежку, которая началась в воскресенье, 5 ноября в парке Родена в Исси-ле-Мулино ровно в 18:30. И прервалась в этом же парке в 19:08. Маршрут, который комментировался в реальном времени десятками людей: «Люблю тебя», «Давай, мы с тобой», «Больше пяти километров!».

То, что заставило некоторых пользователей позвонить в разные комиссариаты — потребовалось время, чтобы сопоставить звонки и довести информацию до Управления, — было последним, сделанным в воскресенье в 19:07:43, фото из тех, которые автоматически передавались во время пробежки. Дождь и темнота повлияли на качество снимка, но в правом углу среди кустов можно было различить нечто вроде белой маски с широкой улыбкой и черными усами — маски Гая Фокса, которую используют Анонимусы[1]. Без сомнения, призрак Ангела будущего, укрывшегося в тени, который потом наверняка набросился на свою жертву и отключил ее мобильник еще до выкладывания в сеть следующей фотографии. Тщательно просчитанная работа.

На данный момент про Flowizz не было известно ничего, кроме того факта, что она ступала по этой земле тремя днями раньше, а теперь была заперта в резервуаре для воды, стоящем в помещении с бетонными стенами. Они не знали ни ее настоящего имени в реальной жизни, ни адреса. Без сомнения, она жила в Исси-ле-Мулино, но где именно?

Там, где прячется маска, находится обезьяна. Ангел будущего явно призывал их отправиться на место похищения, туда, где он устроил засаду в тот вечер. Летиция Шапелье шла вдоль реки.

— Мы идем точно по ее стопам. Она проходила здесь в воскресенье.

— У меня это в голове не укладывается. Как можно выставлять собственную жизнь напоказ, все публиковать,

[1] *Анонимусы* — современное международное интернет-сообщество хактевистов.

даже маршрут своей пробежки, причем в реальном времени? А потом они еще удивляются, что происходят такие вещи. Родители должны бы оберегать своих отпрысков от этого.

— Оберегать? А как? Очень жаль, но к такому миру мы и несемся на всех парах. Технологическое варварство стоит любого другого, и против него мы ничего поделать не можем. Вы, как и я, — мы уже в прошлом. Пока мы держим в памяти даты царствования Людовика Четырнадцатого, наша молодежь учится черпать информацию из Интернета. И вследствие этого их мозг реструктурируется. Все движется слишком быстро, и будьте уверены, что мы знаем про будущее меньше, чем наши собственные дети. У них есть фора; приспосабливаться должны мы.

Мир наизнанку, подумал Шарко. Он принялся краем глаза разглядывать Шапелье. Почти такая же высокая, как он сам, держится очень прямо. Обручального кольца нет. Она его заинтриговала, в его представлении она жила без мужчины, но с ребенком, возможно, с двумя. Майор много раз пересекался с ней в Управлении — такую женщину заметишь издалека, — но ничего о ней не знал.

— Хотел бы я понять, что может подвигнуть штатских пойти работать в какое-либо подразделение полиции. Вы настоящий специалист, любая компания примет вас с распростертыми объятиями и предложит зарабатывать в три раза больше. Тогда почему?

Под зонтиком свет экрана отражался в ее глазах, как в двух темных озерах. Шарко тут же пожалел о том, что подпал под ее обаяние.

— Мой отец был жандармом, рак унес его, когда мне было двадцать лет. Он хотел, чтобы я пошла по его стопам, но я всегда ненавидела насилие. Огнестрельное оружие, кровь — это все не мое. Тогда я решила, что работать в кабинете и помогать вам станет чем-то вроде компромисса. И вот три года назад я ушла из телекоммуникационной компании и присоединилась к вам.

Внимательно слушая ее, Шарко осматривал окрестности: баржи, рельсы скоростного метро, дома на заднем плане. Не исключено, что похититель прячется где-то здесь и наблюдает за ними... Летиция указала на статую слева:

— Свернем там и зайдем в парк.

— Как вы его себе представляете, этого Ангела? Это же ваша область, Facebook и прочее. Какой профиль тут вырисовывается, по-вашему?

— Как и большинство хакеров, его грызет собственная анонимность. Действовать в тени для них мучение, им хотелось бы прокричать на весь мир, кто они, показать, насколько они гениальны, но они не могут. А вот Ангел рискнул выдать себя. Присвоив себе имя, посылая рукописное письмо, открыто нас провоцируя. В этом есть начатки игры, вызова. Он игрок, да... Часто у фашиствующих молодчиков вроде него довольно радикальные политические взгляды. Анархистские, ультралиберальные, либертарианские... Государство их враг номер один.

— То есть мы.

— Да, вот почему он обратился непосредственно к полиции. Такие индивидуумы не выходят на улицу, не бьют витрины, они действуют, укрывшись за своими экранами, анонимные и куда более опасные. Не знаю, помните ли вы, но в 2011-м в Даркнете появился Silk Road[1], супермаркет наркотиков, который принес своему создателю, молодому техасцу Россу Ульбрихту, миллионы долларов. Этакий компьютерный Пабло Эскобар[2].

Шарко кивнул.

— Росс плюнул на блестящую карьеру предпринимателя, чтобы осуществить свой безумный проект — изменить мир. Стать кем-то. Но как стать кем-то, если ты вынужден сохранять анонимность и тебя разыскивает ФБР?

[1] Шелковый путь *(англ.)*.

[2] *Пабло Эскобар* — колумбийский наркобарон, «Король кокаина».

И тогда Ульбрихт, снедаемый жаждой признания, взял себе аватару. В один прекрасный день он написал в Интернете: «Я Silk Road, рынок, личность, предприятие, все сразу. Мне нужно имя... Мое имя будет Dread Pirate Roberts»[1]. С намеком на «The Princess Bride»[2], фильм 1987 года, персонаж которого Dread Pirate Roberts является знаковым для гик-культуры...[3] Момент, когда он обозначил свой псевдоним, стал для него началом конца. Ему больше не удавалось хранить свои секреты, он превращался в параноика, и ФБР в конце концов удалось до него добраться.

Она свернула вправо.

— Действия Ангела вписываются в такого рода демарши, но в более жестоком, более «самоубийственном», я бы сказала, варианте. Его идеи более экстремистские, больше проникнуты идеологией. О деньгах речи нет, по крайней мере пока: он ополчился против технологии и того, к чему идет человек. Он знает, что его поймают, но для него это не важно. А важно, чтобы его идеи распространились, чтобы его гнев на наш гнилой мир мог выплеснуться. Гнев, копившийся в нем месяцами, а может, и годами, и который он выставит напоказ в своем пресловутом манифесте. Следует ожидать, что мы получим толстенный кирпич в несколько сот, а то и тысяч страниц, пропитанных ненавистью. В этом смысле он крайне опасен, и будьте уверены, он пойдет на все, чтобы достичь своих целей.

Шарко слушал, не говоря ни слова. Ангел был не первым. В семидесятых годах прошлого века, придя к выводу, что индустриальное и технологическое общество слишком отдаляется от понятия человеческой свободы, преподаватель математики Унабомбер терроризировал Соединенные Штаты своими самодельными бомбами. Они были упакованы как почтовые отправления и подписаны инициала-

[1] Страшный Пират Робертс *(англ.)*.

[2] «Принцесса-Невеста» *(англ.)*.

[3] *Гик* — «ботаник» или фанат какой-либо субкультуры.

ми FC, «Fuck Computers»[1]. Потом Шарко подумал о Брейвике, норвежском исламофобе, который убил семьдесят семь человек и ранил более пятисот в 2011 году, прежде чем в Интернете был обнаружен его манифест более чем в тысячу страниц.

От остальной человеческой массы их отличал только экстремизм взглядов. Они были вполне социализированы, умны, принадлежали к среднему классу, не обезглавливали животных и не носили шрамов на лицах. Они были «нормальными», обычными и потому почти не поддавались обнаружению.

Телефонный звонок вырвал его из задумчивости: звонила Одри. Она вкратце изложила результаты своих поисков и попросила разрешения съездить в Гуссенвиль. Коп задумался. Она говорила об интуиции, о фургончике с затемненными стеклами... Если она права, это могло здорово подстегнуть расследование.

— Отлично. Но только стремительный бросок, без малейшего риска. Ты просто проезжаешь мимо, быстренько все оглядываешь и смываешься, понятно? Не останавливаешься, не выходишь из машины. Если ничего подозрительного не увидишь, то возвращаешься, и мы разберемся позже.

— Понятно, шеф.

Шарко дал отбой. Он чувствовал в молодой женщине азарт своих былых лет. Он бы тоже рванул вперед, потому что, когда расследование берет вас за горло, оно сжимается вокруг и втягивает в свои мрачные извивы.

Летиция Шапелье шла дальше, направо, чтобы попасть в парк. Местность была пустынная, погруженная в вязкую темноту. Чернильное пятно в центре Города Света[2]. Шарко ответил на второй вызов — на этот раз медэксперта — и оторопел.

Он вернулся к своей спутнице только минут через пять, ошеломленный полученной информацией. Летиция жда-

[1] В литературном переводе: «На хрен Компьютеры» *(англ.)*.
[2] Так часто называют Париж.

ла его под деревом. Шарко погрузился в глубину черных радужек ее глаз, которым мигрень придавала влажный блеск.

— У вас неважный вид.

— Все будет нормально. У меня эти приступы с пятнадцати лет. Словно молотком долбит. Но я привыкла.

— Ладно... А у меня новости о человеке, который скончался у здания Управления. Я знаю, от чего он умер. Ни за что не поверите.

13

Майор Фредерик Боэси, человек с военной выправкой, серо-стальными глазами и могучими руками, предложил им присесть и закрыл дверь кабинета. Когда Люси и Николя в общих чертах описали ход своего расследования, а именно похищение Бертрана Лесажа и молчание его жены, он изменился в лице. Теперь оно выражало гнев и в то же время явную тревогу.

— Ей следовало немедленно нас вызвать, черт возьми! Почему она молчала?

— Вы же знаете, как реагируют жертвы в подобных случаях, — заметил Николя. — Ее мужу однозначно грозили смертью, если она сообщит в полицию. На данный момент нам не известно ни какие требования выдвинет Ангел будущего, ни почему он напал именно на Бертрана Лесажа. Но мы будем вам признательны, если вы поделитесь сведениями о суррогатной матери. Возможно, она что-то знает и поможет нам отыскать наших двух похищенных. В обмен мы готовы сообщить вам все, что может оказаться полезным в вашем собственном расследовании.

Постукивая пальцами по столу, Фредерик Боэси внимательно посмотрел на них и оценил предложение:

— Отлично, в наших общих интересах работать вместе. Коротко говоря, ввиду широкого освещения в прессе и деликатности темы репродуктивной медицины и суррогатного материнства нас попросили всеми способами распутать эту историю. Другими словами, найти ту женщину и прояснить неясную ситуацию с отцовством ребенка.

Он откинул желтую обложку с толстого досье, лежащего перед ним, и достал фотографию удостоверения личности, которую подтолкнул к Николя:

— Та, что называла себя Наташей, в действительности Эмилия Робен, двадцати пяти лет...

Николя посмотрел на снимок и передал его Люси. Эмилия Робен оказалась блондинкой, в отличие от гостиничного видео, на котором у нее были черные и намного более длинные волосы. Она не улыбалась, лицо было изможденным.

— Вам удалось ее отыскать?

— Мы выяснили ее настоящее имя недели три назад, вычислив следы электронного адреса, с которого был послан последний мейл Лесажу. Компьютер, с которого он был отправлен, находится в интернет-кафе Дижона.

Он положил перед собой несколько увеличенных снимков с гостиничного видео, где было видно лицо Эмилии.

— Мы отправились в Дижон, показали эти снимки завсегдатаям кафе. Несмотря на разницу во внешнем виде, некоторые узнали ее и сообщили, что она приходила с чем-то вроде складного самоката. Мы предположили, что она живет недалеко. Дижонские коллеги прочесывали район много дней и в конце концов отыскали того, кто был способен опознать ее и указать, где она живет.

Другое фото: городской квартал.

— Она снимает квартиру в одном из районов города. Мы туда нагрянули. Никого. Тогда мы провели обыск. Все было чисто убрано, но оставалось мало вещей и не было ни одежды, ни компьютера. Только фотография с удостоверения личности, которая завалилась за плинтус. Эмилия Робен получила работу в одном из мини-маркетов в Дижоне пять месяцев назад. Она расставляла товар на полках.

— Вы говорите в прошедшем времени, — заметил Николя.

— Потому что на данное время у нас нет никаких ее следов. Обычно она оплачивала квартиру чеком в конце каждого месяца, но в октябре чек не пришел. С шестого октября, то есть уже больше месяца, нет никакого движения по ее банковскому счету. И начиная приблизительно с того же периода она больше не выходит на работу и не дает о себе знать работодателю.

Больше месяца... Целую вечность. Николя записал информацию в блокнот. Возможно, у Эмилии Робен еще оставалось достаточно наличности, которую выплатили ей Лесажи или другие лохи, чтобы жить, ничего не снимая со счета. Или с ней случилось что-то нехорошее?

— Мобильник? — спросил он.

— Ни черта. Ни абонирования, ни вообще следов, что мобильник у нее имелся. Приехав в Дижон, она поменяла и банк, и кредитку.

— Как если бы хотела сжечь все мосты...

— Именно так. Немного любительский способ исчезнуть, но достаточный, чтобы прибавить немало хлопот тому, кто захотел бы ее выследить. И вполне вероятно, что она повторила свой трюк, покидая город.

Фредерик Боэси положил ладонь на досье:

— Таково сегодняшнее положение дел: мы порылись в ее семейных связях. Тупик. Мать Эмилии Робен не поддерживает связей с дочерью уже многие годы. По ее словам, Эмилия покинула родительский дом совсем молодой, чтобы жить с типом, который выставил ее вон через два года. Отец ушел, когда ей было тринадцать. Мать говорит, что в то время девочка была «своеобразной».

— В каком смысле?

— Она делала себе надрезы, типа ритуальных, особенно в области живота. Вроде никаких суицидальных намерений, только извращенная одержимость телом, которое ей хотелось терзать и использовать как игровую поверхность. Она резала себя и вставляла в раны разные предметы, вроде жемчужин. Два-три раза побывала у психиатра, а потом сбежала вместе с дружком.

Психиатр, жемчужины в ранах... Люси вспомнила часть маленького объявления, опубликованного Эмилией: *Хотела бы помочь супружеской паре обрести счастье стать родителями, предложив выносить их ребенка. Веду спокойный, размеренный образ жизни.* Нечего сказать, очень размеренный.

Боэси протянул листок своим собеседникам:

— Согласно информации из налоговой, мы знаем, что она снимала квартиру в Понтуазе с 2013-го по август 2016-го. Мы еще не выяснили, работала ли она, жила одна или с кем-то, — короче, это еще предстоит уточнить. В сентябре 2016 года она обосновалась в квартире в Дижоне, в трехстах пятидесяти километрах оттуда. Что любопытно, она переезжала дважды после оплодотворения спермой Бертрана Лесажа. Или, по крайней мере, после того, как она его в этом убедила.

— Поскольку он не биологический отец, как мы поняли, — вставила Люси.

Майор кивнул:

— Тест на отцовство не врет: у Бертрана Лесажа нет никакой биологической связи с этим младенцем. Мы попросили лабораторию в Бордо сделать подробные анализы ДНК ребенка, исследовать некоторые элементы этой ДНК. Результаты позволят нам прижать Эмилию Робен. Когда мы найдем ее, то сравним эти элементы с ее данными. В случае соответствий у нас будет почти стопроцентная уверенность, что она его мать. Это важнейшая улика для судебного процесса.

Люси попыталась собрать кусочки пазла:

— Итак, подводя итоги, после фальшивого оплодотворения Эмилия Робен покидает парижское предместье и переезжает в Дижон. Она, безусловно, уже беременна от мужчины, который не Бертран Лесаж. Она меняет прическу, банк, отказывается от телефона, выходит в Интернет из публичных мест... Можно предположить, что она бежит от чего-то или от кого-то.

Николя подался вперед:

— От настоящего биологического отца?

Фредерик Боэси снова кивнул:

— Да, вполне вероятная гипотеза. Она скрывается. В Дижоне Эмилия Робен старается быть как можно незаметнее. Никто из соседей или коллег по работе близко ее не знает, все описывают ее как загадочную женщину, крайне неразговорчивую. «Здрасте», «до свидания» — только необходимый минимум. Даже увидев ее беременной, они не смогли узнать ничего больше.

Люси постаралась поставить себя на место молодой женщины. Какая трагедия вынудила ее бросить ребенка в роддоме? Какую тайну она скрывает? От кого пытается убежать?

Боэси продолжил объяснения:

— В октябре 2016 года, через три месяца после истории в гостинице рядом с аэропортом Шарль-де-Голль, она снова связывается по мейлу с Лесажами. Контракт попрежнему в силе: она отдаст им ребенка, которого они так ждут.

Он отодвинулся вместе с креслом, поджав губы:

— В игре все же двадцать пять тысяч евро, серьезные бабки. Она ведет очень тонкую игру. В марте 2017-го она отказывается от ребенка, родив его в Осере, в ста километрах от Дижона, чтобы запутать следы. Из интернет-кафе назначает Лесажу встречу в Париже. Осер, Дижон, Париж: она не хочет оставлять никаких следов, никакого способа определить свое местонахождение. Потом забирает деньги и исчезает. Конец истории. Я много размышлял и не думаю, что все дело только в деньгах.

— А ваша гипотеза?

Боэси снова прикрыл ладонью толстое досье: он колебался, прежде чем поделиться плодом многих недель расследования с двумя заезжими копами. Но ему подумалось, что они преследуют общие цели.

— В тот вечер, когда она встретилась с Бертраном Лесажем, чтобы объяснить, как забрать ребенка, она призналась ему, что ребенок «особенный» и что анонимность приемной семьи станет для него лучшей защитой.

— А еще она очень боялась, по словам Элен Лесаж, — добавила Люси.

— Да, она боялась. Поэтому у меня возник такой сценарий: в один прекрасный день Эмилия Робен узнает, что беременна. Она немедленно публикует в Интернете объявление, предлагая сдать внаем свой живот. Этот маленький анонс появляется... — он достает из папки листок, — 2 июля 2016 года. Чета Лесажей проявляет живейший интерес, и пятнадцать дней спустя происходит встреча в гостинице рядом с аэропортом, так как у Эмилии якобы наступает период овуляции и действовать следует быстро. Она вводит себе сперму, зная, что это не произведет ни малейшего эффекта. Если исходить из предположения, что она уже сделала мочевой тест на беременность, то этой беременности несколько недель. Эмбрион уже существует в ее животе, когда она вводит пипетку в свой половой орган.

Люси сморщила нос. Она снова увидела кадры записи, холодность, с которой была проведена процедура.

— На протяжении всей истории она убеждает Лесажей, что это их ребенок. А значит, если забыть про финансовый аспект, она не желает этого ребенка, но и не делает аборт: ей хочется произвести его на свет. После чего она уезжает жить в Дижон. Она прячется там, возможно защищая ребенка, которому предстоит родиться. После родов она передает всю информацию Бертрану Лесажу, чтобы тот официально стал отцом. Предположительно маленький Лука должен исчезнуть бог знает куда, попав в руки неизвестной пары, которая тоже, в свой черед, заинтересована в том, чтобы скрывать истинное происхождение ребенка. Идеальное укрытие для малыша...

Майор взял в руки фотографию Эмилии, вгляделся в нее, как математик в сложную задачу:

— Эмилия Робен прибегла к очень изощренному *modus operandi*[1]. Она могла бы просто отдать его социальным службам, но она знала, что супружеская чета, готовая заплатить целое состояние, чтобы получить ребенка, даст ему любовь и внимание. Он не будет расти в приемных семьях, предоставленный самому себе... Она обеспечила ему будущее.

Сценарий был убедителен, но ни Люси, ни Николя не понимали поведения матери, которая проявляла заботу о ребенке, при этом бросив его. Какие тени гнались за ней по пятам? У Люси в мозгу вспышкой пронеслось видение младенца в колыбели и черных злонамеренных суккубов, склонившихся над его головой.

— Вот только анонимность была нарушена, и самым неприглядным образом, — добавил Боэси. — Мальчик внезапно очутился в центре медийной бури, обсуждение суррогатного материнства снова приобрело размах, дело освещалось во всех газетах. Кошмар для Эмилии Робен, которая, возможно, почувствовала, что оставаться в Дижоне опасно.

— Выставленный на яркий свет ребенок, который притягивает тени...

— Да. Эмилия Робен думает, что отец, кем бы он ни был, может ее выследить, отправившись в роддом в Осере, вычислить ее, как это сделали мы. Тогда она покидает свою

[1] Образ действия *(лат.)*.

квартиру и снова испаряется в неизвестном направлении. У нее есть деньги, которые она отложила, что позволит ей некоторое время не оставлять банковских следов.

— Или же она не попыталась сбежать, чувствуя себя в безопасности, и ее поймали, — предположила Люси.

Боэси согласно кивнул:

— Вполне реальная гипотеза, на самом-то деле. В таком случае ее молчание — это дурной знак.

14

Летиция Шапелье остановилась посреди аллеи:

— Электрокардиостимулятор... Он умер из-за него?

Шарко кивнул:

— Да. Аппарат полностью сгорел. По словам Шене, он раскалился до такой степени, что расплавил питающую его литиевую батарейку, задев все ткани вокруг. Не буду вам объяснять, как разрушительно это подействовало на организм жертвы. Это вызвало многочисленные кровотечения, сердце внезапно перестало биться.

Летиция опустила глаза на свой мобильник, проверила маршрут, и они двинулись дальше.

— Но такого никогда не случалось.

— Верно. Медэксперт впервые столкнулся с подобным случаем, эти аппараты обычно надежны на сто процентов, и к счастью, кстати. Но наша жертва ждала до 17:02, чтобы передать нам послание. То же время указано и в письме, и на татуировке трупа из леса, и ровно в это мгновение сгорел кардиостимулятор. Нарушение его работы было спровоцировано, другого объяснения нет.

Летиция вгляделась в темноту:

— Еще метров сто до обрыва сигнала.

— Тот мужчина нервничал и умирал от страха. Мой коллега рассказал, что он просил о помощи. Предположим, он был в курсе наличия бомбы у него в груди. Так или иначе, он знал, что, если он не вручит письмо ровно в 17:02, бомба взорвется.

Кардиостимулятор, превращенный в миниатюрную бомбу... Если так оно и было, Шарко мог представить себе пытку, которой подвергся неизвестный, его ужас. С такой угрозой в груди Ангел будущего мог вынудить его совершить другие, куда более серьезные вещи, но он выбрал именно это: заставил передать письмо, которое мог бы сам отправить по почте. И убрал курьера прямо перед их «домом». Беспричинный поступок. Демонстрация силы. Напрасно Шарко ломал себе голову, он не понимал, каким образом жертва из леса могла быть связана со всем этим.

— Известно, каким образом контролировали бомбу? — спросила Шапелье.

— Еще предстоит выяснить. Обычно устройство имеет серийный номер, но после случившегося только несколько цифр поддаются дешифровке, а также имя производителя: «Car SA» или что-то вроде.

— Скудновато.

— Скудость — плоть нашего ремесла.

Аллея сузилась, растительность вокруг стала гуще. Летиция Шапелье остановилась:

— Мы на месте, с точностью до двадцати метров, я бы сказала. Где-то здесь все и произошло.

Шарко пересек поляну, пробрался между деревьями до самой ограды, которая шла вдоль тротуара улицы Монтань-де-л'Эсперу.

— Нетрудно подтащить ее сюда, перебраться через ограду и запихнуть девушку в машину.

— А домá прямо напротив?

— Деревья, темнота, дождь... Сколько ему понадобилось, секунд двадцать? Открываете дверцу со стороны парка и запихиваете туда девушку. А если это еще и фургончик, никто ничего не увидит. Такого рода вещи куда легче проходят незамеченными в большом городе, чем в деревне, где любая незнакомая машина выглядит подозрительно. А тут парижане смотрят в основном себе под ноги.

Он вышел на тротуар напротив, глянул направо и налево и бегом вернулся обратно:

— Похититель прекрасно спланировал захват. Он знал, что молодая женщина бегает здесь по воскресеньям в одно и то же время. Он знал ее маршрут и выбрал наилучшее место для действия. Ни фонарей, ни камер наблюдения, паршивый метеопрогноз... Он ждал здесь, за деревьями, и выскочил.

Шарко задумался. Ангел будущего проанализировал фотографии, сделанные своей будущей жертвой. Легко выяснил ее привычки. Он прятался в массе ее контактов. Разумеется, под ложным профилем, но он там был.

Летиция разглядывала окрестности:

— А теперь, когда мы здесь, что будем делать дальше?

— Пороемся вокруг. Что-нибудь для нас да найдется.

Они вернулись на аллею. Шарко попросил Летицию вывести на экран последнюю сделанную фотоаппаратом Flowizz фотографию, ту, на которой появляется белая маска.

— Нужно с точностью определить место. Она бежала в ту сторону, значит это слева.

Продвигаясь в свете фонариков, они оглядывали формы деревьев, ветвей. Шарко ощущал на губах соль возбуждения. Здесь он чувствовал себя хорошо, вынюхивая, снова ведя расследование непосредственно на месте. Узнав приблизительно то место, где прятался похититель, рядом с толстым стволом, он с Летицией, ни на шаг не отстающей от него, полез в заросли. Обошел вокруг дерева. Обнаружит ли он выцарапанное на коре послание? Указатель на земле?

Летиция отошла в сторону, оставив зонтик под деревом. Вдруг она нагнулась, собираясь что-то поднять.

— Не прикасайтесь!

Коп кинулся к ней. Закрытый пластиковый пакет лежал у подножия ствола, так, что с дороги его было не видно. Надев перчатки, Шарко поднял его к глазам, зажав между большим и указательным пальцем. Сквозь него было видно, как блестит взгляд Летиции, размытый мутностью пластика.

Внутри находился бежевый конверт, подобный тому, который передал незнакомец с кардиостимулятором.

15

В дактилоскопической лаборатории на втором этаже женщина-техник в стерильной одежде со всеми предосторожностями открыла закрытый на молнию пластиковый пакет. Всем элементам — пакету, конверту и письму — предстояло пройти через различные процедуры снятия отпечатков в зависимости от типа носителя. Для бумажной поверхности наиболее эффективным способом оставалось погружение в нингидрин, но химическая реакция требовала около двадцати четырех часов для выявления возможных папиллярных следов.

Шарко не желал ждать почти сутки, чтобы заполучить письмо. Поэтому техник немедленно сфотографирует содержание, прежде чем приступить к обработке, и пошлет снимок на телефон майора, который уже сидел на совещании пятью этажами выше.

Оперативный штаб был набит под завязку, там были все, от исследовательской группы до отдела киберпреступности. Общим числом двадцать копов или экспертов различных специализаций, каждый из которых по очереди подводил итог своим результатам этого долгого дня. Из-за нехватки мест некоторым пришлось стоять. Так функционировала уголовная бригада — «дорожный каток», неукротимая сила, подключавшая различные службы, все разраставшаяся и разраставшаяся по мере продвижения расследования. Единожды запущенный, этот «каток» был неостановим.

Во главе стола Шарко обобщал получаемую информацию на белой доске, разделенной на три графы: «Лес Бонди», «Неизвестный с письмом», «Ангел будущего». Четыре гигантских экрана в глубине приковывали все взгляды. Бертран Лесаж лежал в своем цилиндре, сложив ладони под правой щекой. Flowizz оставалась сидеть, обхватив руками ноги. На другой экран были выведены их страницы на Facebook. Последнее фото, посланное камерой молодой женщины, увеличенное и, соответственно, худшего качества, занимало четвертый экран. На заднем плане виднелась белая маска и едва угадывался расплывчатый силуэт Ангела будущего.

Шарко старался не дать себя захлестнуть размаху и разветвлениям дела, даже если у него возникало ощущение, что он рулит десятью вещами одновременно, превращая свой мозг в пакетик конфетти. Он обозначил приоритеты:

— Завтра с самого утра мне понадобятся два жандарма на улице Монтань-де-л'Эсперу. Будут стучать во все двери и выяснять, не найдется ли человек, который видел или слышал что-то в вечер похищения молодой женщины.

Он выложил на стол три банкноты по двадцать евро.

— Кто-нибудь пожертвует собой во имя пиццы и питья? Как минимум одну с соусом болоньез. Не забудьте перец и коку. И не только коку-лайт, лично мне нужен сахар, ночь будет долгой.

Молодой коллега встал, взял деньги и вышел. Шарко обвел в кружок «производитель кардиостимулятора „Car SA"».

— Найдите этого производителя кардиостимуляторов, их наверняка не толпы. И все отслеживается, от больниц, закупающих эти штуки, до врачей, вставляющих их в грудь, и пациентов, которые их носят... Вроде как номерные знаки па машине, я думаю. Когда получим название фирмы, то, во-первых, окажемся в шаге от установления личности нашего курьера, а во-вторых, неизбежно приблизимся к Ангелу: он знал, что жертва носит кардиостимулятор. А такие вещи на лбу не написаны. Может, он работал или работает в этой компании? В больнице, где оперировали жертву? Или имеет допуск к медицинским данным, связанным с такими операциями? Я хочу знать.

Он повернулся к Паскалю Робийяру:

— Что у тебя с жертвой из леса?

— Профиль ДНК пришел из лаборатории после полудня: мимо кассы, жертва остается неизвестной. Что касается лица: по мнению токсиколога, использована соляная кислота высокой концентрации. Промышленная кислота, и убийца располагал только небольшим ее количеством, иначе он растворил бы все тело. Такого рода кислоту нетрудно раздобыть, если не закупаешь ее бочками. Я составил протокол и отправил его не больше часа назад в Нантер, чтобы они посмотрели в SALVAC[1], уточнив, какие характеристики преступления следует рассматривать в первую очередь: уничтоженное лицо, отрезанный палец, укусы, промышленная соляная кислота... Техник ответил, что займется завтра с самого утра. Кто знает.

Шарко кивнул, потом посмотрел на Николя и Люси:

— Что там с Орлеаном?

— Копы из тамошнего Центрального управления под руководством майора Боэси корпят над этим делом не покладая рук, — ответил Николя. — Они окажут нам ценную помощь и займутся опросом соседей Лесажей. Мы затребовали локализацию телефона мужа, Бертрана. Именно с его телефона Ангел послал эсэмэс Элен Лесаж после похищения. Завтра станет известно больше.

[1] Система анализа связей актов насилия, совершенного при преступлениях. *(Примеч. автора.)*

Люси пересказала их беседу с Фредериком Боэси: бегство суррогатной матери из Дижона. Ее исчезновение. Гипотеза, что она использовала чету Лесажей, чтобы ребенок исчез в неизвестности, но при этом обеспечив ему будущее. На данном этапе копы представления не имеют, существует ли хоть малейшая связь между Эмилией Робен и похищением Бертрана Лесажа, но очень желательно не обходить вниманием продвижение расследования орлеанских коллег.

Шарко кивнул и пробежал свои заметки:

— Хорошо, значит, держим руку на пульсе... Так, а что с резервуарами для воды? Есть идея, откуда они?

Старший капрал Спик подняла руку и пояснила, что только два строительных центра продают такие модели, но, судя по результатам ее поисков, во Франции ими могут торговать около трехсот хозяйственных магазинов, и штук тридцать из них располагаются в окрестностях Парижа. А значит, пока непонятно, заперты пленники в парижском районе или в глубине Бретани.

— Продолжайте копать, нельзя бросать ни один след. Обзвоните магазины, каждый в отдельности, если потребуется. Учитывая размеры, резервуары не из таких, которые покупают каждый день. Тем более два зараз.

Он ткнул кончиком маркера в бумагу у себя за спиной и продолжил:

— Что до леса Бонди, Одри Спик продвинулась в истории со щитами, которые использовали, чтобы укрепить яму. Они с предприятия в Пьерфите. Там трудятся человек двадцать, щиты постоянно воруют, и не исключено, что кто-то из служащих в деле. Она сейчас отправится в Гуссенвиль, один из служащих вызвал у нее подозрения, и нужно просто осмотреться.

Он оглядел свою картинку, отметил несколько ключевых данных:

— Что касается укусов, есть новости. Медэксперт поговорил с ветеринаром и подтвердил, что речь идет о челюсти собаки породы американский стаффордширский терьер, без всяких сомнений. Помните об анормальном размере ран и силе укусов? По мнению ветеринара, это связано с генетической проблемой. Отдельные породы естественным путем, вследствие мутаций, которые передаются из поколения в поколение, производят на свет сверхразвитых особей. Насколько я понял, из-за ошибки в выработке какой-то штуки, которая ограничивает рост мускульной массы. Такое иногда случается у быков бельгийской бело-голубой породы, у малых английских борзых и, среди многих прочих, у интересующих нас американских стаффов... Загляните в Интернет, наберите «собака миостатин»[1] или что-то в этом роде, тогда поймете. И я хочу, чтобы вы покопались в сетях насчет нелегальных собачьих боев, надо посмотреть, работал ли кто-то из коллег над таким делом в последнее время.

Он взглянул на Летицию Шапелье: та, продолжая внимательно слушать, уже набирала что-то на клавиатуре своего ноутбука. Рядом со стаканчиком воды лежала упаковка таблеток, на которую поглядывали Николя и Одри: дюмеронол... Врач из клиники «Сальпетриер» говорил, что это препарат, предназначенный для страдающих сильными мигренями.

— Сама Flowizz из Исси, судя по маршрутам ее пробежек, которые начинаются и заканчиваются в парке Родена, — продолжил Франк. — Можно предположить, что прежде, чем начать пробежку, она выходит из дома, немного идет пешком, до времени не включая свою систему, чтобы другие пользователи не знали, где именно она живет, и, только приступив к тренировке, включает камеру и GPS. Нам понадобятся помощники, чтобы разобраться с ее аккаунтом на Facebook... Найти агрессивные комментарии,

[1] *Миостатин* — белок, который подавляет рост и дифференцировку мышечной ткани. Кодируется определенным геном.

профили, совпадающие с подписчиками Бертрана Лесажа. Будем исходить из того, что Ангел один из подписчиков.

— Или «был» подписчиком, а в таком случае найти его будет непросто, — вставила Летиция. — Я постараюсь договориться со своим начальством, чтобы этим занялся кто-то из наших, один-два человека. Еще у нас работают стажеры, можно их подключить.

— Отлично. У вас есть что-нибудь новое по поводу сайта *manifeste-что-то-там*?

— Да, но ничего обнадеживающего, к сожалению. Как и следовало ожидать, владельца доменного имени *manifeste-angedufutur* не существует. Я подключила к делу моих лучших специалистов, которые подтвердили, что его соединения с сайтом не поддаются отслеживанию, поскольку транслируются через множество серверов, расположенных за границей. Провайдер дал нам доступ к истории и директориям сайта, в которых Ангел может устанавливать программы или создавать веб-страницы типа той, которая сейчас выведена на экран. В этих директориях обнаружилось множество странных штук, исполняемые программы, без сомнения созданные Ангелом.

— Для чего нужны эти программы?

— Не знаю, исходные коды и вовсе недоступны, поскольку все эти программы закодированы. Если перевести с программистского жаргона, можно сказать проще: очевидно, они там существуют для взаимодействия с выводимыми на экран страницами и включатся в определенные моменты. Когда? Почему? Опять-таки пока не знаю. Постараемся с этим разобраться... Как только будет время.

Шарко глянул на свой вибрирующий мобильник и снова обратился к полицейским:

— Время, время... В этом вся наша проблема. Вот, техник из лаборатории переслала мне содержимое письма. Опять рукописное. Кто-нибудь может вывести его на экран?

Пока один из них манипулировал с телефоном шефа, Люси в ожидании прибытия пиццы занялась раздачей кофе и чая. Лица у всех были серьезные, никто не разговаривал, хотя обычно шуточки так и сыпались. Но как можно смеяться с такими картинами на экранах?

Тем временем Николя залез в Интернет, чтобы прочесть про пресловутых собак, лишенных гена, который позволяет вырабатывать миостатин. Животные были чудовищны, с мускулами, похожими на огромные кисты. Не из тех собачек, которых можно встретить каждый день. С таким зверем у жертвы нет ни малейшего шанса.

Он вышел на пару минут, чтобы ответить на звонок: начальник порта просил завтра в девять утра обеспечить свободный доступ на баржу. Ввиду ожидаемого подъема воды сварщики должны будут укрепить причальные колья. Только этого не хватало...

Когда он, еще более встревоженный, вернулся в помещение, содержание письма уже вывели на экран. Все молча читали.

16

Не было ли установлено еще в первом законе Азимова, что машина ни в коем случае не должна наносить вред человеческой целостности? Мсье Г. собирался позволить роботам и подсоединенным к ним предметам заполонить наши дома, наши тела. Завладеть нами еще больше, поработить, гуглизировать. Мсье Г. хотел превратить нас в киборгов. Он умер вчера, в 17:02, перед зданием судебной полиции, убитый машинами, то есть в полном противоречии первому закону.

Вы напишете об этом в ваших газетах.

Вскоре умрет еще один из этих шимпанзе. Одного зовут Бертран Лесаж, эксплуататор маток, создатель группы поддержки на Facebook. Лесаж считает, что имеет право противостоять природе, он участвует в той огромной генетической ярмарке, в производстве и продаже тел, которую мы все сейчас наблюдаем. Законы биоэтики? О них он и знать не желает, он полагает себя выше этого.

Другая известна под именем Flowizz, вы это уже знаете, раз получили мое письмо. Кстати, примите поздравления, вы не так глупы, как может показаться. Чувствую, мы вместе отлично повеселимся.

Flowizz — мелкая шлюшка, подпитывающая алгоритмы и машины, которые знают ее лучше, чем собственные родители. Она думает, что анонимна в Интернете, раз ничего не публикует о своей личной жизни. Ни лица, ничего персонального, она включает камеру, только когда выходит из дома...

И однако... Бедная дура...

Flowizz, 27 лет, проживает в квартире в Исси-ле-Мулино. Она гетеросексуальна, живет одна, ее домашнее животное — норвежская кошка, которая откликается на нежное имя Калин[1] и ест крокеты для стерилизованных самок, заказанные через Amazon. В последние недели Flowizz смотрела сериалы «Altered Carbon»[2] и «Black Mirror»[3], а сейчас дошла до эпизода 5 «Mister Robot»[4] на Netflix[5]. Она учит испанский на Babbel[6]. Скачивает на Deezer[7] с плейлистов фолк-музыку, которую часто слушает после своих пробежек по средам и воскресеньям в 18 часов, во время которых подключается к Runtastic[8]. Она часто ест био, заказывая на

[1] *Калин* — по-французски «Ласковая».

[2] «Видоизмененный углерод» *(англ.)* — американский научно-фантастический сериал.

[3] «Черное зеркало» *(англ.)* — британский научно-фантастический сериал.

[4] «Мистер Робот» *(англ.)* — американский психологический сериал.

[5] *Netflix* — американская развлекательная компания, поставщик фильмов и сериалов.

[6] *Babbel* — сервис для самостоятельного изучения языков.

[7] *Deezer* — сервис потоковой передачи музыки в Интернете.

[8] *Runtastic* — мобильное приложение для бега и фитнеса.

дом, вызывает Uber для поездок (избавлю вас от описания ее маршрутов), голосовала за республиканцев в первом туре, а шесть месяцев назад у нее был роман, продлившийся двадцать четыре дня, с мужчиной 29 лет, А. Т., высоким брюнетом с синими глазами, встреченным на Tinder[1]*, который голосует за левых и занимается теннисом на приличном уровне. В августе этого года она провела девятнадцать дней в Гвиане и жила в Кайенне, в отеле, заказанном через Booking, о названии которого я умолчу, иначе все было бы слишком просто. У нее фотоаппарат «Pentax K-5», купленный за 695 евро на eBay, рассчитанный на 1484 фото, хранящихся на iStockphoto*[2]*.*

Flowizz живет в информационном пузыре, в эхо-камере[3]*, подобной пещере Платона*[4]*, что не позволяет ей увидеть мир таким, каков он есть. Facebook, Google обманывают реальность, управляют ею, контролируют ее жизнь, диктуя, какую обувь покупать и когда. Если она кликает «Нравится», прочтя статью в «Фигаро», они, эти алгоритмы, вычисляют, что она голосует за правых, и, соответственно, ориентируют предлагаемые ей материалы, отбирая только статьи правых сил и еще больше замыкая ее в пещере. Исходя исключительно из ее поведения в сетях, характера отношений с друзьями, взаимосвязей и предпочтений в отправке этих хреновых смайликов, Facebook знает ее религиозные верования, сексуальную ориентацию, уровень счастья, даже если она никогда об этом не упоминала, и разве-*

[1] *Tinder* — популярное приложение для мобильных телефонов.

[2] *iStockphoto* — онлайн-библиотека бесплатных фотографий и картинок.

[3] *Эхо-камера* — понятие в теории СМИ: когда какое-то запущенное сообщение, повторенное множество раз, заглушает остальные информационные потоки. Адресаты, находящиеся в такой «закрытой» системе, слушают практически сами себя и соглашаются сами с собой. Эффект эхо-камеры мощнее всего в Интернете.

[4] *Пещера Платона* — аллегория, использованная Платоном для учения об идеях. Пещера олицетворяет чувственный мир, в котором живут люди, полагая, что познают истинную реальность, но не ведая мира идей.

дется ли она через год, даже если она об этом и не помышляла. Flowizz никогда не читала романа «1984» Оруэлла, а следовало бы. Нейродиктатура и окончательное замуровывание в пещере уже на подходе.

Flowizz, без сомнения, не получила должного образования, она испытывает бесконечную потребность в признании, в «лайках», но она пребывает в шорах, как и миллионы других.

Она подпитывает искусственный интеллект. Вы думаете, что Google стремится только к покорению разных стран? Нет, его территория, его империя — это ваш мозг. Google располагает самой большой в мире базой данных о человеческой психике: ваши четыре тысячи миллиардов обращений в год дают исчерпывающую информацию о когнитивном функционировании. Google знает вас лучше любого психолога. Вы не можете без него обойтись. Google — худший из тяжелых наркотиков.

Каждый день три миллиарда миллиардов новых данных, предоставляемых вами, шимпанзе, обогащают знание машин о нашем поведении и нашем мире. Три миллиарда миллиардов, которые заполняют жесткие диски Big Data[1] *за один только день.*

Приведу вам, сборище невежд, пример: исследование, которое недавно опубликовал Стэнфордский госпиталь, показало, что искусственный интеллект Google лучше анализирует рак кожи, чем ведущие специалисты-дерматологи мира. Неплохо, а? Вскоре дроны будут приносить вам покупки. Онлайн-курсы заменят учителей, а дети будут сидеть в закрытых комнатах с шлемами на глазах и ушах. А вы будете посылать им эсэмэс, чтобы они шли обедать. Вы, даже не подозревая об этом, будете болтать по телефону с роботами — с роботами, обладающими человечески-

[1] «Большие данные» *(англ.)* — структурированные и неструктурированные данные огромных объемов, а также методы их обработки.

ми интонациями, способными назначать свидания и реагировать на ваши эмоции, когда у вас в голове что-то не ладится. Amazon уже создал первый супермаркет без единого служащего. Миллионы профессий в ближайшие годы отомрут из-за искусственного интеллекта. Вы разносчик, дальнобойщик или помощник фармацевта в аптеке? Считайте, что вы уже мертвы. Вы — индивидуумы, знания и души, которые отправятся на помойку как отбросы.

В этом смысле Бертран и Flowizz ускоряют нашу гибель и, в качестве наглядного примера, должны заплатить.

Кого из них вы спасете? Кто из них больше достоин жизни, чем другой?

Встреча по адресу: http://172.15.356.1

Игра продолжается. Мне стыдно, как же мне стыдно жить на планете обезьян...

По мере чтения копы начинали молча ерзать на стульях. Те, кому особенно не нравилось, что их держат за обезьян, шумно вздыхали, что-то злобно шипели и даже отпускали ругательства в адрес Ангела будущего, который плевал им в лицо, провоцировал их. Но сейчас копам не оставалось ничего иного, кроме как следовать предписанному им закону и играть по его правилам.

Все взгляды обратились к Шарко, чье лицо выражало нетерпение.

— По крайней мере, теперь мы больше знаем о его мотивациях, знаем, почему он ополчился на тех двоих: это чистая идеология. Один — эксплуататор... матки, а другая — рабыня соцсетей... Если он думает, что мы будем плясать под его дудку, то пошел бы он... Нет, просто в голове не укладывается... — Майор перевел бешеные глаза на Летицию. — Вы открыли адрес, который он указал?

Шеф группы встал позади эксперта. Чего еще им следует ожидать? Летиция Шапелье набрала последовательность цифр и знаков и нажала Enter. Открылась страница с гифкой, изображающей шимпанзе, который повторяющимся движением разбивал о свою голову кокосовые орехи, каждый раз вскрикивая «ай!».

— Это еще к чему? — проворчал коп, у которого кончалось терпение.

Менее чем через десять секунд на экранах оперативного штаба страницы на Facebook появилось уведомление о новом сообщении: одно — на странице Flowizz, другое — Бертрана.

На сайте *manifeste-angedufutur.com* текст о маске и обезьяне сменился обратным отсчетом, сопровождаемым новой фразой: *«Через 23 часа 59 минут 48 секунд решать будете вы»*.

Летиция с поднятыми руками отпрянула от компьютера:

— Оно вывело сообщение на Facebook и включило обратный отсчет. Быть такого не может. Мое... подключение к этому сайту, очевидно, активировало программы, о которых я вам недавно говорила.

Был вечер вторника, ровно 20:30. Все глаза неотрывно следили за экранами. Внезапно счетчик внизу страницы *manifeste-angedufutur.com* подскочил до семи подключений. Потом одиннадцать, потом пятнадцать... По помещению пронеслось дуновение страха.

— Это... это я виновата, мне следовало быть осторожнее, — пролепетала Летиция, опустив голову.

Шарко бросился к компьютеру и двинулся вверх по странице на Facebook, чтобы прочесть последние сообщения. На каждом из них, с разницей только в мелких деталях, высвечивалось содержание письма, которое они только что прочли.

Послание заканчивалось одной и той же фразой:

А теперь встречаемся на сайте www.manifeste-angedufutur.com, если вы хотите спасти вашего друга/подругу от верной смерти.

17

Одри очутилась в другом мире. Проехав центр Гуссенвиля, она попала теперь в глухой квартал, в какую-то старую деревню с безжизненными улочками, по сторонам которых стояли полуразрушенные фасады, разрисованные граффити, с окнами за закрытыми или сломанными ставнями.

Эта часть города лишилась самой своей сущности — жителей. И причиной была взлетная полоса аэропорта Шарль-де-Голль, проходящая метрах в ста к югу. Молодая женщина проследила глазами, как в невыносимом реве двигателей самолет отрывается от земли: она была уверена, что с верхних этажей некоторых строений можно было бы разглядеть пассажиров за иллюминаторами.

GPS направила ее на улицу с потрескавшимся асфальтом, которая, казалось, была проложена прямо посреди леса. Деревья, плющ, кусты взломали кирпичи, проросли сквозь крыши и окна в знак реванша, который природа брала у человека. Разрушенные дома шли чередой, но некоторые селяне отказались уходить из этого могильника. Там и сям робко горел свет.

Прост занимал дом по соседству со свалкой металлолома. Причудливые горы железа щетинились замысловатыми крючьями. Дверцы и бамперы образовали безумные произведения искусства. Включив дворники, Одри первый раз проехала мимо больших зеленых ворот, цельнометаллических, втиснутых между двумя испещренными граффити стенами, которые не давали заглянуть внутрь. Они ограждали дом вплоть до соседнего здания, явно давным-давно заброшенного.

Чуть подальше, на краю поля, она развернулась. По другую сторону — огни аэропорта, контрольные башни, дьявольский балет самолетов. Одри заколебалась. Она вспомнила слова Шарко, но ведь она уже на месте. На свалку вполне можно пробраться, и ей казалось, что с другой сто роны только обыкновенная решетка отделяет ее от владений Проста. Она ничем не рискует, если пойдет глянет.

Она припарковала машину в укромном месте, выключила мотор и спустилась по улице-призраку, уткнув нос в куртку. Непрекращающийся дождь действовал ей на нервы. Даже свалка была заброшена. Одри полезла туда.

Ее высокие ботинки погрузились в гостеприимные лужи грязи, раскинувшиеся между скелетом стиральной машины и ободранными до костей скутерами. Она злилась на себя за то, что оделась как дежурная продавщица в салоне дорогих авто, в этот смехотворный строгий костюм. Она-то думала провести день в кабинете, расставляя фотографии и обходя соседей, чтобы познакомиться...

Одри вздрогнула, когда что-то черное быстро, как ракета, мелькнуло прямо у ее ног и скрылось под дверцей. Крыса... Одри ускорила шаг, стараясь не оступиться: самые разные предметы возникали из грязи, как могильные камни. В глубине свалки она сумела подобраться к куску полумертвой ограды. Ей оставалось только навалиться всем весом и перелезть через остатки.

Теперь она шла по территории Проста, беспорядочному переплетению сорняков и хищных колючих кустов, которые раздирали ей брюки и цеплялись за щиколотки. Костюму прямая дорога в мусорный бак. Она пробиралась наугад, без света, будто заплутав во враждебных джунглях. Почва загудела при взлете самолета. Если и существует ад на Земле, то он наверняка здесь.

Она добралась до посыпанной гравием площадки, обошла вокруг погруженного во тьму дома, не заметив ничего, что могло бы иметь отношение к собакам. Ни сарайчика, ни загона, ни конуры. Очевидно, след оказался ложным. Она бы повернула обратно, но задняя дверь, и так в жалком состоянии, была притворена лишь придвинутым большим камнем.

Приглашение проникнуть вовнутрь.

Одри откатила камень и поначалу только просунула в проем голову. Два голоса спорили у нее внутри: один понукал ее зайти, другой призывал вернуться. Ее подозрения ни на чем не основывались, она находилась в частных владениях, к тому же лезть туда, одной и без оружия, становилось опасным. Она уже готова была все бросить, когда различила странный звук, как если бы больной силикозом[1] прочищал горло. Звук шел со второго этажа.

Собирается ли она угробить свою карьеру в первый же день? Вполне возможно, что да... Вполне возможно, что больше ничто не имеет значения, в конечном-то счете... не было ли все это — бегство с Юга, приезд в Париж, новая работа — всего лишь маскарадом? А вдруг ей только того и надо, что получить пулю в живот? И почему она не взяла служебное оружие?

Но возможно и иное: ее действия могут спасти жизнь двух человек, запертых в цилиндрах. Она обязана пойти посмотреть.

Решившись, она отерла башмаки о траву и гравий, стряхнула капли воды с куртки, чтобы не оставить никаких следов. Зашла и включила фонарик на мобильнике. Внутри пахло селитрой и марихуаной, на стенах коробились обои прошлого века. На бумаге переливались капли влаги. Настоящая крысиная нора. Кашель силикозника усилился, когда она направилась на второй этаж.

Деревянные ступени были в таком состоянии, что она боялась, как бы ее башмаки не продавили их. На площадке ее насторожил сильный запах экскрементов и мочи. Она метнулась в ближайшую по коридору дверь и пронзила тьму своим импровизированным факелом. Три пары глаз поглотили свет. Одри чуть не упала навзничь, когда рядом с ней лязгнули клыки, тотчас же сомкнувшиеся на толстых железных прутьях.

[1] *Силикоз* — профессиональная болезнь легких, которой в основном страдают люди, обусловленная постоянным вдыханием пыли.

Перед ней были два питбуля и один стафф, запертые каждый в отдельной клетке, помещенной на щит. Морды, покрытые старыми, уже порозовевшими ранами, следы клыков на шкуре, мускулистые тела, испытавшие не одну трепку. У одной из собак был вырван глаз. Стоя на подстилках из грязной соломы, животные отчаянно лаяли, но из их пастей вырывался лишь едва слышный хрип.

Несомненно, этот мерзавец Прост перерезал им голосовые связки.

Мысли в голове Одри понеслись в ускоренном темпе. Прост явно замешан. Он украл щиты, вырыл яму, и у него есть бойцовские собаки в плачевном состоянии. Заметив у стены железные прутья и бейсбольные биты, она представила себе, через какие мучения прошли эти животные. Одри была знакома с техникой «debarking»[1], которая делала собак немыми, но не уменьшала их агрессивности. Практично для выращивания и подпольных боев.

Она подошла ближе, чтобы попытаться прочесть надпись на картонке, висящей на одной из клеток. Ей показалось, что разъяренные животные сейчас разнесут свою тюрьму, и она подумала об обнаженной жертве, которая погибла от укусов. Худшая из смертей.

Там было написано: *«Не лажанись хоть сегодня. Эта клетка, а не другая. D192, паркинг дю-Фэт, Шоври. Сегодня вечером, в 22 часа. Крупная ставка. Будь вовремя, я после работы приеду сразу туда. Ничего без меня не делай»*.

Прост действовал не один. Какой-то субъект должен загрузить одну из клеток и отвезти к месту встречи, назначенной всего через полтора часа. Время терять нельзя: следует уходить и все доложить майору. Но сначала она все сфотографировала, даже маркировки на одном из щитов от «Хеффнер Транспорт».

Одри услышала рокот мотора на улице. Потом звук остановившейся у дома машины. Кинулась к окну комнаты

[1] Девокализация *(англ.)*.

по другую сторону коридора. Тень перед воротами. Две белые фары, осветившие фасад и внутренность помещения. Одри отшатнулась в сторону, тяжело дыша. Человек снова сел в автомобиль и двинулся внутрь участка.

Одри вспомнила о переставленном камне у задней двери дома. Тип заметит. Думать некогда. Она кинулась к лестнице и добежала до двери. Мотор только что заглох. Хлопанье дверцы. Скрип створки ворот по гравию. Она передвинула камень на место и рванула в темноту сада, не думая о том, куда ставит ногу: кусты вцеплялись в брюки, в щиколотки, в колени, добираясь до тела. Она упала всем весом, вытянув вперед руки, прямо в колючки. Сдержала вопль, когда шипы впились в плоть. Ядовитый огонь побежал по телу.

Одри не шевелилась. В пяти метрах от нее к дому подходил мужчина с фонариком. Он тоже в свою очередь откатил камень и зашел внутрь. Когда в доме зажегся свет, Одри с трудом поднялась, скрипя зубами, так ей было больно, и стала пробираться по кустам к решетке и свалке.

Пять минут спустя она, хромая, подошла к своей машине. Закрылась там и закричала от боли. Посмотрела, в каком состоянии ее руки, запястья, а главное, ноги под брюками. Как из кровавой резни выскочила. Кончиками пальцев вытащила несколько шипов, вытерла кровь тряпкой, которую достала из бардачка.

Она позаботится о себе потом. С трудом достала телефон и набрала номер Шарко:

— Майор? Да, я еще здесь. Я... Слушайте, Прост замешан, у него три натасканных собаки в доме... Да, все хорошо, я... Нет, ну, вообще-то, да... Послушайте меня, пожалуйста, шеф. У меня есть адрес, думаю, они там выставят на бой одну из собак... Я... Нет, такой мускулистой собаки нет, но эти все же здоровенные... Да, я вам все объясню, но следует торопиться. Встреча меньше чем через полтора часа.

18

У них не оставалось времени, чтобы подготовить операцию по всем правилам. Ни планирования, ни специального подразделения вроде бригады быстрого реагирования, ни подкрепления. Зато их было восемь закаленных копов при оружии, и после панического звонка Одри они впихнулись в три машины и рванули вперед. Пицца осталась лежать в теплых коробках под носом у Жеко, который не слезал с телефона. Летиция Шапелье вернулась к себе и закрылась в кабинете на третьем этаже, унося с собой всю тяжесть вины человека, нажавшего не на ту кнопку.

На заднем сиденье машины, которую вел Шарко, Николя и Робийяр не отрывались от GPS своих телефонов, выискивая наилучший маршрут с учетом дорожного движения. Они только что проехали Аньер. На пассажирском сиденье Люси изучала в Интернете полученный адрес встречи — в тридцати километрах отсюда, в департаменте Валь-д'Уаз.

— Паркинг дю-Фэт расположен в центре леса Монморанси, в районе перекрестка, вдоль департаментской дороги. Учитывая место и время, движения там не будет вообще, так что укрыться негде. Я нашла одну заасфальтированную тропинку, там можно будет припарковаться, в трехстах метрах от места встречи. А потом подберемся пешком, через лес.

— Мы можем прибыть туда на полчаса раньше их, — вставил Николя, — если не станем валандаться.

С ревущей сиреной Шарко перестраивался из одного ряда в другой. Когда он выехал на национальную дорогу, чтобы добраться до А15, движение стало пожиже. Воздух в салоне машины был так наэлектризован, что, казалось, потрескивал — из-за того, что им предстояло, и из-за того, что произошло в оперативном штабе. Это они сами включили обратный отсчет и вызвали появление сообщения на страницах жертв. А значит, Ангел будущего знает, в каком ритме они продвигаются в расследовании, с какой скоростью подбирают разбросанные им белые камешки. Он предвидел последовательность событий, которая привела к включению счетчика. Этот парень был дьявольски сильным игроком в шахматы.

Меньше чем за полчаса сайт *manifeste-angedufutur.com* собрал больше полутора тысяч подключений, и число их продолжало расти. Шарко представлял себе пользователей, молодых и старых, может, даже подростков, в пижамах, в спортивных костюмах или за ужином, подписчиков Flowizz или Бертрана Лесажа, которые выходили на сайт и попадали на ужасающее видео в онлайн. Куча журналистов была подписана на страницу Бертрана Лесажа. Информация распространится по всем соцсетям, по всей прессе, как взрыв шрапнели, и не существует никакого способа остановить кровотечение. Следовало немедленно перекрыть доступ на сайт, но это означало взять на себя риск, что Ангел будущего передаст казнь по YouTube. Хрен редьки не слаще.

Они утратили контроль над ситуацией, и им оставалось около двадцати трех часов, чтобы спасти пленников. Двадцать три часа адской работы, чтобы вычислить этого безликого типа, спрятавшегося за маской Гая Фокса и экранами, который мог затаиться где угодно во Франции и насмехаться над ними сколько влезет. Миссия невыполнима, и Шарко знал, что, если дело обернется плохо, ответственность возложат на них.

Он повернулся к Люси, которая только что поговорила с няней двойняшек:

— Как там у них?

— Куксятся немного, что нас нет дома. Джая побудет с ними до завтра, и с собакой тоже.

Франк ничего не сказал и уставился на дорогу. Бог ты мой, как он скучал по своим сыновьям, и он спрашивал себя, долго ли еще ему удастся защищать их от жестокости.

Жестокость извращает все, что не уничтожает, и его малыши будут расти в мире, где бомбы грозят взорваться на любом углу, где подростки кончают с собой в прямом эфире на Periscope[1] и где поговаривают о том, что копам следовало бы дежурить в школах. Каждому новому поколению придется нести на плечах все беды предыдущих. Шарко чувствовал себя в шкуре старого римлянина, который однажды утром просыпается и не узнает свой город. Летиция Шапелье права: будущее больше не принадлежит им.

Он съехал с автострады в Сен-Лё-ля-Форе и направился к мэрии, где велел Одри их ждать. Узнав машину без надписей, Шарко остановился. Николя хлопнул по сиденью:

— Мы пристроимся сразу за вами.

Белланже выскочил из машины и пересел к Одри, которая двинулась замыкающей. Он положил пистолет на приборную доску:

— В следующий раз бери свою пушку.

Одри убрала оружие между сиденьями. Николя опешил, увидев, во что превратились ее руки и кровь повсюду.

— Что случилось?

— Пустяки. Просто колючки.

— Просто колючки? Да по тебе словно сенокосилкой прошлись!

Он достал упаковку бумажных платков, вытащил почти все и протянул ей. Она поблагодарила и промокнула царапины, продолжая вести одной рукой.

— Чего мне теперь ждать? — спросила Одри. — За... мой поступок.

— Ты хотела сказать, за твое родео? Ты подвергла свою жизнь опасности, ты могла помешать всему расследованию. Тебе светит выговор и отстранение, что в твоем случае означает окончательное увольнение. Не успела прийти

[1] *Periscope* — служба потокового вещания видео через специализированные приложения для Android и iOS.

и уже уходишь. Самое короткое вступление в должность за всю историю Управления.

Лицо Одри, на котором были написаны боль и смирение, еще больше помрачнело. Николя указал подбородком на красные задние огни прямо перед ними.

— Но, несмотря на свой грозный вид, Шарко не станет делать никаких окончательных выводов. Все мы совершали такого рода глупости, и он в первую очередь. Тебе повезло, что расследование идет в режиме очевидности. Сегодня вечером я был с тобой у Проста. У нас имелись обоснованные подозрения насчет собак, мы оба зашли к нему в дом и обнаружили там адрес встречи. Именно так будет сказано прокурору и написано в протоколе, идет?

— Идет... Спасибо...

— Да ладно тебе. Но это не повод повторять такие подвиги при всяком удобном случае. На Юге ты уже заработала репутацию безбашенной?

— Я иду туда, куда мне подсказывает интуиция.

— Интуиция... не слишком-то вяжется с нашей работой.

— Вот уж нет. Без интуиции, или чутья, называй как хочешь, нас бы всех заменили на машины и компьютеры. Я действую по интуиции. Это в моей природе, и пока вроде бы неплохо получалось.

Едва машины выехали из городка, как лес надвинулся на них, а потом опустил свою черную лапу на мир, чтобы раздавить его. Еще пять километров по департаментской дороге, и они на месте. Нажимая на педаль, молодая женщина поморщилась от боли. Царапины наверняка не дадут ей покоя всю ночь.

— Ничего себе первый денек, верно?

— Хуже, чем *black friday*...[1]

Капитан глянул на нее уголком глаза. Тени от огней и струй воды на ветровом стекле скользили по лицу Одри, выделяя его непростой рельеф, с очень высокими скулами

[1] Черная пятница *(англ.)* — день начала распродаж после Рождества.

и нежной, как крыло бабочки, кожей. Он рассказал, что произошло в оперативном штабе. Обратный отсчет на двадцать четыре часа, обвально возрастающее количество подсоединений. Она приняла удар, и в эту самую секунду показалась ему одновременно хрупкой и непоколебимой. Похожей на те цветы, которые распускаются в самом сердце ледяной и негостеприимной земли. Он сам себе удивился, что так подробно разглядывает ее, и отвернулся.

Перевалило уже за полдесятого, когда три машины свернули на обочину, выстроились вдоль узкой дороги и выключили двигатели. Погасли фары — светомаскировка. Шарко достал из багажника и раздал бронежилеты. И только тут заметил, в каком состоянии Спик, которая описала ему свои злоключения в саду.

— Тебе не следовало приезжать. Останешься в машине. В операции ты не участвуешь. Когда закончим, я хочу, чтобы ты выдохнула и занялась собой. Этой ночью и без тебя управимся. По мне, лучше, чтобы ты была свежей и готовой к работе завтра с утра пораньше.

А вот ей лучше, решила Одри, быть паинькой и со всем соглашаться. Один из копов вооружился камерой «Canon EOS» высокой чувствительности со светосильным телеобъективом, чтобы делать четкие снимки даже ночью.

— Выключаем мобильники, — велел Шарко. — Есть вероятность, что они отправятся в лес, может, здесь где-то выкопана и другая яма, так что укрываемся и наблюдаем. Начинаем только по моему сигналу. По словам Одри, у Проста бежевый грузовой фургончик с тонированными задними стеклами. Сосредоточимся на этом типе. Если можем его взять, берем, но, если имеется хоть малейший риск или их будет слишком много, сидим тихо, а с ними разберемся позже.

Натянув на головы шапочки, они гуськом тронулись за шефом, и заросли поглотили их. Шарко почувствовал на губах вкус охоты. В такие моменты он жил, и жил во всю мощь. Восемь копов подобрались к окрестностям пустого паркинга, от которого отходили прогулочные дорожки. Каждый нашел себе место — за стволом дерева или в кустах.

В 21:50 в глубине паркинга остановился «мерседес». Фары погасли, внутри из динамиков гулко ухали басы. В темноте виднелись алые точки тлеющих сигарет и голубоватые отсветы экранов мобильников. Копы затаили дыхание и подобрались: все могло разразиться в любой момент. Несколько минут спустя рядом припарковался большой автомобиль с просторным багажником. За рулем водитель — и больше никого.

Из машин вышли трое мужчин. Обмен рукопожатиями. Обрывки неразличимых переговоров. В глубине леса слышно было только тихое щелканье затвора фотоаппарата, который стрекотал без остановки. Шарко быстро взглянул на скорчившуюся от холода мокрую и дрожащую Люси. Та кивком заверила, что все в порядке.

Франк перенес свое внимание на вновь прибывших и прищурился: при свете мобильников каждый из них пересчитывал пачку банкнот, переданную другим. Потом они открыли багажники своих машин, всего на несколько секунд. Шарко почувствовал, как воздух вокруг них буквально электризуется, напряжение подскочило на порядок. Один вдруг принялся боксировать, подскакивая как сумасшедший. По всей видимости, они сравнивали своих собак, заранее облизываясь от предстоящего зрелища. Потом закрыли багажники и продолжили разговор.

Задубевшие конечности копов наливались тяжестью, бронежилеты весили тонну, пальцы костенели еще больше, сжимая холодный металл оружия, но, когда через десять нескончаемых минут прибыл бежевый фургончик, мощная волна адреналина захлестнула их организмы.

Из фургончика вышел Эммануэль Прост. Рассмотреть его лицо было трудно, но он оказался самым высоким из четверых и тощим, как жук-палочник. Шарко буквально озверел, когда увидел, что мужчины закурили и снова принялись что-то обсуждать. Не могло быть и речи о том, чтобы немедленно приступить к действию: пока не доказано обратное, ни один из этих типов не совершил ничего предосудительного. Чтобы повесить на них нарушение закона, что оправдывало бы арест, их надо брать с поличным.

Вдруг двое из них сели на переднее сиденье «мерседеса». Прост сходил за клеткой к багажнику «форда-мондео», потом запер его на ключ и приблизился к другому типу, который открыл свой. Отвратительное сипение собак с изуродованными голосовыми связками доносилось до ушей копов, напоминая далекие крики старых усталых моржей. Резким движением Прост опрокинул клетку, темная масса метнулась к багажнику «мерседеса», четвертый тип тут же запер его. Машина начала подпрыгивать на амортизаторах.

Люси делала Шарко знаки, пытаясь сказать «пора», но руководитель расследования только отрицательно покачал головой. Никто не шевельнулся. Десять секунд спустя машина на полной скорости рванула с места с включенными на полную мощность басами и четырьмя мужчинами на борту.

Вне себя, Люси выпрямилась:

— Чего мы ждали? Собаки поубивают друг друга в багажнике этих отморозков!

— У подонков воображение романистов. Устраивают то ли родео, то ли пляски смерти; они обязательно вернутся. И мы примем их по возвращении, когда все они выйдут из своих тачек. Слишком опасно нападать, когда двое остаются в машине. Может, они вооружены? И что бы мы делали, если бы кого-то из нас шлепнули? Я предпочитаю жизнь своих людей жизни собаки...

Копы собрались вокруг него.

— Подходим как можно ближе к месту, где стоял «мерс». Трое слева от паркинга, остальные справа. Окружаем их. Вы должны держать меня в поле зрения. Как только они все выйдут из машин, я поднимаю руку, и мы бросаемся на них.

И он двинулся между деревьями. Люси вся кипела, ей никак не удавалось усмирить свой гнев против мужа. Но в глубине души она была вынуждена признать, что он принял наиболее мудрое решение. Взять этих мерзавцев без потерь было абсолютным приоритетом.

Робийяр пошел отлить, Николя устроился в засаде на первой линии, рядом с шефом, остальные двинулись влево. Через четверть часа «мерседес» вернулся. Он припарковался на том же месте. Четверо мужчин вышли одновременно, хлопнули дверцами и сгрудились около багажника, перевозбужденные при мысли об исходе боя.

Именно в этот момент, подобно девятому валу, из зарослей, и справа, и слева, на них налетели копы, держа всех четверых на прицеле и крича, чтобы никто не двигался. Шарко всей тяжестью навалился на Проста, припечатав его к земле. И не отказал себе в удовольствии вдавить его щеку в гравий. Тот взвыл.

Облава удалась. Всех четверых в наручниках усадили на землю и зачитали им их права. Люси осторожно подошла к багажнику. Придется открыть.

Зверюги поубивали друг друга и плавали в крови в центре замкнутого пространстве, застеленного пластиковой пленкой.

Люси с трудом определила, который из двух несчастных псов еще дышит.

19

— Аптечка в ванной. Садись, сейчас приду.

Аньер-сюр-Сен был по дороге, когда они возвращались в Бастион, так что Одри и Николя завернули в порт Ван Гога, чтобы она смогла привести себя в порядок, а он — уладить срочные дела, связанные с подъемом воды. Допросы начнутся не раньше двух ночи — пока закончат все процессуальные действия, а адвокаты вылезут из постелей.

Одри села на край складного мини-диванчика, напротив мини-стола. Она быстро поняла, что Николя немного маргинал, а его жизнь на этом суденышке только подтвердила первые впечатления. Местечко было действительно очень уютное, с зеленью на подоконниках, крашеными панелями от пола до потолка, все светлого дерева, со старой мебелью, которую можно за гроши купить на блошином рынке. Это напоминало ей море и в любом случае было приятным разнообразием после квартиры в Иври с видом на рельсы скоростного метро. Но как и в бюро, она заметила отсутствие фотографий, личных сувениров — и женской руки, которая внесла бы долю беспорядка в это организованное пространство, где каждая вещь стоит на своем месте. А еще здесь ужасно не хватало книг.

Николя вернулся с марлевыми салфетками, антисептиком и пинцетом для эпиляции.

— Я нашел это. Моя гигантская ванная в твоем распоряжении. Смотри не заблудись.

Она сняла башмаки, подвернула штанины. Икры и лодыжки были изрезаны. Николя склонился, чтобы оценить масштаб бедствия:

— С танго придется немного подождать.

— Я могла бы поехать домой, Николя. Мне неловко, что я здесь...

— Ты собралась в таком состоянии прокатиться на метро? Ну конечно...

Николя заметил начальника порта, который ждал у плавучих сходней.

— Позаботься о себе. Сейчас вернусь.

Он взял зонтик и пошел к Ясину. Этот алжирец отдаленно напоминал капитана Хэддока[1]. Воротник синей водолазки доходил до сильно выдающегося вперед и загнутого вверх подбородка. Судя по его коже свинцового отлива,

[1] *Капитан Хэддок* — персонаж серии комиксов «Приключения Тинтина» бельгийского художника Эрже.

лицу в мелких пятнышках и худым узловатым рукам, Николя дал бы ему под семьдесят.

— Какие новости?

— Вы откуда свалились? С Марса? Об этом твердят на всех волнах!

— У меня был немного... напряженный день, скажем так.

— Семь департаментов к северу от Парижа только что перешли на оранжевый уровень, и два к югу тоже. Водохранилища почти переполнены. Марна и Йонна завтра должны выйти из берегов. Кучу городов зальет.

— Супер.

— Уровень Сены поднимется еще. На сколько, неизвестно, но, судя по метеоусловиям, все будет непросто. Дожди продолжают напитывать землю и вроде не прекратятся до завтра.

Николя посмотрел на реку. Под огнями Аньера Сена чувствовала себя вольготно. Он мельком заметил силуэт Одри в окошке ванной. Ясин тоже ее увидел и застыл на несколько секунд, удивленный столь непривычным присутствием.

— Сена может подняться, как в прошлом году? — встревожился Николя.

Ясин вытащил из кармана окурок. Прикурил его, несмотря на дождь, загораживая огонек зажигалки ладонью.

— Они-то оптимисты, но будет выше, я знаю. Они следят за уровнем воды на дамбе в Сюрене, там быстро поднимается. Завтра вечером или послезавтра в порту можно ожидать перебои с электричеством: зальет генераторы.

Николя уже предчувствовал кучу неприятностей. Нет электричества, значит прощай насос для бака с питьевой водой. Ни химического смесителя, ни обработки серо-черных вод. Ясин указал на два причальных пала — толстые металлические сваи, стоящие в некотором отдалении на берегу, к которым была пришвартована его баржа.

— Как я и сказал по телефону, мне нужен доступ на ваш баркас. Завтра утром будем укреплять швартовы и приварим Т-образные брусы к верхушкам причальных палов, на всякий случай. Вы не беспокойтесь, до отметин прошлогоднего паводка остастся еще больше полутора метров, так что запас есть.

При каждой затяжке оранжевые отблески плясали в глазах старика Ясина.

— Разлив там или нет, а следует это сделать раз и навсегда. Т-образный горизонтальный брус не даст швартовым сдвинуться, а вашей барже уплыть по течению или врезаться в другие суда; вот была бы беда. Но операция не без риска, должен вас предупредить.

— Какого риска?

— По сравнению с соседской, ваша баржа стоит с неудачной стороны от причальных палов, то есть ее к ним прибивает течением. Если вода в один прекрасный день поднимется до максимума, они могут снести вам корпус.

Николя поднял голову. Сваи пока возвышались над уровнем реки как минимум на два метра. Казалось невероятным, чтобы вода поднялась так высоко. Он протянул дубликат ключей от загородки, расположенной между сходнями и судном:

— Завтра утром меня точно не будет. Делайте, что считаете нужным.

Он пошел обратно по сходням и вдруг остановился:

— Скажите, Ясин... Затопленный Аустерлицкий вокзал, на ваш взгляд, такое может однажды случиться или это из области научной фантастики?

Ясин запустил руку в свою короткую бороду с сильной проседью:

— Только если Сена поднимется приблизительно на семь с половиной метров. Ну да, около того. Такое случалось, в девятьсот десятом, тогда вода возле Зуава[1] подня-

[1] Имеется в виду статуя Зуава у моста Альма: по давней традиции с его помощью обозначают уровень подъема воды в Сене. «Зуав ноги замочил» — маленький подъем, потом «по колено», «по пояс», «по шею» (последнее было только во время знаменитого парижского наводнения в 1910 г.).

лась до восьми метров шестидесяти сантиметров... Перед вокзалом и по улицам города парижане передвигались на лодках. Со всеми этими историями про климатические изменения все чаще поговаривают о пресловутом наводнении раз в сто лет. Вот это, клянусь Аллахом, было бы действительно скверно. Но вы не волнуйтесь понапрасну. Все обойдется.

Он развернулся и исчез. «Обойдется...» Вид у него был не слишком уверенный. В таком случае зачем они приваривают Т-образные брусы? Николя подсчитал. Наводнение типа того, которое было в девятьсот десятом, достигло бы высоты свай. Он вспомнил слова Ангела будущего, из первого письма. Тот намекал, что Аустерлицкий вокзал зальет...

К Одри вернулся естественный цвет лица, она заканчивала с последними повязками на запястьях.

— Что-нибудь серьезное?

— Нет, просто надо было утрясти кое-какие мелочи. Жизнь на воде имеет свои прелести, но, как и везде, случаются и затруднения.

Николя взял ключи от машины:

— Мне пора обратно, на допросы. Если тебя никто не ждет, можешь передохнуть здесь. В холодильнике кое-что есть, а еще мягкий диван и бортовая качка, чтобы тебя убаюкать.

— Никто меня не ждет. По крайней мере, здесь, в Париже, я хочу сказать. Но это еще не повод, чтобы я не добралась на метро. Хотя все равно спасибо.

Она надела ботинки и расправила подвернутые штанины.

— Я могла бы поехать в Бастион вместе с тобой.

— Делай, как сказал Шарко. Уже поздно, нас на месте достаточно, на ночь хватит. Не стоит перегорать с самого начала. У нас уже были потери в рядах, так что...

— В таком случае я буду в конторе с утра пораньше. И пожалуйста, держи меня в курсе допросов. Позвони, пришли сообщение, хоть в три ночи. Я хочу знать, есть ли шанс спасти тех людей.

Она еще раз поблагодарила его, надела куртку и направилась на корму, к выходу.

— Эй, Спик!

Она с удивлением обернулась. Николя улыбнулся ей:

— Отлично сработано с Простом, черт возьми...

20

Все четверо задержанных подверглись одной и той же процедуре: прибытие на подвальный этаж Бастиона, уровень-1, обыск и снятие данных соответствующими ночными подразделениями — антропометрические фото, отпечатки пальцев, ДНК, — затем на второй этаж, потом помещение под стражу на пятом, где в длинной череде камер с застекленными и бронированными дверьми содержались арестованные. После обязательного беглого медицинского осмотра прибыли адвокаты, двое назначенных судом и двое вызванных «клиентами», стреляными сидельцами. Они казались в восторге оттого, что их выдернули из кроватей.

Шарко и еще один ОСПшник[1], присутствовавший при официальном оформлении задержания, находились напротив них по коридору, в одном из так называемых боксов — безликих комнат для допросов. Кончились времена подозреваемых, допрашиваемых в каморках под крышей старой конторы на набережной Орфевр, 36, среди груды бумаг и оберток от сэндвичей. Здесь целый этаж был отведен под помещения с белыми стенами и белым же линолеумом, с непробиваемыми запечатанными окнами, со столом, четырьмя стульями и компьютером с веб-камерой, передающей и изображение, и звук: допросы записывались.

[1] Офицер судебной полиции. *(Примеч. автора.)*

Николя только что появился в боксе Шарко. Он снял куртку и повесил ее на спинку стула. Длинный, нескончаемый день, который теперь переходит в бесконечную ночь. Атмосфера напоминала больничную: пустые коридоры, мертвая тишина, иногда нарушаемая отдаленными криками или ударами в дверь отдельных особо нервных экземпляров.

Подтянув к себе стул, Белланже рухнул на него и потер затылок: дорого бы он дал сейчас за массаж.

— Люси говорит, все четверо — наши клиенты?

— Ну да, наркотики, кражи, хранение и прочее в таком роде. Эммануэль Прост попался в 2013-м вместе со своим дружком Тони на краже меди с железнодорожных линий. Получил полгода; выйдя из тюрьмы, через некоторое время нанялся в «Хеффнер Транспорт». Собачьи бои позволят нам связать его с убийством, но на данный момент у нас нет ни одной прямой улики, доказывающей, что он в этом замешан. Ни ДНК, ни отпечатков...

— Подошвы?

— Я смог проверить, когда у него забирали шнурки. Ни его подошвы, ни его дружка Тони не соответствуют отпечаткам, снятым с краев ямы.

— Скверно.

— К счастью, имеются сделанные Спик фотографии щитов, находящихся дома у Проста. Он не сможет отрицать кражу. Этот говнюк все нам выложит.

Шарко постучал по экрану:

— Видел число подключений?

— Сколько?

— Больше девяти тысяч, а ведь сейчас час ночи и большинство людей спит. А что будет завтра?

— Девять тысяч? Как такое возможно?

— Я только что виделся с Жеко. Его телефон уже раскалился от звонков. Обратный отсчет, который мы запустили, и те программы, которые обнаружила Летиция Ша пелье, заодно разослали мейлы десяткам журналистов из бумажной прессы, но в основном телевизионщикам. Около часа назад информация прошла на BFM[1].

— Шутишь...

— Жеко наорал на них по телефону, и знаешь, что ему там ответили? «Если не мы, то передаст кто-то другой. В любом случае уже слишком поздно, потому что информация попала в Twitter и на Facebook». Twitter и Facebook, вот ведь срань...

Его взгляд затерялся в пустоте, потом вернулся к Николя.

— В шесть утра вся пресса Франции и Наварры соберется у нас под окнами со своими паршивыми фургончиками спутниковой связи. И захотят узнать все, вплоть до цвета наших унитазов. И будут висеть у нас на хвосте, как голодные щенки.

Николя был подавлен. Продолжалась гонка за ужасами, стычками и сенсациями, симптоматичная для общества, где безраздельно царят социальные сети, внося смуту в официальную прессу. Коп вспомнил о бойне в «Шарли»[2] и том заснятом каким-то любителем моменте, где было видно, как один из братьев Куаши в упор расстреливает их коллегу-полицейского. Автор видео разместил запись на Facebook, потом через пятнадцать минут убрал, но было уже поздно. Телеканалы и газеты уже завладели ею. Все, что попадает в котел Facebook, обречено вариться там до скончания времен.

— Нам осталось около восемнадцати часов до истечения срока ультиматума, — продолжал Шарко. — Нельзя терять время ни на что, могущее отвлечь нас от самого

[1] *BFM* — частное французское телевидение, передающее новости в режиме 24/24.

[2] Теракт в редакции сатирического еженедельника «Шарли Эбдо» 7 января 2015 г. в Париже, осуществленный братьями Саидом и Шерифом Куаши. Погибло 12 человек, ранено 11.

срочного, а именно от спасения пленников. Другими словами, прокладываем курс и лезем в самую гущу.

Его губы поджались, превратившись в тонкий шрам, что у него было признаком глубокого гнева. Николя узнал прежнего бескомпромиссного Шарко, акулу, жаждущую крови. И в глубине души возрадовался. Шеф посмотрел на часы:

— Хватит с меня этой хрени.

Он резко встал и зашел в камеру Проста, который беседовал с адвокатом. Схватив задержанного за плечо, он, несмотря на протесты, поволок его за собой:

— Закончишь исповедь позже. Пошел.

Шарко вернулся в бокс и излишне резким движением захлопнул за собой дверь. Николя указал Просту на правый стул, адвокат устроился слева и попросил, добавив несколько формальных угроз, включить запись. Шарко с удовольствием разбил бы ему голову об угол стола, но вместо этого приступил к обязательным формальностям.

В Просте не было ничего от наглого главаря. Никаких вызывающих взглядов, подавленный вид, бегающие глазки. Ссутулился на стуле, зажав ладони между коленями. На правой щеке еще виднелся отпечаток гравия. Франк достал пластиковый пакет и положил перед собой:

— Похоже, собачьи бои доходное дело, Эммануэль. При тебе было три тысячи евро, как и у одного из типов в «мерсе», у некоего... Лекуантра. Твой пес срубил для тебя бабки, но, судя по его состоянию, ветеринар наверняка сейчас его усыпляет.

Прост заерзал на стуле, но держал себя в руках. По всей вероятности, адвокат посоветовал ему вести себя тише воды ниже травы. Через окошко в двери Шарко увидел, что кто-то прошел по коридору: все четыре допроса должны были начаться одновременно.

— Черт, ты же перерезал своим псам голосовые связки! А знаешь, что полагается за жестокое обращение с содержащимися в неволе животными? Два года тюрьмы и тридцать тысяч штрафа как минимум! А ко всему этому добавим, как сам понимаешь, незаконную торговлю, незаконное владение незарегистрированными опасными собаками, ну и так далее... Но как тебе должно быть известно, ты здесь не только из-за этого, Эммануэль. Уже поздно, у всех нас был дерьмовый день, так что давай не будем вилять и решим все по-быстрому, пока я не рассердился.

Франк достал из пластика фотографии сцены преступления в лесу Бонди и подтолкнул их к подозреваемому:

— Кто это?

Прост посмотрел на снимки, скривился и резко оттолкнул их от себя:

— Я ничего об этом не знаю, клянусь, что ничего не знаю. Черт, да я даже не понимаю, о чем вы! И никакого отношения к этому не имею!

Франк разложил перед ним другие фотографии, как карты в пасьянсе. Яма, тело, татуировка, укусы...

— Что ты делал в ночь с понедельника на вторник?

Прост глянул на адвоката, тот коротко кивнул.

— Я был дома, один. У меня был тяжелый день.

— Не гони. Тяжелый день, вроде вчерашнего?

Прост не ответил. Николя подошел к его стулу. И остался стоять прямо позади него, положив руку на спинку. Спросил, что он делал в тот день, что ел, какую программу по телевизору смотрел. Прост отвечал запинаясь, не очень уверенно. Сказал, что выпил и курнул травки, а больше ничего не помнит.

— Ладно, освежим тебе память, — бросил Шарко, ткнув пальцем в одну из фотографий. — Этого человека сожрала собака, стафф, вроде тех зверюг, которых ты незаконно выращиваешь для боев. Ты единственный из четверых, кто работает в «Хеффнер Транспорт», а щиты, которые ты видишь там, в яме, они как раз из твоего «Хеффнера», а не откуда-то еще.

— Это не доказательство, это не я.

Шарко показал ему фотографии, которые переслала Одри. Крупным планом маркировка щита.

— Мы обнаружили эти щиты у тебя на втором этаже, под клетками с собаками. Та же маркировка, тот же источник. «Хеффнер Транспорт».

Удар попал точно в цель. Прост замер, ощетинившись:

— Что за фигня, вы влезли ко мне в дом!

— Не волнуйся, сперва мы вытерли ноги. Но еще вернемся с обыском в твою конуру в Гуссенвиле. Пороемся в мозгах твоего компьютера, разберемся с банковскими и прочими счетами, а главное, распотрошим твой телефон. Ты же отлично знаешь: эти маленькие гаджеты настоящие стукачи. Через несколько часов мы будем полностью в курсе любых твоих передвижений за последние месяцы, с точностью до десяти метров.

Шарко указал на камеру:

— И догадайся, что подумает следователь, если ты нам скажешь, что нога твоя не ступала в лес Бонди, а мобильник докажет обратное? Ты не хуже моего знаешь, как следователи не любят вранья и что ложь может удвоить наказание.

Шарко понял, что попал в точку, когда увидел, как побледнел Прост. Водитель-дальнобойщик заерзал на стуле. Адвокат напомнил ему о праве не отвечать на вопросы, подчеркнул, что полицейский говорит без доказательств в виде данных с телефона, но задержанный знал, что с мобильником копы его прижмут. И он решил частично расколоться.

— Ну да, мы с Тони соорудили яму для собачьих боев. Мы провели три или четыре *fights*[1], но вот уже несколько недель мы ее не использовали: спокойнее работать на ходу, это привлекает меньше внимания. А что до трупа, понятия не имею, откуда ему там взяться. Это не я, я тут вообще ни при чем, я не преступник.

[1] *Здесь*: схватки *(англ.)*.

— А разве не преступление то, что ты делаешь с этими собаками? — проорал Николя, наподдав ему по затылку.

Адвокат открыл было рот, но Шарко встал так резко, что стул с противным скрежетом отъехал по полу. Он обошел стол и помахал фотографией трупа перед носом Проста:

— Итак, подведем итоги: ты выкопал яму в чаще леса, накрыл ее доской и всякой растительностью. Этакая... невидимая яма. Верно?

Никакого ответа.

— А мы внутри ее находим бедолагу, искусанного псом, который непонятно как перемолотил ему половину костей, вырвал горло и выгрыз печень. Так объясни нам: если виноват не ты, то кто? Святая Инквизиция?

Прост вялой и влажной рукой взял одну из фотографий. Потом другую, где крупным планом были видны укусы.

— Кости размолочены, вы говорите?

— Большая берцовая, локтевая, лучевая... просто в порошок стерты.

— Я знаю только одну собаку, которая на такое способна...

Он отвел глаза от фотографии, его зрачки расширились. Он уставился на какую-то воображаемую точку на столе.

— Когда мы в первый раз встретились, я еще в жизни не видел такого здоровенного стаффа... Клянусь, это чертово чудище, а не собака. В холке немногим выше обычного, но такой накачанный, мускулы прямо прут отовсюду, как... как Шварценеггер, только среди псов. И морда в два раза шире, чем у нормальных. Клянусь, я не выдумываю. Ни одна зверюга против него больше пяти минут не выдерживала. Эта псина, она нечеловеческая.

— Вот странно-то, — бросил Николя. — А кто хозяин?

— Он называет себя Каратель.

Николя переглянулся с Шарко, у которого в голове тоже щелкнуло. Майор порылся в своей папке и извлек первое письмо Ангела. Человек в маске упоминал этот псевдоним. *Я покажу вам, на что способны эти монстры, прячущиеся во Франции, со своими сбирами вроде Карателя.* Теперь у них есть формальное доказательство наличия связи между двумя делами. Если Ангел знаком с Карателем, обратное тоже должно быть верно. Шарко закрыл папку и, подавшись вперед, уперся ладонями в стол:

— Выкладывай.

— Я с ним не знаком, не знаю, откуда он, этот тип очень осторожен. Я даже не смог бы сказать, какая у него тачка.

— А ты постарайся.

— Клянусь. Он увертливый, как уж. Лет сорока, бритый череп, настоящий здоровяк, не такой, как его пес, но тоже крепкий. Всегда в бомбере цвета хаки. Смахивает на скина. У него один палец отрезан, но он способен на... Я хочу сказать, он такое вытворяет своими руками. Его пальцы притягивают металл. Я не вру, сам видел. Он проводит пальцами над болтом или гайкой, и они к нему приклеиваются.

— Ты сказал об отрезанном пальце. Котором?

Проот посмотрел на собственные руки:

— Кусок мизинца, на левой, кажется...

— Как у этого, — заметил Шарко, указывая на фото. — Продолжай.

— И ему всегда хочется чего-то оригинального, какого-то зрелища. Бои в подозрительных местах, очень уединенных, потому что своей собаке он голосовые связки не трогал и она рычит, как медведь. И места все время разные, и он всегда требует, чтобы ему заранее дали их осмотреть. Хочет, чтоб никто не видел его слишком уж странного зверя.

— Он приходит один?

— Ну да. Если ему не в кайф, он не появляется. Если чувствует лажу или что нет экзотики, тоже. Мы с Тони решили, что после заброшенных отстойников яма в лесу должна прийтись ему по вкусу. При каждой встрече мы настаивали, чтобы лучшие из наших псов померились с его бугаем. Классные ставки можно было сорвать, учитывая, как высоко он котировался. Но... большинство собак были разорваны в клочья.

— А яму вы когда сделали?

— Да уже больше месяца назад. В начале октября. Мы ее использовали раза два-три для других боев, а потом забросили. Мы никогда на одном месте долго не остаемся, чтобы... чтобы не замели.

Шарко уже набросал про себя начало сценария. Тот тип, Каратель, задействовал яму для «личного пользования». Он привел туда человека с татуировкой и бросил в яму вместе со своим стаффом. А люди смотрели...

— Как вы связываетесь между собой? Когда ты снова должен его увидеть?

Прост заколебался, потом глянул на камеру и снова на копов:

— А какой мне прок, если я его сдам?

Николя положил руку на плечо подследственного и впился пальцами в дельтовидную мышцу. Тот вскрикнул. Коп проигнорировал протесты адвоката:

— Нам плевать на твой бизнес, Прост, на то, как ты добываешь себе этих псов и какую судьбу им готовишь. Даже если нас блевать тянет от того, что ты творишь, мы готовы дать тебе кое-какое послабление. Ограничить пункты обвинения только собаками и устроить так, чтобы ты выпутался без особого ущерба. А, майор?

Шарко кивнул.

— Нам нужно кое-что посерьезнее. И если ты не выложишь все прямо сейчас, мы вытянем это из твоего горла разводным ключом. Твое задержание станет нескончаемым. Сорок восемь часов, плюс двадцать четыре, плюс двадцать четыре, такие у нас тарифы за организованную преступность, преступление с применением пыток, акты варварства...

— Вы не имеете права! — Он повернулся к адвокату. — Да скажите же вы что-нибудь, вместо того чтобы теребить свой сраный галстук!

Адвокат обменялся несколькими словами с полицейскими и, с учетом ситуации, посоветовал своему клиенту пойти на сотрудничество: от этого он только выиграет. Прост некоторое время размышлял, потом попросил кофе, который Николя и принес, хотя ему было сильно не в радость обслуживать такого подонка. Но он думал в первую очередь о пленниках в цилиндрах и о времени, которого оставалось все меньше. Подозреваемый обхватил стаканчик скованными ладонями и выпил, не торопясь, мелкими глоточками.

— Есть форум для любителей собачьих боев, — наконец заговорил он.

— Адрес.

— Это в Даркнете. Представления не имею ни о том, кто его создал, ни как давно он существует. Но если знаешь адрес, можешь зайти, зарегистрироваться, а дальше как на любом форуме. Можешь участвовать в боях или организовывать их. Место, время, описание, максимальное количество участников. Ну, на деле все сложнее, тут вопрос доверия, поручительства и давности участия, но в принципе так. И никто тебя не ущучит, потому что Даркнет — это Даркнет...

Он был прав. Даркнет был вечной головной болью полицейских служб, как и служб по борьбе с киберпреступностью. Все, что там происходит, — педофилия, незаконная торговля любого рода, продажа оружия — отследить невозможно, и единственным способом прижать виновных оставалось проникновение в сами сети.

Шарко протянул ему листок и карандаш. Прост отодвинул бумагу:

— Там длиннющий адрес, и я его наизусть не помню. Он есть в моем телефоне. Но...

— Но что?

— Ну, мы с Тони больше недели готовили новое место. И забили стрелку с Карателем. Надо было кое-что обсудить с ним, мы хотели выставить двух питбулей против его стаффа. На форуме мы отправили ему личное сообщение на той неделе, и он согласился. На кону было десять тысяч евро.

Глаза Шарко заблестели.

— Видишь, можешь, когда хочешь! Где? Когда?

— В Жанвиле есть кладбище барж, на берегу Уазы. Это в шестидесяти километрах от меня, в сторону Компьени. Уединеннее и дерьмовее не найдешь. Мы с Тони подготовили трюм одной из барж. У нее даже названия не осталось, но если поедете туда, то увидите, она последняя у мостков... Старая торговая баржа, вся съеденная ржавчиной.

Он опустил глаза, а когда поднял, в них появился новый блеск.

— Бой должен состояться через три дня, в ночь на воскресенье, в 23:30.

Воскресенье... Шарко принялся метаться по боксу, как тигр в клетке. Положительный момент: у них появился шанс быстро взять убийцу. Отрицательный момент: ультиматум истекает в четверг вечером, в двадцать тридцать. Он повернулся к Просту:

— В ночь на воскресенье слишком поздно. Надо перенести бой на сегодня.

— Чего? Только не это! Если я попытаюсь изменить дату встречи, чтобы перенести ее намного раньше, он заподозрит неладное, и никто его больше не увидит.

Шарко задумался, Прост прав. Сдвигать встречу означает рисковать, они вообще потеряют Карателя. Он исчезнет в неизвестном направлении, и они потратят куда больше времени на его поимку.

Задержанный почувствовал, что может заработать еще несколько очков. И что, по всей видимости, у копов из уголовной бригады были другие приоритеты, кроме как упечь его за собачьи бои. И тогда он выложил последние карты:

— Мы с ребятами много говорим об этом мужике, когда встречаемся на *fights*, как сегодня вечером. Мы практически уверены, что он поедет осмотреться за несколько дней, вроде как почувствовать атмосферу и проверить, все ли в порядке. Если он так сделает и в этот раз и если он еще там не был, у вас есть серьезные шансы взять его до вечера воскресенья.

21

Идея поставить в кабинете аквариум стала его последним заскоком. Золотые рыбки медленно плавали бы в десятке литров воды и успокаивали его всякий раз, когда наваливалась тьма. Возможно, эти создания помогут ему обрести равновесие, новое дыхание и позволят хоть на несколько минут вырваться из водоворота его мучений. Да, он так и сделает. Совсем скоро.

Дождь барабанил по стеклу с гипнотическим звуком, батареи чуть гудели, создавая тот белый шум, который присущ большим пустым зданиям. Шарко не удавалось удержаться на грани реального и воображаемого. В какой-то момент ему показалось, что он видит над столом раскачивающееся в петле тело с двумя черными дырами посреди лица. Оказалось, это тень вешалки.

Когда Люси зашла без стука, его задремавшее сердце снова забилось в груди. В пять часов утра, со всеми выплесками адреналина после обнаружения двумя днями раньше трупа в лесу Бонди, организму потребовалась подзарядка, и Шарко спал с открытыми глазами.

Жена скользнула к нему за спину и обняла:

— Тебе бы съездить домой хоть на два-три часа. Никто тебя не попрекнет. Мы все же люди, а не машины.

Шарко накрыл ладони жены своими, два источника тепла в ледяной ночи. Его глаза обратились к экрану компьютера. На картинке, скорчившись, Flowizz спала под взглядами более двенадцати тысяч зрителей. Подоорвала ли она о переполохе, поднявшемся снаружи? Бертран, стоя на коленях, дышал на перегородку и выводил на ней какие-то буквы.

— Он все время пишет «поезд гудок». Прямо сейчас, в разгар ночи.

— Может, их держат недалеко от железнодорожных путей?

— Возможно. Они ждут нашей помощи... Но если он сообщает только эти два слова, значит у него нет никакой иной информации о месте их заточения. Ни одного уточнения, которое позволило бы их локализовать. Гудок, поезд, тоже мне, сенсация. И что нам с этим делать? Звонить в Управление железнодорожного транспорта? — Он обреченно покачал головой. — Тебе объявляют, что через двадцать четыре часа ты умрешь. Что ты будешь делать?

Люси уткнулась подбородком мужу в затылок. Она чувствовала, как пульсирует его яремная вена, дальний отголосок его дыхания, свистящего в бронхах, и по тому, как он сжимал ее руки, поняла, какой гнев душит его.

— Я останусь с тобой и детьми. Я проведу все время с вами, на берегу моря, повторяя, как я вас люблю и как хорошо было жить с вами. Я посмотрю, как в последний раз заходит и восходит солнце. Это может показаться банальным, но я сделаю именно так.

— Тогда представь себе там, в цилиндрах, наших детей. Замени Flowizz и Бертрана на Жюля и Адриена...

В глазах Люси блеснули слезы. Шарко заметил это, он знал, до какой степени шокировал ее. В свое время его жена при чудовищных обстоятельствах потеряла своих близнецов, а время ничего не лечило.

— Зачем? Для чего ты мне такое говоришь?

— А ты бы пошла спать, хоть на одну минуту? Или же постаралась бы продержаться еще несколько часов и сражаться до конца? Flowizz чья-то дочь. Мать или отец проснутся, включат телевизор и увидят эти невыносимые изображения их ребенка, вынужденного заполнять своей мочой бутылку из-под воды. Поэтому нет, я не поеду спать, Люси, пока не сделаю всего возможного для этих людей. И не поеду повидать сыновей, хотя одному Богу известно, как я по ним скучаю.

Он только что вонзил меч в сердце жены, но на данный момент для него не было ничего важнее двух жизней, заключенных в смертоносной геометрической форме. Все потому, что в глубине души он всегда был больше чертовым хищником, чем отцом и мужем.

Резким движением он переключился на открытый в TOR-браузере, подключенном к Даркнету, и оформленный в черно-красных тонах форум собачьих боев. Он щелкнул по ссылке, связанной с учетной записью, выданной Простом. У него был доступ к никам, к фотографиям собак и боев. Кровь, ужас... Худшее, что есть в человеческом существе. Он нашел профиль Карателя, но ничто не давало возможности извлечь оттуда какие-либо конкретные личные данные. От неудовлетворенного желания Шарко ощущал электрическое покалывание в кончиках пальцев. Один из людей, на которых они вели охоту, дразнил их, находясь в единственном клике мышью, но оставаясь недоступным.

— Опять экраны между нами и ими. Типы, которые прячутся за своими компьютерами, с одной стороны, и страдающие жертвы — с другой, а мы тут, между ними, как крысы в лабиринте, бедные беспомощные рабы.

Люси вытерла влажные глаза. Она вытащила из кармана листок бумаги и положила перед его клавиатурой:

— «Cardiotex SA». Компания, которая производит электрокардиостимуляторы, базируется в Реймсе. В девять утра бедная беспомощная рабыня будет стоять у них под дверью...

Шарко глянул на листок, но ничего не сказал. Этой ночью его сердце было холодно.

— Утром получим все, что касается локализации телефонов, — продолжила она. — Остальные рабы пашут, внизу, на всех этажах, тоже принося в жертву свои семьи. Они разбирают по косточкам каждую улику, которую им приносят, или же отслеживают учетные записи на Facebook, стараясь найти следы. Николя предложил, что через несколько часов отправится в засаду в Жанвиль, чтобы увеличить наши шансы. Мы все зациклились на этом обратном отсчете, все сражаемся. А ты, значит, решил поплакаться на свою судьбу? И на мне опробовать бесчестные приемчики, достойные разве что старого злобного петуха с птичьего двора? — Она ткнула пальцем в листок. — Нет, мы не беспомощны, мы действуем и делаем все, что только в нашей власти, чтобы прийти им на помощь. Я знаю, что тебе тяжело, но и нам всем тоже.

Шарко выбрался из кресла. Его суставы заскрипели, когда он двинулся к окну. Ночь сковала город, подъемные краны казались плохо различимыми скелетами, затерянными в полуоранжевом, полузеленоватом сиянии. Внизу, на углу улицы, виднелись освещенные изнутри грузовички, утыканные спутниковыми антеннами. Пресса, которая с наступлением утра расположится здесь на постой.

— Именно мы вскоре убьем этих несчастных. Нашей манерой поглощать пустоту. Нашими глазами, устремленными на экраны. Нашими кликами и мерзкими хэштегами. Вон один такой в Twitter, который уже собрал кучу откликов, #СпасемFlowizzиБертран#, появившийся непонятно откуда. Да, а как запускаются эти штуки вроде #balancetonporc#?[1] Кому пришло в голову опубликовать такое и каким образом оно распространяется? Люди, которые вродс бы хотят помочь полиции и спасти мир, но на самом деле только помогают машинам поработить его...

[1] Хэштег придуман журналисткой Сандрой Мюллер, основательницей движения MeToo, и означает «откажи своему насильнику». *Balance ton porc (фр.)* буквально означает «гони свою свинью».

Он терпеть не мог погружаться в этот мир, лишенный оттенков, во времена, когда каждое слово могло быть неправильно истолковано, и где следовало выбирать позицию за или против, но ни в коем случае не где-то между ними.

— Именно этого и добивается Ангел. Объединить как можно больше... шимпанзе. Он превращает соцсети в разрушительное оружие. Он хочет продемонстрировать, что, даже когда мы сидим перед своими экранами, каждое наше действие имеет последствия, как бы минимальны они ни были. Чтобы каждый ощутил свою ответственность. Чтобы каждый нажал на кнопку, как это сделали мы.

Люси ненавидела такие моменты, когда тени затягивали Франка и увлекали в самые темные закоулки его собственного сознания. Пусть сам он постоянно стремился забыть прошлое, но вот прошлое его не забывало и возвращалось, чтобы все смести одной гигантской волной.

Шарко смотрел на экран, не видя его:

— Я не знаю, что Ангел им готовит, но это будет нечто ужасное, я чувствую. Надеюсь только, что они не умрут у меня на глазах. Потому что я себе этого не прощу. Никто из нас себе не простит.

22

Свет появлялся вновь маленькими мазками. Но он не имел ничего общего с теплыми красками, которые заставляют поднимать лицо к небу. Нет, этот свет всего лишь вливался в пустоту ночи, заполнял небытие липкими серыми отливами и стимулировал людей-машин набиваться в вагоны скоростного метро и отправляться питать роботов, которые вскоре заменят их на заводах.

— Неплохо бы подзаправиться перед дальней дорогой. Вот круассаны, молочные булочки, яблочные пирожные.

В шесть утра Одри поставила корзинку с выпечкой на край своего стола, рядом с термосом с чаем и стаканчиками. В комнате был один Николя, он сидел, выпрямившись в кресле и уткнувшись носом в экран. Он ничего не сказал. Одри уже встречала копов его закалки, степных волков, взвинченных до ожесточения и обретающих относительный покой только в пучинах охоты.

Он встал и потянулся, повертел головой, чтобы расслабить мышцы затылка, подошел стянуть круассан и оглядел покрасневшими глазами новый наряд коллеги: джинсы, бежевая водолазка, темно-синие спортивные ботинки Kickers. Только на руках еще виднелись следы вчерашних ран.

— Вот теперь выглядишь как заправский коп.

Одри налила чай и подбородком указала на спортивную сумку, которую принесла с собой:

— Скажем так: на этот раз я постараюсь не превращать свое тело в поле битвы. Думаешь, засада сработает? У нас есть шанс поймать его до истечения ультиматума?

После допросов, в четыре утра, Николя позвонил ей и предложил вместе с ним взять на себя серию засад в Жанвиле. Ему удалось убедить Шарко, и Одри согласилась.

— Это самый прямой след, мы не можем упустить такую возможность. Из-за ультиматума Шарко хочет, чтобы мы сосредоточились на том, что с большей вероятностью даст быстрый результат. Это бег наперегонки со временем, и Каратель — ключевая фигура...

Они залпом допили чай, и Николя собрал экипировку: ноутбук, аккумулятор, чтобы подзаряжать телефоны, кейс с фотоаппаратурой, GPS-маячок. Даже сидя в машине, стоящей в засаде, они могли продолжать работу и в ожидании смены оставаться на связи с остальной группой. Их дежурство должно было длиться двенадцать часов.

— Все, поехали.

Они зашли к Шарко предупредить об отъезде, а десять минут спустя уже выруливали на окружную у ворот Клиши, держа направление на север. В шесть тридцать движение стало плотным. Мелкий мутный дождик затруднял видимость, не спасали никакие дворники. Николя очень скоро почувствовал возросшее напряжение коллеги. Она вцепилась руками в колени и следила за движением в зеркало заднего вида. Ему не потребовалось много времени, чтобы связать детали.

— Грузовики?

Не отвечая, Одри постаралась взять себя в руки и сделала радио громче. На всех волнах раз за разом прокручивалась информация: по словам журналиста, Ангел будущего, тот самый хакер, который взломал сайт Елисейского дворца, похитил широко известного Бертрана Лесажа и молодую женщину, которую в сетях знали под ником Flowizz. Подводя итог, журналист подчеркивал, что речь идет о гонке со временем, причем необычайно жестокой, поскольку мучения жертв показываются напрямую на интернет-сайте, адрес которого он не стал называть. И вместе с тем просил всех, у кого этот адрес имеется, не распространять его.

— Чушь, — проворчал Николя. — Все равно что бросить кусок мяса перед носом льва и приказать ему: «Не трогать!» Конечно же, все слушатели ринутся на сайт. Может, они ужаснутся, но будут смотреть и не отойдут от экранов, пока не узнают финал истории. Мы вернулись во времена кровавых зрелищ на арене... И все эти сраные террористы, кем бы они ни были, знают это лучше любого другого.

Одри не отвечала, слишком напряженная, слишком сосредоточенная на движении вокруг. Она достала мобильник и принялась что-то набирать.

— Есть одна вещь с этим Ангелом, которая до меня никак не доходит, — продолжал Николя, чтобы не молчать. — Почему он выбрал Flowizz? С Бертраном Лесажем все понятно, про него много в прессе. Но она-то? Априори никто ее не знает, у нее всего три сотни «друзей». Просто оче редная анонимная пользовательница в Паутине, которая бегает дважды в неделю и время от времени снимает это с затылка. Тогда почему она, а не телезвезда из реалити-шоу или какой-нибудь блогер с YouTube с миллионами подписчиков? Или он знаком с нею лично? Кто-то из близких? Сосед? Коллега по работе?

Никакого ответа. Одри смотрела на экран и только на экран. Ее поглощенность мобильником начала раздражать Николя: полное впечатление, что разговариваешь со стенкой.

— Знаешь, если ты не переносишь плотного движения или машину, нам будет сложно. Тачка — наш второй дом.

Одри подняла глаза:

— Ты думаешь, я просто так хожу в клинику, от нечего делать? Что вся эта терапия, только чтобы... — она щелкнула пальцами, — спихнуть заботы? Уж кому-кому, а тебе бы следовало понимать.

— Не вижу связи с мобильником.

— Потому что ты не можешь зна...

Николя приложил палец к ее губам и сделал звук радио громче.

...Самый первый случай холеры был зарегистрирован этой ночью в маленьком городке на юго-востоке Кубы, в провинции Гранма, в семистах пятидесяти километрах от Гаваны. Болезнь с пятидесятых годов долгое время не появлялась, но в последние годы эпидемии распространяются все чаще, две самые недавние случились в 2013 и 2016 году. А теперь перейдем к метеопрогнозу...

Коп резким движением вырубил авторадио. Одри убрала в карман мобильник.

— Холера... Это было в первом письме, которое пришло во вторник, верно?

Держа руль одной рукой, Николя глянул на экран своего телефона. Набрал быстрый поиск по Интернету.

— Ничего о возможных волнениях в Судане.

Потом он вывел письмо:

— Да, это в письме. И вот что именно он пишет: *Если я вам скажу, что на Кубе скоро начнется эпидемия холеры, что Аустерлицкий вокзал скоро поплывет или что в Судане через несколько дней вспыхнут военные столкновения, вы, безусловно, примете меня за сумасшедшего.*

Он снова сосредоточился на дороге:

— Если предположить, повторяю, если всего лишь предположить, что он сказал правду про эти три события, то что может связывать паводок в Париже, болезнь на Кубе и волнения в Судане?

— Ничего. Просто катастрофы, причем разбросанные по самым разным концам света.

— Скорее непредсказуемые события, чем катастрофы, ведь там еще и волнения в Судане. Не считая подъема воды и безусловного умения Ангела экстраполировать, как он мог знать про холеру? По радио передавали про первый случай, зарегистрированный этой ночью. Письмо мы получили во вторник, а написано оно и того раньше. Ну, так как же ему это удалось?

Николя не мог понять. Должно же быть объяснение, какой-нибудь фокус, как и с тем незнакомцем, который рухнул у дверей Бастиона ровно в 17:02: причиной был переделанный кардиостимулятор. Никто не мог предсказывать грядущее, даже эта тень, за которой они охотились и которая называла себя Ангелом будущего. И однако, коп не мог не думать о татуировке незнакомца из леса. Опять странное предсказание, которому не было никакого рационального объяснения.

Приехав в Жанвиль, они остановились у булочной, чтобы купить сэндвичи, десерты и напитки, а затем точно следовали указаниям, полученным от Эммануэля Проста. Придавленный серой моросью город, казалось, медленно умирал вместе со своими домами из красного кирпича и пустынными улицами. Кладбище кораблей ждало их на оконечности острова Жана Ленобля, подобраться к нему можно было только по старому мосту, такому ржавому, что Николя засомневался, выдержит ли он вес машины.

Они миновали вереницу жилых зданий — особо стойкие все еще здесь жили — и для начала объехали остров по растрескавшейся дороге километра в два длиной. Они заметили суда, которые и искали, на северной оконечности, позади высокой изгороди из кустов и мертвых деревьев.

Им потребовалось меньше пяти минут, чтобы вернуться к баржам. Николя решил припарковаться метрах в двухстах от них, в тени зданий заброшенной судоверфи. С дороги их машину было не видно.

— Возьмем только фонари, просто глянем...

Дождь делал все серое еще серее, поверхность Уазы сливалась с небом, не меняя цвета. Осенние деревья, мрачные стражники неприступного берега, охраняли его, раскинув ветки, словно худые голые руки. К счастью, они нашли мостки, правда, в паршивом состоянии, которые вели прямо в заросли.

— Не так гламурно, как у тебя, — заметила Одри.

Эпизод со стрессом в машине вроде бы остался позади, Одри вновь порозовела. Они прошли метров пятьдесят и оказались на берегу. Ржавые поперечины мостков отчаянно скрипели, их ответвления вели к полуразвалившимся баржам. Николя теперь лучше понимал, откуда взялась судоверфь: работы по демонтажу были начаты, но брошены на полпути. Ободранные борта кровоточили, изъеденные постоянным прибоем мутной воды. Эммануэль Прост прав: трудно найти более мрачное и уединенное место. Идеальная площадка для подпольных боев.

Они дошли до последнего судна, фламандской торговой баржи, напоминающей выброшенного на берег кита. Осторожно двинулись внутрь — уровень воды в Уазе поднялся и доступ становился опасным. Идя впереди, Николя держал руку на оружии.

— Смотри, куда ставишь ногу...

Гнилая палуба, вся в проломах, была завалена снастями и мусором. Ржавые шипы торчали из трапов и ограждений. Плющ душил рулевую рубку, вился вокруг штурвала. Николя включил фонарь и высветил черную дыру, ведущую в трюм. Дна не было видно, ступени терялись в темноте. Вдруг он почувствовал, как сдавило горло, невидимая рука пыталась его задушить. Мускулы задеревенели, руки задрожали. *Только не сейчас...*

Он сделал глубокий вдох и, пригнувшись, пошел вперед, в эхе капель и стоне агонизирующего металла. Вспышки перед глазами. Скала, мрак... Камиль, привязанная и распятая, со вспоротым животом... Николя потряс головой, сердце билось о ребра, пытаясь неуемными толчками раздвинуть их. Он замер на месте, и Одри наткнулась на него.

— Ой! Все в порядке?

Николя покачал головой и посторонился:

— Сейчас пройдет, ступай пока одна. Мы же в паре, ты и я...

«Батаклан», подумала Одри. Темные замкнутые пространства должны отсылать его туда же, куда меня грузовики, а препарат еще все усиливает. Она ничего не сказала и продолжила спускаться в трюм, такой длинный, что луч ее фонарика освещал лишь его часть. Пахло торфом и окисью железа. Ржавчина заполонила пол, потолок, переборки. В самой глубокой полости она обнаружила решетку, установленную между металлическими створками, которые ограждали пространство в три метра на три. Пол под гирляндой лампочек, развешенной поверху и подсоединенной к автомобильному аккумулятору, был застелен соломой. Все было готово к собачьей схватке. Она повернулась к Николя, оставшемуся позади и превратившемуся в световое пятно в ночи. Побежала к нему:

— Арена там. Что теперь будем делать?

Николя выбрался наружу. Набрал в легкие воздух и подставил лицо под струи дождя. В ушах гудела кровь.

— Мы... заберемся в машину и будем ждать. Если он появится и пойдет по мосткам, времени у нас будет немного. Нужно будет прикрепить GPS-маячок под его машину. И все. Тогда его засекут, и группа сможет спокойно его взять. Остается надеяться, что он придет. Лучше бы сегодня вечером, на крайний случай — в ночь на воскресенье...

Прежде чем покинуть судно, Николя повернулся к коллеге:

— Ни слова про то, что со мной случилось внутри. Никому.

— И в машине тоже ничего не произошло.

Николя кивнул.

— Я не хочу это обсуждать, даже между нами, — продолжала Одри. — Я перенесла свои посещения клиники «Сальпетриер» со вторника на субботу, так что мы там больше не пересечемся. Я не хочу ни с кем об этом говорить. Хорошо?

— А я перенес на понедельник, — с ноткой раздражения в голосе сказал Николя. — К счастью, мы не выбрали один и тот же день.

Одри уже пошла дальше.

— Вот и ладно. Думаю, мы с тобой на одной волне.

23

Расположенный на окраине Реймса «Cardiotex SA» растянулся, как длинный стеклянный корабль с металлической структурой в форме альвеол. Люси не стала отвлекаться ни на суровый и футуристический вид здания, ни на различные охранные устройства, которые следовало преодолеть, чтобы добраться до административного этажа компании. Директор, которого только что предупредили о раннем визите офицера полиции, ждал ее в своем кабинете.

Поднимаясь, Люси взглянула на свое отражение в зеркале лифта и поправила непослушные пряди волос, спадающие на куртку. Два с половиной часа дороги на полной скорости, да еще после бессонной ночи. Она ненавидела, когда глаза так опухали от недосыпа, а усталость и стресс толкали на необдуманные слова и действия. А еще она злилась на Шарко. Даже если из-за этого дела он находится в постоянном напряжении, как мог он так жестко с ней разговаривать?

Секретарша оставила ее перед дверью кабинета Оливье Ван ден Бюша. Директор предложил ей присесть и не стал утруждать себя обычными формальностями.

— Прошу извинить, но у меня мало времени, через полчаса у нас заседание совета директоров. Чем могу помочь?

Люси представляла его старехоньким профессором медицины, а перед ней был безупречно одетый мужчина максимум лет сорока. Этакий бизнесмен между двумя самолетами. Позади него на стеллаже красовалась рекламная брошюра, перечеркнутая наискось слоганом: «От качества нашей продукции зависит жизнь наших клиентов». Устроившись в кресле, Люси представилась и выложила на стол множество увеличенных снимков обугленного электрокардиостимулятора.

— Это ваш аппарат?

Директор рассмотрел снимки с самым пристальным вниманием. Его лицо героя-любовника стало еще значительнее.

— Да, похоже на то. По форме это предпоследняя модель, поступавшая на реализацию до февраля 2016-го. А что случилось?

— Он сгорел во вторник в теле человека, который пришел умереть перед штаб-квартирой парижской судебной полиции. Человек скончался на месте, а судмедэксперт извлек из его груди то, что вы видите перед собой, — аппарат, вышедший с вашего предприятия. И чтобы предупредить вас, сразу скажу: к несчастью, речь не идет ни о случайности, ни о какой-либо поломке, мсье Ван ден Бюш. Жертве поступали угрозы, и человек осознавал, что в 17:02 в его груди может сработать бомба.

— Но... это невозможно...

— Однако со всей очевидностью так оно и есть. И я здесь, чтобы разобраться.

Ван ден Бюш утратил значительную долю своей представительности. Его лицо осело, как песочный куличик, омытый волной. Он отклонился немного в сторону, проверяя, хорошо ли прикрыта дверь за спиной Люси, и помолчал.

— Простите, но это... ужасно. Вы говорите, штаб-квартира парижской полиции... Это каким-либо образом связано с тем, что рассказывают по радио? Мужчина и женщина, запертые в трубе? А еще говорили о человеке, который вроде бы умер перед зданием полиции.

— Он и есть.

Для директора это оказалось ударом.

— Я очень сожалею. Таких новостей не ждешь, особенно потому, что с нашими кардиостимуляторами[1] никогда не бывало столь серьезных проблем. Поднимаясь сюда, вы могли заметить, что мы просто одержимы безопасностью и надежностью. Кардиостимулятор должен функционировать без малейших проблем в продолжение всего времени работы его батареи, то есть около семи лет. Из сотен тысяч единиц продукции, выпускаемой нашими заводами, только с тридцатью двумя возникли проблемы и...

— Можете добавить к вашей статистике еще и этот.

Она протянула ему снимок. Директор рассмотрел цифры, восстановленные после разрушения:

— Если бы вы мне дали полный серийный номер, я смог бы направить вас к нужному врачу и в нужную больницу, и там по его медицинской карте вы смогли бы выяснить

[1] *Кардиостимулятор* (пейсмейкер) — прибор для регуляции ритма работы сердца или других органов человека.

личность пациента. Но сейчас... К сожалению, большинство наших серийных номеров начинаются с этих четырех цифр. Важны как раз следующие. У вас нет никаких данных о... о жертве?

— Лет пятидесяти, некий мсье Г... Он работал в области искусственного интеллекта или технологий. Сожалею, но это все, чем мы располагаем, не считая фотографии трупа.

— Это мне не поможет. Вы же понимаете, мы не знаем ни профессий, ни лиц всех, кто использует кардиостимуляторы. Наш завод выпускает тысячу пятьсот аппаратов в день, причем ежегодно только во Франции пациентам с сердечной недостаточностью устанавливают более двенадцати тысяч кардиостимуляторов «Cardiotex».

Двенадцать тысяч в год... Цифра звучит как астрономическая. А Люси даже не знает, относится ли «Г» к имени или к фамилии жертвы. Она сразу поняла, что здесь ничего не светит и бесполезно просить список больниц или кардиологов. Все равно что искать иголку в стоге сена.

— Расскажите мне, что, по вашему мнению, могло произойти? Как кардиостимулятор мог превратиться в оружие?

— Большая часть существующих на рынке приборов подключены к сети, как ваши часы, которые сообщат вам, что вы должны пробежать еще километр, или холодильник, способный заказать вместо вас йогурты, когда они в нем заканчиваются. Наши аппараты на определенной радиочастоте поддерживают связь со стационарной базой, размещенной у пациента, чтобы передавать закодированную информацию практически в реальном времени от пациента в информационную систему, а значит, кардиологу. Таким образом врач может быстро заметить возможные проблемы с сердцем, сравнить с базой данных носителей наших кардиостимуляторов и среагировать оптимальным образом, — это и называют сверхперсонализированной медициной. Но как и большинство подсоединенных объектов, кардиостимуляторы могут стать мишенью киберпиратства. Вы слышали о проблеме с Диком Чейни в 2013 году?

Решив сблефовать, Люси отрицательно покачала головой. Даже кардиостимулятор подключен к сети и подпитывает бесконечное облако данных, называемое Big Data. Остался ли еще тайный сад, который мы оберегаем от ненасытной пасти машин?

— Американский вице-президент отключил беспроводное функционирование своего кардиостимулятора на время своего срока из страха перед нападением террористов или кибершантажом с использованием его аппарата. И это не было неоправданной фобией: многочисленные компании, проводившие контрольные исследования, выявили огромное количество уязвимостей и продемонстрировали, что кардиостимулятором можно управлять дистанционно, например искусственно ускорять сердечный ритм носителя. Спровоцировав перегрузку кардиостимулятора, легко взорвать его литиевую батарейку. Результат для пациента фатален. — Он оперся ладонью на толстую стопку папок. — На протяжении ряда лет были выявлены и устранены многочисленные нарушения работы этих аппаратов, их были тысячи, от кардиостимуляторов с инсулиновыми насосами, имплантированными внутрь, и до кохлеарных[1] имплантов, которые можно контролировать дистанционно. Но еще совсем недавно хакер добрался до контроля над куклой ребенка, также подключенной к сети. Он разглядывал комнату девочки глазами игрушки и говорил всякие непристойности. Существует множество проектов, которые предстоит осуществить, но в том, что касается сверхчувствительных подключенных объектов вроде кардиостимуляторов, их безопасность обеспечивается сегодня на высшем уровне, весь обмен данными между эмиттером и при-

[1] *Кохлеарный имплант* — электронный имплант, имеющий целью повышение уровня слуха у пациентов, страдающих частичной или полной глухотой. *(Примеч. автора.)*

емником закодирован, что надежно защищает их от хакерских атак.

— Почти надежно. Как хакеру удалось воздействовать на кардиостимулятор в груди?

Сознание Оливье Ван ден Бюша пыталось преодолеть шок от подобного открытия. Люси догадывалась, какие последствия ждут его предприятие, если дело с кардиостимулятором получит огласку: кто захочет носить стимулятор «Cardiotex», зная, что аппарат может взорваться в груди? Она уже видела перед глазами рекламный слоган: «Взрывайтесь на здоровье с кардиостимуляторами „Cardiotex“».

После паузы он вернулся к разговору:

— Это произошло непосредственно на улице, вы говорите? Тут долго гадать не придется. Сигнал, безусловно, был дан напрямую. Чтобы оказаться на нужной частоте в 175 килогерц, хакер должен был располагать ноутбуком или телефоном, подсоединенным к небольшой антенне. Он вполне мог подключить использующее уязвимость приложение, которое ему достаточно было активировать, когда жертва оказалась достаточно близко. Приложение должно было подсоединиться к внутренней системе кардиостимулятора, отключить защитные системы и дать команду аппарату.

— Когда вы говорите «близко»...

— Двадцать-тридцать метров максимум. Дальше сигнал не пройдет.

Люси впитывала каждое слово. Значит, бомба не была запрограммирована, чтобы взорваться самой. Убийца находился поблизости, чтобы запустить систему, в двух шагах от Бастиона.

— Кто угодно может найти уязвимость в ваших приборах? Любой достаточно продвинутый интернет-пользователь?

— Нет-нет, как вы могли подумать... Даже если бы какой-нибудь доморощенный гений располагал схемами, хранящимися в надежном месте, этого все равно было бы недостаточно, потому что следовало еще и получить доступ к слою программного обеспечения, имеющемуся *в самом* кардиостимуляторе. Все закодировано, обеспечен высший уровень безопасности. Ваш... ваш хакер должен был заполучить один из наших аппаратов, чтобы вскрыть его и изучить. Возможно, он также имел доступ к секретным программам производства.

— Как ваши служащие?

— Не буду врать, потому что скрывать мне нечего: если вы говорите о персонале, который пишет программы или имеет дело с программным продуктом, о тех, кто занимается сборкой, о тех, кто работает с базами данных, или об инженерах, которых направляют в больницы, чтобы точнее определить потребности медиков, то есть не больше трехсот человек, так что мы все можем оказаться под подозрением. Конечно, это требует искры гениальности и невероятной компетенции, чтобы охватить весь процесс в целом, имея в виду, что паяльщик не располагает информацией, а лаборант не обязан разбираться в кодировании, но в принципе это осуществимо... Однако... — Он вернулся к папкам на своем столе. — Я действительно в большом затруднении. Если все произошло так, как вы описываете, они должны были заметить уязвимость. Они не могли пропустить такое.

— Кто это «они»?

— «Cyberspace», консалтинговая фирма по стратегии в области цифровых технологий, которая специализируется на передовых медицинских разработках. Года два с половиной назад, сразу после выхода этой модели, мы все это препоручили им. И заплатили за их услуги целое состояние, именно чтобы избежать трагедий такого рода, как та, что привела вас сюда. — Он встал и начал рыться в шкафу. — Вот их отчет. Они много месяцев проводили тесты, отработали сотни сценариев ошибки, информационной атаки.

Они выявили двадцать семь несущественных багов[1], не представляющих опасности для пациента, багов, которые были переданы нашей компьютерной группе для исправления и включения в будущие версии. Я не понимаю, как уязвимость, способная разрушить наш кардиостимулятор на расстоянии, могла от них ускользнуть.

— А не было ли у них проблем с системой безопасности, о которых они умолчали?

— Я не могу никого обвинять, вы же понимаете. Я только хочу сказать, что у них в руках имелись все материалы, необходимые для обеспечения большей надежности нашей продукции, чертежи со всеми компонентами и что, по всей видимости, они не выполнили свою работу на сто процентов.

— А... был ли у них доступ к данным о личности носителя того или иного кардиостимулятора?

— У них был доступ ко всему, именно поэтому мы подписываем с ними отдельный протокол, налагающий на них строжайшие обязательства по сохранению профессиональной тайны в отношении всех обрабатываемых данных. Короче, по серийному номеру продукта мы предоставляем любому носителю или тому, кто планирует им стать, возможность доступа к результатам тестов, которые проводим мы сами во время изготовления *конкретно их* кардиостимуляторов. Клиент может даже затребовать фотографии ключевых моментов, чтобы все было совершенно прозрачно... Это означает, что, если вы, клиент, использовали этот допуск хотя бы раз, вы отражены в нашей базе данных.

— А значит, можно узнать, что я ношу или собираюсь носить один из ваших кардиостимуляторов...

— Совершенно верно. И «Cyberspace» располагает этой клиентской базой.

У Люси начал складываться возможный сценарий.

[1] *Баг* – ошибка в программе или дефект в системе отслеживания ошибки.

— А в отчете содержатся указания на личности экспертов из «Cyberspace», которые работали над вашими кардиостимуляторами?

— Нет. Мне очень жаль. Но мы легко их найдем, связавшись с компанией.

Она протянула ему свою визитку:

— Вот мои координаты. Чуть позже вас вызовет уголовная бригада, чтобы снять официальные показания. А пока вы категорически не должны рассказывать кому бы то ни было о нашей беседе, даже своим сотрудникам. Не связывайтесь с «Cyberspace». Так или иначе, в ваших интересах, чтобы дело не получило огласку.

— Можете на меня положиться.

Люси пожала ему руку. Вернувшись в машину, она вздрогнула, представив себе, какой казни Ангел будущего мог подвергнуть любого носителя кардиостимулятора «Cardiotex» при помощи простого мобильника и антенны... Десятки тысяч людей только во Франции... Убийства на расстоянии, без малейшего контакта с жертвой. Вы сталкиваетесь с ней на улице, нажимаете на экран мобильника, и все кончено. Новая форма терроризма.

Люси мало-помалу начинала осознавать: оцифровывание нашей жизни, наших мозгов и даже наших органов, вместе с автономными машинами, метро без водителя и прочим могло привести к тому, что хакеры и киберпреступники станут Эскобарами и Бен Ладенами завтрашнего дня. От подобной перспективы у нее закружилась голова.

Прежде чем пуститься в обратный путь, она позвонила Робийяру:

— Это я. Две вещи. Первое: ты должен собрать информацию о фирме под названием «Cyberspace». Это консалтинговая компания по информатике и обработке медицинских данных. Возможно, наш Ангел связан с этой конторой. И второе: найди записи с камер наблюдения в тот вечер, когда жертва умерла перед Бастионом. Убийца находился менее чем в тридцати метрах оттуда.

24

Люси влетела в офис группы с энергией пули, выпущенной из дула пистолета. Настолько запыхавшаяся, что Паскаль понял: она взбежала на седьмой этаж одним духом. Старые привычки так легко не выветриваются. Резким движением она скинула верхнюю одежду на стул и залпом выпила бутылочку воды. Потом подняла голову к коллеге:

— Ну что?

Он указал на флешку, воткнутую в его системный блок:

— Заканчиваю копировать видео с камер наблюдения. Видела всех этих журналюг внизу?

— Можно подумать, кемпинг. Даже Би-би-си здесь и другая иностранная пресса. Мне жаль Жеко, он в кабинете вообще почти не бывает. И что он может им сказать, честно говоря?

— *«Полиция делает все, что в ее силах, чтобы...»* И прочую хрень в этом роде.

Он взял флешку и встал:

— Готово. Франк ждет нас в оперативном штабе.

Они вышли в коридор.

— Что касается этой фирмы, «Cyberspace»... Я зашел на их сайт в Интернете. Они располагаются в Кламаре. Компания состоит человек из двадцати асов, специализирующихся на информатике в медицине, и вроде бы пользуется прекрасной репутацией благодаря высокому профессиональному уровню. Там у них страница с отзывами, среди которых «Cardiotex», один из лидеров среди производителей медицинских имплантатов.

Люси казалась очень довольной.

— Отлично. Чую, они могут быть в деле. Один из их инженеров обнаруживает уязвимость во время продвинутого тестирования кардиостимулятора «Cardiotex» и не отражает это ни в одном документе. И никому ничего не говорит. Итак, он располагает точной методикой того, как воспользоваться нарушением функций. Потом, роясь в базе данных, которая тоже в его распоряжении, он находит мишень.

— Нашего мсье Г.

— Да. Так или иначе, он входит с ним в контакт и угрожает: *«Если вы в точности не исполните, что я вам говорю, я взорву ваш кардиостимулятор»*. И посылает маленькое предупреждение: ускоряет сердечный ритм жертвы, просто так, пользуясь мобильником.

Паскаль с отвращением поморщился:

— Представляю, какой это кошмар. Чувствуешь, как твое сердце буквально из груди рвется, и ничего не можешь поделать.

— И тебя это реально заставляет подчиниться.

Они дошли до оперативного штаба, где их ждал висящий на телефоне Шарко. Он поднял глаза на жену и послал ей один из своих взглядов охотника в засаде. На обратной дороге она уже сообщила ему, насколько продвинулась.

— Благодаря хэштегу мы выяснили, кто такая Flowizz, — бросил он, повесив трубку. — Сосед по лестничной площадке опознал ее, зайдя на сайт, и выложил ее имя в Twitter...

Люси чувствовала, как трудно ему выговаривать эти слова, относящиеся к чуждой ему эпохе; он не выносил, когда соцсети лезли в их дела. Но следовало признать: благодаря им все шло быстрее.

— Ее зовут Флоранс Визёр. Я только что послал к ней домой трех человек на обыск. Мы продвигаемся, продвигаемся.

Флоранс... Люси посмотрела на экран, где сидящая боком к камере бедная девушка грызла ногти. Пустых упаковок от еды прибавилось. Чтобы занять себя или потому, что сходил с ума, Бертран расковыривал дыру на брюках своего рабочего комбинезона, вытаскивая из ткани нитку за ниткой. Оба пленника, конечно же, не знали о существовании ультиматума, как и о том, что в этот самый момент каждое их движение жадно ловят пятьдесят девять тысяч анонимов — а это равно населению такого городка, как Лорьян. Люси подумала о пандемии гриппа, который сейчас прокатывается по всей стране, и о том, что бесполезно пытаться что-либо остановить.

Шарко не мог усидеть на месте, информация, добытая Люси, здорово взбодрила его. Он сообщил о следе «Cyberspace» Жеко, который вертелся ужом, прикидывая, какую информацию следует сообщить прокурору Республики, а какой поделиться на совещаниях с крупными бонзами.

— У меня есть и другие новости. На втором письме столько же пальчиков и ДНК, сколько на плане парижского метро. Источник один, но в картотеках пусто. Его нет в базах данных, и ему плевать с высокой колокольни, что он предоставляет нам свой генетический материал. — Он бросил на стол тоненькую папку. — Отчет графолога готов. Можете глянуть, если желаете потерять время, но тогда лучше почитайте хороший путеводитель. Дальше... чип, извлеченный из трупа в Бонди, оказался чипом RFID. Короче говоря, это штука взаимодействует с тем, что называется радиометками, когда находится поблизости. Например, когда нужно открыть дверь с магнитным замком. Еще на нем можно хранить личную информацию. То, что я сейчас рассказываю, похоже на научную фантастику, но если вы проведете рукой с таким чипом перед соответствующим сканером, то можете получить доступ к хранящимся в нем данным. Например, удостоверение личности...

— А что хранится в этом? — спросил Робийяр.

— Эксперт говорил о сложной закодированной электронной подписи. Он не способен определить, для чего она служит.

— И это называется экспертиза. Спрашивается, за что им только платят.

— Ладно, не будем отвлекаться: видеонаблюдение.

Шарко встал за спиной Робийяра, который возился со своим компьютером, выводя на экран содержимое флешки.

Три видео появились на разных экранах с датой, обозначенной внизу: *вторник, 7 ноября, 16:40*.

— Вот, — начал объяснять Паскаль. — Это записи с камер вдоль фасада Бастиона. Тут виден любой приближающийся к зданию в радиусе приблизительно шестидесяти метров. Не считая стройки, напротив ничего нет. Укрыться там невозможно, это просто поле грязи. Если Ангел хотел подобраться, чтобы действовать, то только по дороге.

Копы внимательно вглядывались в изображения. Мощный свет фонарей пробивался сквозь дождь и полумрак. Запрет на парковку возле штаб-квартиры ограничивал число возможных укрытий. В 16:46 пара гражданских вышла из центрального входа. Минутой позже двое полицейских приложили свои бейджи к входным рамкам и исчезли.

— Вон там! — воскликнул Франк, указывая на третий экран.

Мсье Г. появился в поле зрения одной из камер справа в 16:50. Он был без зонтика и кутался в куртку, застегнутую на молнию до самого верха. Он то шел вперед, то возвращался, нерешительный, нервный, постоянно поглядывающий на часы.

— Вы что-нибудь видите? — спросил Шарко, окидывая взглядом экраны.

— Ни фига.

Николя подошел в 16:57, тоже справа. Люси, Франк и Паскаль отследили короткую перебранку и последовавшую за ней стычку. Дальше падение человека, его агония, руки, прижатые к сердцу. Люси всматривалась в каждый пиксель.

— Ангел только что включил систему, именно в этот момент. Он должен быть там.

Стройка оставалась просторным полем нетронутой грязи, на дороге никого, ни справа, ни слева. Ни одной проезжающей машины. На первом плане Николя падал на колени, крича и жестикулируя. Несколько полицейских бежали со стороны входа.

Люси ничего не могла понять.

— Может, там слепая зона? В...

— Поля обзора камер пересекаются, — вмешался Робийяр. — Без сомнения, система была приведена в действие каким-то другим способом, или же Ангел был намного дальше, метрах в ста.

— Нет, директор совершенно однозначно сказал, что ни один их аппарат не передает больше чем на тридцать метров.

Они отсмотрели еще минут десять записи, потом Шарко отошел в другой угол комнаты, в задумчивости приложив руку к подбородку. Он метался по комнате, как лев в клетке, и вдруг выскочил вон, остальные бросились за ним. Не обменявшись ни словом, они сбежали по этажам, проскочили тамбур, справочную, двери с их устройствами безопасности, решетки перед зданием и наконец оказались под мерзким холодным дождиком ровно на том месте, где упал мсье Г. Чуть дальше полицейское заграждение сдерживало толпу журналистов, не давая им приблизиться.

Шарко крутился на месте. Потом поднял глаза к небу:

— Вы ничего не видите?

Люси пожала плечами:

— А как же, видим. Бастион.

— Именно. Вот именно. Наш Тридцать шесть. Ангел был внутри.

Люси обменялась с Паскалем растерянным взглядом. Но Франк не шутил. Он не сводил глаз с сотен обновленных окон, которые возвышались, как стеклянная крепостная стена. За ними, конечно же, скрывались лица, которые сейчас смотрели на них.

— Не вижу другого объяснения. Если его не было в поле обзора камер и если то, что ты говоришь про дистанцию, верно, значит он находился в здании. За любым из этих стекол. Он активировал систему и смотрел, как человек умирает. С первого ряда партера.

Робийяр откинул волосы назад и пригладил их с такой силой, что глаза невольно сощурились. Люси не могла поверить. Один из своих? Волк в овчарне? В этом здании их было тысячи две человек. Коп? Поставщик? Кто-то из уборщиков? Обслуживающий персонал? Человек, который пришел в приемную, чтобы подать ложную жалобу? Может, он и сейчас за одним из окон?

Несмотря на очевидность, Люси не могла избавиться от мысли, что Ангел связан с компанией «Cyberspace». А может, один из их экспертов находился в здании на момент трагедии?

Звонок мобильника Робийяра отвлек ее от размышлений. Тот отошел к портику у входа, чтобы укрыться от дождя, ответил, коротко переговорил и отчаянно замахал коллегам, которые бегом кинулись к нему.

— Это специалист из Нантера. По одному из критериев, связанных с преступлением в Бонди, есть совпадение в SALVAC.

Шарко почувствовал, как кровь запульсировала в венах.

— По какому критерию?

— Кислота на лице и в глазницах. Раздробленные кости, чтобы помешать опознанию. Было найдено соответствие со старым преступлением трехлетней давности недалеко от Манси, в Эссоне...

25

Разлив воды сделал движение в Париже практически невозможным. Поэтому Люси решила поехать в Версаль на метро. Но под землей творился настоящий ад. Переполненные вагоны, раздраженные пассажиры, ощущение удушья. Из-за того, что некоторые улицы и станции были закрыты, пешеходы втискивались в поезда на одних и тех же линиях. Служащие метро в оранжевых куртках пытались регулировать потоки, блокируя, впихивая людей каждый раз, когда двери не могли закрыться.

В этом хаосе Люси удалось найти свободное место и она села, чтобы просмотреть копию графологического отчета. Верхняя палочка у «Т», расстановка знака йотации, убористый почерк, расстояние между словами, степень нажатия на ручку, наклон... Аналитик сделал свои выводы и описывал ум интровертный, организованный, наделенный богатым воображением, характер игрока. Внимание к деталям, стремление к независимости, способность к концентрации... Нет ни орфографических, ни синтаксических ошибок, хорошее образование, многочисленные ссылки... Хорошо, но слишком обезличено. В конечном счете Facebook знал в десять раз больше о пользователе за клавиатурой, чем графолог, разбирающий рукописное послание.

Два часа спустя — в два раза больше времени, чем обычно, — Люси шагала рядом с капитаном Магали Ферран, этакой Шарко в юбке, шефом уголовной бригады регионального отделения судебной полиции Версаля.

Обладающая длинной, словно у гуся, шеей и такой прямой осанкой, словно носила корсет, поддерживающий позвоночник, эта пятидесятилетняя женщина производила сильное впечатление. На ней были черные десантные брюки и соответствующие ботинки, а сверху толстовка с длинными рукавами канареечного цвета, на спине которой красовалась надпись: «Не могу, я на дежурстве».

После обмена любезностями Люси объяснила причину приезда: преступление в Бонди, по всей видимости связанное с охотой на Ангела будущего, о котором Ферран знала из прессы. Устроившись у нее в кабинете, Люси показала фотографии с места преступления, изложила обстоятельства обнаружения тела, результаты токсикологических анализов и вскрытия. Капитан посмотрела на снимки:

— Соляная кислота в глазных впадинах и на раздробленном лице. Достаточно четкий критерий, чтобы отнестись к нему серьезно, даже если в остальном, судя по тому, что вы рассказали, образ действий очень отличается. — Она положила ладонь на толстую папку. — Я достала ее из шкафа перед вашим приездом. Дело в Манси. К сожалению, до сих пор, три года спустя, все еще не раскрыто... Один из людей моей группы по-прежнему работает над ним в свободное время, поэтому меня интересует все, чем мы можем поделиться и что даст нам шанс продвинуться.

— Разумеется, я свяжу вас со своим начальством. Думаю, что, если предположение об одном и том же убийце окажется обоснованным, они соберут совещание, чтобы все внимательно изучить. В наших общих интересах работать плечом к плечу.

Ферран согласно кивнула:

— Тело было совершенно случайно обнаружено ныряльщиками в пруду поблизости от Манси в одно прекрасное сентябрьское утро 2014 года. Они искали машину, которую использовали при налете во время проведения местной ярмарки: были подозрения, что ее загнали в воду. Машину так и не нашли, зато подняли тело...

В свой черед Ферран придвинула к Люси фотографии места преступления и трупа. Черный брезент окутывал тело, перетянутое цепями, замками и веревками, привязанными к большим камням. На другом снимке брезент был уже вскрыт, обнажая лежащий на берегу труп в органической слизи коричневого, зеленого и серого цветов. Лица не было, оставались только редкие лохмотья плоти, державшиеся на переломанных и раздробленных костях. Крупные планы показывали во всех подробностях изуродованные челюсти, сплющенный затылок. Люси задержала взгляд на руках. Разложившиеся, но ничто не указывало на ампутацию.

— Речь идет о женщине, приблизительный возраст от сорока пяти до пятидесяти. По заключению медэксперта, в воде она пробыла недолго, три или четыре дня максимум, так что нам повезло и мы ее получили сравнительно свежей. Ну, образно говоря... Тело разложилось, бо́льшая часть ДНК искажена, пришлось вызывать экспертов из лаборатории в Бордо, которым удалось выделить из бедренной кости еще нетронутые молекулы и проанализировать их. Личность до сих пор не установлена, но тогда же были проведены подробные экспертизы, чтобы воссоздать генетический портрет женщины по тем же молекулам: ребята из Бордо на это способны. Мы имели дело со следователем, который, учитывая особую жестокость преступления, использовал все возможное для проведения идентификации. Следует заметить, что он очень увлекался современными технологиями. — Она протянула листок Люси. — Специалистам удалось набросать портрет на основе характеристики некоторых генов. Прогресс теперь не остановить. Это дает довольно точное представление о жертве: светлая кожа, голубые глаза, блондинка. Там указаны и другие характеристики, вроде расположения ушей, межглазного расстояния и формы носа. Кстати, нос орлиный.

Люси смотрела на фоторобот. Конечно, он был обезличен, но она не могла не отдать должное достижениям науки.

— Я могу вам передать отчеты по вскрытию и токсикологии, если желаете, — сказала Магали Ферран. — Причиной смерти стал перелом черепа. Отдельная рана сзади, в то время как лицевые кости, зубы и нос были разбиты в кашу уже после смерти, чтобы исключить любое визуальное опознание. Медэксперт извлек мельчайшие стеклянные вкрапления из плоти вокруг перелома. Учитывая форму раны и ее глубину, мы полагаем, что жертва упала и ударилась о какой-то предмет, вроде стеклянного столика, или же ее сзади ударили бутылкой, что-то в этом роде. Во всяком случае, удар стал причиной того, что стекло впилось в заднюю часть черепа.

— Ссора? Случайность?

Капитан снова погрузилась в изучение снимков, привезенных Люси:

— По ее виду трудно сказать, но не было ни укусов, ни такой инсценировки. В вашем деле чувствуется желание заставить жертву страдать. У нас все по-другому. Убийца хотел избавиться от тела, сделать его неузнаваемым и предпринял все возможное, чтобы его никогда не нашли или же нашли как можно позже.

— У вас ни единой зацепки относительно личности жертвы?

— Ничего, кроме портрета, который у вас в руках. Вы увидите в деле, мы прочесали все, что можно. Токсикологи вроде бы подкинули нам кость. Волосы в своей протеиновой структуре накапливают множество данных, отражающих нашу среду обитания, и отрастают на сантиметр за месяц жизни. Сегментарный анализ длинных волос жертвы выявил повторяющиеся периоды приема транквилизаторов, особенно в последний год жизни.

— Депрессия?

— Половина Франции в депрессии, так что нам это ничего не дает. Опять-таки благодаря волосам, анализ также выявил продолжительный контакт, выше среднего, с окисями металлов — свинца, железа, меди, — но критерий был недостаточно отчетлив, чтобы сориентировать следствие. Может, наша неизвестная пила слишком много воды из-под крана, жила рядом с мусоросжигательным заводом, или загрязненным водоемом, или же просто на почве, богатой оксидами, выделяемыми при эрозии...

Она знала досье наизусть. Сама Люси еще не сталкивалась с тем, как нераскрытое дело превращается в наваждение. Каждый день жить с призраками прошлого и с мыслью, что убийца по-прежнему где-то ходит.

— Что касается ее убийцы, о нем мы тоже ничего не знаем. Ни следов, ни свидетелей. Соляная кислота была промышленной, конечно, но использована в малых количествах, что исключает результативный поиск. За три года у нас было время прочесать немало номеров мобильников, которые прошли через ближайшую передаточную вышку. Мы зарылись в распечатки по самые уши. И там тоже ни одного следа. Полная пустота, до вашего сегодняшнего приезда и совпадения с кислотой. Но достаточно ли этого? Время, прошедшее между преступлениями, играет не в нашу пользу.

Люси была сдержанна и нерешительна. Она встала и положила на стол между ними свою визитку. Магали Ферран протянула ей свою:

— Остаемся на связи и обменяемся досье.

Люси двинулась по улицам Версаля в направлении станции скоростного метро. Возможно, между двумя делами нет ничего общего, кроме стремления сделать жертву неузнаваемой при помощи химического вещества. Но это никоим образом не доказывает, что действовал один и тот же убийца. Не потеряют ли они бесценное время, пытаясь установить гипотетические связи? Стоит ли вообще углубляться в это дело?

Ее мобильник зазвонил. Техник, отслеживающий телефонные контакты, связался с ней по поводу мобильника Бертрана Лесажа, использованного Ангелом для отправки угроз его жене в вечер похищения.

Телефон посылал сигнал.

26

После звонка Люси Паскаль с Франком кинулись в машину. Они только что просмотрели списки посетителей Бастиона, изъятые в приемной. Дежурная всегда просила посетителя предъявить удостоверение личности и записывала причину обращсния, имя того, к кому тот направлялся внутри здания, а также время входа и выхода. На первый взгляд никто из «Cyberspace» не появлялся в учреждении в день смерти неизвестного с кардиостимулятором.

Паскаль сел за руль. Рядом устроился Франк, держа планшет с синей точкой, мигающей посередине карты. Это был сигнал GPS, идущий с телефона Бертрана Лесажа. Мобильники, если их не выключить, — настоящие жучки, и бо́льшая часть установленных приложений в каждый момент собирает информацию о своих пользователях, даже когда они вроде неактивированы. Эти украденные данные подпитывают обжору по имени Big Data, который использует их, анализирует, чтобы лучше узнать общественную, личную и профессиональную жизнь и предложить каждому или каждой наилучшее место для следующего отпуска или модель нового автомобиля. Порывшись в Интернете, можно даже откопать фразу, которая дает представление о направлении, в котором двигается мир: «Где вы были вчера и где будете завтра? Google может вам сказать». «Вчера» — потому что каждый уже отслежен, а прошлое принадлежит машинам. «Завтра» — потому что, разобрав по косточкам привычки, вкусы и манеру поведения, искусственный интеллект может предвидеть любое будущее действие.

С момента похищения Бертрана Лесажа одно или несколько приложений поддерживали связь между аппаратом и Интернетом, что и позволило специалисту локализовать устройство с хирургической точностью: заасфальтированная площадка на краю жилого массива Олнэ-су-Буа, в парижском пригороде. При помощи Google Earth полицейские увеличили изображение нужного участка и обнаружили пространство, застроенное отдельно стоящими гаражами.

Телефон находился внутри одного из них.

Паскаль свернул в тупик, ведущий к шести боксам за запертыми зелеными металлическими воротами, и быстро припарковался у стены. Слесарь приткнул свой «рено-кангу» сразу за ними.

Копы, измотанные бессонной ночью, вышли из машины. Робийяр всю дорогу зевал и пропустил тренировку, чего на человеческой памяти еще ни разу не случалось. Шарко попытался в дороге разобраться с административной работой, которую следовало закончить еще в конторе. Жеко орал по телефону, что Франк больше не оперативник и пусть не путается под ногами у своей команды!

Да ладно, пошел он, этот Жеко. Стоя под зонтиком, чтобы уберечь планшет, Шарко огляделся вокруг и насупился:

— Тип вроде Ангела точно никогда бы не совершил такой ошибки, как оставить телефон включенным. И потом, со дня похищения аппарат должен был бы разрядиться, тем более с подключенной GPS. Что-то здесь не так.

Он внимательно оглядел бежевые фасады, увитые умирающими растениями террасы вдали. Площадка была окружена домами и зеленью, в нескольких шагах проходила линия А скоростного метро. Где прячется волк? Что они делают в этой крысиной дыре?

— Он знал, что мы засечем телефон и явимся сюда. Это еще одно назначенное свидание. У мерзавца все карты на руках, он действует по плану. И издевается над нами.

— Тоже мне, новость.

Шарко развернулся, посмотрел на окна, уверенный в том, что за одним из стекол или заборов Ангел наблюдает за ними, развлекаясь от души.

— Покажись! Ну же, покажись, клоун чертов!

Паскаль хранил спокойствие. Что бы там ни думал Франк, они продвигаются хорошо и быстро, хотя Ангел и водит их за нос. Краткий всплеск оптимизма заставил его поверить, что они могут взять верх. Он опять взглянул на сигнал, подошел к первому гаражу и набрал номер Бертрана Лесажа. Раздался звонок. Он передвинулся вправо и приложил ухо к третьей двери:

— Здесь.

Шарко убрал планшет. Он терпеть не мог эти игры в казаки-разбойники, и его ненависть к Ангелу разрасталась, как раковая опухоль. Он уже видел себя лицом к лицу с ним, один на один... Слесарь хотел приступить к работе, но заметил, что замок взломан. С недовольным вздохом он дал им подписать бумаги, отошел в сторону и предоставил копам разбираться с дальнейшим.

— Я пришлю вам счет.

После его отъезда копы сосредоточились на своей задаче.

— Что думаешь? — спросил Паскаль.

— Надо попробовать. Ждать некогда. Отойди на всякий случай. И если я разлечусь в клочки, съешь куриное филе за мое здоровье.

— Кончай молоть чушь.

С оружием в руке Паскаль отступил на три шага. Франк присел на корточки, сделал глубокий вдох, затем затаил дыхание и медленно приподнял дверь, прислушиваясь к малейшему щелчку. Потом, прижавшись щекой к асфальту, бросил взгляд в образовавшуюся между дверью и полом щель. Ничего не взорвалось, и оба копа смогли наконец дышать.

В гараже мирно дремал красный «рено-клио». Шарко провел пальцами в перчатке по его крыше и смахнул слой пыли: машина уже давно никуда не выезжала. Багажник и дверцы были заперты. Паскаль включил фонарик и осветил в глубине бокса груду самых разных предметов: безделушки, предметы мебели, утварь...

Он снова набрал номер телефона. Звук шел из шкафа, стоящего в левом углу. Точнее, из одного из ящиков. Шарко сглотнул — дьявол мог броситься прямо на него, — но когда его открыл, то обнаружил только телефон, подсоединенный к беспроводному аккумулятору высокой мощности.

Рукой в перчатке Паскаль попытался включить мобильник.

— Заблокирован, доступ только по отпечатку пальца. И, судя по модели, потребуется время, чтобы взломать защиту. Вот ведь геморрой.

— Часы? Дни?

— Скорее, дни.

Шарко размышлял, пока Паскаль упаковывал телефон и аккумулятор в пластиковые пакеты для вещественных доказательств. Несколько дней... как-то не вяжется с ультиматумом в двадцать четыре часа и той игрой, в которую Ангел всячески их втягивает. Дело тут явно не в телефоне и его содержимом, а в местоположении. Похититель использовал мобильник жертвы, чтобы привести их в конкретное место, и именно в этот бокс, а не в какой-либо другой.

Майор вернулся к «рено», но не обнаружил внутри ничего особенного. Внутренняя переборка была снята, и сквозь ветровое стекло он мог видеть внутренность багажника. Пусто. Тут ловить нечего. Кому принадлежит машина? Кто держит свои вещи в боксе? Возможно, ключ в ответе на эти вопросы.

Франк позвонил Люси:

— Мне нужно пробить номера.

— Две секунды, я как раз подхожу к конторе. В общественном транспорте просто ад кромешный...

Ему показалось, что она запыхалась. Франк подошел к двери. Посмотрел в сторону домов, за стену дождя. Потом на часы. Уже три. А время-то летит. И все еще никаких вестей от Николя. Вероятность того, что Каратель объявится до истечения срока ультиматума, казалась ему близкой к нулю.

— Давай, — сказала Люси.

— Фокстрот Дельта — шесть восемь ноль — Елена Гольф.

Он слышал, как она стучит по клавиатуре. Паскаль покачал головой: среди валяющегося в гараже барахла он не нашел ничего интересного. Вдруг дыхание Люси прервалось. Франк ничего не слышал и подумал, что связь оборвалась.

— Люси? Ты там?

— Я... я нашла хозяина. Господи, Франк... Это... это невозможно...

27

Шарко несколько секунд неподвижно стоял перед закрытой дверью кабинета на третьем этаже. Ощущение удара в самое сердце, в самые основы его натуры копа. Когда Люси по телефону назвала ему имя, почва ушла у него из-под ног. Паскаль замер, опустив вдоль тела свои огромные ручищи. Что им остается, если вирус поразил то, во что они верили больше всего на свете, то есть их собственных людей?

Набрав в грудь побольше воздуха, Шарко вошел в кабинет. Он попросил Люси ничего никому не говорить и ничего не предпринимать до их приезда, только проверить, на месте ли *она* и не попытается ли *она* покинуть здание. Шарко взял на себя риск не предупреждать Жеко, пока сам все не выяснит. И не поймет.

Летиция Шапелье, сгорбившись, сидела перед компьютером, глядя перед собой пустыми печальными глазами. При свете единственной маленькой настольной лампы она напоминала кролика в норе. Увидев замкнутые лица четы копов, она не выказала ни малейшего признака удивления. Только под тяжестью вины опустила голову. Встретиться глазами с их пронизывающими взглядами было выше ее сил.

— Я знала, что вы зайдете в эту дверь, долго так продолжаться не могло... Как только... как только личность Флоранс Визёр была установлена, я поняла, что все кончено. Я лишь надеялась, что ее найдут до вашего прихода.

Она устремила свои темные зрачки на экран компьютера:

— Моя дочь...

Открытие ошеломило обоих копов. Молодая женщина, заключенная в цилиндре, была дочерью Шапелье.

Шарко подтянул стул и сел напротив нее.

— Как вы узнали? — спросила она. — Я ведь постаралась убрать любой... любой след своего присутствия из квартиры Флоранс. Она носит фамилию моего бывшего мужа, а он живет где-то в дебрях Африки. Каким же образом вы узнали так быстро?

— Телефон Бертрана Лесажа посылал сигнал GPS. Он был спрятан в вашем гараже в Рони.

Казалось, она смиренно и почти безучастно приняла эту разрушительную новость. Шарко кивнул на упаковку с лекарством, пока Люси закрывала дверь.

— Как не сломаться, по другую сторону экрана видя свою дочь пленницей? Ведь раньше никаких мигреней у вас не было, верно? Таблетки — лишь способ сбить со следа. Скрыть свою тоску и растерянность за головными болями.

— Расскажите нам все, — бросила Люси, подходя. — От начала и до конца.

Летиция не смогла сдержать слез. Она глубоко задышала, чтобы в энный раз не разразиться рыданиями. У нее больше не было сил лгать, и в конечном счете присутствие копов принесло ей облегчение. Она разблокировала лежащий перед ней мобильник, что-то набрала и протянула им:

— Вот что я получила в ночь на воскресенье...

Видео... Флоранс на заднем сиденье фургончика и луч света, бьющий ей прямо в лицо. Одетая в спортивную куртку и непромокаемые штаны, она как будто спала. Дверцы машины были распахнуты, видео снималось в темноте, под дождем, где-то в топкой сельской местности. Картина вгоняла в дрожь.

Шарко прочел сообщение, сопровождающее MMS и отправленное с мобильника Флоранс в 21:39, вечером в воскресенье: «Ваша дочь у меня. Если вы предупредите кого бы то ни было, я убью ее. Будьте уверены, я это сделаю без колебаний. Ночью я пришлю вам следующие инструкции, которым вы должны следовать. Ничего сложного. Подчиняйтесь, и тогда через несколько дней вы получите свою дочь живой».

Летиция Шапелье печально смотрела на копов. Франк без труда представил себе мучения этой женщины, дьявольскую спираль, закрутившую ее с того момента, когда она решила вступить в игру, навязанную Ангелом. Она поверила его честному слову, а этот мерзавец использовал ее, а потом сдал полиции.

Шарко положил мобильник на стол. Подумать только, с самого первого собрания в оперативном штабе она знала.

— Что было дальше?

Тыльной стороной ладони та вытерла слезы:

— В понедельник, в час ночи, пришло еще одно сообщение. Опять посланное с... с телефона Флоранс. Теперь мне велели поехать забрать другой мобильник в... в моем гараже в Рони и держать его при себе... В тот момент я действительно подумала рассказать все полиции, клянусь. Но... я боялась. Вдруг он следит за мной. Вдруг убьет Флоранс, если я не послушаюсь. Откуда мне знать? Что вы бы сделали на моем месте?

Шарко сохранял хладнокровие, но был тронут. На этот вопрос ответа не существовало, как не существовало и идеального выбора. Дела с похищениями редко кончались хорошо, какие бы решения ни принимались.

— Я поехала сразу же, в середине ночи, дверь была взломана... Мобильник лежал в углу. Довольно старая модель, штекером подсоединенная через специальное гнездо к антенне... Я... я попыталась посмотреть, что в аппарате, но ничего не получилось, доступ был заблокирован ПИН-кодом.

— Где этот телефон? — спросила Люси.

Летиция покачала головой:

— После трагедии во вторник вечером перед Бастионом я от него избавилась. Я запаниковала, я... я засунула его в измельчитель. Мне очень жаль...

— И вы не хотели ввязываться, вы все еще надеялись выпутаться.

— Я хотела спасти дочь.

— Продолжайте, — оборвала Люси, не давая той времени вздохнуть. — Итак, вы едете за телефоном в гараж и держите его при себе, как вам и велели. Дальше?

— Я получила последнее сообщение, в полдень понедельника... Опять с телефона Флоранс. Мне дали ПИН-код, шесть-восемь-три-один, и велели активировать его во вторник, седьмого ноября, ровно в 17:02, от справочной стойки Бастиона... Это... это гарантировало мне, что потом я получу дочь живой и здоровой...

Уставившись в какую-то невидимую точку перед собой, она погрузилась в долгое молчание. Шарко проверил ее эсэмэс и еще раз внимательно перечитал присланные Ангелом. Рядом с каждым сообщением на иконке было лицо Флоранс.

— И я это сделала... Во вторник я спустилась к приемной, встала рядом с кофемашиной и... и в 17:02 набрала ПИН-код, сказав себе, что следующие инструкции наверняка в мобильнике. Он разблокировался, но там ничего не было, даже иконки, только пустой экран, а на нем фотография шимпанзе... И тут я услышала крики на улице. Увидела бегущих полицейских. Этот человек лежал на земле, схватившись руками за сердце... Я сразу поняла. Я сразу поняла, что убила его посредством мобильника, набрав проклятый код...

Она осмелилась поднять взгляд на Шарко. И посмотрела ему прямо в глаза:

— В силу своей профессии я знаю, что можно взломать кардиостимуляторы, именно об этом я сразу и подумала...

У меня в руках был телефон с антенной, способный кого-то убить, и ничто иное. Я никогда никому не хотела смерти... Я... только хотела получить дочь живой.

Шарко ненавидел ее: она обманула их, обвела вокруг пальца, но он ни секунды не сомневался, что она действительно любит дочь и не пожалела никаких сил, чтобы вернуть ее.

— Вы догадываетесь, что для вас наступают трудные времена, — бросил он глухим голосом.

Она кивнула, без злобы и горечи:

— Я готова отсидеть. Но прошу вас, вытащите мою дочь из этого ада...

Люси теперь тоже не испытывала прежнего гнева против Шапелье. Это была просто еще одна жертва Ангела. Жалкое орудие его мести.

— Помогите нам. Расскажите все, что вам удалось узнать.

Летиция уходила в себя, ее глаза потухли. Шарко пожалел, что именно ему придется отправить ее за решетку.

— В смысле информатики ничего, чего вы бы уже не знали... Я все вам сказала... Он не оставил никаких следов, не совершил ни единой ошибки, которая позволила бы его локализовать... Я думала о телефоне Флоранс. Можете попробовать его отследить, но это ничего не даст, я уверена. Он должен был отключить его, как только перестал использовать, и с тех пор посылать сообщения из нейтральных точек...

— Ошибки всегда возможны, — заметил Шарко. — Именно потому мы их в конце концов и задерживаем. Так что телефон мы отследим.

Она кивнула:

— Когда он похитил Флоранс и начал посылать мне сообщения, я не могла понять. Почему моя дочь? Почему я? А вот когда я увидела, как упал тот человек, я поняла, что он использовал меня как оружие.

Устало и тяжело она поднялась со стула и подошла к закрытому окну. Посмотрела вниз. Вид сверху на улицу Бастион, как минимум метрах с двадцати.

— Он знал, что я работаю здесь, но не знал, в каком именно кабинете, вот почему он приказал спуститься в приемную... Я вполне могла активировать ПИН-код с того места, где сейчас нахожусь... Это значит, что лично меня он не знает, но знает мою дочь. Причем во плоти, а не только под псевдонимом Flowizz: она никогда ничего обо мне не говорила в сетях, выходит, он общался с ней и, чтобы выяснить, кто я и где работаю, напрямую задавал ей вопросы.

— У вас нет никаких догадок? — спросил Шарко. — Зацепок, кто бы это мог быть?

— Нет. Дочь жила своей жизнью, я ее видела пару раз в месяц. Я просмотрела список ее друзей на Facebook, одного за другим, но впустую... Ангел может быть кем угодно, и я даже уверена, что он убрал себя из списка, чтобы не оставить никакого следа... У меня есть ключ от квартиры Флоранс, я там все перевернула. Но ничего не нашла. Ни одной зацепки. — Она рухнула в кресло. — Последние четыре-пять лет она работает фрилансером в области информатики. Она очень активная молодая женщина. Много ездит, встречает новых людей. Возможно, Ангел — один из них: служащий, клиент, один из специалистов-компьютерщиков, которые крутятся вокруг нее. Но у нас так мало времени. Как вы хотите, чтобы...

— Вам что-нибудь говорит название «Cyberspace»? — прервала ее Люси.

Летиция Шапелье ненадолго задумалась, а затем кивнула:

— Я это где-то уже слышала. Думаю... что Флоранс работала с ними, она мне о них говорила... — У нее в глазах блеснула надежда. — А что? Вы напали на след?

Больше чем след — уверенность. Ангел работает в «Cyberspace», он встречался с Флоранс и знал, что ее мать служит в полиции. Люси перехватила взгляд Шарко: здесь надо срочно сворачиваться и мчаться в Кламар, до истечения срока ультиматума остается пять часов, у них земля под ногами горит.

Майор протянул руку:

— У вас есть протокол быстрого закрытия сайта?

Летиция заколебалась, два синих блестящих камня ударили в сердце Шарко.

— Если вы сделаете это, вы убьете ее.

— Мы этого не сделаем. Но мне нужен протокол.

Она вытащила флешку из центрального процессора и отдала ему. Взяв ее, он проворно поднялся со стула:

— Придется следовать процедуре. Мне очень жаль, Летиция...

— Найдите мою дочь.

Шарко взглянул ей в лицо, взгляд его был явно излишне настойчив, и Люси уловила их молчаливый разговор. Прочла ли она сожаление в зрачках мужа? Или долю сочувствия? Франк отвел глаза и посмотрел на часы:

— Четверг, 10 ноября, 16:12. Летиция Шапелье, вы арестованы...

28

Великое безмолвие воцарилось в «пежо», как только Николя повесил трубку. После почти одиннадцати часов засады они с Одри больше не слышали даже стука дождя по крыше, и им стало казаться, что они одни в целом мире на этом жалком островке на Уазе, поглощенные тьмой, не имея возможности включить ни потолочный свет, ни фары.

Они уже изучили все закоулки заброшенной верфи, каждый ее квадратный метр, который они обследовали по очереди — просто чтобы размять ноги, убить время, выбраться из своего заточения, насыщенного водяными испарениями и запахом пищи. Засады были, конечно, самой неприятной, но совершенно необходимой частью их профессии. Согласно договоренности, скоро им на смену приедет другая команда, засада должна продолжаться беспрерывно, группами по двое, как минимум до полуночи воскресенья. Ожидание становилось невыносимым, и парочка утвердилась в мысли, что нынче вечером Каратель не появится.

— Летиция Шапелье... В себя прийти не могу, — выдохнул Николя.

Им сообщили эту новость по телефону. Эффект ударной волны. Одри откинулась затылком на подголовник кресла, но все ее тело оставалось в напряжении. Она снова принялась рисовать пальцем человечков на верхней части ветрового стекла.

— Подыхающая от страха мать, чья дочь находится в смертельной опасности, позволила манипулировать собой и делала все, чтобы спасти своего ребенка, — сказал Николя. — Она стала жертвой обстоятельств. Откуда она могла знать, что ПИН-код убьет кого-то?

— Это ничего не оправдывает, — сухо ответила Одри. — В сущности, она как *они*. Она действует, и люди умирают. Семьи разрушены. Выжившие никогда не оправятся от потери близких, несмотря на все препараты, которыми их пичкают, и сеансы у психиатров. Все это как мертвому припарка, анестезия. — Она резким движением застегнула молнию куртки. — Грань слишком тонкая, Николя. Однажды ты оказываешься со взрывчаткой, привязанной к телу, потому что ты перешел эту грань. Даже если часть ответственности лежит на обществе, которое уничтожает тех, кто в него не вписывается, у тебя был выбор, ты мог этого не делать, но сделал. Такое нельзя ни терпеть, ни прощать. Мы не имеем права, ради наших детей и тех, кто терпит адские муки, на которые их обрекают эти люди. Если их прощать, то мы превратим наших детей в завтрашних монстров.

Николя ощутил всю горечь, которая скопилась в ее сердце. Прощение освобождает от прошлого, но Одри предпочла остаться сго пленницей. Она вышла, сильно хлопнув дверцей. Напарник увидел, как она идет вдоль жестяной стены ангара и исчезает за углом. Одри — умная молодая женщина и, скорее, жизнерадостная. На протяжении всех этих часов они рассказывали друг другу о своей жизни, о работе и корнях. Одри училась на юридическом факультете в Тулоне, прежде чем прошла конкурс и стала копом. Она утверждала, что в ней скандинавская кровь, что по дедушкам-бабушкам она из лапландских народов, а часть дальних родственников до сих пор живет в окрестностях Алты, в норвежской Лапландии. Она там ни разу не была, Николя так и не понял почему. Створки ракушки захлопнулись, едва он захотел коснуться более личных аспектов ее жизни. Он заметил, как болезненно она реагирует на все, связанное с правосудием. Еще хуже, чем если речь заходит о терроризме. К этой теме вообще не подступиться.

Что же должно было с ней случиться, чтобы вызвать такое страдание, такое стремление никогда больше не прощать? Может, она видела, как на нее несется шальной грузовик? А может, одного или нескольких ее близких сбил водитель? Или она была в команде, которую в тот вечер выслали на место после бойни? Узнать нет никакой возможности, но очевидна сама травма, гнездящаяся в темных глубинах ее подсознания.

Одри оставила свой телефон подключенным к запасной зарядке, и на экране появилось сообщение. Николя не удержался и глянул. Опять он, опять этот Ролан Казулуа. Одри весь день посылала ему сообщения и не вылезала с его страницы на Facebook. Тут и думать нечего, наверняка ее дружок. На этот раз Ролан послал видео с клипом Милен Фармер и припиской «Сувенир с факультета 2004… где много чего случилось!», а также кучей дурацких смайликов.

Николя взглянул на аватарку Ролана. Ничего особенного, огненно-рыжая шевелюра, лоб с залысинами и щеки в веснушках. Итак, они познакомились на факультете... Давнишняя парочка, но не женатая, раз она не носит обручального кольца. Где живет этот Ролан? С ней, в Париже? Или остался на Юге?

Николя осознал, что держит телефон в руках, и быстро положил его на место. Что вдруг на него нашло? Неужто он ревнует? Он отбросил мысль, что все могло вдруг завертеться так быстро, и его сердце, замкнувшееся четыре года назад, вновь приоткрылось за столь малое время. Сам не зная почему, он вдруг вспомнил, как цветет бамбук: приходит момент, когда во всем мире из-за какого-то необъяснимого феномена весь бамбук одного вида начинает цвести, в одно и то же время, иногда после пяти или десяти лет спячки. А потом умирает.

Вот и его сердце расцвело, как бамбук.

Ерунда. Николя не желал снова влюбляться. И еще меньше в женщину, у которой кто-то есть. И еще меньше теперь, в кромешной тьме.

Вдруг справа сквозь гущу зарослей пробился свет фар. Коп снова насторожился и быстро осмотрелся. Где его коллега? Одри появилась и скользнула в салон, потирая руки:

— Это он?

Автомобиль приблизился и повернул в их сторону, несколько раз просигналив фарами. Николя не стал скрывать разочарования.

— Наши сменщики, чуть раньше времени... Класс...

Одри тоже казалась разочарованной. Но не бывает, чтобы всегда везло. Они вышли, обменялись парой слов с двумя полицейскими, прибывшими на смену, и отправились в обратный путь.

В тот момент, когда они выезжали на автостраду, на телефон Николя пришло сообщение. От Ясина.

«Владельцам барж из порта Ван Гог: электросчетчики под водой. Электричества нет».

29

Тиски сжимались.

И все же, паркуясь на стоянке «Cyberspace», Шарко никак не мог понять логику Ангела. Почему он тянет с публикацией манифеста? Чего еще ждет, когда на сегодня уже больше семисот тысяч подключений? Хочет увеличить аудиторию? Чтобы весь мир не отрывал глаз от его сайта?

Семьсот тысяч... Счетчик, расположенный внизу страницы, надрывался по экспоненте. Через полчаса перескочит за миллион. Клич #СпасемFlowizziБертран# распространялся по планете Data[1], несясь по кабелям и оптическим волокнам, которые выплевывали нули и единицы, транслируемый тысячами пользователей и на всех языках, и все это меньше чем за двадцать четыре часа. Сколько бит, сколько информационных сигналов в секунду циркулируют по нашей планете, связывая друг с другом человеческие существа, как нейроны одного мозга?

И сколько из этих существ будут сидеть онлайн перед экранами в 20:34?

Взрывная волна от известия, что Летиция Шапелье замешана в деле, разошлась по кулуарам Бастиона, срочно провели совещания по всем службам с целью избежать утечки. Специалистка по информатике была задержана на сорок восемь часов, а скорее, на девяносто шесть, потому что дело граничило с терроризмом, и антитеррористический отдел встал на дыбы. Ни Жеко, ни парни из антитеррора ее не выпустят. Она попала в шестеренки машины, которая ее перемелет, и Шарко больше ничего не мог для нее сделать. Он только надеялся, что ей станет легче, если ее дочь спасется.

Франк и Люси вошли в здание «Cyberspace». У стойки приемной они сказали, что хотели бы поговорить с кем-нибудь из руководителей. Помещения были холодными

[1] *Здесь*: данные, база данных *(англ.)*.

и функциональными. Стойка секретарши у входа, цепочка кабинетов и в глубине open space[1], где виднелась дюжина фигур, сидящих за компьютерами.

Пока помощница управляющего стучала в одну из дверей, Шарко подошел поближе к большому компьютерному залу. Всмотрелся в лица. Молодежь, более чем вдвое младше его, некоторые в наушниках. Джинсы, майки, кроссовки... множество глаз обратились в его сторону, прежде чем снова уткнуться в компьютеры. Ни одного подозрительного или встревоженного взгляда. У Ангела явно есть чем заняться, кроме как торчать за одним из этих столов.

Вышедший к ним Бенуа Дасонвиль был ни много ни мало одним из сооснователей «Cyberspace». Лет пятидесяти, на тусклом бледном лице печать ответственности. Они представились, и он пригласил их в свой кабинет:

— В чем дело?

— У нас очень мало времени, мсье Дасонвиль, поэтому перейдем сразу к главному, — начал Шарко. — Многие результаты нашего расследования позволяют предположить, что один из ваших нынешних или бывших сотрудников замешан в серьезном уголовном преступлении.

Люси выложила фотографию разрушенного кардиостимулятора. Мужчина неуверенно взял ее.

— Мы знаем, что около двух с половиной лет назад он работал в вашей компании над обеспечением безопасности кардиостимуляторов «Cardiotex». Этот кардиостимулятор во вторник убил человека. Он был дистанционно активирован мобильником с подключенной антенной.

Лицо Бенуа Дасонвиля приняло замкнутое выражение.

— Только... только не говорите мне, что это связано с тем, что происходит сейчас. С теми несчастными, которые заперты в цилиндрах. С этой историей про Ангела будущего!

[1] Офис, организованный по американскому принципу «открытого пространства» (open space), т. е. без стен и перегородок.

— Именно так. Мы полагаем, что о нем и идет речь. И похоже, эта мысль мелькнула и у вас.

Руководитель словно получил увесистую пощечину. Он сжался в своем кресле, как соискатель на суровом собеседовании.

— О господи...

Он глубоко задумался о чем-то, но через несколько секунд вновь сосредоточился на разговоре с полицейскими:

— Его зовут Фабрис Шевалье. Специалист по компьютерным сетям и безопасности. Настоящий ас... Он работал на нас с 2013 года и был одним из трех экспертов, которых мы поставили на исследование приборов «Cardiotex». Два года назад мы были вынуждены уволить его за грубую профессиональную ошибку. Вот почему его имя сразу пришло мне на ум.

Шарко клокотал. Ангел больше не был аватаркой за экраном. Они получили имя, данные о личности из плоти и крови.

— Что за грубая ошибка?

Дасонвиль покачал головой. Он казался оглушенным. Ну просто боксер в конце раунда.

— Это трудно объяснить, но, попросту говоря, мы обнаружили, что на нем лежит ответственность за баги в компьютерных программах, которые он исследовал или разрабатывал для наших крупных клиентов, причем занимался он этим с самого поступления к нам. Закодированные инструкции, которые он скрывал в программах и которые выполнялись при определенных условиях.

Его телефон зазвонил. Он отключил звук.

— Летом 2014 года, через некоторое время после его поступления, пришло в негодность информационное оборудование большого предприятия по производству протезов, для которого мы разрабатывали компьютерную систему. Потери исчислялись миллионами евро, об этом много писали в специализированной прессе. Несколько месяцев спустя слетел логический контроллер системы анализа ДНК. Поломка едва не разорила производителя. И так далее. Со стороны кажется, определить, что проблема исходит от нас, легко, но компьютерные процессы очень сложная вещь, клиенты обращаются к десяткам фирм, имея в виду техническое обслуживание, развитие, безопасность сетей, и все теряется в гигантской взаимосвязанной структуре. А поэтому, когда возникает проблема, много месяцев, а иногда и лет спустя очень трудно установить, откуда она взялась, и выявить виновного, особенно если этот виновный — блистательный специалист.

— Но все эти разнообразные проблемы исходили от вас, не так ли?

Он заколебался, потом пожал плечами:

— Формально ничего не доказано, иначе нас бы уже не существовало. Компьютерные неполадки случаются и будут случаться всегда. Сложная компьютерная программа — это часто миллионы строк. Миллионы; не знаю, представляете ли вы себе... Тревожный сигнал поступил к нам от одного из наших бывших служащих, Этана Лупена. Безусловно, в то время наиболее близкого к Шевалье сотрудника.

— С ним можно увидеться?

— Лупен ушел от нас полгода назад, он получил должность в Штатах, и у меня нет его новых координат. Но должен вам сказать, что Шевалье ни с кем не разговаривал. Целыми днями он сидел в своем углу и последним уходил вечером. Он работал много и хорошо, что компенсировало его асоциальное поведение. По крайней мере, мы так думали. Короче, Этан обратил внимание на реакционность некоторых его высказываний, которые он позволял себе вне этих стен. По отношению к нашим политикам, к технологии, вообще к прогрессу. Стоило ему выпить, и Шевалье поливал грязью клиентов, на которых работал. Он обвинял их в том, что они... искажают человеческую природу, ускоряют ее вырождение своими генетическими исследованиями или приращениями к человеку.

— Приращениями к человеку?

— Улучшение здоровья или способностей человеческого тела благодаря информатике или машинам. Протез руки или кардиостимулятор — это улучшение. Точно так же, как кохлеарные или ретинальные имплантаты, которые позволяют вернуть слух глухим и зрение слепым... Изначально, разумеется, речь шла об излечении патологий, но на выходе мы имеем гибрид человека и машины. Мы специализируемся на медицинской информатике; предприятия, которые работают над такими технологиями, составляют бóльшую часть нашей клиентуры...

Дасонвиль указал на несколько рамок у себя на столе. Красивые фотографии процессоров, помещений супер-хайтек, людей в халатах с супербелоснежными зубами... Люси узнала «Cardiotex».

— По словам Этана, Шевалье испытывал своеобразное... наслаждение, когда узнавал, что наши клиенты столкнулись с серьезными компьютерными проблемами. У Этана возникли сомнения, можно ли ему доверять. Он начал вплотную интересоваться его работой в момент возникновения проблемы с логическим контроллером системы анализа ДНК. И действовал совершенно тайно, никто не был в курсе. Ему это стоило кучи бессонных ночей, но в конце концов в тех частях программ, за которые отвечал Шевалье, он обнаружил цепочки подозрительного кода, скрытые пакеты команд, которые активировались в обозначенные даты и сносили систему. Что-то вроде бомбы замедленного действия или троянского коня, если говорить проще. Этан рассказал мне об этом. Я немедленно вызвал Шевалье и потребовал объяснений. В тот момент Шевалье ничего не сказал, он держался пугающе спокойно, разве что не улыбался. Должен признаться, что у меня просто кровь в жилах стыла. Тогда я объявил, что нам придется с ним распроститься. Больше он никогда не прикоснулся ни к одному из наших компьютеров.

— Когда именно это произошло?

— Через несколько недель после исследования кардиостимуляторов «Cardiotex», в июне или июле 2015-го, около того. — Он опустил глаза и потер виски. — Поверить не могу. Так история с генетическим кодом президента — это тоже он? Он Ангел будущего?

— Дайте нам его координаты, пожалуйста.

Руководитель предприятия предложил им подождать и вышел. Шарко не сиделось на месте, он не сводил глаз с часов. С сомнениями было покончено: Фабрис Шевалье и есть Ангел будущего. Работа в «Cyberspace» была для него способом начать борьбу с системой, разрушая ее изнутри. После увольнения он развил максимальную скорость. Сайт Елисейского дворца, отпечаток пальца президента, угрозы, в конце концов претворившиеся в действия, которые привели к запуску сценария, работающего с беспощадностью механизма. Больше года на разработку планов, выбор жертв и выстраивание порядка событий...

Пять минут спустя директор вернулся с личным делом:

— Адрес, указанный в личном деле, тот же, что и в расчетной ведомости от 2015 года, я проверил.

Франк взял листок. Резюме начиналось с 2011-го. Инженер-сетевик. Фотография Шевалье в верхнем углу, черно-белая. Взлохмаченные волосы, глубоко сидящие глаза, темная бородка. Заурядная внешность. Шаблонная, с досадой подумал Шарко. Улыбка, интеллект — фасад, за которым кроется самое гнусное зло. Сейчас Шевалье двадцать семь лет. Франк сосредоточился на адресе: Вильжюиф.

Полицейские поблагодарили Бенуа Дасонвиля, но перед тем, как уйти, Франк спросил:

— Вы говорили о протезах и имплантатах. О приращении к человеку. А чип RFID или очень мощный магнит под кожей — это вам о чем-то говорит?

Тот немного подумал и кивнул:

— Я уже слышал об этом, да, но... Думаю, один из моих сотрудников в курсе. Я выясню и свяжусь с вами как можно скорее. У вас есть визитка?

Шарко протянул ему карточку и попросил не тянуть со звонком. Они бегом вернулись к машине. Майор позвонил Робийяру, сообщил имя и дату рождения Ангела для срочной проверки адреса в налоговых службах.

Запрыгнув в машину, он даже не стал ждать, пока Люси захлопнет дверцу, чтобы рвануть с места.

30

По данным налоговой, Фабрис Шевалье жил теперь не в Вильжюифе, а в Жантийи, в нескольких километрах севернее. Он занимал квартиру на последнем этаже безликого здания, выходящего на окружную и зажатого между парковкой и продуктовым магазином с такими запыленными окнами, что покупать там еду представлялось разновидностью самоубийства. Кругом адский шум дорожного движения, запах выхлопных газов, прибитых к земле тяжким дождем, который еще больше сгущал атмосферу под переплетением электрических и телефонных кабелей. Пешеходы с замкнутыми лицами пробирались по тротуарам, не замедляя шага, — и не из-за того, что квартал наводил страх, просто здесь не на что было смотреть и не на что надеяться.

Шарко и Люси ждали в машине, припаркованной на бульваре. На этот раз он вызвал бригаду быстрого реагирования, и ее бойцы должны были прибыть с минуты на минуту. Оставалось два часа до истечения срока ультиматума. Люси отложила телефон:

— Николя и Одри сменили. Они возвращаются в Бастион.

Шарко состроил кислую мину:

— Думаю, Каратель не придет даже на собачий бой. Он, как и мы, прилип к экрану и ждет продолжения. Возможно, он чувствует себя в опасности из-за манифеста и откровений, которые Ангел собирается выложить в Сеть.

Люси приложила обе ладони к лицу и быстро потерла его, пытаясь хоть немного встряхнуться.

— А что это сейчас было, в кабинете у Шапелье?

— Ты о чем?

— Я видела, как ты на нее смотрел. Вовсе не взглядом копа.

— Думаешь, сейчас время об этом говорить?

— Вполне возможно, самое время...

Он досадливо мотнул головой:

— Жаль, что ты это так воспринимаешь.

— А как я должна воспринимать?

Шарко поджал губы. Он хотел сдержаться и в обычное время наверняка так бы и сделал. Но не на этот раз. Не этим вечером.

— Помнишь грязный подвал два года назад?

— Франк, мы не должны...

— Ты тогда только что прикончила человека, а я занимался тем, что фальсифицировал на месте преступления и по уши в крови резал труп...[1] Все это, чтобы защитить тебя. Защитить нас всех, и детей тоже. Взгляд, который я послал Летиции Шапелье, был взглядом в зеркало, где отражался я сам. Потому что и ты, и я, мы оба могли бы оказаться на месте этой женщины. По плохую сторону стола. Вся разница в том, что мы свободны, а она рискует провести бóльшую часть оставшейся жизни за решеткой.

Перед глазами Люси замелькали вспышки воспоминаний. Схватка в подвале... Выстрел... Её руки в крови и падающий человек...

[1] См. роман Франка Тилье «Шарко».

— Мы поклялись никогда не говорить об этом, ни при каких обстоятельствах. Мы же с тобой поклялись, Франк!

— Ты хотела знать, так знай. Мы позволяем себе судить людей, хотя мы такие же, как они.

— Мы не такие же, мы...

— Мы как они. А сейчас оставь меня в покое.

Он отвернулся к окну. Люси скорчилась на своем сиденье. Лучше было не обострять. Этот нескончаемый день, пришедший на смену не менее долгой ночи, должен завершиться, или они точно рехнутся.

В 18:50 шесть человек из ББР[1] выстроились цепочкой на полуразрушенной лестничной площадке здания. Подошвы десантных башмаков чуть поскрипывали на бетонных ступеньках. Эта черная масса перемещалась как порыв резкого ледяного ветра.

Люси шла за своим мужчиной, замыкая процессию. Есть ли хоть мизерный шанс, что Ангел ведет игру из своей квартиры? Она очень сомневалась, но не желала терять надежду, убеждая себя, что каждый шаг по этой лестнице приближает их к пленникам.

Бойцы выстроились в конце коридора, где ковровое покрытие цвета мочи отставало от пола. Они продвигались в темноте, потому что освещение на лестнице не работало. Шарко нахмурился, когда почувствовал на этаже мерзкий запах: вонь разложения.

Никаких предупреждений. Два удара тараном, они ворвались внутрь под гул переговоров тихими голосами и коротких выкриков и принялись одну за другой проверять комнаты. Обход клоаки был завершен за десять секунд: никого. Шарко и Люси прошли через маленькую прихожую в крошечную гостиную, погруженную в полную тьму из-за опущенных жалюзи. Слышалось жужжание тучи мух.

Кто-то включил свет. Жить здесь, конечно, было можно, но вредно для здоровья. Тускло мерцала на шнуре го-

[1] *ББР* — бригада быстрого реагирования.

лая электрическая лампочка, из стен торчали вырванные с корнем розетки. Единственный сборный шкаф, раздвижной бежевый диван, весь в пятнах, облупленный кафель на рабочей поверхности в кухне...

Люси расстегнула куртку: она умирала от жары. Сколько здесь градусов? Двадцать пять? Невыносимый запах шел из-за стены.

Кровать была сдвинута в угол, чтобы высвободить место на полу огромному куску мяса, лежащему прямо на ковровом покрытии. Свиная туша из мясной лавки, весившая не меньше пятидесяти кило. Разложившаяся до такой степени, что плавала в бурой жидкости, вроде забытого на солнце майонеза, и вся шевелилась из-за суетящихся на ней мух. Одна из них, перевернувшаяся на спину, билась, отчаянно пытаясь взлететь. Рядом — осциллоскоп, антенна, электронное оборудование и листки с чертежами интегральных схем.

Пока парни из ББР освобождали пространство, Шарко старался дышать через рот. Повсюду на стенах были пришпилены кнопками листки бумаги, перепутанные, одни поверх других. Сотни изображений: Флоранс Визёр, Бертран Лесаж, Летиция Шапелье и даже мсье Г. были сняты с некоторого расстояния или крупным планом. Имелись и сцены «общения президента с народом», сфотографированные из публики.

Коп подошел ближе, прочел надписи, сделанные на разноцветных клейких листочках. Расписания, адреса, копии страниц Facebook. Там было все. Он повернулся к Люси, которая наклонилась, одной рукой в перчатке роясь в туше, а другой прикрывая рот.

— Что ты там делаешь?

— Пытаюсь понять, почему из свиньи идут провода.

Из сгнившей грудины она с отвращением вытащила маленький металлический предмет, вытерла его об угол паласа и поднесла к глазам.

— Это кардиостимулятор «Cardiotex»...

Люси выпрямилась, держа на ладони целехонький аппарат. Сдержала тошноту, перевела дыхание.

— Я думаю, этот псих дошел до того, что проводил опыты, засовывая кардиостимулятор в тушу животного.

Маньяк до мозга костей, подумал Шарко. Люси рассмотрела предмет, перевернула его и нахмурилась:

— Здесь какая-то надпись.

Заинтригованная, она показала на кардиостимулятор. Под серийным номером тонким черным фломастером было написано: «Секрет Luca = > ЛП/8/9/14/С3». Шарко поскреб щетину на подбородке. Лука... Малыш, на котором схлестнулись противоположные интересы в той истории с суррогатным материнством. Откуда здесь взялось его имя?

— Что еще за новый бред?

— Думаешь, очередное послание для нас?

У Франка кружилась голова. Он торопливо созвонился с Паскалем и передал новую информацию. Следовало сделать все возможное, чтобы срочно расшифровать сообщение. Повесил трубку, обернулся к стене и посмотрел на фото, где мсье Г. обращается к толпе слушателей во время какой-то конференции. Снимок был сделан из аудитории, без сомнения, самим Ангелом.

— А вот и наш мсье Г. Здесь написано: «Грегуар Пристер, конференция в Гренобле о теле и технологиях, февраль 2017». Все на месте. Даже адрес, во Втором округе. А тут он на выходе из клуба игры в сквош. А там — когда убирает удочки в свою машину. — Он сделал три шага вправо, не отрывая глаз от снимков. — Ангел держал их всех под микроскопом и изучал. Он был в курсе всех их перемещений. Смотри, расписания, места, где они бывают... Мы сейчас в его голове, Люси. В мозгу психопата, который со дня своего увольнения зациклился на одном: убить Грегуара Пристера во вторник, 7 ноября 2017 года, перед нашим зданием и вызвать череду событий, которые теперь нам известны. Представляешь, сколько потребовалось времени и подготовки? Какой ум стоит за всем этим? И все растрачено на такое дерьмо, черт!

Он посмотрел на нее:

— Ты видела компьютер или телефон?

— Ничего...

— Пойди посмотри в гостиной.

Шарко оглядел кровать, подошел к окну, выходящему на забитую окружную дорогу. Убожество, безнадега... Конечно же, Ангел обосновался в этой крысиной норе, чтобы ни на секунду не забывать о своей цели. Думать о ней днем и ночью. Выстраивать планы с точностью архитектора, валяясь на этом истертом паласе. Часами напролет анализировать каждый сигнал осциллографа, отшлифовывая мельчайшие детали плана.

Он подошел к голой стене у изголовья кровати и провел пальцами по поверхности белой краски. Куча дырочек, заусенцы и утолщения на штукатурке... Смирившись, он направился к Люси в гостиную. Та рылась в ящиках единственного шкафа.

— Ты ничего не найдешь, — заявил он. — На одной стене следы кнопок. Все тщательно снято. Мы не узнаем, где он держит Флоранс и Бертрана, потому что он был достаточно осторожен, чтобы избавиться от любой мелочи, способной нам помочь...

В задумчивости он оперся о диван и смахнул каплю пота, проступившую на лбу:

— Тухлая жижа должна была протечь на потолок нижней квартиры. Почему же он, такой осторожный, не подстелил пластик под тушу? Ты же сама почувствовала запах в коридоре: сосед рано или поздно позвонил бы нам.

Он поискал глазами радиатор, подошел и приложил руку:

— Обжигает.

— Словно для того, чтобы ускорить разложение...

— Да. Он хотел, чтобы мы в конце концов здесь появились, даже если бы не добрались сюда в ходе расследования. И чтобы нашли кардиостимулятор.

Он протянул руку. Люси дала ему аппарат, завернутый в бумажный носовой платок. «Секрет Luca = > ЛП/8/9/14/С3». Это могло означать что угодно.

— Игра продолжается, — объявил он. — Но на этот раз мы оказались не на высоте и прибыли слишком поздно. Нам не перейти на следующий этап до истечения ультиматума...

В несколько секунд Шарко почувствовал, как силы его покидают. Если уж костяк копа начал трескаться...

— Он уже много дней не приходил сюда и больше не придет. Он затаился. Он может находиться за пятьсот километров отсюда, в подвале снятой хибары или на заброшенном складе. Все кончено, Люси.

Огонь в глубине его глаз потух. Он объявил ожидающей в коридоре бригаде ББР, что они могут быть свободны. Позвонил Жеко, чтобы узнать, что происходит. Шарко изложил ему результаты операции и выслушал, как тот раздает приказы. Да, бригада экспертов сейчас прибудет. Да, они сами возвращаются в оперативный штаб, потому что министр внутренних дел и глава судебной полиции желали быть на прямой связи с ними в момент, когда обратный отсчет остановится, то есть через час... Да... Да... Как скажете, шеф...

Измотанный и опустошенный, он нажал отбой. Теперь он даже не чувствовал больше вонь от туши, и ничто уже не имело значения, кроме нескольких квадратных сантиметров экрана мобильника, который он сжимал в руках. Шарко присел на край дивана и зашел на сайт Ангела.

«Через 23 часа 59 минут 48 секунд решать будете вы».

1 850 429 подключений.

Среди них, конечно, жена Бертрана Лесажа. И даже, возможно, Летиция Шапелье, если ей разрешили смотреть.

Весь персонал Бастиона будет в режиме реального времени наблюдать за анонсированной трагедией. Медсестры в больницах. Водители, застрявшие в пробках. Молодняк, тайком, забившись в свои комнаты, вопреки запрету родителей. Все хотят быть в курсе, и Шарко был уверен, что телевизионные каналы подключились к сайту с небольшой отсрочкой во времени. Чтобы успеть прервать передачу в случае чего. Привлечь внимание зрителей, что может быть важнее...

Вместе со своими людьми, Люси, Одри, Николя, Паскалем, он совершил невозможное, но сейчас Шарко был безоружен. Ему больше нечего делать, кроме как побыстрее вернуться в Управление и ждать конца срока ультиматума. Будущее Флоранс и Бертрана больше им не принадлежит. Да никогда и не принадлежало.

Когда обратный отсчет закончился, на веб-странице появились две кнопки.

Одна — под цилиндром Флоранс, другая — под цилиндром Бертрана.

На каждой было написано: *«Кликни, чтобы спасти меня»*.

31

Жажда или удушье... Жажда или удушье...

Как и любой другой, Флоранс по-идиотски пыталась представить себе самый страшный способ умереть. Повешение, а еще хуже утопление занимали первые места в ее похоронной классификации. Не то чтобы четвертование или потрошение представлялись ей неплохим развлечением, но ничто не могло превзойти ужас последних мгновений утопающего, той конечной секунды, когда инстинкт выживания заставляет вдыхать воду и чувствовать, как каждая альвеола легких наполняется жидкостью.

В своих мрачных размышлениях она думала об утоплении, но никогда — о жажде. Ни разу не представила себе смерти от обезвоживания. А ведь очевидно, что она худшая из всех, самая продолжительная, самая извращенная. Жажда — это постоянный аварийный сигнал, огненная волна, сжигающая трахею; от нее пухнет язык, а каждый вдох превращается в неописуемую пытку. У нее нет ни начала, ни конца, она не видна. Она в вас, впилась в ваши клетки, чтобы высосать и из них запасы влаги. Так жажда сжигает вас изнутри.

Значит, в свои двадцать семь лет она умрет от жажды в стране, где вода в изобилии. Сколько времени еще пройдет до того, как ее не станет? Какими будут ее последние часы? Может, под конец она заснет и не проснется? Или будет задыхаться с элегантностью выброшенной на берег рыбы, пока сердце не остановится?

Флоранс не могла думать ни о чем другом. Она видела воду повсюду, плавала в тропическом бассейне, слышала поцелуи волн, влажное дыхание грозы и по-дурацки вздрагивала от ощущения ударов капель дождя по коже. Она вспоминала, как бегала по берегу вздувшейся Сены. Вода, вода. Всякий раз, когда она поднимала напитанные солью веки, когда отрывалась от своих видений, взгляд, как свинец, падал на маленькую пластиковую бутылку, стоящую между ее скрюченными ногами.

— Кажется, ее можно пить.

Она говорила сама с собой и не ожидала ответа уже давно — сколько? Часы? Дни? А сейчас день или ночь? — Бертран больше не подавал голоса. Свернувшись калачиком, он смотрел на нее глазами высохшей форели. Его губы облупились, кожа на руках с невероятной быстротой сморщилась. Он продолжал, насколько позволяли силы, вырывать нитки из ткани своего комбинезона, уже усеянного дырами, скатывать их в клубочки, а потом щелчком отбрасывать в сторону. Он был в заточении на день дольше и служил для нее предвестием того, что ее ждет. Ее двойником во времени.

— Я видела такое во время поездки в Гвиану. Знаешь, такие туры, когда тебя оставляют в джунглях и ты должен сам выбраться при помощи карты и компаса? Один из участников пил мочу каждое утро. И так, знаешь, спокойно, словно лимонный сок. И не умер от этого, ну, я так думаю. Знаешь, сколько в моче воды? Очень много воды.

Она повторила эту фразу десяток раз, слегка раскачиваясь, как маятник.

— Я выпью, потом снова помочусь, потом снова выпью, и так дальше. А почему бы этому не сработать? Мы можем продержаться несколько лишних дней, если будем так делать.

Несмотря на невиданное страдание, ею владело свирепое желание жить. Помимо ее воли, рука схватила бутылку. Вожделение превратилось в омерзение, когда она открыла крышку и ощутила нестерпимый аммиачный запах. Пить это было невозможно, моча тоже, наверное, могла испортиться, и в довершение всего ей больше не хотелось писать.

Она поставила бутылку обратно и отказалась от этой идиотской мысли.

Жажда или удушье...

Теперь она смотрела на виселицу и на большую петлю из коричневой пеньки, которая ждала хрупкое горло, чтобы затянуться. По крайней мере, смерть через повешение была бы куда быстрее. Непостижимая боль, конечно, но пришлось бы пережить лишь один скверный момент, максимум одну минуту. Что такое в жизни одна минута?

А вот то, что сейчас...

Флоранс сдохнет, не получив ответа, и вот это, без сомнения, хуже всего. Почему их похититель так и не показался? Он что, предпочитает разглядывать их через камеру или же этот молчаливый извращенец скрывается по ту сторону занавеса?

Все это не имеет никакого смысла. Людей не похищают просто ради того, чтобы они агонизировали внутри цилиндра, даже не объяснив причины их заточения, даже не приходя посмотреть на них. У их палача, может, и были свои резоны ополчиться на Бертрана после истории с суррогатным материнством, о которой писала вся пресса, возможно, этот чокнутый потерял малыша или жену родами, ну что-то в таком роде.

Но она-то? Их с сокамерником ничто не связывает: у них нет ничего общего, они не знакомы. И вопрос тут не в мести, не в пытке, не в сексуальном извращении или каком другом. Вопрос тут... ни в чем.

Непостижимо.

Поскольку пластиковой пуговицы у нее не было, Флоранс стала сосать пропитанный слюной шнурок из капюшона куртки. Хитрость, о которой упоминалось в одном из репортажей о выживании: это стимулирует слюнные железы. Она подумала о матери, которая, скорее всего, не знает о ее исчезновении. Они созванивались только раз в неделю, по пятницам, виделись раз в две недели, и Летиция не следила за Флоранс по Facebook.

При мысли, что она больше никогда не увидит мать, не сможет обнять ее, молодую женщину охватил гнев. В знак последнего протеста против неотвратимости она поднялась в прощальном порыве, и едва удержалась на затекших ногах, и чуть не разорвала легкие в долгом животном крике, ударив худыми кулаками в пластик.

В ответ на ее вопль по другую сторону занавеса раздалось гудение машины. Она различила звук всасывания, что-то вроде неожиданного журчания.

Справа от нее Бертран встал на колени, не сводя глаз с верха цилиндра. Она не сразу поняла: лицо ее товарища по несчастью так осветилось, что напомнило ей верующего, которого осенила небесная благодать. Он стоял там с полуоткрытым ртом и вывалившимся языком, немного загнутым кверху, как у хамелеона.

Что с ним случилось? Он тоже услышал? Струя воды вдруг ударила ему в лоб. Бертран кинулся на пол и начал собирать крошечные капельки кончиками пальцев, стараясь донести их до рта.

В этот самый момент Флоранс ощутила на темени и на затылке словно бы прохладную ласку. Электрический разряд пронзил ее с головы до ног.

Возможно ли, что ее молитвы были услышаны? Что их похититель появился наконец и оказал им милость? Она впилась ладонями в волосы и облизывала их, пока не поглотила последнюю частицу влаги. Потом посмотрела вверх.

Струя прямо в лицо.

Из дыры наверху, на уровне крышки, бил водопад. Флоранс прижалась к стенке и широко открыла рот, вытянув язык до самого носа и откинув голову назад. В своем цилиндре Бертран прибег к иной стратегии: он сложил руки ковшиком и поднял их над головой. В обоих случаях основная часть жидкости текла мимо, просачиваясь между пальцами, но небольшая ее доля находила верную дорогу в глубину горла.

Выплески умножились в более ровном ритме.

Флоранс испытывала беспредельную радость при каждом, пусть даже крошечном глоточке, радость, смешанную со страхом, что щедрость их похитителя иссякнет так же внезапно, как началась. В конечном счете все могло оказаться извращенной игрой, нацеленной на то, чтобы снова внушить им надежду, но ей было плевать. В это мгновение не было ничего слаще, чем эта жидкость, обычно безвкусная, эта струя жизни, которую мы даже не замечаем. Молодая женщина собирала каждую капельку, как драгоценное блаженство.

Флоранс не смогла бы сказать, сколько времени и усилий ей потребовалось, но наступил момент, когда жажда прошла. Она столько выпила, что ее живот напоминал мешок волынки. Бертран тоже перестал пить. Он снял верх комбинезона и майку и с блаженным видом подставил грудь под струи воды.

Мысль ей понравилась. Она отвернулась, чтобы ни Бертран, ни камера за спиной не могли ее видеть, сняла майку и лифчик, пропитанные прогорклым потом последней пробежки, и с силой протерла руки, груди и мускулистый живот. Мысленно она благодарила похитителя. От всего сердца.

Нельзя терять надежду! Он хочет, чтобы мы были живы. Мы нужны ему!

Она вытерлась спортивной курткой и понюхала майку, движимая вернувшейся энергией. И испытала такое чувство, будто все мучения скоро кончатся. Она увидит свет дня, вдохнет свободу всей грудью.

Ее свобода...

Когда она повернулась, Бертран стоял нагнувшись. Он погружал пальцы в слой воды, собравшийся на полу, как усталый золотоискатель, ищущий последнюю крупинку. Сморщившись, он выпрямился и начал разглядывать дыру рядом с крышкой и трубу, которая уходила вверх и исчезала за занавесом. Его лицо опять стало серьезным. Вода продолжала литься.

— Этот мерзавец не давал нам пить, он не стремился облегчить наши мучения. Звук помпы за занавесом, вода, которой мы желали больше всего на свете...

Он замолчал, прижав кулаки к перегородке. Когда Флоранс посмотрела на него, глаза в глаза, у нее возникло впечатление, что она видит, как рассыпается карточный домик. Она не сразу поняла его слова, но уловила смысл, изначально затуманенный эйфорией последних минут. В свою очередь она оглядела промокшую куртку, потом уровень воды, который начал подниматься.

— Флоранс, с самого начала очевидность была у нас перед носом. Эти цилиндры не просто тюрьма. Они... резервуары для воды.

Молодую женщину затрясло.

— Нет-нет... Это невозможно. Такого не может быть. Только не это.

Бертран следил за неровной струей, которая лилась выплесками, как если бы кто-то, прячущийся по другую сторону занавеса, открывал и закрывал клапан, подавая больше или меньше воды. Его лицо исчезло за потерявшей прозрачность поверхностью пластика, на которой оседало его дыхание.

— Он нас утопит.

32

Тишина.

Такая же церковная тишина царила в коридорах Орфевр, 36, в тот ноябрьский день, когда террористы совершили нападения в нескольких районах столицы. Как волна, которая откатывается с бесконечной осторожностью после того, как обрушилась на пляж, и все смотрят с надеждой, что никогда больше с таким не столкнутся. Но волна всегда возвращается, в этом смысл ее существования.

Ни одного человека ни в лифтах, ни в вестибюле, только люди, закрывшиеся в своих кабинетах или ушедшие вон, чтобы сбежать, оказаться на улице или в метро, лишь бы не присутствовать при этом гнусном жертвоприношении в общественном месте.

Даже в оперативном штабе царило глубокое смятение. Всех давило чувство тяжелого поражения. Никому не удалось расшифровать сообщение на кардиостимуляторе, запрятанном в туше. Группа Шарко в полном составе сидела в креслах, не разжимая губ, устремив глаза на экран. Пять беспомощных и разочарованных офицеров судебной полиции, а также заменивший Летицию Шапелье специалист из BEFTI. Несмотря на все усилия, на бессонную ночь, на все нити, которые удалось найти и распутать, они не спасут пленников.

Перед ними на одном из экранов были видны замкнутые лица министра внутренних дел и сидящего справа от него Доминика Ладюрена, главы судебной полиции. Другой экран транслировал телевизионные новостные каналы, работающие в непрерывном режиме. Там в неописуемой мешанине чередовались ток-шоу, интервью у дверей Бастиона и подключение к сайту в Интернете. Журналисты превзошли самих себя. Жеко только что в прямом эфире объявил об установлении личности Фабриса Шевалье, его увеличенное фото из личного дела — единственное, которым они располагали, — показывалось снова и снова. Своим самым торжественным тоном прокурор Республики просил подключившихся к сайту телезрителей прекратить нажимать на кнопку, потому что, как предполагалось, каждый клик под одним из цилиндров добавлял воды в соседний. Спасти одного означало убить другого. Но просьба не возымела никакого действия. Все шло слишком быстро, ничего не было подготовлено. Струя воды текла из дыр практически постоянно, и уровень ее дошел Бертрану до икр, а Флоранс, которая была ниже ростом, — до колен.

— Сколько времени им осталось? — спросил министр.

Нацарапав что-то неразборчивое на листке бумаги, поднялся и взял слово Дамьен Бланкар из BEFTI. По его нелепому виду — майка в стиле блэк-метал, длинные волосы и дырявые джинсы — было нетрудно предположить, что от своего компьютера он отрывается исключительно по особым праздникам. Он принес собственный ноутбук, на котором была установлена программа, предназначенная для срочного прерывания доступа на сайт.

— Э-э-э... Все пойдет быстро, господин министр, очень быстро. Мне неизвестно точное количество воды, которое вбрасывает каждый клик, но по количеству подключений я бы сказал, что сейчас мы имеем по меньшей мере несколько сотен кликов в секунду. В любом случае я думаю, что туда поступает около полулитра в секунду. Объем цилиндра в один метр диаметром и два метра высотой — около полутора кубических метров. Получается полторы тысячи литров. Три тысячи секунд.

— Меньше часа... Почему люди продолжают нажимать?

Шарко сжал на столе кулаки:

— Потому что их больше двух миллионов, господин министр, и даже если девяносто девять процентов перестанут кликать, одного процента оставшихся достаточно, чтобы уровень воды поднимался. Все идет слишком быстро, обращения журналистов и прокурора ничего не изменят. Некоторым плевать на оповещения, другие их даже не смотрят, третьи будут нажимать, что бы им ни говорили, одни чтобы спасти, другие чтобы убить — просто из желания садизма или рефлекторно. Этот механизм остановить невозможно. Чего и добивается Ангел. Это не он их убивает, а каждый из нас.

Некоторые зрители должны были симпатизировать Флоранс или Бертрану. Они нажимали из желания помочь им. Без сомнения, самые наивные, кликая, полагали, что совершают благое дело. Участвуют в спасении.

— Можно ли, по крайней мере, помешать пользователям нажимать на эти кнопки? — бросил шеф судебной полиции. — Убрать их со страницы?

Бланкар покачал головой:

— Будь у нас время, мы бы, конечно, смогли. Но, говоря по-простому, Ангел будущего сделал систему слишком сложной, чтобы взять ее под контроль за несколько часов. Единственная сиюминутная возможность, которой мы располагаем, — это перекрыть доступ к сайту и убрать все данные, имеющиеся на сервере. Так произойдет, если я запущу программу с нашей флешки. В надежде, что это остановит приток воды.

— Но с риском, что Шевалье приведет свою угрозу в исполнение и убьет обоих, — возразил министр. — И что, так или иначе, он покажет их казнь публике. Если перекроем доступ, то сами его сохраним?

— Да. Провайдер дал мне возможности подключиться непосредственно к видеосигналу камеры. Мы единственные сможем видеть, что происходит.

Министр обратился к собеседнику вне поля их зрения, потом опять повернулся к экрану:

— Мы позвоним вам очень скоро, майор Шарко. Оставайтесь на связи.

Экран стал черным. На другом экране начинался сущий кошмар. Пленники пытались заткнуть дыры своей одеждой, упаковками от еды, руками, но все напрасно. Вода просачивалась через мельчайшие щели и мало-помалу приближала их к неизбежному концу. Уровни жидкости были приблизительно равными, и при таком темпе они рисковали утонуть с разницей в несколько минут.

Николя думал о жене Бертрана Лесажа, неотрывно глядящей на экран... О Летиции Шапелье, запертой в их стенах... Бесчеловечное наказание. Он встал, не в силах оставаться здесь и бездействовать. С другой стороны, а что сейчас можно сделать? Уже около девяти вечера, все административные службы, через которые можно было бы продолжить более углубленный розыск Шевалье, закрыты. А хоть бы и не так? Счет пошел на минуты.

Он прислонился к стене, запустив руки во взлохмаченные волосы, и бросил взгляд на Одри на другом конце стола. Она была бледна, глаза заволокло пеленой грусти.

— Чего он ждет, черт его задери? Он же получил, что хотел. Почему он не выкладывает этот свой манифест? Почему не провозглашает свои идеи, раз уж миллионы человек не сводят глаз с его сайта?

Белланже был прав. Ни единого раза Шевалье не появился во плоти. Где он прячется? Какова его реакция теперь, когда за ним охотится вся полиция Франции? Прячется ли он по другую сторону занавеса или бежал за границу? Действует ли он за тысячи километров отсюда, сидя за клавиатурой и экраном? Действия злоумышленников всегда имеют свою логику, так какова же она у Ангела? Не является ли эта публичная казнь лишь этапом в задуманном им процессе разрушения?

Одри отвела взгляд от экрана и его безжалостных картин. Вода уже дошла до середины бедер. Флоранс царапала стенки, и даже без звука нетрудно было вообразить пронзительность ее воплей. Как кто-то может продолжать нажимать на кнопки?

С течением минут в комнате становилось нечем дышать. Все ждали звонка министра. Каким бы безумным это ни казалось, число подключений продолжало расти. Возможность преступить закон, выйти за рамки без риска, что тебя арестуют. Посмотреть на невыносимое хоть раз в жизни, как в Средневековье во время публичных казней. Иметь возможность сказать однажды: «Ты там был, когда это случилось? А я был. И даже нажал на кнопку». Такой кайф!

Вода теперь добралась Флоранс до середины груди. Хотя уровень был и ниже, чем у Бертрана, можно было поспорить, что ее первую накроет с головой. Шарко мучила жажда, но он не позволял себе пить. Любое движение, направленное на удовлетворение его собственных потребностей, казалось ему непристойным.

Наконец телефон зазвонил. Все затаили дыхание. Шарко снял трубку, издал пару невнятных звуков в знак согласия, бросил: «Очень хорошо, господин министр» — и дал отбой. Его лежащие на столе ладони сжались, как скрючившиеся от огня пауки.

— Они говорят, что мы не можем позволить, чтобы наши сограждане наблюдали в прямом эфире за утоплением. Что мы не можем оставаться пассивными! Перекрываем доступ.

Ища поддержки, он вгляделся в каждое лицо, особенно в лицо жены. Существует ли хоть какой-то выбор лучше всех иных? Люси покачала головой, возможно одобряя решение. Майор сосредоточился на Дамьене Бланкаре и процедил сквозь зубы:

— Это худшее, что нам приходилось делать в жизни, но... другого выхода нет. Нельзя допустить, чтобы они вот так утонули. Если вы не хотите брать на себя ответственность за запуск программы, я сам этим займусь.

Тот, насупившись, отрицательно покачал головой:

— Это моя работа...

Он взялся за мышку, сделал несколько кликов. В первый момент видео остановилось и послало сигнал об ошибке в чтении файла. Потом, когда он попробовал нажать на одну из кнопок, весь экран заняла надпись «Страница не найдена».

— Готово. Больше ни у кого нет доступа на сайт. А я сейчас перейду на частный сигнал камеры.

Все затаили дыхание. Секунд через десять на экране снова появились цилиндры и их пленники.

Вода лилась еще сильнее, в постоянном ритме.

— Почему она все еще льется? — удивился Шарко.

Бланкар беспомощно откинулся в кресле:

— Я... я предполагаю, что... что была установлена система безопасности против прерывания доступа. Уничтожение программ должно было вызвать автоматическое и окончательное открытие клапанов.

— Сделайте же что-нибудь, черт побери!

— Мне очень жаль, но... что вы хотите, чтобы я сделал? Клапаны в том помещении, мы здесь, и нас больше ничего с ним не связывает. Мы в тупике.

Никто не желал в это поверить, история не могла закончиться подобным образом. Шевалье появится в последний момент и все остановит. Флоранс и Бертран не могут умереть. Не сейчас, не у них на глазах.

Молодой женщине вода уже дошла до шеи. Еще пять минут, и она встанет на цыпочки, стараясь поплыть по вертикали, задержит дыхание, всплывет и бросится к воздушному пузырю, но потом?.. Когда уровень воды достигнет крышки...

Шарко вскочил и обратился к своей команде:

— Выйдите! Выйдите отсюда!

И поскольку никто не двинулся, он повысил голос:

— Это не просьба. Убирайтесь отсюда вон!

Он уже орал. Он не знал, как иначе с ними поступить. С его маленькой семьей... Одри покинула штаб первой, едва не опрокинув свой стул. Бланкар, Николя и Паскаль, опустив головы, последовали за ней. Люси осталась последней. Она попыталась уговорить его тоже пойти с ними, но кто-то один должен был оставаться до конца, чтобы дать отчет начальнику всех копов. Он вытолкал ее в спину, почти силой, и запер за ней дверь на ключ, когда она попыталась снова переступить через порог.

Люси неподвижно стояла в коридоре, опершись ладонью на дверь. Она винила Ангела, министра, убийц, эту проклятую профессию, которая с каждым днем все больше разрушала их. Позади нее Одри, не обернувшись, исчезла в лифте. Все прятали глаза, стараясь не сталкиваться взглядами, каждый внимательно изучал пол или стены. Каждый уединился в своем пузыре.

В их кабинете Николя с яростью разбил кружку. Люси вцепилась в фотографию детей. Их улыбки, их безвинность. Скоро они вместе с Франком вернутся домой, обнимут мальчиков так крепко, как если бы этот день был последним. *Двадцать четыре часа жизни*.

Никогда минуты не казались ей такими долгими.

Потом щелкнул замок. И в проеме двери появился Шарко. Он замер на пороге с обескураженным лицом, потом его губы раздвинулись, чтобы объявить:

— Изображение внезапно пропало, когда они оба еще были живы. Все стало черным. Я не знаю, что произошло. Не знаю, мертвы ли они.

33

Пламя свечей раскачивалось на кухонном столе и на комоде рядом с кроватью. Беспорядочный усталый дождик постукивал по крыше баржи — гипнотически мягкий шелест, знак долгожданного затишья. Укутавшись в теплую куртку, далеко за полночь Николя, сидя у окна, согревался при помощи совершенно безвкусных спагетти-болоньезе.

Как и дождь, он позволил себе несколько часов передышки.

Снаружи то, что неделю назад напоминало кусочек рая, теперь походило на враждебную планету. Сена уже переварила часть берегового склона и теперь заглатывала нижнюю часть деревьев и половину кустарников. Мертвые листья и куча мусора кружились вдоль судов или в естественных заводях. Баржи и плавучие мостки поднялись, обретя неожиданную невесомость. Вода цвета старой грязной меди теперь текла всего в тридцати сантиметрах от парапета, идущего вдоль прибрежного шоссе и частного паркинга. Если река поглотит и это пространство — так чуть не случилось в 2016-м, а на этот раз Ясин был весьма пессимистично настроен, — помимо существенного ущерба, который нанесет разлив, ему останется преодолеть лишь невысокую стенку в шестьдесят сантиметров, чтобы затопить и департаментскую дорогу номер семь. В этом случае Париж столкнется с одной из самых серьезных проблем в своей истории.

По словам начальника порта, прогнозы были катастрофическими. Метеоусловия должны, конечно, улучшиться, но вода оставалась здесь, в почве, пропитывая землю. Уровень продолжит подниматься по крайней мере на протяжении еще трех дней.

Вода... Неуловимый призрак, носитель жизни и смерти. Материя слез радости и горя. Чудо, из которого вы состоите на 70 процентов, но которое убьет вас, если попадет в легкие. Именно такую смерть выбрал Ангел будущего для своей постановки, чтобы предложить ее широкой публике.

В Бастионе Дамьен Бланкар так и не смог подключиться к сигналу камеры. По его словам, камера была отключена. Ангел проявил еще большую извращенность, так как, лишив их возможности увидеть последние картины, вернул им надежду и заставил продолжать отчаянную охоту. По мнению Шарко, Флоранс и Бертран могли дышать, только если оставались стоять. Сколько времени выдержат они в подобном положении?

Николя вскочил, резко отбросив стул в сторону. Камиль тоже была убита самым чудовищным образом. Она тоже испытывала страдания в руках палача. Перед ним посреди комнаты предстал призрачный образ ее распятого тела. Видение сродни божественному неотступно преследовало его.

Коп почувствовал, что его черепная коробка буквально горит огнем. Он ополоснул лицо ледяной водой в умывальнике, потер лоб, скулы, вгляделся в свое искаженное рябью отражение. Левый глаз вытянулся, губы искривились, и крики Флоранс и Бертрана, которых он никогда вживую не слышал, теперь раздавались так сильно, что ему казалось, будто он сходит с ума.

Тогда он набрал воды до краев раковины, сделал вдох и окунул лицо. И начал про себя считать. Двадцать, потом тридцать секунд... В этот момент он ощутил себя в невесомости, отделенным от собственного тела и чувствующим каждую пульсацию сердца. Крики исчезли, зато он слышал, как кровь течет по венам, как воздух шуршит в легких, и решил продолжить... Мир с его ужасами и войнами отдавался лишь дальним эхом. Внезапно наступившее блаженство принесло ему великое облегчение.

Когда пришла боль, когда пальцы вцепились в фаянс, он не шевельнулся. Пульсация в ушах стала громче, челюсти сжались, сдавив горло, и каждая проходящая секунда растянулась на целый век. Вот ведь парадокс: мозгу достаточно было приказать рукам оттолкнуть его, но воля, сама заключенная в этом мозгу, а следовательно, подконтрольная ему, все равно оказалась сильнее. Почувствовать то, что они должны были пережить в своих цилиндрах, до последнего дыхания. Прикоснуться к Костлявой. И даже противостоять ей. Оказаться по ту сторону. Почему бы и нет.

Но есть сила, которая превосходит волю, — инстинкт выживания. Его власть, идущая из глубины времен, оторвала Николя от раковины и отбросила назад. Огромный глоток воздуха проник в трахею, и он, согнувшись, зашелся в кашле.

Что с ним произошло? Глаза наткнулись на отражение в зеркале. Он все еще был здесь и вполне живой. Даже слишком живой, а вот Бертран и Флоранс, вернее, их тела покоились в плену своих прозрачных гробов.

Их необходимо найти как можно скорее, даже если случилось худшее. И любой ценой поймать Ангела, чтобы у близких и родных жертв появился смысл продолжать жить. Чтобы сами они не закончили погребенными заживо. И это опять был вопрос выживания.

Коп вытирался, когда вдруг уловил хлопок на другом конце баржи. Он вышел из ванной, быстро пересек комнату и бросил взгляд вперед: дверь хлопала от ветра.

Он двинулся дальше, поднялся по ступенькам и обнаружил на полу у порога маленькие лужицы воды. Следы ног. А еще дальше, на краю понтона, под дождем исчезала тень. Николя кинулся за ней, пролетев по плавучим мосткам в акробатическом прыжке.

Силуэт исчезал за деревьями. Он прибавил скорость и решительным жестом положил руку на плечо хрупкой фигурки, когда та уже оказалась на краю паркинга.

34

— Николя...

Мокрая, дрожащая Одри с черными подтеками туши на щеках прижалась к нему и заплакала.

Он обнял ее, и сердце у него в груди вскипело. После Камиль он еще ни разу так крепко не обнимал женщину.

— Я не хочу оставаться одна, — пролепетала она ему в плечо. — Ни этой ночью, ни после того, что произошло.

Бледный свет струился из окошек баржей — зрелище и грустное, и прекрасное. Он привел ее внутрь, пошел за полотенцами. В гостиной Одри как завороженная смотрела на свечи. О чем она думала? Николя спросил себя, возвращалась ли она домой или так и бродила по Парижу, пытаясь утишить боль. А раз уж она не двигалась, он провел полотенцем по ее волосам, потом по плечам. Наконец она сняла куртку и укуталась в мягкость махровой ткани.

— Они должны жить, Николя. Флоранс и Бертран не могут так умереть.

Значит, она знала, что видео прервалось еще до наступления конца. Возвращалась ли она в Бастион после своего поспешного ухода? Или позвонила Шарко? Одри казалась совсем разбитой, внутренне сломавшейся. Николя это было знакомо: жестокость столкновения, утрата контроля в момент, когда ты уязвим, вихрь, уносящий тебя в поток неуправляемых эмоций, словно чтобы оградить от неистовства этого мира.

— Что же такое страшное случилось с тобой, Одри? Какие кошмары ты пережила на Юге, что приехала сюда одна?

Она не ответила, но стала искать его губы. Николя хотел бы ее оттолкнуть, сказать, что она совершает ошибку, что все идет слишком быстро, что ее привело сюда отчаяние, но у него не осталось ни сил, ни желания. Она была здесь и целовала его в этом холоде, чтобы вырваться, убежать от мира. Она твердила: «Николя», и только это было важно.

Одри задула свечи, и лишь мерцание бурной реки скользило по их силуэтам. Как творение бездны, она стремилась к мраку и в своем порыве, в жаре поцелуев и шорохе снимаемой одежды, увлекла Николя к постели. Они не обменялись ни словом. Говорить — значит размышлять. А ни один из них размышлять не желал.

Николя погрузился во тьму, в глубокую, холодную беззвездную ночь, куда доступ Камиль был закрыт. И все же он чувствовал ее здесь, склонившуюся над его плечом, но на этот раз желание превозмогло ее призрачное присутствие. Гормоны распространялись по его венам как героин, он ощущал столь неистовые толчки, столь мощные волны наслаждения, что стиснул Одри, словно удав, овившийся вокруг добычи, чтобы лишить ее кислорода.

И чем крепче он ее сжимал, тем теснее льнула к нему она сама; впившись пальцами в спины, два распаленных тела катались в простынях, покачивающихся в такт судну, она снизу, он сверху, или наоборот, напоминая две части кузнечных мехов. Не было ни единой секунды, когда они вгляделись бы друг другу в лица, распознали их выражение, потому что в ту ночь не могло быть света, ни снаружи, ни в их сердцах, и заниматься любовью среди этих вод стало возвращением к истокам мира, их мира, и, конечно же, единственным способом сохранить себе жизнь, когда вокруг витает смерть.

Позже Николя сел на край постели, переводя дыхание. Одри прильнула к нему, укрытая по шею одеялом. Она молчала, только гладила его, поводя маленькими ладошками по его бедрам. Несмотря ни на что, возможно, в момент, который мог бы стать одним из самых тяжелых в его карьере копа, а то и во всей его жизни, Николя чувствовал себя как никогда живым.

Он повернулся к ней:

— Теперь тебе не так страшно?

Она не ответила, не задала ни одного вопроса. Только присутствие, женский след, подобный волне духов. Ее дыхание на его коже хранило след животного тепла, в ее ласках сквозила сила. В иллюминаторе справа покачивались огни города, тонкие оранжевые и желтые мазки ложились на более темные тона поверхности реки. Зрелище напоминало картину Моне.

Их тела были истощены. Чтобы снова вступить в бой, следовало пару часов поспать. Николя захотелось погладить волосы Одри. Ему показалось, что он прикоснулся к облаку. До него никак не доходило, что этот момент реален, что женщина, в которую он начал влюбляться, лежит здесь, в его постели. Наконец-то он существует.

Мобильник звякнул один раз, сигнализируя о получении сообщения. Николя мгновенно почувствовал, как руки Одри судорожно вцепились в его спину и сразу исчезли. Молодая женщина отстранилась и несколько мгновений не шевелилась. Она могла повернуться влево, к телефону, или вправо, чтобы снова прижаться к нему, отложив чтение сообщения на потом. Николя тоже не шевелился, он не хотел ни к чему ее подталкивать.

Одри села и спустила ноги по другую сторону кровати, слева. Она оставила одеяло на месте, как если бы вдруг решила больше к нему не прикасаться. Прямоугольник светящихся пикселей возник в темноте и очертил ее профиль. Николя мог заметить закушенную нижнюю губу и скорбную пелену вины, заставившую ее опустить веки. И понял — понял, что история сложится не так, как он надеялся, потому что все в этой жизни непросто.

Она выключила телефон, быстро подобрала свои вещи и оделась.

— Это он? — спросил Николя.

— Мне... мне очень жаль. Мне не следовало приходить сюда.

— Ну конечно, это он... Твой Ролан... Кто еще может послать сообщение в два часа ночи?

Николя не мог прийти в себя от жестокости этого вечера. После безумного взлета и экстаза — падение. Безжалостное, нестерпимое. Коп хорошо его изучил. Падение толкает вас в пропасть, выворачивает внутренности до такой степени, что остается только желание разбиться на дне.

— Значит, все? Конец истории?

— Истории? Какой истории? Я правда очень сожалею, Николя, но... История никогда и не начиналась. Этот вечер, он был... Ну... Ты же понимаешь, надеюсь?

И больше ничего. Шорох одежды, звук застегивающейся молнии, скрип подошв. И все меньше чем за минуту.

Ощущение ограбления. Украли сердце. Звук ее шагов. Николя подумал, что она сейчас уйдет, исчезнет, ничего не добавив и даже не обернувшись. Но даровала ему последние слова, издалека, уже от двери, когда ее силуэт возник в светотени размытых отблесков. Эти слова пронзили ему сердце, они были совершенно лишены какого-либо чувства:

— Увидимся в Бастионе.

И она исчезла в своей промокшей одежде, на этот раз захлопнув за собой дверь как знак решительного и окончательного разрыва. Один, в холоде и темноте, без электричества, Николя снова зажег свечу. Судно поскрипывало, дождь насмешливо барабанил по крыше над его головой. Он налил себе большой стакан джина с колой. Выпил залпом и несколько минут спустя налил еще.

— Я тебе еще покажу...

Он сходил за блокнотом и нашел там список своих многочисленных фальшивых профилей на Facebook, которые создал для ведения поисков во время уголовных расследований. Он выбрал Анжель Бенласори — почти точную анаграмму от Николя Белланже — тридцать четыре года, холост, средиземноморский тип, живет в Ницце — и с помощью мобильника вышел в Сеть.

Набрал в поиске Ролана Казулуа. Единственный результат: фото, тип с огненно-рыжей шевелюрой... Это он. Николя кликнул ссылку, но попал на закрытую для просмотра учетную запись. Ну разумеется... Он послал запрос на приглашение в друзья, добавив сообщение: «Здравствуй, Ролан. Мы познакомились на юрфаке в Тулоне между 2002 и 2004 годами. Возможно, ты меня не помнишь, но мне хотелось бы возобновить контакты со старыми товарищами. Спасибо, если примешь меня в друзья».

Николя заколебался, прежде чем нажать на клавишу. Что он затеял?

Он допил стакан и снова кликнул. В надежде, что тот ответит.

Алкоголь подействовал молниеносно, и только он его прочувствовал, как вдруг пламя свечи заколебалось и потухло, будто его с силой задули, хотя воздух оставался неподвижным. Николя вздрогнул:

— Я не пытаюсь тебя забыть, клянусь...

Он снова зажег свечу и пристально посмотрел на пламя, надеясь на ответ, мерцание, но огонек неподвижно вытянулся и едва теплился. Чуть покачиваясь, Николя открыл ящик комода. Вернулся к столу с письмом, написанным в клинике «Сальпетриер», и осторожно его развернул.

— То, что случилось этой ночью, не должно было случиться. Понимаешь, я подумал, что... Я был слишком наивен...

Он умолк и поднес уголок письма к пламени, которое взвилось длинным оранжевым языком. И тот слизнул бумагу.

— Я не хочу тебя забывать. Я не хочу выздоравливать от тебя.

От этих слов, которые должны были освободить его душу, остались только пепел и слезы.

35

Назавтра к середине дня уровень воды в Сене поднялся до пяти метров восьмидесяти, то есть на двадцать один сантиметр выше, чем накануне. Набережные Парижа затопило, линия C скоростного метро была перекрыта, но самым тревожным оказалось то, что техники RATP[1] перекрывали вход на станцию «Марсово поле — Эйфелева башня» бетонными блоками и строительным раствором. Такого еще не бывало.

Согласно поступающей информации, Vigicrues предполагала шесть метров двадцать, то есть уровень 2016 года,

[1] Независимое управление парижского транспорта.

и оценивала в семьдесят процентов риск того, что уровень воды будет повышаться до середины следующей недели. Конечно, погода улучшалась, и дождь больше не лил как из ведра, но пик паводка далеко еще не пройден. А потому в ближайшие часы будет запущен план ORSEC[1]. Префектура полиции, пожарные и тысячи задействованных лиц, предусмотренных планами предупреждения риска наводнения, находились в боевой готовности.

Как вверх, так и вниз по течению от Парижа царил хаос. Некоторые города, расположенные вдоль притоков Сены или самой реки, были затоплены. В Вильнев-Сен-Жорж, например, выгнанные из дома разливом жители готовились провести ночь в спортивных залах под термозащитными одеялами.

Казалось, все пошло ускоренными темпами: климатические нарушения, человеческое безумие, насилие. Человек и природа словно достигли критической точки: шло сражение, в результате которого, возможно, существовать останется только один из них. Но если природа может обойтись без человека, то сказать обратное было бы заблуждением.

А Шарко боролся в самом центре урагана, в невидимой точке, которая перемещалась из кабинета в кабинет, от микроскопического здания на всепланетный уровень. В своей незначительной сфере он старался с грехом пополам внести хоть ничтожную лепту, чтобы отвратить от мира его гибельную судьбу.

Несмотря на ужасы, пережитые накануне, вопреки наплывающей, как наводнение, усталости, многочисленные команды работали не покладая рук, чтобы отыскать Фабриса Шевалье и двоих его пленников. Жеко и глава судебной полиции призвали на помощь все компетентные службы. Объявления в розыск разошлись по всем комиссариатам и бригадам на территории страны. Дело освещалось

[1] Программа помощи при чрезвычайных обстоятельствах (катастрофах и т. п.).

во всей прессе, как во Франции, так и за рубежом. Прокурор до глубокой ночи давал интервью, объясняя, что камера отключилась, когда Флоранс и Бертран были еще живы. И что пока существует надежда, и тому подобное...

Шарко плевать было на прессу, газеты и прочую болтовню. Он бился, стиснув зубы, понимая, что каждый час, каждая минута могут стать решающими. С раннего утра он не отставал от специалиста по телефонии. Эксперт засел за распутывание сигналов, посланных с телефона Флоранс, когда Ангел использовал аппарат для контактов с ее матерью. По словам специалиста, похититель взял на себя труд вытаскивать аккумулятор из мобильника всякий раз, когда не пользовался им, так что отследить аппарат не представляется возможным.

Эсэмэс, посланные в конкретные моменты, в воскресенье и понедельник на той неделе, проходили через передаточные вышки недалеко от Монтаржи, километрах в ста от столицы. Возможно, Ангел отъехал подальше от своей норы, чтобы включить мобильник Флоранс и передать сообщение, желая замести следы, но копы теперь знали, на каком уголке Франции сосредоточить поиски.

Ценная информация, которую Шарко немедленно передал командам, расположившимся в оперативном штабе. Люси, Паскаль и прочие складывали один за другим кусочки пазла, анализировали деятельность Фабриса Шевалье, рассматривая каждую фотографию, снятую со стены его комнаты, в надежде определить расположение его убежища. Никто до сих пор не решил загадки надписи на кардиостимуляторе. Точно так же другие копы засели за дело трупа, обнаруженного в пруду около Манси, пытаясь обнаружить малейшую зацепку, хоть крошечное указание, которое позволило бы им продвинуться.

В своем кабинете между двумя телефонными звонками Шарко разглядывал черный экран, подключенный к сайту *manifeste-angedufutur*. Чего следует ожидать в последующие часы? Что съемки агонии Флоранс и Бертрана появятся в сетях и распространятся вихрем, остановить который невозможно? Может, по этому случаю Ангел и выложит свой манифест? Коп не испытывал никаких сомнений в богатстве воображения этого индивидуума, который вызвал гнев всей Франции и даже за ее пределами.

Утром другая команда провела обыск в квартире умершего носителя кардиостимулятора. Его мобильник был найден под столом в кухне, как и ключи от машины и бумажник. Он наверняка избавился от них прямо перед тем, как отправился вручить письмо Николя перед дверьми Управления.

Теперь о нем было известно многое. Грегуар Пристер руководил стартапом «MySmartHome»[1], располагавшимся в парижском предместье. Он продавал домашнюю электронику — предметы, объединенные в сеть, чтобы дом стал более «умным», — и работал над новаторским проектом, который должен был революционизировать человеческое поведение, обеспечив возможность мысленно отдавать простые приказы: выключить свет, повысить температуру в помещениях или закрыть ставни. Шарко представления не имел, как действует эта технология, но одна только мысль, что она может проникнуть в его разум, приводила его в ужас. Машинам уже недостаточно влезать за порог вашего дома. Они желают расположиться еще и в вашей голове, и это напомнило ему второе письмо Ангела: *Вы думаете, что Google стремится только покорить разные страны? Нет, его территория, его империя — это ваш мозг.*

Пристер был убит, потому что он превозносил искусственный интеллект и питал систему. Ангел решил, что простого убийства холодным оружием или выстрелом в упор будет недостаточно. Он устроил так, чтобы Пристера убила машина. В определенном смысле, человек, уничтоженный собственным созданием. Легенда о Франкенштейне.

И снова Шарко углубился в биографию Фабриса Шевалье. Блестящие мозги. Страстно увлекался шахматами

[1] «МойУмныйДом» *(англ.)*.

и математикой. Получив степень бакалавра в области науки, поступил в «Эколь-42»[1], основанную Ксавье Ниелем, президентом и генеральным директором компании «Free»[2]. Заведение было инкубатором талантов, причем бесплатным, и формировало асов в технологиях завтрашнего дня. После окончания этой школы Шевалье сначала работал над обеспечением безопасности сетей в IBM, потом присоединился к команде «Cyberspace». А за этим безупречным фасадом — монстр. Когда же его идеи приняли радикальный характер, когда он начал бороться с системой? В какой момент своего существования он свернул в ином направлении?

Одри вырвала его из размышлений. Шарко вызвал ее несколько секунд назад.

— Ты хотел меня видеть?

— Мне позвонили из «Cyberspace», компании, откуда уволили Шевалье. Их шеф снабдил меня информацией по поводу чипа RFID, найденного под кожей жертвы из Бонди. — Он протянул ей листок с адресом. — Поговори с этим типом. Его зовут Альрик Съоблад, он занимается фестивалем, который называется «Будущее-на-Сене». В прошлом году здесь, в Париже, он провел некую «Implant party»[3], первую и единственную в своем роде. Похоже, есть такие шизики, которые готовы имплантировать себе под кожу электронные чипы во время специальных вечеринок. Событие вызвало немало волнений среди ассоциаций «биоконсерваторов». Несколько месяцев назад депутаты готовы были отправить в правительство запрос на запрет такого рода практик.

— Я с радостью, но... не буду ли я полезнее здесь, продолжая разбираться с жизнью Шевалье?

[1] Европейская школа интернет-специалистов.

[2] Компания по предоставлению телекоммуникационных услуг и широкополосного доступа в Интернет. Лидер во Франции.

[3] «Вечеринка имплантатов» *(англ.)*.

— Вся Контора копается в жизни Шевалье. И все, что связано с трупом из Бонди и с Карателем, приближает нас к нему.

Одри покорно кивнула:

— Хорошо. Кстати, ты не знаешь, где Николя? Я его не видела.

— У него на барже проблемы с электричеством, час назад он заходил, вы не пересеклись?

Она покачала головой.

— Он настоял, что снова отправится в засаду в Жанвиль с ребятами из группы Юрьеза. Мы не можем позволить себе плюнуть на тамошний след и упустить Карателя. Это забирает ресурсы, но мы вынуждены держать там людей. Как знать...

Сидеть там в засаде было настоящим кошмаром. Одри отчетливо осознавала, что ночное приключение на барже сыграло роль в решении Николя на время исчезнуть. Неужели она ранила его сильнее, чем думала? Ведь они едва знакомы.

Прежде чем выйти, Одри сочла возможным задать вопрос, который мучил ее с момента, когда они столкнулись в госпитале:

— Насколько я поняла, он проходит курс лечения от посттравматического стресса...

— Он с тобой об этом говорил?

— Мельком, когда мы вдвоем сидели в засаде, но больше я почти ничего не знаю. Предполагаю, что это связано с терактами в Париже?

Шарко покачал головой:

— Ничего общего. Поскольку все на этаже в курсе, рано или поздно узнаешь и ты, так что лучше уж я сам все расскажу. Но если он спросит, откуда сведения, ты ведь не сдашь собственного начальника, надеюсь?

Одри подтвердила, робко кивнув головой.

— Ее звали Камиль, она была жандармом, и в одном крупном деле ее подключили к нашему расследованию.

Николя влюбился без памяти всего за три-четыре дня. Настоящая любовь с первого взгляда, какую только в кино и увидишь. Четыре года назад она была убита при жутких обстоятельствах. Николя присутствовал при обнаружении тела. Он так от этого и не оправился и прошел через все, что можно вообразить. Теперешний синдром стресса возник у него в голове несколько месяцев назад — вроде как открываешь старую коробку на чердаке и находишь там битую посуду. Кошмары, черные мысли, наваждения. Он все время видит картины смерти и кровопролития. Короче, лечение должно вытащить его из этой жути...

Одре стало не по себе, она ошиблась по всем пунктам.

— Спасибо, что... рассказали мне.

— Николя из выживших, Одри. Он может показаться крепким как скала, но на самом деле он, напротив, очень уязвим. Мы все в команде многим ему обязаны. Так что, пожалуйста, будь с ним помягче.

Не поднимая глаз, она вышла. Франка было трудно провести, он прекрасно почувствовал, что между этими двумя проскочила искра, еще при первой встрече. Возможно, Одри станет решением всех проблем Николя, намного более целительным, чем следование медицинскому протоколу.

Держа в руках фотографию жены и сыновей, он сказал себе, что любовь часто лечит лучше, чем медицина. Несколько минут спустя объект его мыслей материализовался у двери кабинета. Люси.

— Пошли скорей! Мы с Паскалем нашли кое-что важное.

36

Когда Шарко с Люси появились в оперативном штабе, Паскаль сидел, уткнувшись носом в бумаги.

Он встал, помахал рукой и протянул им листок:

— Посмотри, последняя выписка по счету Шевалье. Наше внимание привлекли три последовательных снятия наличности по банковской карте: все они имели место в центре Немура, в департаменте Сена и Марна, 11, 22 и 30 октября. Каждый раз больше пятисот евро.

Шарко взял листок и без особого интереса просмотрел строки счета, выделенные желтым маркером.

— «Брикорама» в Немуре значится в нашем списке магазинов, где можно приобрести интересующие нас модели резервуаров, — вмешалась Люси. — В выписках со счета мы не нашли оплат, сделанных банковской картой этому магазину, так что я позвонила в их коммерческую службу. Попросила руководителя просмотреть продажи и формы оплаты резервуаров этой модели. Такие штуки стоят больше двухсот евро, практически никто не выкладывает подобные суммы наличными. Однако регистрационные записи засвидетельствовали именно такие продажи 13 и 23 октября. Единственная покупка, согласно кассовому чеку.

— Он покупал в два приема, чтобы не светиться, — прикинул Шарко.

— Да, а еще потому, что перевезти сразу обе такие штуковины в багажнике совсем не просто. Короче, он заходит в магазин, забирает свой резервуар, платит налом и выходит. И прокручивает то же самое десять дней спустя.

Паскаль подошел к дорожной карте:

— Начиная с 30 октября никакого движения по банковскому счету. Исчез без следа, а значит, можно предположить, что для его надобностей наличности хватает и он может укрыться где угодно, не обязательно в окрестностях Немура.

— Или же ему вообще больше ничего не надо. Он сделал запасы, засел в надежном убежище, уверенный, что его не выследят.

— Не важно, с этого места и начинается самое интересное. Посмотри... Звонки, поступившие с мобильника Флоранс ее матери, были сделаны из этого района, из окрестностей Монтаржи, другого крупного города по седьмой национальной трассе. Это произошло в ночь похищения Флоранс и на следующий день. То есть 5 и 6 ноября. По-прежнему Монтаржи.

Шарко понимал, куда клонит Паскаль.

— Он несколько раз снимает деньги, делает покупки в Немуре в конце октября и звонит из Монтаржи в начале ноября. Значит, он прячется где-то между двумя городами, сколько там между ними, километров сорок?

— Около того. Между этими двумя городами и... — его палец проследовал по сероватой линии, обозначающей национальную трассу номер семь, — недалеко от железной дороги. Как раз там Флоранс и Бертран могли слышать гудок поезда.

Шарко вспомнил слова, которые Бертран писал на стенке цилиндра. «Гудок поезд».

— Между Немуром и Монтаржи сплошные поля, которые тянутся вдоль железной дороги, — продолжил Паскаль. — Конечно, есть кое-какие деревни, но, как мы ни пытались нащупать точку, нам не удалось определить, где именно прячется Ангел. В каком-нибудь заброшенном месте? Такие есть, но это маловероятно. Шевалье необходимо электричество для камеры, освещения и всей системы пуска воды. Дизель-генератор — штука шумная и обратит на себя внимание. К тому же любые необитаемые зоны могут привлечь любителей индустриального туризма, особенно если речь идет о нескольких неделях. Ангел не стал бы так рисковать. Ему требовалось нечто не менее уединенное, но куда более надежное. Вроде дома. Боюсь сглазить, но очень может быть, что Люси нашла решение.

Шарко с вопросительным видом повернулся к жене. Она протянула ему фотографию и указала на свой мобильник:

— Я жду с минуты на минуту звонка из налогового центра.

Франк вгляделся в снимок. Он уже видел его в квартире Шевалье. Пристер кладет удочки в машину с открывающимся верхом. В первый раз он не обратил внимания на задний план: красивое каменное здание, окруженное деревьями и зеленью.

— Похоже на загородную виллу, верно? — предположила Люси. — А что, если она принадлежит Пристеру, а Шевалье самовольно расположился там на несколько недель, еще даже до смерти Пристера у дверей Бастиона?

Шарко задумался на несколько мгновений, мысль показалась ему блестящей.

— Тогда все сходится.

Он заметил, что Люси с Паскалем в куртках: готовы пуститься в путь и, судя по их воодушевлению, оба непоколебимо верят в свою гипотезу.

— Мы еще кое-что хотели тебе сказать, — добавил Робийяр, — но сначала ответь, ведь ты не думаешь, что... Я имею в виду, камера отключилась уже восемнадцать часов назад. Мой вопрос вот в чем: если допустить, что вода перестала набираться в цилиндры в тот момент, когда исчезло изображение, представляется ли тебе вероятным, что Бертран и Флоранс еще живы? Ты же видел их в последний момент, видел, докуда дошла вода...

Шарко кивнул. В глазах у обоих горел огонь. Искорки надежды, угаснувшей несколько дней назад. Он сделал над собой усилие и вспомнил все в точности, хотя картина выворачивала ему душу.

— Они еще могли дышать, но Флоранс стояла на цыпочках. Ей приходилось задирать подбородок, чтобы вода не попадала в рот. Я не знаю, сколько времени можно так выдержать. Восемнадцать часов, ты говоришь? — Он покачал головой. — Это невозможно. Не в таком положении, не на цыпочках... Полчаса, час максимум? Но...

Он замолчал, уставившись в пол.

— А... Бертран? — спросила Люси.

Шарко пожал плечами. Ему было трудно оценить, какую муку пришлось бы вынести, чтобы продержаться так долго, стоя в воде, без возможности присесть или хотя бы поплыть, чтобы расслабить мускулы. Утонуть от усталости было, конечно, еще хуже, чем внезапное утопление. Наступает момент, когда мускулы отказывают, колени подгибаются. Голова уходит под воду, тело еще стоит, и все начинается сначала ради лишних десяти минут выживания, человек начинает захлебываться и снова идет ко дну. Смерть по капле, болезненная, отвратительная. Но сколько времени можно продержаться стоя, не двигаясь, в холодной воде? Шарко не имел ни малейшего представления.

— Зачем ты меня об этом спрашиваешь?

У Люси зазвонил телефон. Налоговая. Через несколько секунд, щекой прижав мобильник к плечу, она кинулась к карте и ткнула пальцем на Дордивы, местечко, расположенное ровно между Немуром и Монтаржи. Записала адрес на листочке и повесила трубку:

— У Пристера действительно есть загородный дом в Дордивах. Они там, Франк. Они точно там!

Шок от новой информации оказался таким сильным, что Шарко с трудом соображал. Робийяр тоже уткнулся носом в карту. Он указал на озера в районе зажатого между седьмой национальной трассой и Луэном, притоком Сены, города Дордивы.

— Мы все решили, что Шевалье внезапно прервал контакт. А зачем бы ему это делать перед грандиозным финалом? Если вдуматься, это совсем не логично.

— А ты что думаешь по этому поводу?

— Паводок. Там же просто катастрофа, жители по колено в жиже. А вдруг из-за наводнения в доме вылетели пробки?

Шарко ушам своим не верил. Подъем воды... Неужто опустошительный паводок мог спасти или, по крайней мере, продлить жизнь Бертрана? Возможно ли, что они нашлись так быстро? А вдруг кто-нибудь выжил?

Он предпочел не горячиться. Дрожащей рукой схватил мобильник, пробежал список прямых телефонов и набрал номер вертолетной станции Парижа, базирующейся в Исси. Едва там ответили, он бросил:

— Уголовная полиция. Дело Шсвальс. Нам срочно нужен вертолет.

37

Альрик Съоблад и его команда расположились в здании на бульваре Макдональд, недалеко от Центра науки и промышленности. Ассоциация «Nowfutur» была некоммерческой организацией, объединяющей десяток человек, главной целью которых было «создание пространства для размышлений, встреч и обсуждений по поводу технологий будущего и их задач», насколько удалось понять Одри.

Она никак не могла сосредоточиться на задании, настолько была поглощена охотой на Ангела и мыслями о случившемся этой ночью. Как отвлечься от зрелища Флоранс и Бертрана, жадно хватающих ртом остатки воздуха? От навязанной им безумной гонки? От воспоминания о лице Николя, когда она покидала баржу, как худшая из воровок?

Кое-какие сведения о «Nowfutur», выуженные на сайтах, были расплывчатыми и чисто техническими. Много раз Одри встречала упоминание ассоциации в связи с термином «трансгуманизм», обозначавшим международное движение, превозносящее искусственный интеллект и продвигающее идею использования научных открытий для расширения возможностей человеческого тела. Говорили о человеке 2.0, о бессмертии, о загрузке мозга в машину...

Здание было огромным, в нем обреталось множество фирм, стартапов, агентств, так что она заблудилась среди кабинетов на десятом этаже. Дежурная на ресепшене внизу окончательно запуталась в списках и была решительно неспособна отыскать номер Сьоблада, чтобы предупредить его о визите.

Руководитель «Nowfutur» сидел в своем кабинете, заваленном кучей бумаг, когда с помощью одного из сотрудников Одри наконец-то добралась до его двери. Она предполагала увидеть высокого блондина с голубыми глазами, но Сьоблад, против всех ожиданий, оказался довольно кряжистым мужчиной лет тридцати, с острой бородкой и длинными льняными волосами, собранными в хвост.

Одри предъявила свою полицейскую карточку:

— Уголовная полиция. Можете уделить мне немного времени?

— По какому поводу?

— Сейчас объясню.

Она сделала шаг вперед, и Альрику Сьобладу не оставалось ничего другого, как закрыть за ней дверь и предложить присесть на стул по другую сторону своего стола. Снимки на стенах задавали атмосферу: многолюдный митинг и сам Сьоблад, воздевающий руки к небу... Конференции в амфитеатрах... Групповые фотографии, на которых каждый пребывал в эйфории... А еще слоганы на афишах: «Наше тело устарело», «Альтернативная анатомическая архитектура», «После палеолита и неолита — к биолиту».

Ее собеседник тоже уселся за стол и положил на него ладони. Одри с первого взгляда отметила небольшой шрам между большим и указательным пальцем на его правой руке. Как у трупа из Бонди. Сьоблад проследил за ее взглядом и убрал руки со стола.

— Чего вы хотите?

Несмотря на шведский акцент — странный призвук из смеси бельгийских, квебекских и парижских созвучий, — он изъяснялся на безукоризненном французском. Одри достала из сумочки фотографии и показала ему, начав с крупного плана чипа.

— Мы ведем уголовное расследование. Этот чип RFID найден в трупе, который мы еще не сумели идентифицировать. Он был помещен под кожу в то же самое место, что и ваш собственный.

Она испытующе посмотрела на него. Смутившись, он снова положил руки перед собой.

— Мой первый вопрос очень прост, — продолжила Одри. — Исходит ли этот чип от вас?

Съоблад нервно повертел в руках снимок:

— Что вы хотите, чтобы я сказал? Чип и есть чип. Они все похожи.

— Они все похожи? Потому что, по-вашему, такие штуки встречаются на каждом углу? Это чип, вживленный под кожу вне рамок больничного хирургического вмешательства, чип, который вы носите точно в том же месте, что и наша жертва. Вам придется объяснить мне эту историю с «Implant party»... Для чего она устраивается, кто вживляет себе эти чипы и для чего. И чем вы на самом деле занимаетесь в своей ассоциации.

Съоблад мгновение сидел неподвижно, потом встал. Он приложил тыльную сторону ладони к ксероксу, который пискнул и начал готовиться к работе. Потом взял свой мобильник, который разблокировался, едва он поднес к нему руку:

— Я мог бы проделать то же самое с кофемашиной, вон там, позади вас. Вот для чего служит мой чип: оказывать услуги. Это будущее мобильного телефона. Я прекрасно расслышал и ваши вопросы, и ваш тон, и у меня впечатление, что вы пришли сюда, заранее имея предубеждения. Вы считаете нас сборищем прожектеров из научно-фантастических фильмов...

Он снова устроился у себя за столом и указал на таблички различных предприятий, спортивных клубов, рекламы общественного транспорта.

— Но речь не о научной фантастике. В Японии или в Швеции тысячи людей уже много лет живут с подкожными имплантатами. Благодаря этому они открывают двери, включают двигатели своих машин, садятся в поезда, облегчают себе жизнь с помощью технологии. В Стокгольме сотрудники некоторых предприятий тоже используют чипы RFID. Больше никаких забытых бейджей, никакого специального контроля, никаких лишних движений. Что тут плохого?

Лишение свободы... Слежка... Еще более сильная привязка к мобильному телефону, поскольку без него никак. И не стоит забывать о присутствии постороннего тела под кожей и обо всех волнах, которые эти приборы должны излучать. Одри не хотелось вступать в подобную дискуссию, так что она не мешала ему продолжать.

— В своей ассоциации мы хотим лишить технологию ее сакрального ореола и показать даже самым упертым, этим чертовым биоконсерваторам, что индивидуум, обогащенный современными технологиями, вовсе не монстр. Вот я что, монстр? Нет. Человек, пользующийся достижениями науки, не имеет ничего общего с Франкенштейном.

Он указал на постер фильма Спилберга «Капитан Крюк».

— Деревянная нога, очки, потом контактные линзы, протез тазобедренного сустава — разве все это не есть уже форма улучшения человека? Улучшение существует с незапамятных времен. А вакцинация, эстетическая хирургия, виагра? Почему общественное мнение допускает, что можно жить с искусственным сердцем, органом, в который вложено столько духовной символики, но отказывается допустить, что можно носить безобидные чипы?

Речь была убедительной, накатанной, и Съоблад изъяснялся с непринужденностью хорошего оратора. Он протянул ей другие документы, и Одри бросила на них взгляд.

— Мы ездим по городам, организуем конференции и акции совместно с разработчиками высоких технологий. Мы также занимаемся фестивалем «Будущее-на-Сене», где путем художественных перформансов или спектаклей даем зрителям возможность методом погружения поучаствовать в уникальных экспериментах, которые привлекают их интерес к миру будущего.

— Под «привлечением интереса» вы имеете в виду распространение идей трансгуманистов?

Он хлопнул ладонью по столу, выражая свое раздражение:

— Ну вот, приехали... Если вы хотите сказать: предлагать использовать технологии, чтобы улучшить качество жизни всех и каждого, чтобы уничтожить страдание, болезнь, инвалидность или помочь стареть лучше и дольше, то да, мы распространяем именно это. Вы видите какое-нибудь зло в том, что благодаря науке и робототехнике полный паралитик сможет снова ходить? Что благодаря ретинальному имплантату к слепому вернется зрение? Что пустяковое генетическое вмешательство в момент зачатия позволит будущему ребенку родиться без миопатии Дюшена?[1] Знаете ли вы, что в Израиле генетическая болезнь Тея—Сакса, смертельная для детей, поражала одного из тридцати евреев-ашкенази, а после внедрения быстрой и бесплатной генетической диагностики число младенцев, рожденных с этой патологией, значительно уменьшилось, и сейчас эта беда рода человеческого практически исчезает. И именно этому желают помешать биоконсерваторы? Но скажите мне, в чем тут зло?

Он валил все в одну кучу, и Одри не понравились его речи. Эти слова, без сомнения, были привлекательной упаковкой для куда более радикальных идей. Она много раз встречала определения «евгеника», «роботизация разума», «секта» применительно к движению трансгуманистов. Начинали с модификации гена, чтобы избежать миопатии Дюшена, а заодно решали выбрать пол ребенка. И цвет глаз. Где предел?

[1] *Миопатия Дюшена* — генетическое заболевание, основное проявление — слабость мышц.

Но она слишком плохо разбиралась в предмете, чтобы аргументированно возражать, а может, введенная в заблуждение прессой, и сама ошибалась. Одри сосредоточилась на причине своего прихода.

— Расскажите мне о пресловутой «Implant party».

— Я организовал первую «Implant party» во Франции в марте 2016-го, во время фестиваля. Ничего незаконного, конечно, мы получили все разрешения. Почти сразу мы провели еще две, в Барселоне и Копенгагене, а следующая будет в Майами. И всякий раз настоящий успех. Люди просто шалеют. Они уходят с чипами под кожей и потом могут помещать на них все что угодно: номер своей банковской карты, конфиденциальные данные, причем без всякого риска, что они потеряются или что их украдут, в отличие от бумажника, флешки или жесткого диска. Они также, если пожелают, могут взаимодействовать со своим окружением, как сделал я. Достаточно установить приемные устройства в соответствующих местах. Пока еще в области улучшения и приращения мы делаем только первые шаги, но за нами будущее, и мы победим, хотите вы этого или нет. — Он вгляделся в нее своими чернильными зрачками. — Что же касается хирургического вмешательства, о котором вы говорили... Оно осуществлялось аккредитованными специалистами по татуировке и пирсингу в безупречных с точки зрения гигиены условиях. В имплантации чипа нет ничего сложного.

— Полагаю, у вас есть список лиц, получивших имплантат в ходе вашего мероприятия?

Он отрицательно покачал головой:

— Увы, нет. Фестиваль «Будущее-на-Сене» был открыт для широкой публики. Кто угодно мог прийти на нашу вечеринку и уйти со своим чипом, как уходят с татуировкой или пирсингом. В ту ночь мы сделали больше трехсот бесплатных имплантаций, все финансировал «Argonit», производитель номер один чипов RFID.

Одри все это проверит, но отвечал он без колебаний, и все было логично. Она постаралась скрыть разочарование. Их аноним из чащи леса рисковал остаться безымянным еще какое-то время. Она подумала о его возможном убийце, Карателе:

— А пальцы, притягивающие металл? Магниты под кожей? Вам это о чем-то говорит?

В его глазах мелькнула тревога. Он кивнул. Одри не могла понять, что именно его беспокоит. Ее присутствие? Ее вопросы? Помолчав, он ответил:

— Магнитный имплантат. Биохакинг.

— Биохакинг?

— Незаконное, пиратское вмешательство в человеческое тело. Всемирное движение, которое развивается под прикрытием трансгуманизма, точно так же как компьютерное хакерство. Биохакеры придерживаются принципа DIY, «Do it yourself»[1]. Они хотят вести исследования в области человеческого тела самостоятельно, вне частных лабораторий, которые завладевают их знаниями, и ставят своей целью — по крайней мере, наиболее радикальные из них — добиться более быстрого развития науки. Они обходятся без протоколов и тестов, на которые могут уйти годы. Например, эти люди рассматривают смерть как генетическую ошибку, а не как фатальность. Другими словами, они убеждены, что наука может победить смертность. Они хотят стать поколением, которому удастся на порядки увеличить продолжительность жизни. Двести лет, триста, а то и бессмертие. Некоторые глубоко в это верят.

Люди также верили, что Земля плоская, подумала Одри. Эти типы идут наперекор природе. Она была уверена: если смерть существует, значит для этого есть причина, необходимость, чтобы все виды могли и дальше гармонично развиваться в равновесии, и без того достаточно

[1] «Сделай сам» *(англ.)* — субкультура, получила особенное развитие в среде панков.

хрупком. Смерть помогает нам жить, а жизнь без конца была бы ужасающа. Если все становится возможно, не скатится ли человеческое существо в безумие?

Она не отрывала глаз от губ собеседника.

— Биохакеры часто обладают солидным техническим и научным багажом: образованием в области медицины, генетики, биологии. В основном они используют Интернет, чтобы обеспечивать себя материальной базой, строят лаборатории в углу гаража и экспериментируют с собственным телом или с телом коллег-волонтеров. По большей части это остается, как бы сказать... в рамках. Некоторые вставляют магниты под волосистую часть тела или в кончики пальцев, чтобы ощутить «магнетизм», некое шестое чувство, или имплантируют светодиоды в пятки, все в таком роде. Но наиболее радикальные из них могут зайти намного дальше...

Одри подалась вперед:

— Например?

— Имплантация динамиков в уши, чтобы повысить слух, например... А то и еще большее безумие, и вот они, можете мне поверить, они-то готовы на любые чудовищные вещи, чтобы реализовать свои теории и убеждения. Бесполезно говорить вам, что все это крайне опасно. Там, где ассоциации вроде нашей предпринимают проверенные и обучающие шаги, чтобы объяснить широкой публике, в каком направлении мы движемся, эти биохакеры-экстремисты выходят далеко за рамки закона, подвергая себя опасности, проводя экстремальные опыты, и компрометируют движение трансгуманизма в целом. Повторяю, мы не стремимся стать доктором Франкенштейном.

Одри погружалась в иной мир, мир помешанных на пробирках и скальпелях. Трудно представить себе биохакеров-экстремистов, которые, забившись в угол с острым лезвием в руках, кромсают себя, чтобы слиться с технологией. Не этих ли отщепенцев собирался обличить Ангел будущего? Является ли Каратель одним из них?

— Во Франции они есть?

— Они есть везде, я полагаю. Но тут я не могу вам помочь, я сам пытался провести поиск, и в Интернете вы ничего не найдете. В отличие от нас, они не заявляют о себе на конференциях и ведут себя очень скрытно.

Одри торопливо порылась в фотографиях и показала ему увеличенный снимок руки трупа из Бонди с ампутированной первой фалангой левого мизинца.

— Это не может быть чем-то в их духе?

Он задержался на снимке:

— Апотемнофилия, добровольная ампутация. Да, такое могло быть. Но отрезать себе фалангу — это жертвоприношение, а не приращение. Если связывать подобное действие с экстремальным биохакингом, я бы усмотрел здесь, скорее, доказательство глубокой приверженности их движению. Экстремальная модификация тела как знак принадлежности, я бы так сказал.

Знак принадлежности. Каратель и труп из Бонди были, возможно, из одного клана... В какой-то момент отношения между ними могли испортиться, и один убил другого. Она вспомнила об отпечатках подошв на краю ямы, об этих наблюдателях-призраках... Сама мысль о группе фанатиков показалась ей близкой к истине. Она повернулась к Съобладу, который давно уже молчал, опустив глаза.

— Послушайте, — сказал он. — Как и все, я в курсе вчерашних событий. Я видел тех двоих, запертых в цилиндрах, и фотографию их похитителя, которая была на всех новостных каналах. И читал его письмо, которое он выложил на страницах своих жертв в Facebook, с его яростными высказываниями об искусственном интеллекте, о генетике, вообще о развитии науки. И как бы случайно сегодня сюда являетесь вы...

— А я чувствую, что с самого моего прихода вы что-то хотите мне сказать.

— Да. Он приходил во время «Implant party». Я сразу узнал его лицо, когда увидел по телевизору.

Одри вытаращила глаза:

— Фабрис Шевалье?

— Собственной персоной. Я прекрасно его помню. Интроверт, бегающий взгляд, в толпе ему явно не по себе. В тот вечер он тоже имплантировал себе чип. Только это был чип не от «Argonit». Он принес его с собой.

38

Сверху это казалось гекатомбой.

Южнее уже невозможно было отличить Сену от бурых луж, покрывавших поля. Озера, пруды, реки слились в гигантское зеркало грязной воды, которое шло до самого горизонта, поблескивая под облаками серого цвета с металлическим отливом. С высоты многие строения выглядели пирамидами из черепицы, положенными, словно лодки, на волны, а машины походили на красные, синие, желтые конфетти, разбросанные по лужам паводка.

Люси, Франк и Жеко в шумоподавляющих наушниках с ужасом обозревали этот прообраз конца света. Паводок стал проявлением ярости природы, беспощадной силы, которая в самом центре цивилизации била в колокол тревоги. Монстр вышел из себя и разрушал, топил, поглощал в ответ на человеческое бездумье. Это был налет, мощный и внезапный, вторжение в обыденное существование, в личную жизнь людей, более конкретное, чем таяние ледяной шапки.

За ними следовал второй вертолет; помимо пилота, там разместились три человека из бригады быстрого реагирования. Робийяр со своей интуицией попал в точку: они получили подтверждение, что со вчерашнего дня, с 21:40, некоторые кварталы города Дордивы остались без электричества. А значит, именно обесточивание, а не вмешательство Ангела будущего вызвало отключение камеры. И система подачи воды в цилиндры тоже должна была выйти из строя.

Иными словами, внезапный паводок, возможно, притормозил планы Шевалье — а точнее, замысел продемонстрировать зрелище смерти миллионам человек — и помешал представить миру сотни или тысячи страниц его манифеста.

Шарко готовился к тому, что придется пережить самый тяжелый эпизод в его карьере. Он бы все отдал, лишь бы вертолеты летели быстрее. Устроившись сзади, он сжимал маленькую белую ручку жены. Люси настояла на том, что полетит с ним. На этот раз она не допустит, чтобы муж, прибыв на место, в одиночку вынес весь ужас сцены. Разделив с ним этот кошмар, она, возможно, сумеет вполовину уменьшить его страдания. А еще рядом будет кто-то, с кем можно поговорить в трудный момент и выплеснуть то, что еще может быть выплеснуто.

Когда показались первые дома Дордив, «Белки»[1] национальной полиции заложили крутой вираж вправо. Река Луэн, обычно такая кроткая, плевалась яростью, покрывая алюминиевой фольгой улицы города с трехтысячным населением. Хотя волны паводка еще не достигли своего апогея, в самых неудачных местах вода уже доходила почти до колена и все прибывала и прибывала с непристойной ленцой. С двадцатью сантиметрами воды еще можно както справиться, но их хватало, чтобы затопить до потолка все помещения, расположенные на том, что называется «уровень ноль».

Как, например, подвалы.

Вертолеты сели на единственную еще доступную площадку, расположенную в относительной близости от места назначения, — на прилегающее к спортзалу футбольное по-

[1] Многоцелевой французский вертолет «Écureuil» («Белка»).

ле. Их ждали двое муниципальных полицейских с непромокаемыми спецовками цвета хаки в руках. С ними был врач и медбратья с носилками. Эти люди получили точную информацию о причинах срочного прилета бригады уголовного розыска. Жеко попросил их не задавать вопросов и немедленно сопроводить всех прибывших по указанному адресу.

Все быстро натянули принесенную одежду — кроме парней из ББР, которые предпочитали намочить штаны, но сохранить свободу движений, — и двинулись в дорогу. Владения Грегуара Пристера находились в шестистах метрах по прямой. По дороге все молчали, рассекая волны и сосредоточившись на каждом шаге, чтобы не подвернуть щиколотку, потому что ног даже не было видно.

Никогда еще Франк не слышал такой тяжелой тишины в городе. Улицы были в плену у потоков. Чуть дальше они встретили пожарных, которые тащили лодку со стариком на борту и сложенным инвалидным креслом в ногах. Его жена и дочь, как канатоходцы, шагали по доскам наспех сооруженных мостков, держа по бутылке воды в каждой руке. Один из жителей продолжал с энергией отчаяния наваливать у порога своей двери мешки с песком, хотя вода окружала его и просачивалась повсюду. Слева безмятежно скользил вдоль фасадов черный лебедь. Люси и Шарко обменялись многозначительным взглядом. Почему он здесь, сейчас? В прошлом они уже сталкивались с этим символом смерти, и это породило одни трагедии[1].

После двадцати минут утомительной ходьбы до самой границы населенного пункта они все собрались перед полузатопленными воротами уединенного участка. Ворота были закрыты, но не заперты. Расположенное метрах в двадцати в глубине здание, казалось, плавало, как бумажный кораблик в пруду. Франк ощутил странное облегчение: лестницы, у которых залиты были только первые ступеньки, поднимались к входной двери, остававшейся сухой. Первый

[1] См. роман Франка Тилье «Шарко».

этаж дома стоял на фундаменте сантиметрах в шестидесяти над землей. А значит, здание избежало затопления.

Все ставни были закрыты, под навесом ни одной машины.

Парижские копы достали оружие из кобуры и попросили местных полицейских остаться поодаль. А сами двинулись один за другим к дому, быстро оказались в сухости перед запертой на ключ входной дверью и воспользовались этим, чтобы скинуть непромокаемые комбинезоны. Офицер из ББР расправился с замком несколькими ударами портативного тарана.

Пять секунд спустя они уже были внутри.

Здесь, как и снаружи, царила тишина, полное отсутствие жизни. Легкий запах известняка, покрытых лаком балок и пчелиного воска. Франк превратился в сгусток чистой энергии, наступление мобилизовало его последние силы. Пока команда осматривала помещения, проверяя на безопасность, он кинулся в гостиную, Люси и Жеко следом. Ни разу в жизни он не отступал и здесь тоже должен быть первым. В замочной скважине одной из дверей торчал ключ. Когда Шарко открыл, в лицо ему ударил поток холодного воздуха. Десяток ступеней вели в темноту.

Он обернулся к коллегам:

— Они там, внизу.

Жеко держался чуть позади и ничего не говорил — сейчас он был просто копом на срочном выезде, в том же статусе, что и его подчиненные. Шарко превратил свой телефон в фонарь и пошел вперед по бетонным ступеням. Каждый сантиметр вниз приближал его к той истине, которую в глубине души он отказывался принимать. Снаружи тысячи людей страдали от стихийного бедствия, но, если этот паршивый паводок смог спасти хотя бы Бертрана, вырвать его из лап запрограммированной смерти, тогда вполне возможно, что и сама катастрофа имела право на существование, и еще оставалось хрупкое равновесие в этом свихнувшемся мире, где каждое несчастье компенсировалось своей противоположностью, пусть и в меньшей мере.

Направив пистолет поверх телефона, он обшаривал лучом сухой пол подвала. Помещение было разделено надвое занавесом, который они раньше видели на экране. Куски шпагата держали натянутым прямоугольник черной материи.

Отсутствие звуков вселяло тревогу, они ничего не слышали, кроме собственного дыхания. Разве выживший не среагировал бы на шум их шагов? Движения в жидкости внутри цилиндров, дыхание — разве они не были бы слышны? Двадцать часов в холоде, стоя, без еды и в воде по самую шею. Никто не может выжить в таком испытании.

Шарко не стал терять ни секунды, с этим пора кончать. Он взялся рукой за занавес, резко отдернул его. И отшатнулся. Люси позади него всхлипнула. Жеко не издал ни звука.

Прямо перед ними, прижавшись к внутренней поверхности цилиндра, висела маска ужаса. Бертран смотрел на них, свернувшись в позе зародыша. Его ноги касались дна кончиками пальцев, волосы колыхались над головой, как подвижные щупальца анемоны. С широко открытыми глазами и веками, которые начали отделяться от орбит, он прижимался лбом к прозрачной перегородке. Пузырек воздуха так и не смог оторваться от его правой ноздри и остался висеть, как перламутровая жемчужина. Из черного горла, различимого под языком, казалось, рвался последний крик. Он утонул, но его одежда, словно в насмешку, плавала по поверхности. Он разделся догола.

Шарко был опустошен, но остался крепко стоять на ногах — ему уже столько раз приходилось сталкиваться с мраком. Он почувствовал руку Люси у себя на спине, мягкий толчок, который заставил его двинуться дальше, чтобы обнаружить второй труп, потому что это была его работа и если он не сделает ее, то кто же его заменит? Поэтому он свернул вправо, чтобы посмотреть на второй цилиндр. Посветил в глубину помещения. Сначала увидел виселицу, веревку, потом длинный прямой неподвижный силуэт в цилиндрической тюрьме. Она тоже была голой и вращалась вокруг собственной оси, ее ноги не касались дна.

Шарко не понял такого положения тела, он не был уверен, что правильно все рассмотрел.

Он подошел ближе.

Шея Флоранс была охвачена ее непромокаемыми спортивными штанами с надутым воздухом и завязанными узлом брючинами. Одежда служила спасательным жилетом и держала ее голову над водой. Молодая женщина была неподвижна, веки опущены, вытянутые в одну линию губы сомкнуты, как у восковой куклы.

Шарко почувствовал, как выплеск адреналина подстегнул его, будто удар хлыста.

— Возможно, она еще жива! Люси, врача, быстро!

Люси кинулась вверх по лестнице, а Шарко метнулся в отделенную занавесом часть помещения и вернулся со стремянкой, которую заметил, когда входил. Он установил ее и полез по ступеням. Ему хотелось в это верить, хотелось, чтобы она была жива. Быстрыми движениями он вырвал трубу и двумя руками отвинтил широкую крышку.

— Я вытащу ее оттуда. Страхуйте, чтобы я не упал.

Перегнувшись, сохраняя равновесие при помощи Жеко, который держал его за лодыжки, он подтащил тело к себе, взял под мышки и вытянул:

— Ну же, Флоранс... Ну же...

Им удалось спустить ее, Шарко снял свою куртку, постелил на пол и положил на нее Флоранс. Затаив дыхание, он встал на колени, погладил бледное лицо, откинул назад мокрые волосы. От тела исходил холод пшеничных колосьев, когда их косят ранним росистым утром; ее кожа приобрела мертвенный блеск, а губы — бледно-фиолетовый оттенок. Шарко взглянул на ее грудь, приложил к ней ухо. Его глаза затуманились, когда он различил признаки жизни.

— Сердце бьется! Она дышит!

39

Та, кто в силу обстоятельств была наиболее уязвимой, выжила.

В последнем порыве к жизни Флоранс инстинктивно прибегла к способу, знакомому путешественникам и тем, кто несет службу в водной среде: набрать воздух в брюки с завязанными штанинами, стянуть их в талии шнурком или ремнем, а потом засунуть голову между двумя плавучими сосисками и ждать помощи. Изнуренная, она так и заснула в вертикальной позе. А потом ее опустошенное и изголодавшееся тело впало в гипотермию.

Шарко сидел на полу возле стены подвала, опершись локтями в колени и свесив руки; в ожидании прибытия бригады специалистов, которая освободит тело Бертрана из водяной тюрьмы, он сорвал занавес и набросил его на цилиндр. Установленные законом процедуры требовали, чтобы он не прикасался к трупу до прибытия научной полиции. Добирающиеся с другого конца города техники из службы идентификации вот-вот должны появиться. Они уже наверняка пробираются по улицам в своей спецодежде, неся на вытянутых руках бесценное оборудование.

Научная фантастика.

Пустыми глазами он неотрывно смотрел на импровизированный саван. Конечно же, Бертран хотел сделать то же, что и его соседка по страданиям. Как и она, он разделся. Как и она, он попытался соорудить спасательный круг из своей одежды. Но Шарко помнил, как Бертран выдергивал нитки и наделал дыр в своем комбинезоне. Он лишил себя малейшего шанса на выживание. Какая грустная ирония судьбы...

Франк не осмеливался представить себе эти мучительные минуты. Как тот втягивает в последний раз воздух и в конце концов идет на дно от изнурения. А она, беспомощная, неспособная помочь, смотрит, как он тонет. Бертран наверняка изо всех сил бился о стенки, извергая из себя пузырьки воздуха. Наверняка проклинал ее.

Поговорив по телефону, Люси подошла и присела рядом со своим мужем; его мускулы были напряжены, а плечи сводило от тяжести.

— Звонил Жеко. Флоранс пришла в себя, когда ее грузили в вертолет. Они летят в больницу. По словам врача, она реагирует и будет вне опасности.

Шарко не ответил, даже не посмотрел на нее. Она помассировала ему затылок:

— Жеко попадет под свет всех прожекторов, но если Флоранс жива, то благодаря тебе, а не ему. Ты никогда не сдавался, всегда вел нас до конца.

— Благодаря мне? Она выжила, но что с ней станет? Она разрушена изнутри. Представь весь травматизм ее заточения, что она видела и пережила с Бертраном. Ей предстоит узнать, что ее мать убила человека и находится в тюрьме. Она не сможет больше выйти из дома, не будучи узнанной, она останется той, которая не умерла. И ей придется жить с этим до конца дней. — Он кивнул на накрытый цилиндр. — А его жена, ты о ней подумала? Одна, без малыша, да еще с висящей над ней историей с суррогатным материнством. Какое у нее будущее? Мы могильщики. Мы хороним то, что должно быть похоронено, и сразу переходим к другим делам, оставив позади людей в трауре. Я сыт этим по горло.

— Ты всегда все преодолевал, не вижу причин, почему бы ты не смог этого сделать и сейчас. И потом, я же здесь. Жюль и Адриен здесь. Спасая Флоранс, ты защищаешь и наших детей от всей этой... всей этой дряни.

Она была права. Просто еще одно уголовное дело. Ужасное, конечно, но разве Шарко на протяжении всей своей карьеры не сталкивался с многочисленными гранями ужаса? Разве он не имел дела с преступлениями против детей или с мерзкой торговлей людьми? Жертва остается жертвой, а преступник преступником в любом деле.

И потом, разве ему не представлялась масса случаев, когда он мог бы плюнуть на все и окончательно хлопнуть дверью? Однако он здесь, лицом к лицу с самой отвратительной смертью, потому что загадочные силы, таящиеся в темных извилинах его мозга, не позволяют ему отказаться от оперативной работы. Все эти жертвы, люди, прошедшие через ад, зовут его своими слабыми замогильными голосами и запрещают бросать их. Они требуют правосудия.

В этот момент, сидя в глубине подвала, он спросил себя, что бы с ним стало, останься он один после исчезновения своей первой жены, Сюзанны, без Люси, без детей. Он бы точно умер, сожранный циррозом или от пули, полученной в каком-нибудь тупике.

Он послал Люси слабую улыбку:

– А ты ничего не говоришь, ты-то как переносишь все это...

В свою очередь его рука скользнула к ее затылку и помассировала теплую кожу под волосами. Какая тьма скрывалась под ней? Даже после стольких лет Шарко не знал. Люси потеряла своих первых близнецов, но по-прежнему была здесь, так же крепко и прямо держась на ногах, как при их первой встрече. Он закрыл глаза и положил голову ей на плечо. Как же он любил эту женщину...

На его телефоне высветилось эсэмэс, и он прочел его: «Телефон садится, пока ничего интересного... Смена приедет через несколько часов, это тянется бесконечно, но мы держимся. У вас есть что-нибудь новенькое?»

Новенькое... Ну да, кое-что есть. Белланже не будет разочарован... Шарко ответит позже.

Поморщившись, он выпрямился с ощущением, что вся эта вода снаружи разъела ржавчиной его старый скелет, и привлек к себе Люси. Она права, он не может бросить. Не сейчас. Ради Бертрана, Пристера, ради Летиции Шапелье и ее дочери... И ради всех, кто работал, не зная передышки, над этим расследованием, оставив семьи и детей. С фонариком в руке он подошел к виселице и потрогал толстую веревку.

— Не понимаю, что эта штука тут делает. Кому она предназначалась? Какой финал готовил Ангел?

Нейронный механизм снова пришел в движение. Люси наблюдала за ним. Это снова был он, Шарко, акула, хищник, готовый к охоте. Он коснулся цилиндра Флоранс, оглядел его верхушку, уходящие в темноту трубы, потом подошел к камере, стоящей в стороне на треножнике. Световым лучом отследил подключенный к аппарату провод, который привел в отгороженную занавесом часть подвала.

— Тут Шевалье и устроил свою штаб-квартиру.

Жена шла за ним по пятам. Шарко осветил разложенный на полу в углу матрас. Рядом стопка сложенной одежды, холодильник, который он открыл. Полный. Электроплитка, прямо на полу. Рукой в перчатке коп поднял валяющуюся у стены маску Гая Фокса с черной бородкой. Поднес ее к лицу. Перед его глазами встал живущий затворником здесь, в безопасности подвала, Ангел, хотя в его распоряжении был комфорт всего дома.

— Крыса, — пробормотал он сквозь зубы. — Грязная крыса из канализации. Он умеет прятаться и жить под землей.

Разглядывал ли Шевалье в тишине своих жертв, прежде чем убраться отсюда и укрыться в другом месте? Получал ли он удовольствие, слушая, как они жалуются на судьбу? И куда он забился теперь? Остался ли во Франции? Утек за границу? И как давно он ушел отсюда?

Пусть вся полиция Франции и охотится за ним, не исключено, что она его никогда не найдет. Достаточно вспомнить Ксавье Дюпона де Лижонне, подозреваемого в пятикратном убийстве, чей портрет был разослан повсюду и который с 2011 года ни разу не попал в поле зрения камер наблюдения.

Электрический провод был подключен к двум ноутбукам старой модели, оставленным на столе. Рядом стул, корзина для бумаг, повсюду провода. Труба шла к крану с водой и соединялась с большим металлическим аппаратом, утыканным кнопками и стрелками.

— Это помпа, — объяснил Франк, нагнувшись. — Устройство, которое служило интерфейсом между компьютерами и цилиндрами.

Из этой переделанной помпы два садовых шланга поднимались к потолку, где их удерживали крюки, а потом спускались к цилиндрам. Помпа также была подсоединена к одному из компьютеров.

Франк вернулся к столу, заваленному различным оборудованием, отвертками из нержавеющей стали и прочими инструментами. Люси указала на шприц и прозрачные флаконы, на которых фломастером было написано: «Кет».

— Полагаю, «Кет» означает кетамин. Ветеринарный анестетик. Вот чем он их вырубил.

Франк обратил внимание на другой темный флакон без этикетки, стоящий рядом со спичечным коробком и разными канцтоварами: ручкой, резаком, рулоном скотча, белыми листами бумаги и наперстком. Он взял его, открутил крышку и понюхал. Поморщился.

— Что это? — спросила Люси.

Он вылил часть содержимого на бумагу:

— Тушь.

Шарко охватило странное чувство. Внутри прозвучал сигнал тревоги, достаточно близкий, чтобы он чувствовал его вибрацию, но достаточно далекий, чтобы он не понимал, откуда тот исходит. Почему обычная тушь вызвала у него головокружение?

Заинтригованный, он уставился на листок бумаги, потом потряс спичечный коробок, открыл его и высыпал содержимое на стол. Люси нахмурилась:

— Иголки?

И действительно, по столешнице разлетелся десяток иголок. У двух из них кончики были испачканы в туши. Шарко неожиданно нервными движениями начал рыться в материалах и листках. Он поднимал и переставлял предметы, и Люси поняла, что он ищет нечто конкретное.

Его взгляд остановился на корзине для бумаг. Он встал на колени и вывернул ее. Среди хаоса оберток от еды и пустых банок из-под коки он обнаружил тонкие нарезанные полоски и скомканный шарик бумаги.

Именно он его и заинтересовал. Шарко схватил комок и поднес к глазам. Потом аккуратно его расправил. Сквозь бумагу он увидел Люси, кусочками, там, где были вырезаны буквы всего несколько миллиметров шириной. Шарко снял куртку, завернул манжет рубашки и приложил листок к руке. И тут же отдернул его, словно бумага жгла ему пальцы. С изяществом перышка листок спланировал обратно на пол.

— Франк? Что происходит?

Ему потребовалось время, чтобы отреагировать и ответить. Он был оглушен, перед его глазами в ускоренном темпе мелькали картины, словно в последние секунды жизни. Ослепительными вспышками он прокручивал расследование, день за днем.

— Я знаю, где Ангел.

Теперь он схватился за голову, натянув кожу на лице так сильно, будто хотел ее сорвать.

— Мы ищем его повсюду, бегаем за ним как одержимые, а он с самого начала был у нас под носом. Он был тут, перед нами, каждую минуту каждого дня! Куда мы смотрели?

Объяснись же, черт!

Шарко нагнулся и подобрал скомканную бумагу:

— Ты не понимаешь? Этот листок — трафарет, клише. Вырезаешь каттером буквы, приклеиваешь листок скотчем к коже, обмакиваешь иголку в тушь и накалываешь себе на кожу, следуя трафарету.

— Татуировка?

— Не просто какая-то татуировка.

Шарко расправил бумажку на темной поверхности стола. Люси почувствовала, как та же волна замешательства ударила ей в висок. Перевернутое сообщение содержало конкретную дату и время.

«7/11/2017 17:02»

Оглушенная, она отступила на шаг и едва услышала, как ее губы прошептали:

— Не хочешь же ты сказать, что...

— Именно. Ангел будущего — это труп из леса Бонди.

Часть вторая
ДЬЯВОЛ

40

По распоряжению Жеко в подвал им на смену прибыла другая группа криминалистов. Изучение места преступления, изъятие образцов и прочие процедуры потребуют еще массы времени и усилий. К тому же им нужно будет выделить биологические следы (пот, кровь, отпечатки, волосы, чешуйки кожи...) Фабриса Шевалье, чтобы научно доказать, что он, без тени сомнения, является телом из леса Бонди.

Ранним вечером Франк с Люси вернулись на вертолете в Бастион. Перед взлетом Шарко по телефону попросил Жака Леваллуа сообщить Летиции Шапелье относительно хорошую новость по поводу ее дочери и устроить так, чтобы они могли хотя бы поговорить. Флоранс очень нуждалась в поддержке матери; что до последней, любовь дочери будет ей необходима. Оставалась несчастная жена Бертрана Лесажа... Майору Боэси предстояло стать вестником злой судьбы...

В полете Франк еще раз прокрутил в голове весь ход расследования. Сделанное им открытие выбило его из колеи. Прибыв в Управление, он поднялся на лифте на седьмой этаж и закрылся в оперативном штабе вместе с десятком следователей.

Он самолично объявил им о новых обстоятельствах. Смерть Бертрана Лесажа... Чудесное спасение Флоранс и ее госпитализация... А главное, опознание трупа из Бонди.

После его монолога зал застыл в ошеломленном молчании. С прошлого вторника, дня, когда Грегуар Пристер скончался перед Бастионом, они гонялись за трупом из ящика в морге. За индивидуумом, чьи органы они видели собственными глазами или на фотографиях лежащими на металле стола для вскрытия.

Фабрис Шевалье был уже мертв, когда Летиция Шапелье разблокировала ПИН-код и вызвала срыв в работе кардиостимулятора. Если бы только они знали, можно было предупредить мрачную череду событий. Они могли в любой момент перекрыть доступ к сайту в Интернете. Они могли избежать появления кнопок «Спаси меня», открытия заслонок, смерти Бертрана. Они могли бы, да...

Даже мертвый, Ангел оказался сильнее их.

Шарко чувствовал, что руководители служб и его коллеги раздавлены, и у них имелись для этого все основания. Стоять у белой доски, на которой сохранились все его заметки с самого начала расследования, оказалось трудно, потому что именно он руководил своими людьми и отвечал за них.

— Я знаю, что это тяжелый удар, но никому, я повторяю, никому из нас не в чем себя упрекнуть. Мы не могли знать. Мы даже не могли заподозрить. Труп из Бонди был неузнаваем, ничто не связывало его с Ангелом будущего, за которым мы охотились. Нас захватила лавина, и все завертелось слишком быстро.

Лица оставались замкнутыми, он никого не убедил. Шарко помолчал, бросил взгляд на Люси и добавил:

— Не забудьте также, что нам удалось спасти Флоранс. Мы вырвали ее из дьявольского механизма, установленного Шевалье. Если бы этот мерзавец был жив, могу вас заверить, все было бы куда хуже. Он не дал бы нам действовать, и молодая женщина не выжила бы. Чем дольше я размышляю, тем больше уверен, что веревка висельника была приготовлена для него самого. Думаю, он покончил бы с собой в прямом эфире, перед миллионами людей, ясно осознавая, что рано или поздно его поймают. Он не желал ни чтобы на него охотились, ни прятаться до конца жизни. Он хотел представить свой манифест и уйти вот так, в петле.

Франку стоило непомерного усилия оставаться стоять и убеждать их, и он сражался с усталостью, поглощая горький кофе.

— Шевалье мертв. Нам больше не нужно его искать, а он никому не сможет причинить зло. Но следует все начать заново в хронологическом порядке, чтобы понять, проанализировать все даты и события, которыми мы располагаем, и постараться разобраться...

После энной чашки он ткнул кончиком маркера в точку на самом верху доски.

— Все начинается в подвале загородного дома, наверняка в середине октября, судя по выпискам со счета. Грегуар Пристер еще жив и даже вообразить не может, что происходит в его летнем жилище, Фабрис Шевалье закупает резервуары, мастерит свое устройство, доводит все до ума в подвале. Он делает себе татуировку с точным временем и датой, когда он должен открыто вступить в игру: вторник, 7 ноября, в 17:02. Для него это способ ни на мгновение не терять из вида, в чем его цель и долг. И ни в коем случае не дать задний ход. С этим несмываемым посланием, выгравированным у него на руке, шестеренки приходят в движение. — Он прокрутил картинки на доске и указал на другую строку записи данных. — Вот здесь... Шевалье переходит к артподготовке, если можно так выразиться. В субботу, 4 ноября, ранним вечером он похищает Бертрана Лесажа из дома в окрестностях Орлеана. В тот же день в... 19:43 его жена Элен Лесаж получает с мобильника мужа эсэмэс, сообщающее о похищении. На следующий день, в воскресенье, приходит черед исчезнуть Флоранс. Шевалье похищает ее на краю парка Андре Ситроена, без сомнения после того, как спрятал в траве письмо для нас. В 21:39 он посылает видео молодой женщины ее матери, затем... — Шарко потер правый висок. Следовало сосредоточиться, расставить детали по правильным клеточкам. — ...Потом еще одно сообщение через несколько часов, в понедельник в час ночи, где он велит Летиции Шапелье съездить за мобильником в ее гараж. Второй приказ поступает ей в тот же понедельник, ровно в 12:05: Ангел велит ей на следующий день в 17:02 набрать ПИН-код на найденном ею в гараже телефоне, стоя возле приемной Управления, если она хочет, чтобы ее дочь была освобождена. Но на этом сообщения не кончаются. Последнее адресовано... — Он потряс пачкой листов. — ...Грегуару Пристеру. Специалисты все еще изучают его мобильник, но задолго до смерти Пристер получил множество эсэмэс с незарегистрированного сотового. Эсэмэс с угрозами: если он не сделает того, что ему говорят, его кардиостимулятор сгорит у него в груди... Последнее Пристер получил в понедельник, в 14:35; ему указывали время и место, куда он должен отправиться с тем самым письмом. Это сообщение — последний след живого Шевалье, который у нас имеется. — Он отметил дату и время, обведя их фломастером. — Во вторник его тело обнаруживают в лесу Бонди. Согласно судмедэксперту, он был убит в ночь с понедельника на вторник, с десяти вечера до двух ночи. Летиция Шапелье, как и Грегуар Пристер, разумеется, не знают, что он умер накануне, а потому послушно следуют приказам. Один выходит из своей квартиры, садится в метро и едет в указанное место, без документов и мобильника; другая, находясь в Управлении, дает сигнал, нарушающий работу кардиостимулятора, ровно в предсказанное время. Вот тут для нас все и начинается. Мы получаем из рук трупа письмо, адрес сайта, подключаемся...

Шарко оперся ладонями о стол. Его взгляд на несколько секунд затерялся в пустоте, отслеживая независимые траектории Пристера и Шапелье в тот вечер. Совершенно дикая история. Достаточно было, чтобы Пристер опоздал, например, из-за какой-нибудь проблемы в транспорте, и посмертный план Ангела не был бы осуществлен. Что бы тогда произошло? В какую сторону повернула бы их судьба?

Он покачал головой и продолжил излагать основные моменты.

— Я вспоминаю о подвижной красной точке в черноте, когда мы впервые подсоединились к сайту. Бертран и Флоранс уже были заперты в своих цилиндрах с момента похищения. Вся система была готова к запуску. В дальнейшем мы довольствовались тем, что шли за белыми камешками и последовательно вызывали заранее запрограммированные действия. В среду утром зажигается освещение, позволяя нам увидеть пленников. Интернет-пользователи, обеспокоенные внезапным исчезновением Флоранс и странной последней фотографией с ее камеры, начинают звонить. Информация доходит до нас... в среду вечером. В этот момент в парке Андре Ситроена обнаруживается второе письмо, мы выходим на указанный сайт и запускаем обратный отсчет в 20:30. Параллельно сообщения автоматически появляются на личных страницах в Facebook, призывая пользователей заходить на сайт, журналистам рассылаются мейлы... Буря в прессе, число просмотров зашкаливает. Дальнейшее известно...

Все это до сих пор казалось невероятным. Когда вы охотитесь за кем-либо, он материализуется в вашей голове, даже если у него нет определенного лица. Он становится вашим наваждением, вашей целью, и вы живете лишь ради того, чтобы однажды оказаться с ним лицом к лицу, почувствовать его, прикоснуться, поговорить с ним. Известие о его смерти неизбежно вызывает шок, но и создает большую пустоту.

— В последние дни мы прошли сквозь ураган, но мы все здесь и крепко стоим на ногах. Вы и ваши люди сражались как могли, и я поздравляю вас с этим. Ни одному из вас не в чем себя упрекнуть. Если можно разглядеть светлый огонек в этом мраке, то вот он: Фабрис Шевалье мертв и больше никому не навредит. — Он рухнул на стул. Допил кофе. — Жеко и прокурор объявят о его смерти, и я вполне им доверяю в том смысле, что они найдут подходящие слова, чтобы мы не выглядели сборищем идиотов. Мы спасли Флоранс, но, несмотря на это, пресса не будет с нами чикаться. Хотя нам-то плевать, мы должны работать дальше. Поэтому не включайте телевизор, перестаньте читать газеты и держитесь подальше от этого дерьма столько, сколько будет нужно. Несмотря на свои действия, Шевалье остается жертвой из леса. Его жестоко убили, изувечили, и нам предстоит найти его убийцу или убийц. Установить, что произошло в понедельник между тем временем, когда после полудня он послал эсэмэс Грегуару Пристеру, и моментом, когда его бросили на съедение собаке. И понять, почему люди, присутствовавшие при его смерти, уготовили ему подобную участь.

Одри подняла руку:

— Я вам еще не рассказывала о своем сегодняшнем визите, но... я получила кое-какие разъяснения.

Шарко мотнул подбородком в знак того, что слушает. Все взгляды обратились на нее.

— Я посетила Альрика Съоблада, президента ассоциации трансгуманистов. На первый взгляд ничего незаконного там нет. Вместе со своими сотрудниками он распространяет послания, которые превозносят пришествие постчеловека, то есть человека, подключенного и улучшенного технологиями или биологией. В марте 2016-го они организовали «Implant party», особую вечеринку, во время которой посетители могли бесплатно имплантировать себе чипы RFID. Фабрис Шевалье был среди них. Тот, кто больше всех в мире ненавидел подобные штуки, тот, кто совершил похищение, кто привел в действие все, что мы пережили, чтобы защитить свои идеи, направленные против проникновения технологии в человека, пришел со своим собственным чипом и согласился, чтобы ему под кожу имплантировали это средоточие технологии. Это задачка. — Одри уперлась указательным пальцем в стол. — Что делает волк, когда хочет залезть в овчарню? Он накидывает баранью шкуру и смешивается со стадом, а потом ждет подходящего момента, чтобы начать действовать. Разве Шевалье уже не поступил так, когда пошел работать в «Cyberspace»? Проникнуть, чтобы легче разрушить? Представьте, что в своих обличениях он хотел назвать какую-то группу или движение с целью уничтожить его или выставить само его существование на свет божий. Движение, действующее в тени и имеющее отношение к трансгуманизму или к одной из его наиболее радикальных ветвей. Группу, которая обходит этические правила и протоколы, чтобы вести свои исследования... Мы все помним высказывание из первого письма Шевалье: *«Я покажу вам, на что способны эти монстры, прячущиеся во Франции, или типы вроде Карателя»*.

Она вкратце изложила соображения Съоблада по поводу биохакеров-экстремистов и их диких опасных экспериментов, объектом которых часто становились их собственные тела.

— Я думаю, что Шевалье сумел проникнуть в движение такого рода. Чип RFID был чем-то вроде пропуска, способом влиться в сферу действий трансгуманистов. Я немного поискала в Интернете. В Google полно ссылок на трансгуманистов, есть и несколько оформившихся групп во Франции, о биохакерах тоже говорят, но вроде бы ничего имеющего отношение к нашему делу. Лидеры, которые мне попадались, скорее, стремятся быть на виду, лезут повсюду и совершенно не скрываются.

— Возвращаясь к Шевалье, получается, что сначала чип, потом ампутация фаланги? — вмешалась Люси.

— Да, как доказательство преданности идеям. Способ сделать так, чтобы тебя приняли. Вроде обряда посвящения, испытания огнем. Шевалье блистателен и неуловим. Все в его биографии, начиная от школы и заканчивая местами работы, заставляет предполагать в нем настоящего «технолога». Он идеально вписывается в профиль, который так ценят трансгуманисты: молодой, сверходаренный, великолепно разбирающийся в технологиях и устремленный в завтрашний день. А потому он делает все возможное, чтобы приблизиться к этим типам, проникнуть в их группу, пусть даже пожертвовав частицей своей анатомии...

Шарко кивнул. Спик ему нравилась все больше и больше.

— Но в конце концов его засекли, — говорит он.

— Совершенно верно. В понедельник на этой неделе, когда он готовился перейти в наступление и объявить всему миру о своих открытиях, его поймали. В отчете судмедэксперта говорится, что на его теле обнаружены следы связывания. Лицо раздавлено и сожжено кислотой. Вполне возможно, что его пытали и били, прежде чем отдать на съедение? Удалось ли им вовремя перехватить его манифест? Так или иначе, в конце концов его привели в лес Бонди. Карателю это место было знакомо, там его собака принимала участие в боях. Он бросает Шевалье в яму и отдает его в челюсти своего монстра.

— А члены вышеупомянутой группы присутствуют при бойне...

Сценарий не только возможный, но и наиболее вероятный. Каратель обрек Шевалье на смерть, достойную его предательства. Шарко сделал глубокий вдох и медленно вытолкнул воздух. Посмотрел на часы со стрелками и на долю секунды задумался: сейчас восемь утра или вечера? Провел ладонями по лицу и помассировал щеки. Заметил, как сильно отросла щетина. Когда он в последний раз брился? Он не помнил.

— Я знаю, что сейчас выходные, но... по крайней мере, завтра будут нужны и лишние руки, и люди; мы не должны сбавлять темп, — продолжил Шарко. — А сейчас сделайте для меня одну вещь: возвращайтесь по домам, к близким и к своей постели, и выспитесь. Выспитесь до упора, ладно? А главное, выходя из здания, ни слова прессе, пусть этим займется начальство. Пройдут недели, а то и месяцы, прежде чем шумиха уляжется... Кстати, паводок никого напрямую не коснулся?

Большинство покачали головой, другие упомянули родных и друзей, попавших в неприятности. Скривившись, Франк поднялся. У него болело все.

— Ладно, катитесь отсюда.

На лицах коллег привычная уже серьезность смешивалась с облегчением при мысли о нескольких часах передышки. Комната опустела.

Чуть позже Люси присоединилась к нему в кабинете, уже в куртке. Шарко сидел за компьютером, подключившись к приложению с отслеживанием GPS-трекера, который был выдан Николя. На экране была подробная карта с неподвижной красной точкой на южной оконечности острова Жана Ленобля. Там и располагалась полицейская засада. На другой компьютер была выведена страница Бертрана Лесажа в Facebook. Шарко, не шевелясь, смотрел на нее:

— Что с этим происходит, когда люди умирают? Думаешь, они продолжают существовать в Facebook?

Люси положила руку ему на плечо:

— Поехали домой.

Франк отвлекся от своих размышлений и достал телефон:

— Надо хотя бы прсдупрсдить Николя и Алскса. Они должны знать.

— Можешь позвонить по дороге. Поехали, Франк. Пожалуйста.

Франк заколебался, выключил экраны и встал:

— Ладно... поехали.

Люси прижалась к нему и погладила по спине:

— Я знаю, как тебе тяжело, но ты сдюжил. Людям было необходимо, чтобы ты это сказал. Нам всем было необходимо...

41

Николя только что дал отбой после разговора с Шарко, ошеломленный оборотом, который приняло дело. Вырванный из сна на заднем сиденье среди упаковок от сэндвичей, его коллега по засаде тоже пребывал в шоке. Оставаясь в такой позе, Алекс Тассен со своими подогнутыми ногами и торчащими под прямым углом руками больше всего походил на мебель в процессе сборки.

«Черт» было единственным словом, нарушившим мирную тишину салона.

У Николя возникло ощущение, будто фильм запустили на большой скорости и картины слились в ярком свете. Флоранс спасена, но Бертран утонул. Оба оказались запертыми в загородном доме человека с кардиостимулятором. Фабрис Шевалье и есть труп из леса Бонди...

Белланже не мог прийти в себя. Николя еще помнил свои слова, которые он бросил Жеко во время первого собрания, после обнаружения татуировки. *Таких случайностей не бывает, оба дела безусловно связаны. Продвинемся в одном, продвинемся и во втором.* Никогда и не было двух дел, изначально оно было единым. Если Шевалье погиб от рук Карателя — или, вернее, от клыков его собаки, — две другие жертвы, Грегуар Пристер и Бертран Лесаж, были убиты кликами и машинами, запрограммированными самим Шевалье.

Оправившись от шока, Николя опустил стекло и вдохнул ночной воздух. Засада дала ему время подумать. Обо всем. О своей жизни, будущем, желаниях. А именно — о желании выбраться, не оставаться рабом отравленного прошлого. Он будет бороться за нормальную жизнь.

Он прикинул заодно, что делать с терапией в клинике «Сальпетриер». И решил: он продолжит сеансы. Его злоключение с Одри не разрушит то, что он начал возводить. Он занял чье-то место в протоколе; из уважения он обязан дойти до конца. А потому он сожалел, что сжег письмо, вырванное из его нутра. Он снова напишет его в эти выходные, а в понедельник окажется в кабинете психиатра и прочтет его с таблеткой дюмеронола в желудке.

Его телефон снова завибрировал. Индикатор заряда батареи мигал, показывая один процент: он не смог подзарядить его из-за отключения электричества прошлой ночью, а тут еще, приехав на смену, они оба забыли захватить новый аккумулятор для подзарядки. После десяти часов гуляния по Интернету, слушания радио и переговоров их аппараты были на последнем издыхании.

Звонок был личным. На этот раз Николя вылез из машины, отошел подальше и ответил:

— Спасибо, что позвонил, Тибо. Да-да, жуткая история... Мы продвигаемся, но ничего больше сейчас тебе сказать не могу, дело слишком деликатное, и мы не имеем права говорить, даже своим... Ну да, мне очень жаль... Послушай, я не поэтому тебе звонил, и мой мобильник вот-вот сдохнет. Я хотел попросить тебя об услуге. Ты же по-прежнему в Ницце, в бригаде по наркотикам? Супер... Мне бы хотелось, чтобы ты покопался в том, что связано с девицей по имени Одри Спик. До прошлого года она работала в бригаде по борьбе с торговлей людьми... Меня интересует период, связанный с бешеным грузовиком... Ну да, теракт.

Он бросил взгляд на машину. Прислонившись к дверце, Алекс Тассен смолил сигарету.

— Я хотел бы знать, что там с ней случилось. Она была на службе в тот вечер? Можешь для меня это сделать?

К понедельнику... О'кей, отлично, только действуй аккуратно, пожалуйста... Я тебе...

Он не смог закончить фразу — телефон вырубился. Николя вернулся в машину. Он уже жалел, что начал выяснения, но это оказалось выше его сил: ему не удавалось выбросить эту женщину из головы, и он хотел понять, что же с ней не так. А еще сегодня после полудня его запрос Ролану Казулуа на добавление в друзья был отклонен с кратким пояснением в одну строчку:

«Сожалею, но этот пользователь больше не может принимать новых друзей».

Полный бред. В тот момент Николя впал в бешенство и бросился искать в Интернете все, что можно узнать об этом типе. Он выудил несколько старых фотографий, кое-какие упоминания на Copains[1], но давние, в последнее время — ничего.

Он бросил телефон на приборную доску, рядом с мобильником Тассена:

— Все, сдох. Шарко в курсе, что мы скоро станем недоступны. Он подключится к сигналу геолокации и будет внимательно следить, пока нас не сменят.

— Ага, надеюсь, наши сменщики скоро явятся, а то меня уже с души воротит.

Николя посмотрел на отблески Уазы вдали. Здесь вода тоже поднялась. Города вдоль реки долго не выстоят под медленным напором природы. При мысли о возвращении в Аньер Николя одолевало беспокойство. По мнению Ясина, с которым они созванивались несколько раз за прошедший день, вода превысит уровень 2016 года завтра к вечеру и, без сомнения, зальет низ паркинга. В таком случае все баржи на севере порта, и его собственная в том числе, станут недоступны.

[1] *Copains d'Avant* (*фр.* Старые Приятели) — самая популярная социальная сеть во Франции, объединяющая бывших учащихся школ и студентов университетов, частично аналог российских «Одноклассников».

И что дальше? Что он будет делать? Что с ним станет? Он, который только-только решил держать голову над водой, если можно так выразиться... Баржа, терапия, благие намерения — все вдруг оказалось сметено мучительным стечением обстоятельств: паводок, Одри, его старые призраки...

Минуты шли, усталость наваливалась все сильнее. Он попросил Тассена быть начеку и позволил себе вздремнуть. Почувствовал, как уплывает, прислонясь головой к стеклу. Звуки затихли, превратившись в шепот, под веками переплетались силуэты. Потом на смену им пришла темнота, пустота пространства между мирами, бездна без начала и конца, и из этого небытия донесся сигнал тревоги.

— ...снись!

Николя вынырнул из морока. Вдали справа в изгибах рельефа время от времени мелькали две белые фары. Коп глянул на часы: 22:13.

— Разве смена не в одиннадцать должна приехать?

— Ну да... У меня такое впечатление, что эта машина едет по дороге и приближается.

Николя поверить не мог. Неужели Каратель не стал отменять послезавтрашнего боя и приехал осмотреться? Оба копа застыли, затаив дыхание, когда различили низкое урчание мотора. Автомобиль вроде минивэна проехал по дороге в десяти метрах от них и продолжил свой путь, даже не притормозив. Тассен ударил кулаком по стене салона:

— Черт!

Николя следил глазами за задними огнями, пока не потерял их из вида за поворотом:

— За весь день не было практически ни одной машины. Это он. Он вернется. Прост говорил, что он параноик, сверхосторожный. На всякий случай он объедет весь остров.

Возбуждение мгновенно бесследно прогнало часы смертельной скуки. Они ждали, не говоря ни слова. Может, это кто-то из местных: возвращается домой и решил завернуть на остров по каким-то своим соображениям? Через пять минут напряжение спало. Николя обмяк на сиденье:

— Пустой номер... Мы не...

Он не закончил фразы и выпрямился. Снова фары, теперь справа. Тип возвращался оттуда, куда уехал, на этот раз медленно. Темнота стала полной, мотор машины выключился: водитель наверняка припарковался на краю дороги, у мостков.

— Поверить не могу...

Последовал момент паники, смешанный с удивлением. Быстрым движением Николя схватил магнитный маячок GPS и пистолет. Они вышли, тихо прихлопнув дверцы. Каждый детально знал свою роль. Тассен остался прикрывать, Николя пошел вперед, потом свернул, пробираясь напрямую через густую растительность, скрывающую его от глаз. Затаившись, он разглядел машину. Невозможно понять, сидит ли водитель внутри или направился к баржам.

Он подождал еще и заметил желтый глаз фонарика, двигающийся вдоль берега. Прикинув, что Каратель уже дошел до последней баржи, он выбрался из кустов на дорогу и побежал по асфальту. Черный вэн дремал на обочине. Задыхаясь, коп не смог рассмотреть номерные знаки: они были сплошь черны от грязи. Он подошел ближе, и, когда до машины оставалось метра три, раздался низкий мощный лай.

Животное было внутри. Машина стала раскачиваться. Хуже охранной сигнализации.

Вдалеке между ветвей мигнул фонарик: человек бежал. Коп метнулся вправо, нагнулся, прикрепил магнитный маячок под капот у заднего колеса, потом пробежал несколько метров по дороге и нырнул в высокие травы. Три секунды спустя луч рыскал по соседним кустам.

Николя сумел незаметно вернуться к Тассену, который не двинулся с места. Они залегли, как два леопарда в засаде. Капитан приложил палец к губам. В пятнадцати метрах от них пес продолжал надрываться.

Неизвестный вернулся к фургончику. Они услышали неясный звук его голоса, потом лай прекратился. Он пошел по дороге в их направлении. Если он пройдет дальше и свернет к верфи, да еще посветит в глубину, то обнаружит их машину.

Звук шагов... Прерывистое дыхание... Луч прямо перед ними освещает траву и малейшие закоулки... Тень, держащая фонарик, казалась огромной. Николя на мгновение почудилось, что блеснул металл оружия. Прижимаясь к нему, дылда Тассен втянул голову в плечи, держа свой «зиг» в правой руке. Время остановилось, пока мужчина не повернул обратно. Десять секунд спустя автомобиль тронулся с места и исчез в ночи.

Оба копа предпочли не двигаться и не говорить, пока был слышен шум мотора. Наконец, когда вернулись ночь и тишина, Николя выпрямился. Мускулы, перенасыщенные молочной кислотой, горели. Выдохнув, он достал сигарету и протянул другую напарнику:

— Мы его засекли... Но, черт, эта собака чуть все не завалила.

— По-твоему, он что-то заподозрил?

У стены ангара Николя прикурил обе сигареты. Несколько минут они смаковали свою победу: засада оказалась не напрасной.

— Собака могла залаять из-за чего угодно: птицы, животного в траве. У него нет особой причины сомневаться, но из-за событий последних дней он наверняка весь на нервах. Давай поехали, и двигаем сразу в Бастион. Надеюсь, Шарко сидит за компом. Вот он порадуется.

Тассен достал пачку бумажных носовых платков:

— Мне надо отойти... Короче, понимаешь?

Он исчез за углом, сжимая ягодицы. Николя позволил себе нервную усмешку: Тассен чуть не наделал в штаны.

Первые задания, страх столкновения и того, что придется стрелять в нечто, отличное от мишени в тире...

Так и не расслабившись, он вернулся к машине. Все могло пойти прахом из-за собаки. Он вспомнил, как дергался вэн. Какое животное могло вызвать такие сотрясения? Какой монстр там таился?

Сам того не ведая, Каратель приведет их прямо в свое логово.

42

Шарко сделал все возможное, чтобы близнецы подольше не заснули. Он даже достал из шкафа в их комнате старинные деревянные игрушки. Одна из них представляла собой набор бело-черных фигур разной формы, из которых предлагалось построить как можно более высокую башню. Игрок, башня которого рушилась после того, как он добавлял очередной элемент, проигрывал. Даже Янус принимал участие, разлегшись на ковре в позе сфинкса.

Дети веселились вовсю, а он так любил невинность, которая еще светилась в их взглядах. В пять лет их вопросы касались всего на свете: почему море синее, какая сила не дает луне упасть с неба... Но вскоре к ним прибавятся совсем другие вопросы — о смерти, насилии, обо всех кошмарах, которые без конца обсасывает пресса, внутривенно впрыскивая страх. Ужасу научаются рано.

Когда Жюль уронил башню, как раз перед тем, как пробило десять, Шарко воспользовался случаем, чтобы ткнуть пальцем в экран телефона и убедиться, что сигнал GPS не двинулся с места. Он хлопнул в ладоши:

— А теперь в постель, великаны!

Они не стали протестовать. В спальне Франк с особым тщанием подоткнул им одеяльца, послушал, как они шепчутся в подступающей ночи.

Двадцать четыре часа жизни...

Едва он прикрыл тяжелые веки, в мгновение ока кровати внезапно встали дыбом и превратились в наполненные водой цилиндры. Внутри, вытаращив глаза, с воплями бились о стенки Жюль и Адриен.

Шарко снова увидел лицо Бертрана с пузырьком воздуха возле носа, его позу зародыша в прозрачном резервуаре. Задыхаясь, он пошел на кухню и выпил залпом большой стакан воды. Его глаза так пылали, что Люси спросила себя, не плакал ли он.

— Что случилось?

Шарко сел за стол:

— Я хотел попросить прощения. За все, что тогда наговорил в кабинете. А потом в машине, когда мы стояли перед домом Шевалье. Это дело сводит меня с ума, и иногда я сам не понимаю, что несу.

Люси заканчивала греть две порции замороженного чили с мясом. Она поставила две тарелки и уселась напротив мужа.

— Ты помнишь, что выложил мне прямо в глаза, когда мы в самый первый раз встретились в кафе напротив Северного вокзала?

Он покачал головой.

— Это была не цитата из «Унесенных ветром», — продолжила Люси. — Скажем, ты был куда менее поэтичен, чем Кларк Гейбл.

— Хмммм?

— Ты мне сказал, что я сижу там, напротив тебя, потому что упускаю шанс жить своей жизнью. И что в моей голове снимки трупов занимают место фотографий моих детей. Ты посоветовал мне развернуться на сто восемьдесят градусов, иначе я закончу, как ты сам, одинокой посреди мира, горящего на медленном огне.

Шарко втянул голову в плечи, как нашкодивший ребенок:

— Я правда так сказал? При нашей первой встрече?

Она поднесла ко рту кусочек чили:

— Да, это были первые твои слова... Шарко в своем репертуаре. Неплохой ты задал тон, тебе не кажется? Не всякая женщина выдержит такое, да еще на премьере! Но я смогла. И если мы оба сейчас здесь, то именно потому, что в глубине души я готова выслушивать от тебя такие высказывания в любой момент. Это тяжело, но я готова...

Шарко кивнул с трогательной робостью. Он повозил красную фасолину по своей тарелке.

— Мне недавно позвонил Жеко и передал, что Флоранс просит тех, кто ее спас, зайти к ней, — сообщил он. — Она хотела бы их поблагодарить...

— Ты мне об этом не рассказывал.

— Я не хочу к ней идти. Я арестовал ее мать. Нет, лучше ей меня не видеть. А вот ты пойдешь. Ты знаешь, что в таких случаях говорить.

Люси ничего не ответила, но она тоже туда не пойдет. Ужин, покой, взгляды — в такие моменты жизнь обретает весь свой смысл, сокровище всегда таится в простоте. Семья, собака, разбросанные по полу старые игрушки, крыша над головой... Что еще нужно? Такого существования Шарко вполне хватало, и он будет защищать его любой ценой.

Он помог Люси убрать все в посудомоечную машину, вернулся в гостиную и растянулся на софе, лицом к информационной программе по телевизору. Все продолжалось, то в прямом эфире, то в записи, секунда за секундой... Кадры больницы, где лечили Флоранс, загородного дома Пристера под охраной цепи полицейских, стоящих по щиколотку в воде, выступления прокурора, Жеко, между двумя картинами наводнения и терпящих бедствие жителей. Сколько ни переключай программы, везде одно и то же: слезы, жалобы, страдающие лица, гнев, оскорбления... Шарко ошибался, мир больше не горел на медленном огне. Он занялся пламенем.

Он вырубил телевизор, взялся за мобильник и включил экран. Точка GPS была неподвижна. Команда на смену прибудет через полчаса. Потом другая, и так до вечера воскресенья. Он надеялся, что Каратель выполнит свои обещания и их усилия окупятся.

Телефон зазвонил в тот момент, когда он собирался его отложить. Паскаль.

— Шарко.

— У меня в голове все вертелось и вертелось, — выдохнул Робийяр, — можешь не верить, но я нашел отгадку, когда читал «Паризьен» в сортире! ЛП: «Паризьен»! Надпись на кардиостимуляторе «ЛП/8/9/14/С3», помнишь?

Шарко крепче прижал аппарат к уху:

— «Паризьен», дата и...

— И номер страницы! Это «Паризьен», 8 сентября 2014 года, страница 3. Я посмотрел в архивах в Интернете и, черт... нашел одну штуку. Я отсканировал тебе страницу и послал и на личный, и на рабочий адрес. Это касается дела с трупом в Манси, Франк. Мы не знали, есть ли связь, ну вот, теперь знаем, что точно есть. Ты пока помозгуй, мне надо возвращаться...

Он тут же дал отбой. Шарко открыл свою почту. Люси подошла к нему с ватным диском для снятия макияжа в руке:

— Кто это был?

— Паскаль... Он расшифровал надпись на кардиостимуляторе... Газета, дата, номер страницы...

Он распечатал файл. На странице было три статьи, но его внимание привлекла одна.

Во вторник, 7 сентября, в середине дня ныряльщики выловили труп в озере Манси, в Эссоне. Полицейские прочесывали дно с совершенно иной целью, поскольку искали автомобиль, использованный при совершении налета во время проведения городской ярмарки. По нашим первым сведениям, тело было завернуто в брезент, утяжеленный камнями. На данный момент мы не знаем, идет речь о мужчине или о женщине. Жуткая находка может внести смятение в умы обитателей этого города, который всегда считался спокойным. Расследование поручено уголовной бригаде судебной полиции Версаля.

Прочтя, Люси застыла на месте:

— Вот же черт!

Франк заметался по комнате, выставив вперед указательный палец:

— Это означает две вещи. Во-первых, Каратель, за которым мы гоняемся сегодня, в 2017-м, связан с преступлением в 2014 году, и Фабрис Шевалье это знал. Во-вторых, существует связь с малышом Лукой. Шевалье оставил нам это указание, а его указания до сих пор всегда оказывались надежными. Он говорит о секрете. Секрет малыша, который ведет к телу, погребенному с грузом в глубине пруда. — Сжимая руками виски, он покачал головой. — Каким образом обнаруженное три года назад тело может быть связано с младенцем, родившимся всего несколько месяцев назад? Ты хоть что-то понимаешь?

Люси, казалось, не слушала. Ее взгляд застыл на мобильнике мужа.

— Точка, Франк. Кажется, она движется...

Шарко схватил телефон. Движением пальца он навел фокус на остров Жана Ленобля и глазам своим не поверил: Люси была права, сигнал перемещался.

Он протянул руку к жене, оглядывая все близлежащие поверхности.

— Твой мобильник! Быстрее!

— В кармане моей куртки.

Шарко достал аппарат и попытался дозвониться до Николя или Тассена. Но попал на автоответчики. Оба телефона сели.

— Есть вероятность, что это их машина?

— Никакой, инструкции были четкими. Если точка движется, значит GPS поставлена на машину Карателя. У них получилось.

Франк постарался сдержать восторг. Не стоит ни горячиться, ни куда-то мчаться. Если Каратель приехал оглядеться, значит он чувствовал себя спокойно, несмотря на события последних дней. Он не знает, что попал под наблюдение, и приведет их прямо к себе домой.

Шарко устроился на софе, прижав к себе Люси, словно собирался посмотреть хороший триллер. Интересно, в какой город приведет их этот мерзавец?

Благодаря настройке аппарата они могли отслеживать маршрут в реальном времени с точностью до пяти метров. Машина перемещалась со скоростью тридцать пять километров в час. Вдруг Шарко показалось, что его сердце перестало биться.

Машина не свернула в направлении моста, она продолжила движение по береговой дороге.

Той, которая огибала остров.

Шарко понял. Его пальцы сжали телефон.

— Господи, он едет к ним. Наверно, он их засек. Он нападет на них с тыла.

Триллер превращался в реальный хоррор, где Франку и Люси отводилась роль беспомощных зрителей. Ни Николя, ни Алекс Тассен никак не могли узнать, что Каратель возвращается с другой стороны острова. Но возможно, они уже тронулись в обратный путь. Возможно, Каратель просто хотел еще раз осмотреться.

Две или три минуты спустя точка застыла и больше не двигалась. Франк прикинул, что автомобиль должен был припарковаться метрах в ста от старой верфи. Секунды тянулись бесконечно. В голове мелькали самые жуткие сценарии.

— Мы должны что-то сделать! — воскликнула Люси. — Не можем же мы просто сидеть и смотреть!

Шарко встал, прошелся взад и вперед по комнате:

— Они уехали... Я уверен, что они уже уехали. Что такого могло случиться? За пять минут до того, как Каратель вернулся с другого конца острова? Зачем Николя и Тассену оставаться на месте?

На экране точка снова пришла в движение. Разворот. Скорость подскочила до шестидесяти пяти километров.

Через две минуты мост остался позади. Восемьдесят километров. Каратель ехал быстро. Слишком быстро.

Случилась трагедия.

Шарко больше не мог сдерживаться. Люси заметила, как влажная пелена заволокла его глаза. Шарко предпочел больше не размышлять. Он обулся. Надел кобуру. Натянул куртку. Жена попыталась вмешаться:

— Нет, Франк.

Он вывел карту на мобильник Люси и вложил телефон ей в руки.

— Их смена уже в пути. Позвони им и скажи, чтобы давили на газ и мчались к острову. Постарайся связаться с копами или пожарными Жанвиля, чтобы они тоже отправлялись туда. Мы не знаем, какая машина у Карателя, и наш единственный ориентир — эта точка. Я выслежу его. Я...

— Не надо, Франк.

— Выбора нет. Делай, что я сказал.

Он взял ключи от машины и исчез, хлопнув дверью.

43

Прокладывая маршрут, Шарко изложил ситуацию Жеко. Хотя уже поздно, ему нужны люди для сверхсрочного вмешательства. Глава уголовной полиции подключился к сигналу и оценил критичность положения. Он обещал действовать быстро и приказал Шарко не лезть одному. Потом дал отбой.

На экране точка GPS спускалась в направлении Парижа по автостраде А1. Машина Карателя перестроилась в районе Компьеня и продолжила путь на скорости сто сорок километров. Шарко со своей стороны двигался от Со к югу столицы; к моменту выезда на окружную ему предстояло принять решение: на восток или на запад? Он выбрал восток.

Франк ни во что не верил, ни в каких богов, ни в высший дух, но сейчас, вцепившись в руль, он бормотал молитвы, умоляя небо или любого бога оставить его людей в живых. Но в голове звучали выстрелы, сирена вращалась над головой, а перед глазами раз за разом прокручивалась сцена: Николя и молодой Алекс сидят в машине, готовые пуститься в обратный путь и гордые своим успехом... Сбоку появляется тень, направляет оружие, и оно сквозь стекло плюется смертью. Вспышки в ночи, струи крови и осколки костей разлетаются по салону. Потом тишина, наступающая после убийства, только легкий дымок пороховых газов.

Сидя один в машине, Шарко издал долгий крик. Нервы сдавали. Только не Николя... Только не он... Лишиться своего капитана полиции все равно что лишиться руки, получить нож в сердце и провернуть его, чтобы сильнее кровоточило. Николя больше чем партнер, он необходимая часть его жизни, его равновесия. Они с Люси обязаны ему свободой. Шарко не желал, чтобы его лишили члена семьи. Не таким образом, убив в полицейской машине холодной осенней ночью, с мозгами, размазанными по ветровому стеклу. Нет, нет, нет...

А еще он орал в машине: «Чего они тянут?!» — потому что вот уже полчаса после того, как он проехал сравнительно свободные от движения выезды на окружную — площадь Италии, Берси... — он ждал звонка Люси, жандармов или даже сменщиков, которые уже должны были добраться до острова. Худшее становилось все более вероятным. Никто не звонил, потому что там бойня...

Было 23:20, когда группа быстрого реагирования выехала из Управления. Машина Карателя свернула с A1 и теперь двигалась по A104 к востоку, в направлении Вильпента. Шарко приближался, он был сейчас на двадцать километров ниже, лавируя между щупальцами съездов и ответвлений автострад.

Звонок. Высветилось имя Люси. Шарко задержал дыхание и, только нажав на кнопку, заметил, как дрожат руки.

— Франк, они нашли Алекса Тассена около верфи. Живого. Он был без сознания, очевидно, получил удар по черепу, но только что пришел в себя. Они везут его в больницу.

Шарко сглотнул. Он знал каждую интонацию голоса жены и чувствовал, когда ей было плохо.

— А Николя?

— Нигде нет. Дверца машины распахнута, его мобильник на земле. Они думают, что... Каратель забрал его.

Шарко ощутил, как поднимается отчаяние, и ему захотелось вдребезги разнести телефон. Он подумал о том, каким образом погиб Шевалье, о всех мучениях, которые тому пришлось вынести, будучи во власти Карателя. Единственным шансом было перехватить убийцу до того, как он достигнет пункта назначения. Но, судя по указателям, Шарко все еще был в двадцати минутах езды от него, а с командой быстрого реагирования дело обстояло и того хуже.

Тоненький голос в трубке.

— Я не хочу, чтобы ты рисковал, — сказала Люси. — Что бы ни случилось, дождись ББР. Франк, ты меня слышишь? Жди подкрепления.

— Я буду осторожен.

Шарко дал отбой, не дожидаясь ответа. Когда она сразу же перезвонила, он заставил себя не отвечать. Его обещание не рисковать испарялось с такой скоростью... Каждая минута была на счету. Если Каратель увез Николя, возможно, он собирается заставить его говорить. Хочет понять, каким образом копы до него добрались.

Как только он это узнает или если Николя заупрямится и будет молчать, он убьет его.

Шарко выехал с окружной у ворот Баньоле. Между ним и Карателем оставалось еще около десяти километров, но теперь обе машины шли в одном направлении, и сократить расстояние стало труднее. По последним сведениям, ББР отставала на десять минут. Департаментские дороги и автострады освободились от потока раскаленного металла, бегущего по ним в течение дня. Из глубины отходящего влево ответвления в лицо Шарко трижды полыхнула вспышка дорожной камеры.

Страх скрутил ему живот, когда он увидел, как на экране появилось огромное зеленое пятно, к которому и устремлялся Каратель. В этот момент он понял.

Лес Бонди.

Убийца возвращался к своим истокам.

На место своего преступления.

44

Спидометр потихоньку сходил с ума: на дороге, где максимум был девяносто, Шарко перевалил за сто сорок. Дважды, слишком быстро входя в поворот, он думал, что сейчас убьется.

Теперь, углубившись в лес, точка больше не двигалась. Каратель наверняка припарковался. Включился новый обратный отсчет. Шарко представлял себе ужас Николя. Его привезли во влажную лесную пасть, чтобы бросить на ледяную арену. Белланже присутствовал при вскрытии, он видел голое изуродованное тело и размер укусов. Он знает, что его ждет.

Не отрываясь от руля, Шарко снял с предохранителя свой «зиг», лежащий на пассажирском сиденье.

Двенадцать минут спустя он остановился рядом с черным фургончиком, на том самом месте, где парковался в день обнаружения тела Шевалье. Насколько он помнил, до ямы оставалось метров восемьсот пешего хода. Вокруг сомкнулся лес, и его свирепая хватка источала запах грибов и зеленого мха. Лес возвышался, как еще один противник, готовый к бою.

С пистолетом в руке коп бросился вперед сквозь строй копий, устремленных к небу, пронзая препятствие, как пуля в ночи. Он попытался без фонаря, на чистом инстинкте, вспомнить дорогу. Сначала по узкой прогулочной тропинке, потом, когда тропинка повернет влево, продолжить прямо, дальше будут пруды, затянутые манником и ежеголовником...

Солоноватая вода блеснула, как клинок, когда он приблизился. Он был на полдороге. Обогнул овальный водоем слева, яростно преодолел еще триста метров в надежде, что не слишком уклонился от нужной траектории. Шарко вкладывал все свои силы в эту гонку на выживание, в груди едва не лопалось сердце, и ему казалось, что он дышит через соломинку.

Адреналин подстегнул его, когда до него донесся лай. Звуки пронзали броню леса, несясь отовсюду и ниоткуда, словно их испускала сама ночь в сердце этого бесконечного поля битвы. Собака была там, и она была голодна. При каждом шаге, при каждом болезненном вздохе деревья становились на пути, бросаясь на него, как беспорядочная армия, а он увертывался, как боксер, от атак грязи, папоротников и корней.

Чуть дальше он перевел дыхание, слегка пригнувшись и упершись руками в колени, с пылающим огнем в легких, таким обжигающим, что он не сразу осознал, что лай смолк.

Вокруг все стало слишком тихо.

Одно слово пришло ему на ум: охота.

Он, словно загнанный зверь, молниеносно застыл. Короткое рычание справа, звук приминаемых листьев, напитанных водой. Прицеливаясь, он развернулся на четверть оборота, но темнота окружала его стеной. Животное, конечно же, могло его и видеть, и чуять, а он был слеп, загнан в ловушку со своим пистолетом, дрожащим в руке из-за одышки.

Вдруг он различил что-то вроде галопа во все более тяжелом ритме, идеально четырехтактном, который он слышал только одним ухом. Едва он повернулся на звук, описывая концом ствола дугу, как между небом и землей появилась морда, два белых полукружья, разделенные бездонной пропастью. Над овалом челюстей двумя черными ледяными озерами блестели глаза, защищенные мощными костяными наростами.

Шарко открыл огонь, сильно и долго надавив на спусковой крючок и закончив одиночным выстрелом. Идеальный дуплет, которому учат во всех полицейских школах. Лес осветился на долю секунды — мгновенная вспышка пороха воспламенила частицы воздуха. Безвольное тело стаффа скользнуло на мертвые листья и ударилось о ствол дерева. Несоразмерные мускулы еще дергались под шкурой, как желе на подрагивающих тарелках.

Рядом просвистела пуля. Другая чиркнула по коре дерева в паре сантиметров от лица Шарко. Оружие плевало в него смертью в дюжине метров справа. Франк спрятался за дерево и пару раз выстрелил наугад. Его тело под курткой исходило потом.

Шелестели травы. Противник передвигался со скоростью ветра. Где яма? Франк пригнулся, наполнил легкие воздухом и рванул напрямик, перебегая от дерева к дереву. На него обрушился град картечи. Он задыхался, прислонясь спиной к дереву и прижав оружие к правой щеке. Все вокруг пропахло горячим порохом, теплой медью и дурманящими испарениями танина. Он заметил в траве у своих ног кусок желтой оградительной ленты. И только тогда увидел в трех метрах могилу, чернее самой земли.

— Николя!

Вместо ответа он услышал что-то вроде похрюкивания, задавленный жалобный всхлип. Николя жив, он здесь, в дыре, слава богу, но в каком состоянии? Из своего укрытия Шарко наугад бросил палку. Брызнула пуля.

— Сопротивление бесполезно! — крикнул коп. — Сейчас прибудет подкрепление!

— Да пошел ты!

— Ты не смо...

Раскат голосов и предупредительных криков заглушил его слова, и все взорвалось в искусственном ярко-желтом свете. Выбросы пороха пересекались в одной точке, пули свистели, попадая в дерево, срезая листья. Шарко сел, прислонясь к стволу по другую сторону от линии огня и подтянув колени к груди. Фейерверк длился секунд десять, пока прозвучавшая в темноте отрывистая команда «Прекратить огонь!» не положила ему конец и лес наконец не замолчал.

— Цель на земле! — закричал другой голос. — Цель на земле!

Шарко бросился к яме, фонари вокруг вились, как светлячки. Трое коллег из ББР принесли осветительные приборы. Николя лежал в глубине, свернувшись калачиком, со связанными ногами и запястьями, покрытым грязью лицом и кляпом из многочисленных слоев изоляционной ленты, которыми была обмотана вся его голова. Франк сполз вниз по краю ямы и с помощью парней вытащил его из земляного узилища. Они освободили его от пут, и Николя вскрикнул, когда клейкая лента, неосторожно сдернутая чьей-то рукой, содрала прядь волос и кожу губы.

— Раз орешь, значит жив. Ничего не сломано?

— Алекс...

— Вне опасности.

Белланже сжал челюсти, как боксер после неоднозначной победы, и дружески хлопнул Шарко по плечу:

— Он вырубил меня шокером, когда я вышел посмотреть, почему Алекс долго не возвращается. Я и впрямь решил, что на этот раз мне кранты...

Он замолчал и секунд двадцать просидел неподвижно. Потом подошел к неподвижной массе, освещенной фонарями. Каратель лежал среди корней с открытыми глазами и ртом. Его череп блестел как сахарная голова, а три обугленных цветка прорастали сквозь куртку в области груди. Чуть дальше один из коллег направил луч света на собаку:

— Не псина, а просто смерть во плоти, а уж если встретиться нос к носу...

Николя повернулся к Шарко и отвел его в сторону. Гильзы на земле еще дымились.

— Он собирался натравить на меня своего зверя. Без тебя я был бы уже мертв. Ты спас мне жизнь. Еще раз. Я не знаю, как...

Шарко поднял открытую ладонь:

— Теперь важно только одно: чтобы ты стал жить, а не влачить существование. Можешь сделать это для меня прямо с сегодняшнего дня? Жить?

Николя не был уверен, что понял, куда клонит Шарко и почему в подобных обстоятельствах он вдруг ударился в философствование.

— Съезжу посмотрю, как Алекс...

45

В это субботнее утро у Одри появилось ощущение, что она пропустила ключевой эпизод серийного триллера. По последним данным, Каратель был мертв, его убили парни из ББР. В сообщении ее начальник больше ничего не объяснял, только просил побыстрее приехать.

Это означало, что засада Николя или его сменщиков сработала. Каратель прибыл осмотреться перед назначенным на воскресенье боем и попал в ловушку. Похоже, финал операции был довольно бурным, раз преступника не удалось взять живым.

Спускаясь по лестницам после визита в кабинет психиатра, Одри потирала тыльной стороной ладони покрасневшие от волнения глаза. Перечитывать письмо, аккуратно убранное в глубину ее сумки, было настоящим адом. Ничего не менялось, ни ее психическое состояние, ни мучения, но специалист утверждал, что это нормально, потребуется еще один или два приема дюмеронола, чтобы результаты терапии стали ощутимы.

В стенах клиники «Сальпетриер» Одри чувствовала нарастающее напряжение, связанное с паводком. Медицинский персонал нервничал и говорил только о катастрофе. Внизу какие-то мужчины выгружали мобильные электрогенераторы. Во дворе из превентивных соображений устанавливали помпы, трубы от которых спускали в подвалы. Технические команды, увешанные соответствующим оборудованием и инструментами, ходили по коридорам с замкнутыми лицами.

Насколько поняла Одри, все здания клиники располагались в затопляемой зоне, а горизонт постепенно поднимающихся грунтовых вод проходил как раз под операционным блоком. Разлив не только опустошал поверхность, он невидимо завладевал подземным Парижем. Пациент, рано утром вышедший из здания покурить, рассказывал, что видел, как вдоль стен бегут крысы. Животные, вот так покидающие потемки ради света, были явно дурным предзнаменованием.

Прежде чем вернуться на работу, Одри захотела увидеть бедствие собственными глазами. Поэтому, надев наушники и настроившись на новостные передачи, она остановилась на Аустерлицком мосту, прежде чем перейти через него. Опершись о каменный парапет, зеваки завороженно и, конечно же, испуганно наблюдали за небывалым зрелищем. Некоторые туристы даже фотографировали. Никогда еще она не видела реку такой раздувшейся в своем старом грязном платье. Поток полз, как гигантская анаконда, молчаливый монстр, с садистской медлительностью бесшумно проникающий вглубь поселения, чтобы тем вернее его удушить. Перегнувшись через перила, Одри почти могла прикоснуться к его холодной коже.

По последней информации, идущей в прямом эфире, пресловутому Зуаву в нескольких километрах к западу вода дошла уже до складки на левом локте. Ее уровень достиг шести с половиной метров, и Vigicrues предсказывал шесть метров девяносто через два дня, то есть на восемьдесят сантиметров больше, чем в 2016-м, прежде чем начнется медленный спад.

Шесть метров девяносто... Одри не могла прикинуть, поднимется ли вода выше набережных и разольется ли по бульварам и улицам, как это уже случилось во многих городах региона. Или же, как предсказывал Ангел, Аустерлицкий вокзал поплывет.

В любом случае, как сообщало радио, премьер-министр только что дал зеленый свет плану обеспечения бесперебойной работы правительства, подразумевающему немедленный переезд исполнительного аппарата в крыло Венсенского замка. Входы в четыре станции метро, наименее защищенные от опасности, были замурованы, движение по путям вдоль берегов запрещено, вступили в силу новые правила, минимизирующие движение в столице.

Как и персонал клиники «Сальпетриер», сотрудники администраций, местных учреждений, зданий и предприятий, находящихся в зоне риска, действовали согласно их собственным ППРН, то есть планам предупреждения риска наводнений. Закрытие нескольких крыльев Лувра, музея Орсэ, Оранжери и перемещение тысяч произведений искусства на верхние этажи. В префектуре полиции установили электрогенераторы, сформировали две мобильные санитарные группы, эвакуировали персонал, работающий в подвальных помещениях... Другие меры принимались в центрах переработки отходов или производства питьевой воды, в школах, мэриях отдельных округов из зоны риска или в Управлении парижского транспорта, которое выдавало со своих складов тонны бетона, цемента и песка, чтобы как можно лучше защитить наиболее уязвимые точки. Паутина запретов, эвакуаций и сигналов тревоги легла на Париж и рисковала вогнать его население в такую же нервную истерию, как в муравейнике, потревоженном ногой человека.

Одри села в поезд метро на станции «Сен-Марсель». Тревожные и замкнутые лица пассажиров, уткнувшихся носом в прессу, где первые полосы делили дело Шевалье и природная катастрофа. Пальцы, скользящие по экранам телефонов, бегающие взгляды, словно каждый должен опасаться соседа. Все вместе, слипшиеся в один комок и в то же время такие одинокие в своих пещерках. Мало-помалу люди отдалялись друг от друга, больше не соприкасаясь, не разговаривая, почти становясь машинами. Одри с горечью сжала свой мобильник. Если бы только она сумела от него избавиться, забыть социальные сети, которые вместо того, чтобы создавать связи, только изолировали каждого в своем пузыре.

Но оставался Ролан... Это безумие, которое она вполне осознавала, но не могла ему противостоять.

Она приехала в Бастион около одиннадцати. Грузовички со спутниковыми антеннами исчезли, на улицу вернулось видимое спокойствие, но пресса не отставала: об этой истории будут говорить еще долго, без конца обсуждая проблемы безопасности, распространения информации, кибертерроризма нового типа...

Шестью этажами выше она сначала направилась к кабинету начальника. Шарко изложил ей то, чего не стал писать в сообщении: похищение Николя и его спасение *in extremis*[1] в лесу Бонди, где были прикончены убийца и его собака.

[1] *Здесь*: в последний момент *(англ.)*.

Помимо шока от новостей, Одри показалось, что она получила удар ножом в сердце, когда на какие-то две-три секунды представила себе будущее без Николя. Речь шла не только о колоссальной боли от потери коллеги во время уголовного расследования, нет, на нее внезапно напало ощущение глубинной пустоты, черной дыры, которая перекрыла ей дыхание и стала втягивать в себя.

Она выбросила эти мысли из головы, как если бы они были запретны, и испытала насущную потребность проверить на мобильнике, нет ли нового сообщения от Ролана. Ничего в этом не было хорошего, а ее дерганые жесты и дрожь служили тому лишним подтверждением, но что она могла поделать?

В их общем кабинете был один Николя, с кружкой кофе в руке он стоял перед окном, спокойный, но поглощенный своими мыслями. Как он мог вот так стоять после всего, что ему пришлось пережить?

Снаружи на стройке вертелся подъемный кран, с агрессивным пиканьем перенося устрашающие бетонные блоки. Небо опять приобрело бледный оттенок, ни серый, ни перламутровый, нечто вроде вязкой массы, которой затянуло весь город. Отсюда не было видно ни Сены, ни причиненных ею опустошений, но Николя знал, что часть Аньера превратилась в одно большое озеро, а про мостки можно было забыть, потому что они были слишком коротки. Рано утром дежурные службы на воде попросили последних остававшихся обитателей барж покинуть порт. Николя выгнали из дома.

Порт Ван Гога стал просто кладбищем, а баржи — могилами.

Одри поставила термос с чаем к себе на стол и осталась сидеть там, не зная, что ей делать. Николя был из отчаянных упрямцев. По словам Шарко, он отказался от врачебного осмотра, как и от предложения взять свободный день, чтобы прийти в себя. Лечение работой... У стены слева от его стола она заметила набитую доверху большую спортивную сумку. Одри подумала о паводке и о баржах. Ну конечно...

— Как ты себя чувствуешь? — спросила она.

Он едва на нее глянул и пожал плечами.

— Как твой визит к зубному, не очень больно? — откликнулся он едким тоном.

— Николя, послушай, я...

— Со мной все в порядке, понятно? И не трать время на объяснения или фальшивое сочувствие. Бесполезно.

— Это не фальшивое сочувствие.

— От того, что произошло этой ночью и прошлой, я вполне оправлюсь. Не знаю, от которой из них боль сильнее, но все будет нормально, я привык. И потом, я ведь тоже лечу зубы... А, Люси?

Люси только что зашла в комнату с бумагами в руках:

— Что?

— С нашей работой мы все в какой-то момент лечили зубы. У всех у нас в один прекрасный день случался кариес, который отравлял жизнь, верно?

Одри побагровела и ринулась за своим термосом. Что за игру он затеял? К счастью, у Люси голова была занята другим, она подошла и сунула коллеге пачку бумаг:

— Едем на обыск по всем правилам. Он обосновался в районе Маньи-ан-Вексен — какая-то дыра в пятидесяти километрах отсюда. — Люси повернулась к Одри. — Если хочешь поехать, третий не лишний, чтобы хоть оглядеться поначалу у Демоншо. Франк уезжает на совещание с коллегами из региональной службы Версаля и Орлеана и со следователями по различным делам. Паскаль — в Институте медэкспертизы на вскрытии, а большая часть группы Юрьеза работает над Шевалье.

Придет ли день, когда Одри удастся допить свой чай? У нее в руке дымилась пластмассовая чашка.

— Службы Версаля и Орлеана? Демоншо? Может, мне сначала кто-нибудь объяснит?

— А, да, извини. Две самые важные вещи.

Люси подошла к своему столу и показала распечатку статьи из «Паризьен»:

— Первое: Паскаль расшифровал послание на кардиостимуляторе. Это отсылка к статье, в которой сообщается об обнаружении тела женщины в Эссоне. Итак, если верить Ангелу, дело трехлетней давности несет в себе загадку маленького Луки. Какой секрет может связывать труп трехлетней давности и едва родившегося младенца? Они постараются разобраться с этим.

Люси показала им фотокопии. Серая карточка, водительские права.

— А теперь о Демоншо...

Она выложила рядом снимки с места преступления. Одри задержала изумленный взгляд на трупе собаки. Пропорции животного превосходили ее худшие предположения.

— У Карателя при себе было удостоверение личности и другие документы. На самом деле его зовут Арно Демоншо, тридцать восемь лет, проживает в Валь-д'Уаз. Минивэн из леса Бонди записан на его имя. Вот все, что мы на данный момент о нем знаем. Никаких судимостей, в полиции на него ничего нет.

Она показала большую связку ключей, лежащую на дне ее сумки. Некоторые из них были тяжелыми и старинными.

— Это мы тоже нашли в бардачке минивэна. Хоть слесаря не придется вызывать.

Никаких простоев, расследование продолжается. Шевалье мертв, Демоншо тоже, но кто были те зрители у края ямы? Почему умер Ангел? В чем заключается секрет Луки? У них оставалась еще масса вопросов, на которые предстоит ответить. Учитывая, какую огласку и размах приобрело дело, совершенно очевидно, что начальство потребует от них отчета, не оставляющего и тени неясности.

Они отправились в дорогу, Николя за рулем, Люси рядом с ним. Одри настояла, что займет заднее сиденье. Она вцепилась руками в колени и разглядывала Николя по диагонали: гнев, который он, казалось, сдерживает, судя по сжавшимся челюстям, огонек, пляшущий в хрусталике правого глаза, как если бы там прокручивался фильм и трогательный, и грустный. О чем он думает?

Жирное и щедрое дыхание полей изгнало душный запах города. Идущие до самого горизонта темно-зеленые пласты с ярко-рыжими вкраплениями все еще боролись с бурой гнилью осени. Одри открывала для себя другую Францию, северную, сдержанную, почти стыдливую, скрывающуюся за чувственными изгибами своих тучных долин и потрясающе красивую.

Около часу дня они приехали в местечко всего из нескольких домов, раскиданных там и сям. Сельская дорога петляла до стоящего на отшибе участка Демоншо — старой фермы на заросшей травой земле в самом сердце песчаных равнин. Одри подумала о земле Шотландии или даже Лапландии, об открытой в бесконечность долине огненного цвета. Известковые стены дома, его пристройки и пустая конюшня с их плоскими сизыми черепичными крышами растворялись в пейзаже, словно тая в вечности мира. Чуть в стороне устье старого колодца тянуло свои губы к небу.

Они надели латексные перчатки. Николя взял зеркальный фотоаппарат. Одри несла две пустые картонные коробки, предназначавшиеся для сбора вещественных доказательств. Поиграв связкой ключей, Люси сумела открыть тяжелую дверь жилища. Они зашли и ощутили спокойную силу, какая исходит от старых ферм с их большими каминами, дубовыми балками и тесаными камнями, несущими в себе многовековую историю.

Арно Демоншо был охотником. Рядом с висевшей слева коллекцией оружия повсюду были выставлены чучела его трофеев. Олени, кабаны, лисы с вытянутыми мордами и блестящими в бледном свете бусинами глаз еще сдерживали последний вздох.

— Компьютер, бумаги, телефон, — бросил Николя, — гребем все.

— Пойду загляну в пристройки, — отозвалась Люси.

Она вышла, унося связку ключей, а двое ее коллег приступили к обыску помещения. Николя вытащил кипу счетов и прочих бумаг из ящика шкафа в столовой и положил их на стол. Одри скрылась в соседней комнате. Счета, абонемент в спортзал, пачки конвертов и писчая бумага. Он отложил платежные ведомости, быстро просмотрев отдельные строчки. Судя по всему, Демоншо работал коммерческим представителем в «IDF Med», компании, расположенной в Мант-ла-Жоли, и получал порядка трех тысяч евро в месяц.

Николя продолжил поиски. Он не нашел ни компьютера, ни мобильника, ни квитанции, свидетельствующей об абонировании номера. Каратель, хоть и был носителем концентрата технологии в виде имплантированного чипа, казался отрезанным от мира. Стремление не оставлять никаких следов?

Николя сложил в коробку то, что считал необходимым забрать с собой, и направился в гостиную. В холле заскрипели ступеньки, и шаги Одри раздавались теперь над его головой. Он прошел мимо бара, забитого крепкими напитками, потом его взгляд привлек видеомагнитофон и ряд кассет VHS под телевизором последней модели. Кто использует это старье в век Интернета и Netflix? На журнальном столике он подобрал пустой футляр, на котором довольно криво было напечатано: «August Underground»[1].

Кассета из этого футляра торчала из пасти видеомагнитофона. Николя нажал на «пуск» и был поражен одновременно реалистичным и зернистым изображением. Снимали наплечной камерой, цвета отливали холодной синевой металла во льду. Девушку, которой не было еще и двадцати,

[1] В русскоязычном варианте фильм называется «Подполье» или «Августовское подполье».

терзал жирный лоснящийся мужик с большим отвислым задом. В бесконечном кадре не было ничего, кроме адского коктейля из зверств и извращений. Это было похоже не на фильм, а... на репортаж, на изнасилование прямо перед камерой: тип занимался девушкой, а его сообщник снимал в узком пространстве прицепа...

С мерзким чувством Николя остановил просмотр и достал еще десяток кассет, стоящих под телевизором. Одну за другой стал вставлять их в видеомагнитофон. Трудно определить, были ли это действительно фильмы или реальные сцены пыток, насильственного заточения, секса. Никаких вступительных или заключительных титров, на этикетках ни имени режиссера или продюсера, ни актеров... Когда он хотел извлечь кассету «Phenomenia», пленку заело в считывающей головке. Если поднажать, он разнесет аппарат, поэтому он оставил ее на месте и продолжил свои изыскания.

С фотоаппаратом в руке поднялся на второй этаж, оглядывая комнаты и обстановку. Полосы желтого света падали сквозь щели в закрытых ставнях, от каменных стен исходил мрачный холод. Он коснулся перил и не обнаружил ни следа пыли. С того момента, когда они зашли в дом, у него возникло ощущение чрезвычайной чистоты, почти маниакальной, судя по тому, как разложены были предметы. Ничто нигде не валялось. Ни собачьего волоска, ни обрывка бумаги.

Одри осматривала большую спальню. Протянула ему маску Гая Фокса:

— Она лежала здесь, на комоде.

Николя взвесил на руке маску, идентичную той, что была у Ангела будущего. Он представил себе Шевалье, Демоншо, а может, и других, скрывающихся за этим белым восковым лицом.

— Компьютер? Телефон?

— Пока ничего. Все чище некуда. Но в одном из ящиков было вот это... Посмотри первую страницу.

Она протянула ему тетрадь. Николя открыл и глянул на рисунок углем. Он изображал черного орла с мощными когтями, склонившегося над обнаженным человеком с распоротым животом, прикованным к скале. Хищник клювом вырывал у него куски печени.

— Сцена преступления, — выдохнул Николя.

— Похоже на то.

Картина тела Шевалье, лежащего голым на дне ямы, искусанного с головы до ног, с болтающейся печенью и следами связывания на руках и ногах... Аналогия показалась ему очевидной. То, как было вскрыто тело в лесу, не было делом случая. Речь шла о постановке.

— Тебе этот рисунок ни о чем не говорит? — спросил Николя. — Может, что-то античное?

Одри пожала плечами. Николя не мог вспомнить, где он это уже видел. Полистал тетрадь. От страницы к странице разум Демоншо все больше погружался во мрак. Он начал рисовать гибридов, лица, сплавленные с кусками металла, уши, приживленные к рукам. Линии жесткие, черные, впивающиеся в бумагу так, что едва не раздирали ее. На двойном развороте про́клятые зародыши держались за руки, образуя хоровод. Разверстые рты, изломанные лбы, глаза, стекающие на щеки, как липкие слезы. Кое-что напомнило Николя картины Фрэнсиса Бэкона[1], многоплановые и искаженные. Какой смысл заключен в этих рисунках?

Он забрал тетрадь, и они продолжили обыск, каждый в своем углу. Стоило Одри приблизиться, как ее коллега переходил на другое место, сохраняя холодную дистанцию. Комната была оборудована как спортивный зал. Всюду стояли банки с протеинами и бутылки с энергетическими напитками. На стенах висели постеры с бодибилдерами в позах греческих атлетов. На скамье для занятий жимом

[1] *Фрэнсис Бэкон* (Francis Bacon; 1909–1992) — английский художник-экспрессионист, тезка философа и историка.

лежа по-прежнему в готовности стояла штанга и грузы. Николя насчитал больше ста сорока кило. Насколько он знал, Паскаль вытягивал максимум сто двадцать пять, что само по себе уже подвиг.

В глубине шкафа он обнаружил металлическую коробку. Под всяким бумажным хламом лежала вполне приличная сумма наличности. Там было больше шестнадцати тысяч евро, которые он сфотографировал и переписал номера банкнот. Доход с собачьих боев?

Вдруг он услышал свист, доносящийся снаружи. Подошел к окну, открыл. Внизу справа стояла Люси и махала ему, чтобы он подошел.

46

Ветер, метущий по огромным равнинам Вексена, срывал последние листья со старых ив и раскачивал черные сухие плоды орешника. Воздух нес запахи тины с рек и речушек, а еще аромат диких фруктов, выхваченный из подлеска, кишащего насекомыми и гнилостной смесью.

В десятках километров оттуда, над широкой горловиной колодца одинокой фермы, где наверняка было приятно жить, стоял ворот с бурой и проржавевший лебедкой. Люси потянула за веревку и вытащила наверх не ведро, как в старые добрые времена, а металлическую клетку, состоящую из деревянного цоколя и сетки, какой отгораживают кур. Застрявшие в ячейках пучки белой и коричневой шерсти вились на ветру.

— Я осматривала пристройки и конюшню, там ничего особенного, но похоже, что свою зверюгу он держал как раз в глубине этой дыры, — объяснила Люси. — И думаю, там не только колодец. Посмотрите.

С помощью фонарика, который она достала из багажника машины, Люси освтила алюминиевую лестницу, идущую на пять метров вниз. В глубине виднелся бетонный пол и арка, вырубленная в скале.

— Там подземелье. Нужно глянуть.

Николя застыл, вцепившись в каменный раструб. Это было не просто устье колодца, но спуск во внутренности, призыв пойти наперекор своим страхам. Там, внизу, бродили демоны, с которыми он не желал встречаться. Он опять увидел себя на коленях, разгребающим камни, чтобы расчистить проход в каменоломню. Почувствовал колебание воздуха, исходившее слева от тела Шарко. И перед ним, с той же четкостью, с какой он видел Одри и Люси, предстала тень распятого тела Камиль за белой простыней...

На его лбу проступили крупные капли пота, плоть плавилась в вулканической лаве. Он отпустил каменный бордюр и неловко отступил назад. Нет, снова приблизиться он не сможет, у него не получится, и он кусал себе губы. Он ненавидел свой мозг, который приказывал ему сдать назад, и свое проклятое тело, вышедшее из-под контроля.

— Я останусь здесь... Позовите, если возникнут проблемы.

Ему пришлось дважды пошарить в кармане, прежде чем удалось достать оттуда пачку. Он отошел с сигаретой в зубах и прикурил ее в сторонке дрожащими руками. Люси повернулась к Одри:

— Ты в курсе насчет него?

— Да, Франк рассказал. Подруга Николя погибла четыре года назад. Это ужасно.

— Слабо сказано. А он знает, что ты знаешь?

— Нет, не думаю...

— Может, однажды сам тебе все расскажет.

Люси уцепилась за лестницу и полезла вниз, напарница за ней. Оказавшись на месте, они двинулись под арку. Перед ними возникла массивная дверь. Люси вытащила из кармана куртки связку ключей и перепробовала несколько, прежде чем нашла подходящий. Пришлось поднапрячься, чтобы открыть, потому что петли были не смазаны, а от влажности дерево разбухло.

Створки распахнулись, за ними открылась ниша с устланным соломой полом, пирамидой тюков в углу, штабелями пачек с крокетами и аккуратно развешенными на гвоздях поводками, намордниками и ошейниками. В отличие от дома Проста, здесь все было чисто, совершенно сухо, ни запаха псины, ни вони экскрементов. Ничто не указывало на то, что собаку били или натаскивали как бойцовую, — без сомнения, ее природной мощи хватало, чтобы обеспечить победы. Животное обитало здесь, в темноте. Демоншо заботился о нем и тщательно следил, чтобы никто не заподозрил о его существовании.

Одри нащупала выключатель, и из подвешенной на шнуре лампочки хлынул свет. Электрические провода шли вдоль камня и исчезали за другой дверью, слева от тюков. Подземелья были древними, их соорудили, конечно же, одновременно со старой фермой. Люси не представляла себе, каким было их первоначальное предназначение — возможно, здесь хранили урожай, — но и провода, и выключатели были недавними. Каратель все переоборудовал на свой лад.

Она пошла первой. Одри двинулась следом с ощущением, что они углубляются в извилины мозга Арно Демоншо. Снова выключатели. На этот раз послышалось потрескивание неона, и помещение осветилось.

Открытие их ошеломило. Женщины подняли глаза и увидели два пальца в банке, наполненной формалином и стоящей на столе. Словно два указателя. Один из них еще сохранил на ногте алый лак: фаланга женского пальчика, очевидно мизинца.

— Ты заметила какие-нибудь следы женского присутствия в доме? — спросила Люси.

— Ни малейших.

Демоншо и некая женщина отрезали себе по фаланге и сохранили мрачную реликвию в банке. Кем она была?

Подругой? Такой же чокнутой, как он сам? Одри вспомнила про отпечатки маленьких ног вокруг ямы. Она подошла к стоящей в углу на три четверти пустой канистре. Повернула ее и прочла на этикетке: «Соляная кислота».

За канистрой были спрятаны две кассеты VHS. На наклейке одной из них была изображена сотня белых масок Гая Фокса, расположенных рядом или друг на друге. Некоторые из них были забрызганы кровью. Название «Her last bloody day». «Ее последний кровавый день». Другая кассета называлась «Atrautz».

— У него там были кассеты, — сказала Одри. — Так зачем прятать отдельно эти два фильма? И потом, ты видела маски?

Люси подошла к другой двери, поменьше и квадратной. Проворачивая подобранный ключ в замке, она задумалась. Ангел будущего добрался до Демоншо, он присоединился к группе, отрезав себе фалангу, и был убит в чаще леса. Что это за группа? Какие ужасы обнаружил Фабрис Шевалье? Что хотел он изобличить перед миллионами людей? *Я покажу вам, на что способны эти монстры, прячущиеся во Франции, или типы вроде Карателя.*

Отперев замок, она с большой опаской отвела дверь от наличника и заметила, что дышит быстро, маленькими вдохами и выдохами, как если бы держала голову в пластиковом пакете. Стоя позади, Одри чувствовала себя немногим увереннней, Люси ощущала ее горячее дыхание на своем затылке.

На безупречно чистом бетонном полу стояли химические столы, сооруженные из досок, закрепленных на козлах, на них были расставлены пробирки, пипетки, флаконы с химическими веществами. На вешалке рядом с коробками перчаток и медицинских масок висели халат и шапочка, справа — электрический обогреватель. К этому прилагались хирургические инструменты, разложенные на бумажных салфетках: скальпели, нить, крючки и скобы.

От обустройства в целом исходило отчетливое ощущение дилетантства: неоновые лампы на стенах были накрыты пластиковой пленкой, электрические провода свисали с потолка. Помесь науки с любительскими потугами, подумала Одри, вспоминая о том, что говорил Альрик Съоблад про биохакеров.

— Видала? — бросила Люси.

Одри подошла к коллеге. В глубине вивария копошились две мыши, в оплетающих их жилах напоминающие миниатюрные ростбифы. Одна из них была такой мускулистой, что, перевернувшись на спину, была бы не способна подняться на лапы.

— Как с собакой...

Царила тишина, внешний мир не существовал. Были только эти мыши, пипетки, отрезанные пальцы, и молодая женщина представила себе, как Каратель в халате — этот свирепый хищник, способный натравить собаку на голого человека на дне ямы, — с олимпийским спокойствием склоняется над микроскопом.

Одри осторожно приблизилась к груде картонных упаковок, большая часть размером с обувную коробку: «Synthetic biology», «GeneArt Genomic Clivage», «CRISPR Gene Knockout Kit», — было написано аккуратными буквами наверху и по бокам и украшено картинками с элементами ДНК или фотографиями ученых в хирургических масках, расхваливающих качество продукта. Она открыла один из наборов, обнаружила и там уложенные лабораторные материалы, флаконы с темными субстанциями и надписями на недоступном ей научном жаргоне.

Подальше на краю стола лежал открытый чемоданчик. Внутри Одри увидела аппараты, которые узнала: в лаборатории научной полиции их использовали для извлечения и анализа ДНК, только эти были намного меньше и не такие сложные.

— Термоциклер, центрифуга, микроплаты на девяносто шесть ячеек для помещения туда образцов, — констатиро вала она. — С ума сойти. Как он это раздобыл? Я и не знала, что такого рода оборудование разрешено продавать кому-то, кроме наших крупных микробиологических лабораторий.

Люси осматривала, не прикасаясь. Легко догадаться, куда уходили деньги, полученные за собачьи бои.

— А главное, для чего все это? Посмотри там название отправителя материалов. Кто именно? Предприятие? Лаборатория?

Одри поискала наклейку и нашла ее на другой стороне чемоданчика. Ее глаза расширились.

— Это... это Amazon... — Она перевернула остальные пакеты. — Amazon — всюду. На каждой коробке.

47

Николя увидел оборудование, две фаланги и кассеты, извлеченные из колодца командой Фортрана. Люди в спецодежде вернулись оттуда, как после долгой подземной экспедиции. За время операции ни один специалист и ни один коп из двенадцати присутствующих не разговаривал. Николя попросил забрать и видеомагнитофон со всеми кассетами. Он знал одного киномана в их конторе, специалиста по кровавым фильмам и хоррору, тот поможет разобраться с этой жуткой коллекцией.

Люси и Одри поднялись наверх мрачные, под впечатлением от своих открытий. Когда на закате автомобили двинулись в обратный путь, холодное крыло тишины осеняло равнины, по которым гулял западный ветер.

Следовало возвращаться в Бастион. Группа Шарко в полном составе продержалась еще один день. Франк заканчивал свое бесконечное совещание с копами региональных служб и следователями, Люси ушла пораньше, если восемь вечера субботы можно так расценивать: у няни близнецов намечался семейный ужин, и она не могла и дальше сидеть с их сыновьями. Паскаль зашел подбить итоги после вскрытия Демоншо и, усталый, отправился восвояси с ужасающим утверждением: «Похоже, это никогда не кончится».

Отчет по вскрытию Карателя придет не сразу, но Паскаль объяснил на словах: кроме магнита в правом большом пальце и ампутированной фаланги левого мизинца, Демоншо должен был носить такой же чип, как у Шевалье, под кожей левого запястья, но туда попала пуля девятимиллиметрового калибра, раздробившая лучевую кость. Медэксперт выявил следы многочисленных уколов на уровне левого и правого бицепсов, и некоторые части этих мускулов были сверхразвиты по сравнению с остальными. Но усиление мышечных волокон носило беспорядочный характер, отчего бицепс поднимался или сплющивался, как плохо прожаренный стейк. Медик никогда такого не видел: по всей видимости, Демоншо впрыскивал себе какие-то вещества, состав которых, будем надеяться, выяснится после токсикологических анализов.

Труп его собаки попал в руки ветеринара. ДНК пальцев, а также странные биологические наборы с запросом на срочное приоритетное исследование отправились в лабораторию научной полиции, на набережную Орлож. Николя передал видеокассеты своему коллеге-киноману, тот отбыл со стопкой под мышкой и обещанием заняться этим, как только вернется на работу, в понедельник. Белланже попросил его обратить особое внимание на две кассеты, найденные в подземелье.

При свете настольной лампы Николя пролистал тетрадь с рисунками, найденную у Демоншо. Одри по-прежнему сидела против него за своим столом, уткнувшись в бумаги. Синий свет отражался в ее зрачках. Время близилось к девяти, и она безостановочно зевала.

Он сосредоточился на рисунке с орлом, пожирающим печень. Мифологическая сцена, он был уверен. Счастливую отгадку он нашел в Интернете.

Миф о Прометее...

Какой-то шум прямо перед ним. Николя поднял блестящие глаза на Одри, стоящую у его стола. Она была уже в пальто и держала под мышкой сумочку:

— Что?

Николя захлопнул тетрадь.

— Да ничего особенного.

Он сделал вид, что сосредоточился на своем экране, несколько раз кликнул мышью. Одри поняла, что он не желает поддерживать разговор.

— Ладно... Я просмотрела бумаги, — заговорила она. — Судя по налоговой декларации, у него нет ни официальной жены, ни гражданской. Вообще никаких признаков возможной женщины в его жизни. Так что на данный момент мы никак не можем узнать, кому принадлежит палец с лаком на ногте в той банке. И у нас нет никаких следов ни телефона, ни абонирования номера, ни почтового ящика в Интернете, ни даже компьютера. По профилю получается крайне осторожный человек. А еще я посмотрела в Сети, что есть о той компании, где он работал, — «IDF Med». Эта фирма занимается поставками новейших лабораторных материалов и медицинского оборудования по всей территории Иль-де-Франс. Судя по всему, они специализируются на гинекологии и репродуктивной медицине, работают с роддомами, лабораториями медицинских анализов, частными кабинетами и рядом частных клиник... Все закрыты сегодня и завтра, разумеется.

Он слушал вполуха.

— Лаборатории не выдадут никакого результата до понедельника, административные службы закрыты, и... — она заколебалась, — завтра воскресенье, а Франк не желает меня здесь видеть. Я подумала, может... ну, если ты не против, ты мог бы показать мне пару симпатичных мест в Париже. Было бы неплохо проветриться и подумать о чем-то другом.

— Сожалею, но у меня на завтра кое-что намечено, — мгновенно парировал Николя.

Она восприняла обиду так же, как та была нанесена, — с открытым забралом:

— Ладно. Тогда до понедельника.

— Так точно.

Она быстрым шагом вернулась к своему столу, забрала термос с чаем. Перед тем как выйти, остановилась и кивнула на спортивную сумку:

— Сожалею о твоей барже. Надеюсь, тебе есть куда пойти?

— К Шарко. У них есть гостевая комната.

Она послала ему натянутую улыбку и вышла. Николя смотрел, как она удаляется по коридору. Он злился на себя за то, что был с ней излишне жёсток, но ему никак не удавалось разгадать ее, понять, что за игру она ведет. В один прекрасный день она выбрасывает его, как дырявый носок, а назавтра предлагает пойти с ней прогуляться?

Он налил себе стакан воды в комнате отдыха. На этаже было почти пусто, и в такие благословенные моменты Николя чувствовал себя хорошо. Он подошел к окну. Внизу быстрыми шагами двигался по улице тонкий силуэт его партнерши. *Кто ты, Одри? Чего ищешь?* Он наблюдал за ней, пока она не скрылась из виду, потом вернулся к себе.

Снова открыл рисунок в тетради. Орел, склонившийся над печенью обнаженного человека. Миф о Прометее.

Прометей был одним из титанов, брат которого, Эпиметей, наделил животных разными способностями, но забыл сделать дар людям. Если у черепах был панцирь, чтобы защитить себя, у зайцев способность рыть норы, чтобы укрыться, то человеческие существа оставались голыми без всякого плана спасения. И тогда Прометей, чтобы исправить ошибку брата, украл с Олимпа огонь и подарил его бедным смертным, слабым и беззащитным. С того момента Человек получил доступ к знаниям и силу, но заодно и возможность разрушать, развил свои преимущества перед другими живыми существами и стал почти равен богам. Ревнуя к успехам людей, Зевс приказал приковать Прометея к скале и приговорил к тому, что его печень будет клевать орел. Каждую ночь печень вырастала заново, делая страдание бесконечным.

Николя сидел, неподвижно уставившись на рисунок. Человек-созидатель, человек-разрушитель. Человек, равный богам. Каким в этой схеме мыслил себя Демоншо? Почему этот миф был для него так важен? Что он хотел выразить, обустраивая место преступления? Что он карающий бог?

Через полчаса после ухода Одри Шарко просунул в дверь голову с грязными потеками вокруг глаз вместо кругов. Сделал ему знак, что пора собираться. Николя выключил экран, убрал тетрадь в шкаф вместе с другими вещественными доказательствами и взял спортивную сумку. Мужчины двинулись к лифту.

— Ну и что дало эпохальное совещание? — спросил Николя.

Шарко нажал на кнопку:

— Полный бардак, передать не могу. Никто ничего не знает, ищут любую связь между малышом и трупом женщины лет сорока пяти, неизвестной, а единственное, чем мы располагаем, — ее псевдофоторобот. Боэси, который ведет дело о суррогатном материнстве, перетрясет семью матери младенца, Эмилии Робен, может, у нее пропал кто из близких — тетка, сестра, кузина — и окажется, что это наш труп из пруда. Нам удалось убедить судебных следователей разрешить сравнительный анализ образцов ДНК Луки и жертвы из Эссона. Сами образцы уже в лаборатории в Бордо, это облегчит процедуры. Научники сравнят хромосомы X или Y, там еще какие-то заморочки с митохондриальной ДНК, для определения возможного родства по происхождению. Короче, если есть генетическая связь, они ее обнаружат.

Двери раскрылись. Они зашли в лифт. Шарко глянул на себя в зеркало и со вздохом распустил галстук.

— Мы должны докопаться до разгадки, или я рехнусь, как из-за той акулы, нарисованной на двери. Кстати, ты хоть сейчас можешь мне сказать, и клянусь, я не буду злиться: кто это сделал?

48

— Добрый вечер, Одри.

Его голос... Одри закрыла глаза.

— Ролан...

— У тебя уже поздно. А когда ты звонишь поздно, значит что-то не ладится. Рассказывай.

С мобильником, прижатым к уху, Одри стояла у окна на кухне своей квартиры. Тут пахло свежей мятой, купленной в бакалейной лавке на первом этаже ее дома. Снаружи сливались в прозрачный туман оранжевые огни, а ниже виднелся холодный синеватый изгиб рельс скоростного метро.

— Почему ты меня оставил? Почему, Ролан?

— Я тебя не оставлял. Пусть я далеко от тебя, но я здесь. Я всегда буду здесь, ты же знаешь.

Свет в квартире был потушен. Только горящий прямоугольник экрана компьютера мерцал в глубине гостиной. Одри глубоко вздохнула — только чтобы сдержать слезы.

— Я должна научиться жить без тебя, потому что меня это разрушает. Ты меня разрушаешь, как гвоздь, который с каждым днем все глубже вгоняют в рану. Твоему лицу, твоему голосу скоро придется покинуть мою голову... Для того и сеансы. Чтобы больше не мучиться.

Пауза растянулась на несколько секунд.

— Я знаю, что ты сердишься, Одри, но ведь решать только тебе. Я не могу ничего изменить. Ты же понимаешь?

Одри не нашла слов. Конечно, она понимает. А еще она понимает всю серьезность собственных проблем и те трудности, с которыми она неизбежно сталкивалась, когда приходилось перечитывать письмо перед психиатром в клинике «Сальпетриер».

— Одри? Ты здесь?

Она нажала на отбой с ощущением, что телефон жжет ей пальцы. Зачем она позвонила? Весь этот маскарад был безумием. Снизу, с улицы, раздался скрежет. Огромная черная змея выплеснула в ночь своих пассажиров, самых последних, с их шляпами и плащами, чтобы они вернулись домой и завтра начали все сначала. Может, это и есть жизнь — вечное возобновление? Или, наоборот, бегство вперед от жизни?

Вибрация эсэмэс. Сообщение со смайликом:

«Загляни на Facebook... Я только что запостил сюрприз. Ролан».

Одри заколебалась, потом подошла к компьютеру. Еще до звонка она вышла в Сеть, и как раз на страницу Ролана.

Ее ждало следующее сообщение: «Ты у экрана?»

Потекли слезы. Перед ней возникла старая фотография десятилетней давности, о которой Одри даже не вспоминала. Совершенно обыкновенный снимок — они вдвоем, на скамейке, в парке, — но вид малиновки, севшей на скамейку рядом с плечом Ролана, заставил ее заплакать. Такая же птичка села на могилу ее матери, когда Одри было всего восемь лет, и пернатое поглядело на нее черными глазами-бусинками, словно хотело заговорить, сказать, что мать ушла, но никогда не оставит ее.

«Ты у экрана?» — высветилось снова. Одри рухнула в кресло. Она провела пальцами по птице, потом по усыпанному веснушками лицу Ролана. Посмотрела на экран мобильника и набрала номер. Да ладно, всего несколько минут. Когда после второго гудка ответили, она сказала:

— Я у экрана...

Намного позже, после долгой беседы, она с улыбкой повесила трубку. Но очень быстро, едва полная темнота, воцарившаяся после того, как потух экран компьютера, обволокла ее, улыбка исчезла, и лицо тоже покрылось мраком. Она приложила ладони к щекам и потянула кожу лица назад:

— Я совсем сошла с ума.

49

В результате ожесточенных переговоров с сильнее обычного раздражительным Франком Николя сдался, отказался от одноместного номера в гостинице и согласился расположиться в гостевой комнате у Шарко, на втором этаже, в самом конце коридора.

Устроившись возле стола за доброй бутылочкой, двое мужчин и Люси ели копченую курицу с поджаренной до золотистой корочки картошкой. Разговор, естественно, вертелся вокруг расследования. Николя изложил свои открытия касательно мифа о Прометее.

— Полагаю, вы не слышали последние новости? — завела новую тему Люси.

— Я больше не слушаю новостей, — заметил Шарко.

— А должен бы. Сегодня в Судане произошло столкновение народных масс и сил правопорядка, вызванное повышением цен на муку, то есть на хлеб.

Николя нахмурился:

— Точно, как предсказал Шевалье в своем письме. Третье предсказание.

— Да, просто невероятно, правда? Я покопалась немного, пока вас не было. Порылась в Интернете, но в прессе об этом до сегодняшнего дня не было ни слова. Иначе говоря, двенадцать дней назад Шевалье вряд ли мог быть в курсе сегодняшних событий.

— А если у него есть там знакомые?

— В Судане? А заодно и на Кубе, коли на то пошло?

— Ты права, — признал Николя. — Это ни в какие ворота.

Люси сделала глоток вина:

— И представь себе, серьезные беспорядки разразились в Судане в 2013-м, а потом в 2016 году, и по тому же поводу: рост цен на основные продукты питания. Тогда я поинтересовалась этой историей с вирусом на Кубе. И тут опять: в 2013-м и 2016-м случились эпидемии холеры, остальные были намного раньше. А что до больших разливов Сены, таких как нынешний, то был один в 1910-м, конечно, а потом в 1955, 1982 и 2016-м.

Шарко молча слушал. Он допил свой стакан и налил еще.

— Похоже, 2016-й — черный год, — заметил заинтригованный Николя. — И что?

— Ну... я не знаю, но все эти события не уникальны, они повторяются, причем циклично. А когда что-то повторяется, значит в основе обязательно лежит последовательность причин, в принципе одних и тех же. Такие времена года, как осень или зима, вызывают выпадение осадков. Дожди пропитывают землю. Реки вздуваются и в конце концов выходят из берегов. Я знаю, это неопределенно, неточно, но все происходит именно так, верно? А что, если Шевалье нашел... я уж не знаю, связь между всем этим? Какой-то фокус, который позволяет предсказывать события, готовые повториться?

Николя покачал головой:

— Чтобы Шевалье открыл некий механизм, который еще не обнаружили метеорологи и эпидемиологи, несмотря на свои знания, мощные компьютеры и математические модели? Сама подумай, это невозможно. И потом, черт возьми, Люси, ну, допустим, есть такая штука, а она наверняка есть, но где связь с лабораторией в доме у Демоншо?

Там, под землей, не предсказания или вероятности. Там пальцы в банке и генетические наборы, которые непонятно для чего нужны!

Люси пожала плечами:

— Знаю, знаю. Но я уверена, что все связано.

Они убрали со стола и отправились спать. Франк решил, что проведет воскресное утро в Бастионе вместе с Паскалем, пытаясь разобраться с накопившимися за последнее время документами. Но вторую половину дня он собирался посвятить семье, прежде чем вернуться к работе в понедельник. А Николя хотел встать пораньше и отправиться в одном только ему известном направлении.

Он посмотрел на часы. Скоро полночь. Слишком много мыслей в голове, слишком много неизвестного. Когда он наконец забрался в тепло постели, его телефон пискнул. Он тут же посмотрел на экран. Сигнал пришел с фальшивого профиля на Facebook, который он так и не убрал. Анжель Бенласори только что получил согласие на прием в друзья от Ролана Казулуа, дружка Одри. Прилагаемое сообщение гласило:

«Анжель, да, конечно, я помню тебя по юрфаку. Извини за предыдущий отказ, ты же понимаешь, эти автоматические сообщения... Добро пожаловать на мою страницу. Расскажешь, что с тобой стало? Примешь меня в друзья? С дружеским приветом, Ролан».

Николя хмыкнул:

— Ага, помнишь ты меня. Брехун.

Он включил лампу у изголовья и вышел на сегодняшнюю ленту Казулуа. Ишь ты, да он из немногих избранных: в профиле значились всего двадцать три друга. В статусе было указано: «В отношениях с Одри Спик». Николя замялся, прежде чем просмотреть ленту — собственно, зачем? — но любопытство взяло верх.

Казулуа регулярно постил сообщения. Он никогда не публиковал собственных фотографий, но выкладывал с комментариями картины дикой природы, лагун, цветов, и было непонятно, в чем область его интересов. Жил он на Таити. Если точнее, в Папеэте.

Николя поерзал на стуле: значит, Казулуа со своей огненной шевелюрой обосновался на другом конце света, а не во Франции, как он думал. Почему он уехал? И как давно?

Он выкладывал видео или старые фотографии себя с Одри или одну Одри с комментариями, которые не оставляли никаких сомнений в его любви к ней. Даты и ситуации чередовались как-то беспорядочно. Праздник в Марселе в 2008 году. Они вдвоем перед палаткой на одном из этапов GR20[1] на Корсике в 2013-м. Она, уткнувшаяся носом в стакан с молоком дождливым утром 2007-го. Он, ребенком. Она, подростком... И так далее. Воспоминания, иногда интимные, выставленные в Паутине. Самое недавнее фото было выложено едва ли не час назад — он и Одри на скамейке, рядом присевшая передохнуть птичка.

Были и просто сообщения, где он писал, как сильно ему ее не хватает, а она отвечала в комментариях, и так *ad vitam æternam*, как бесконечная игра двух любовников.

Николя было стыдно проникать в эту странную интимную жизнь, нечто вроде электронного крика, гласящего: «Мы вдвоем, но вы можете посмотреть, потому что вам позволено». Заинтригованный, он продолжил свое внедрение, желая узнать продолжение. Когда Казулуа уехал? Почему? Собирается ли вернуться? Чем ниже Николя спускался по страницам, тем дальше он уходил во времени. Потом он обнаружил разрыв в информационной ленте, временну́ю дыру, деление на «до» и «после».

Лето 2016 года. Когда случился теракт в Ницце.

Этот период ознаменовался двумя сообщениями, разделенными между собой тремя с половиной месяцами. Одно

[1] *GR20* — пешеходная тропа через горы Корсики, один из самых сложных и красивых маршрутов для пеших походов.

датировалось концом июня — Казулуа и Одри сделали селфи на мысе Антиб, — а следующее было уже от 13 октября: вид из иллюминатора самолета, летящего в Полинезию.

По всей видимости, Ролан сбежал от мрака трагедии на Английской набережной. Никаких сообщений, отъезд за границу... Но от чего именно он бежал? Почему оставил ту, которую вроде бы любил больше всего на свете? Николя попытался нащупать причину и подумал о ребенке. Возможно, у этих двоих есть ребенок? Или был?

Глазом копа он проглядел старые сообщения и не обнаружил ничего, что могло бы объяснить столь внезапный отъезд в другое полушарие. Профиль на Facebook был создан за два года до терактов, Казулуа ничего не говорил о своей профессии. В какой области он работал? Почему Одри не последовала за ним во Французскую Полинезию? Возможно, ее спутник жизни скоро вернется?

Какое значение имеют ответы на все эти вопросы, если молодая женщина страдает, и страдает сильно? Трагедия июля 2016-го вытолкнула ее сюда, в Париж, подальше от родных мест. Девушка, способная лечь в его постель и сбежать полуодетой минуту спустя. Нежный лепесток, дрожащий при одном только звуке мотора грузовика. Мысль о ребенке вертелась в голове у Николя. Потеря ребенка... Но возможно, он ошибается? Потому что нигде, ни в одном сообщении, не было и намека на ребенка.

Он ушел со страницы, не ответив на послание и не пригласив в свою очередь Ролана в друзья. Ролан... Теперь он уже зовет его просто Роланом, как старого друга. Он с досадой покачал головой. Ни с того ни с сего Николя проникся даже какой-то эмпатией к этому совершенно незнакомому типу. И даже не к некоему человеку вдали, а к его виртуальной модели. Не Ролан казался ему симпатичным, а аватарка, которую Facebook решил ему предъявить.

Он отключился, закрыл страницу, потом перезагрузил браузер, чтобы удостовериться, что в памяти телефона не осталось никаких следов. Наконец вышел на свою собственную страницу, «Николя Белланже», которая никаким образом не была связана с Анжелем Бенласори. Ни общих друзей, ни совпадающих интересов — ничего.

Реклама недорогих рейсов во Французскую Полинезию высветилась прямо посреди его собственной новостной ленты. Утомленный Николя выключил телефон, лампу и закрыл глаза. В одном нет сомнений: глава Facebook, Марк Цукерберг, бдит над ним.

50

Помнишь этот пляж, эту невероятную песчаную полосу, расстилающуюся на километры между Берком и Мерлимоном? Мы приехали туда на выходные как-то осенью, похожей на эту. Не было никого. Только мы, птицы и природа. Мы шли по берегу Северного моря, рука в руке, и ты останавливалась всякий раз, когда замечала высунувшуюся из воды голову серого тюленя, в той стороне, где чуть виднелась вдали бухта Оти. Твои белые-пребелые ноги зарывались в песок. Господи, Камиль, у тебя был сорок третий размер, твои ноги были огромны!

Сидя на крыше бункера, затерянного в дюнах, Николя с улыбкой поднимает голову от письма. Он откидывает непослушную прядь, ветер снова сносит ее на влажные выпуклые черные овалы, которые разглядывают темную массу Великобритании на горизонте, а потом перемещаются на стайку песчаных бекасов, быстрых, как пригоршня кристаллов, подброшенных в небо. Ему хорошо здесь, в световых годах от Парижа, паводка, Судана и Кубы и так же далеко от мрачного беспорядка собственных мыслей. Камиль касается воды кончиками своих бесконечных пальцев. Она идет, и прыгает, и вертится вокруг него, ей холодно, но она ничего не говорит, потому что у нее никогда не было привычки жаловаться. Николя сжимает ручку, придерживает листок и в той же ясной прозрачности, которой исполнены его воспоминания, продолжает путешествие.

...В тот день мы сидели здесь, на этом бункере, болтая босыми ногами в пустоте. Мы открыли пару банок пива, смотрели на уходящий отлив, на черные сваи, усыпанные тысячами мидий, и на ловцов креветок с большими зелеными сачками. Именно в этом месте я положил руку тебе на грудь и почувствовал, как бьется сердце другого человека, о котором ты всегда говорила, что оно упало с неба[1]. Ты сказала: «Есть море, есть мы и есть мой дизель, который бьется, чтобы делать свое дело. Мне больше ничего не нужно для счастья». Это правда, я почувствовал, что ты так счастлива, и знаю, ты мне поверила бы, если я скажу сегодня, что тот день был самым прекрасным в моей жизни. А ведь мы просто сидели вдвоем на пустом пляже, пили пиво и грелись биением твоего дизеля, но ничто никогда с этим не сравнится. Всякий раз, когда я засыпаю и слышу, как бьется мое сердце, я вспоминаю о твоем и о тех словах, что ветер унес далеко в небо и отзвук которых мне сейчас слышится в криках чаек. Такие красивые слова...

С южной стороны мужчина прогуливает собаку, наверняка терьера, судя по нахальной манере обнюхивать и рыть песок. Может, он учуял местного моллюска под названием «морской черенок» или съедобную раковину — здесь их собирают целыми пригоршнями. Чуть подальше с грацией балерины выписывает пируэты воздушный змей. Николя лишь время от времени удается среди клочьев пены,

[1] См. роман Франка Тилье «Страх» — Камиль перенесла пересадку сердца.

сухих яиц ската и губок, которые несутся по ветру, разглядеть того, кто его запустил. Он говорит себе, что этот человек настоящий артист.

...Мне плохо без тебя, Камиль. Неотвязная боль, и уже не потому, что тебя нет. Нечто иное, разрывающее мне внутренности и с каждым днем заставляющее страдать чуть сильнее. Демон, который разрушит меня, если я позволю.

Я больше не могу цепляться за призрака или за черную тень моего прошлого. Я должен жить, я должен жить, потому что мне еще надо кое-что сделать на этой Земле, и я хочу сохранить возможность возвращаться сюда, думая о тебе как о самом прекрасном существе, которое мне было дано встретить...

Ветер набирает силу, ворошит огненные заросли песчаного овса и извлекает песню из хрупких земляничных деревьев. Пена поднимается к небу. Рой бывших ракушек, давно перемолотых прошедшими веками, срывается с дюн и шуршит по письму, как дождевые струи. Какой-то частью своего сознания Николя понимает, что в этом есть нечто ненормальное, другая убеждает себя, что внезапное волнение природных частиц результат простого совпадения, как в тот раз со свечой. Он дует на песок, который тут же возвращается, утыкает ручку в бумагу и делает над собой усилие, чтобы дойти до конца.

...Письмо, которое я напишу сейчас, разрывает мне сердце, но я должен пройти через это. Те ужасы, которые мне предстоит описать, позволят мне сохранить только все лучшее от тебя, в этом весь его парадокс. И его сила. Ты покинешь мою голову, как ребенок покидает живот матери, в боли и крике, но ты навсегда останешься там, со мной, как подруга, которая рядом, за плечом, и хочет мне лишь доб-

ра. Я любил тебя, Камиль, так сильно и полно, как только можно любить, но пора убрать эту любовь в сундук прошлого.

Прощай, моя Любовь. До свидания, мой друг.

Николя

Слеза смешивает свою невидимую соль с более светлой, покрывающей его щеки, прочертив косую борозду, которую ветер загибает к губам. Николя слизывает ее кончиком языка, у нее вкус теплого моря, неизбежно далекого моря, которое отступает, и удаляется, и больше не вернется.

Очертания Англии вдали исчезли.

Он осторожно, чтобы не повредить листок, вырывает письмо из тетради, спрыгивает с бункера. И оказывается нос к носу с нарисованным неизвестным художником на сером пористом бетоне гигантским кальмаром с выпученными бешеными глазами. Стены, пахнущие сухими водорослями и ржавым железом, защищают пламя, только что вынырнувшее из его зажигалки. Наверное, из-за йода основание огня приобретает зеленоватый оттенок, прежде чем перейти в бледно-оранжевый ближе к дрожащему язычку.

Николя не помнит, чтобы когда-нибудь так смотрел на пламя, прекрасное и смертоносное, как глориоза[1]. Он застывает в нерешительности, зная в глубине сердца, что выздоровление должно свершиться сейчас, и, если он прервет движение на полдороге, страхи и кошмары вернутся, как возвращаются волны перед ним. Пламя в нетерпении, кальмар не спускает с него глаз, ветер свистит во влажных и темных ячейках военных развалин.

Мгновением позже черные бабочки взвиваются, вихрясь, и слова, которые они уносят на своих крыльях, прилепятся к небу, как крошечные, навечно зажегшиеся звезды.

[1] *Глориоза* – ядовитый алый цветок с лепестками как язычки огня.

51

Сильвен Масе словно только что вышел прямиком из струйного принтера с его черными чернилами. Татуировки на предплечьях и шее, длинные волосы цвета крыла скарабея — он выглядел совершенным вампиром. Но как полицейский, в оперативной работе он отличался устрашающей эффективностью. Этот заядлый киноман трудился в бригаде по борьбе с бандитизмом, на четвертом этаже. Николя попросил его просмотреть видеокассеты.

В понедельник Белланже с утра пораньше отправился на сеанс в клинику «Сальпетриер», принял там таблетку дюмеронола, прочел свое письмо — с болью, конечно, но и с глубокой силой, которая не дала ему сломаться, что врач расценил как явный прогресс. Потом в переполненном метро он поехал в Бастион — тринадцатая линия напоминала филиал преисподней, а после открытия Дворца правосудия станет еще хуже — и появился в конференц-зале на четвертом уровне.

Масе опустил шторы.

— Так... — бросил он, возвращаясь с двумя чашками кофе. — Так-так-так... Я начал просматривать их вчера вечером и должен тебе сказать, что соснуть этой ночью мне едва удалось. Но не будем отвлекаться от наших баранов, если можно так выразиться. Экстремальный андеграунд в кино — тебе это что-то говорит?

Отпив кофе, Николя покачал головой. Сильвен взял пульт и нажал на кнопку, включив телевизор. Видеомагнитофон Демоншо был уже подсоединен, индикатор указывал на наличие в нем кассеты. На столе Николя заметил футляр с масками Гая Фокса.

— Немецкий слэшер[1] супер gore[2], садистское порно, смакование извращений, странности, экспериментальное

[1] *Слэшер* — поджанр фильмов ужасов, обычно с убийцей-психопатом.
[2] Кровавый *(англ.)*; *здесь*: жанр кровавых садистских фильмов.

кино, как правило, все малобюджетное. Вместе они и образуют экстремальный андеграунд. Крайне маргинальные фильмы, и только очень небольшое сообщество любителей имеет к ним доступ. Никаких показов в зале, в редких случаях коммерциализация через DVD. Их добывают кто как сможет через Интернет или на демонстрациях в узком кругу, во время импровизированных встреч. Как правило, ты там встретишь кучку адептов, любителей сильных ощущений, которые всегда в курсе сеансов и регулярно их посещают. Такие места сближают, если ты понимаешь, о чем я.

Масе протянул ему две кассеты в суперобложках:

— Об этих двух я слышал, «August Underground» и «Monstrosity». Вот этот, «Monstrosity», история одной парочки, которая посвящает свой досуг тому, что пытает, убивает и насилует невинных, снимая все на фотоаппарат.

— Классный сценарий...

— Н-да, нельзя сказать, что сценарий — сильная сторона таких фильмов, обычно он умещается на почтовой марке. Вдобавок кино черно-белое. Получается крайне реалистично, что особенно берет за душу. Если не знаешь, что это фильм и в нем играют актеры, вполне можешь поверить, что съемки настоящие и убийство настоящее, вроде снафф-муви[1]. К тому же твой парень переписал фильмы на старую видеопленку и отрезал заглавные титры. Ни имен актеров, ни режиссера. Ничего. Фильм начинается сразу, как бы в сыром виде. У тебя возникает ощущение чего-то исключительного, запретной кассеты, которая показывается из-под полы и вызывает любые фантазмы, понимаешь? Как говорится, хочешь верь, хочешь не верь, но выглядит как настоящее. Ладно, не предлагаю тебе посмотреть, там ничего интересного.

— Спасибо, что избавил.

[1] *Снафф-муви* — осуществление и съемки реального убийства в коммерческих целях. Существование настоящих «снаффов» до сих пор не доказано.

Сильвен ткнул в две кассеты на столе, на одной из которых были изображены маски:

— А вот с этими двумя у меня возникла настоящая проблема. Во-первых, «Atrautz». Я все перерыл, такого названия не существует, даже на сверхспециализированных форумах. Значит, речь идет о чем-то неизданном, никогда не появлявшемся на рынке и имеющем хождение исключительно среди нескольких посвященных. Снято на сотовый телефон, как «Her Last Bloody Day», но о нем поговорим позже. — Он показал Николя флешку. — Я их оцифровал на карту памяти и дам посмотреть одному приятелю-киномонтажеру, с твоего позволения. Он способен заметить детали, которые проскочат мимо нас.

— Да, конечно. Если он сможет помочь.

Масе кивнул на свой компьютер:

— Я их скачал и себе в ноутбук. Могу перекинуть скан на твой телефон. Делай с ними, что хочешь.

— Отлично.

Сильвен включил видеомагнитофон:

— Если коротко, в «Atrautz» речь идет о двух индивидуумах, причем неизвестно ни кто они, ни откуда взялись; они бродяжничают и дают волю самым диким фантазиям, но в самом начале фильма попадают во вроде бы заброшенный дом. Того или ту, кто держит телефон, мы не видим, второй остается в маске на протяжении всей истории. В доме они натыкаются на девушку-скваттера, грязную и почти ополоумевшую от крэка. И они заставляют ее пройти через все. Когда я говорю «все», это означает «все». Леденящее зрелище.

Он запустил воспроизведение. Картинка была косая и дрожащая. Пленка делала изображение зернистым, что придавало ему вид старого документального кино. Весь кадр занимал старый каменный жилой дом, окруженный высокой травой и умирающими гортензиями. Был конец дня, слева, за грядой кустов бирючины, заходило солнце. Окна первого этажа были заколочены расписанными граффити досками. Николя вглядывался в мельчайшие детали, пока камера приближалась к входной двери. Рука в перчатке вставила ключ в замок.

— Заметь, у них был ключ от дома. Вид у него заброшенный, но им обеспечили способ туда попасть.

Вдруг картинка смазалась, и все ускорилось — Сильвен нажал на кнопку:

— Перейду к основному. Сексуальные сцены, которые последуют дальше, вполне реальны, а уж удары, которые она получает... мало не покажется... Посмотри, совсем не удовольствия ради, но будь внимателен, это важно для дальнейшего. Я остановлю пленку за пять минут до конца.

Секунд через тридцать он перевел скорость на нормальную. Было видно окно, за окном ночь. В комнате девушка стояла на коленях перед столом, положив ладони на деревянную столешницу, голая и скелетообразная, с лицом, залитым слезами. Сколько ей лет? Двадцать? Разбитая нижняя губа сочилась кровью, скулы напоминали лесную землянику. Ей выбрили половину черепа, нарисовали свастику на лбу и на грудях. Тело было все в порезах, проколах и шрамах.

— В начале фильма ее тело уже было покрыто шрамами. Или она любительница садомазо и самоистязаний, или с ней проделывали нечто подобное задолго до съемок. А теперь обрати внимание на татуировку.

Николя заметил орла на левом предплечье и снова подумал про миф о Прометее. Он стиснул пальцами чашку, когда в кадре показался силуэт палача. Тот тоже был голым, только в черном шлеме-маске и перчатках. Напряженное тело, подтянутое и белое, все в пятнах крови. В правом кулаке блестел нож с коротким лезвием.

Камера надвинулась. Руки женщины, приближающийся нож, потом вой, когда нож отрезал фалангу мизинца. Сильвен заерзал на диване, потирая подбородок.

На экране кусок пальца катился по столу, пока нож снова поднимался в руке убийцы. Николя успел подумать:

На ногте лак, как на том пальце в банке, но его живот скрутило в тот момент, когда лезвие с омерзительным звуком железа, входящего в плоть, полоснуло по горлу жертвы, и на лицо убийцы и на объектив брызнула кровь.

Потом темнота, экран покрылся серым снегом, и послышался едва различимый свист видеопленки, которая продолжала прокручиваться.

Николя встал. Ему необходимо было пройтись, почувствовать свои руки и ноги, чтобы доказать себе, что он жив, бодрствует, а не в ночном кошмаре. Сильвен Масе перемотал кассету:

— Ничего себе жесть для начала недельки, а?

— Жесть? Женщина, которой сколько... двадцать пять лет, убита прямо перед телефоном, а тебе больше сказать нечего? Жесть?

— В первый раз я был в том же состоянии, что и ты. Скажи, это же офигенно реалистично. Я пересмотрел кадры раз десять. Сразу почти неуловимо, но когда крутишь пленку замедленно, то замечаешь маленький обрыв в картинке между тем мигом, когда лезвие касается горла и когда оно вонзается. Видно плохо, потому что видео снято с мобильника, но... посмотри...

Он снова прокрутил сцену кадр за кадром. И Николя заметил в движениях крошечный сбой.

— С таким программным обеспечением, какое есть в Нете, можно творить чудеса в смысле спецэффектов, как нечего делать, — продолжил Сильвен. — Ее обдолбанное состояние, удары, изнасилование, отрезанный палец — все это кажется мне достоверным. Нет смены планов, снято вблизи, и я не вижу, как бы они могли смухлевать. Бывают же психи, и женщины в том числе, которым в кайф такого рода сверхжестокость, вплоть до ампутации, это же, в сущности, высший этап трансформации тела, как и скарификация[1]. Именно поэтому я и подумал о жестком садомазо.

[1] *Скарификация*, или шрамирование — специальное нанесение на тело шрамов, создающих узор или рисунок.

Но вот убийства как такового не было. Туфта. Эти люди оторвались по полной и все засняли, без сомнения, чтобы... чтобы это пошло по определенным рукам и парни могли подрочить, кайфуя от такого снаффа, пусть и фуфлового.

— Как ты можешь доказать, что это фальшивка?

Сильвен поднял свою чашку с кофе:

— А вот здесь в игру вступает вторая кассета. И тут, парень, держись крепче. Потому что все, что ты видел до сих пор, было лишь детскими игрушками...

52

Одри и Люси в молчании шли по Новому мосту. Их ждали к одиннадцати часам в лаборатории научной полиции на набережной Орлож, в двух шагах от старой доброй Орфевр, 36. Сена превратилась в широкую бурую ленту, по которой плыл мусор и обломки. Речные трамвайчики исчезли, некоторые рестораны на воде раскачивались по воле волн. Уровень воды достиг шести метров восьмидесяти восьми сантиметров и, по словам экспертов, больше не должен был подниматься. Предполагалось, что спад начнется в ближайшие дни, но неприятности еще далеко не закончились.

А пока что весь Париж работал на малых оборотах.

Все, кроме них.

Их встретила Синди Бушар, эксперт лаборатории, специализирующейся на ДНК. Большинство предметов, одежды или биологического материала, связанных с уголовными делами, изучали в стенах отдела по обнаружению следов ДНК. Каждый объект тщательно рассматривался в поисках следов спермы, крови, волосков, клеток, из которых извлекали генетический код, с тем чтобы проанализировать его, а затем начать поиск в базах данных.

Бушар привела их не в саму лабораторию — иначе им пришлось бы, во избежание любого загрязнения, надеть спецодежду и сдать образцы своей ДНК, — а в примыкающее помещение, где правила безопасности были куда менее строгими. Она показала им две фаланги, которые плавали в банках, стоящих на химическом столе.

— Сначала то, что касается этих пальцев. Мы сравнили ДНК мужского пальца с изъятой из трупа Арно Демоншо. Образцы полностью совпали. Для женской фаланги мы составили профиль и передали всю информацию вашей службе.

— Отлично.

Бушар искоса глянула на них. Это была женщина с короткими ногами и пухлыми розовыми щеками, в экстравагантных очках с толстыми стеклами в оправе ярко-красного, как ее помада, цвета.

— По запросу следователя мы в выходные отослали образец ДНК с женского пальца и другой, изъятый у Арно Демоншо, в лабораторию в Бордо. Судя по всему, их специалисты пытаются установить биологические связи с маленьким Лукой.

— Да, мы в курсе, — отозвалась Люси. — Такая неразбериха вокруг этого малыша.

Бушар подвела их к материалам, собранным в подземной лаборатории Демоншо. Наборы были вынуты из картонной упаковки, и их содержимое аккуратно разложено на столе: инструкция на английском, чашечки Петри, пипетки, нитриловые перчатки, пузырек с этикеткой «Non-pathogenic E. Coli bacteria»[1] и различные инструменты, которым, казалось, место в коробке с игрушками.

— Это то, что называется комплектами CRISPR. Их полно в Интернете по цене несколько сот долларов, и пользоваться ими можно без всякой подготовки, как кулинарным рецептом. Любой может поиграть в ученика чародея. Обнаружение CRISPR-Cas9 явилось, безусловно, самым большим ящиком Пандоры, когда-либо открытым в мире

[1] Непатогенные бактерии E. Coli *(англ.)*.

микробиологии. Службы здравоохранения и комитеты по этике разных стран, в том числе европейских, начинают очень внимательно к нему приглядываться. В Германии уже было несколько процессов против коммерческого обращения этих комплектов. На мой взгляд, давно пора.

— Криспер что?

— CRISPR-Cas9, произносится как «кейзнайн» или «Криспер кас девять», но пишется как C-A-S-9. Технология была открыта в 2012-м франко-американским дуэтом исследователей. И стала головокружительной экономической ставкой в биотехнологиях. Революцией. Она позволяет с большой точностью модифицировать, удалять или добавлять информацию в цепочку ДНК, причем крайне просто и за гроши. Тысячи лабораторий по всему миру овладели ею.

Она отошла за книгой, лежавшей в кармане халата. «Гроздья гнева» Стейнбека.

— То, что я сейчас читаю, поможет вам понять. Представьте себе содержание этой книги как последовательность ДНК в клетке: цепочки миллионов букв, которые, собранные воедино, образуют инструкции — фразы, если речь идет о книге, или гены, с биологической точки зрения. Предположим, вы хотите модифицировать конкретное слово в четвертой строке на странице двести двадцать один. Например, заменить «дом» на «жилище». До изобретения технологии CRISPR это потребовало бы времени и огромных средств и могло быть осуществлено только в лабораториях высшего уровня, оборудованных по последнему писку. Grosso modo[1], следовало переписать часть книги, только чтобы внести эту модификацию. Сегодня... — она указала на три пузырька из комплекта, — это намного проще. Вот в некотором роде ударный отряд, который отправится на задание. Есть самонаводящаяся биологическая головка, знающая точные страницу, строку и слово, кото-

[1] В общих чертах *(лат.)*.

рые вы хотите изменить. — Она указала на второй пузырек. — Вот ножницы, энзим, который вырежет слово. — (Третий пузырек.) — И есть пластырь, который заменит «дом» на «жилище». Упрощая до крайности, вы выливаете эти три пузырька в еще один пузырек с ДНК, подлежащей модификации, и предоставляете им действовать... Это куда лучше стирки.

Люси и Одри обменялись изумленными взглядами. Объяснения биолога ошеломляли.

— Мы говорим о продаже по Интернету комплектов, позволяющих производить генетические манипуляции? — выдохнула Одри.

— В сущности, именно об этом. Например, данный комплект предоставляет вам все необходимое, чтобы сделать флуоресцентными непатогенные бактерии *E. Coli*, имеющиеся в коробке с остальными материалами. Выглядит безобидно, но это чертовски продвинутая техника.

— Вы хотите сказать, что бактерии типа *E. Coli* пересекают границы в простых посылках от Amazon?

— На сегодняшний день — да, без проблем. Я знаю, это страшно и отвратительно, но можно отправить такого рода вещи и «Майн кампф» в одной посылке, и никто не задаст никаких вопросов. Я тут навела справки. Комплекты, которыми располагал ваш человек, были посланы через Amazon, но на самом деле они поступают из крупной лаборатории «WorlDna», которая использует коммерческий сайт как платформу для распространения. Эта лаборатория — настоящий монстр, они господствуют на мировом рынке ДНК и готовы сотрудничать как с частными лицами, так и с профессионалами. У них гигантская база данных человеческих геномов.

«WorlDna»... Лаборатория, которой Ангел будущего послал отпечаток президента, вспомнила Одри.

— Имейте в виду, все не так просто, как этот комплект, конечно же. И между прочим, к счастью. Чтобы продвинуться дальше в генетических манипуляциях, если речь идет о более сложных организмах, требуются хорошие ножницы, хорошие самонаводящиеся головки, хорошее оборудование и знания. Но некоторые предприятия — кстати, «WorlDna» одно из них — специализируются на производстве таких «инструментов», которые потом перепродают лабораториям. Можете сами представить, каков потенциал этой техники. Американская компания создала безрогую корову, скопления комаров были иммунизированы от малярии, к крысам, пораженным слепотой, частично вернулось зрение. Группа из Гарварда даже работает над проектом воссоздания мамонта. И все это благодаря CRISPR. Что до Арно Демоншо...

Бушар подвела их к виварию, где копошились две мускулистые мыши.

— Похоже, он заказал хорошие ножницы, нашел хорошую самонаводящуюся головку, уж не знаю, в какой лаборатории на планете, может в «WorlDna», не знаю, и бинго: ликвидация гена, кодирующего выработку миостатина, того, который ограничивает разрастание мускульной ткани...

— Значит, Демоншо и сотворил мускулатуру своей собаки?

— Возможно. Он ее «изготовил» сам. Но он не взял уже развившуюся собаку, чтобы изготовить монстра. Нет... Такое равномерное развитие мускулатуры подразумевает вмешательство на ранней эмбриональной стадии, на этапе, когда клеток еще не много, с тем чтобы они все подверглись воздействию ножниц до того, как начнут воспроизводиться. А манипуляция в этот момент требует умения, знаний. Арно Демоншо не первый встречный. У него было хорошее оборудование, в том числе термоциклер и центрифуга, которые позволяют вносить изменения в ДНК и размножать ее... И это тоже можно найти в Интернете по сходной цене, но у вашего человека есть еще и минимум компетенций, чтобы действовать на этой клеточной стадии. Вы знаете, где он работал?

— В компании, которая поставляет медицинские материалы, — ответила Одри. — Один из наших коллег сейчас все проверяет, но Демоншо, скорее всего, был их коммерческим представителем. Очень может быть, что он сам себе продал это оборудование...

Одри задумалась. Профессиональные знания... Это соответствовало тому, что говорил Альрик Съоблад. Некоторые биохакеры имеют серьезную научную подготовку, а значит, могут зайти дальше в своих экспериментах за всеми рамками закона.

— У Демоншо были следы уколов в области бицепсов, — добавила она. — По словам медэксперта, его мускулы были деформированы, неравномерно развиты, и этот человек вроде бы обладал недюжинной силой, учитывая то, какие тяжести он поднимал. Это CRISPR, по-вашему?

Биолог поморщилась, потом кивнула:

— Не исключено. Возможно, он пытался блокировать собственное производство миостатина, впрыскивая себе на авось раствор, содержащий миллионы ножниц и самонаводящихся головок, размноженных благодаря этим аппаратам. Человеческое существо может жить без миостатина. Доказательство тому — юный индус Лайам Хоэкстра, который обрел известность исключительно благодаря своей особенности. Его называют *X-Boy*, или Ребенок-Супермен. Из-за ошибки в его гене, кодирующем миостатин, он родился без этого протеина. Ошибка есть ошибка, конечно, зато она сделала его существом, наделенным невероятной силой. Лайаму и года не было, когда он был способен поднять вес своего тела, если его подсаживали на брусья. Сегодня, в одиннадцать лет, его мускульная масса почти в полтора раза больше нормы. Но в отличие от Демоншо, мальчик родился с такой мутацией, которая, соответственно, присутствует во всех клетках его тела. А Демоншо пытался вызвать ее искусственно. Но он мог воздействовать только локально, на клетки, расположенные вокруг зоны инъекции. Вы же понимаете, что набор ножниц, впрыснутый в область бицепса даже в количестве миллионов экземпляров, не распространится на все тело и не затронет миллиарды клеток, которые составляют целостность человеческого существа.

Она предложила им выйти из лаборатории и продолжить разговор в другом помещении.

— Возможно, Демоншо был крайне талантливым, но при этом совершенно безответственным, чтобы осмелиться на такое, — продолжила Бушар.

— Он отрезал себе палец. Он убил человека на дне ямы и, возможно, женщину три года назад. По нашему мнению, он был готов на все, чтобы дойти до конца в своих убеждениях.

— Без сомнения, но технология CRISPR остается рискованной, и ее еще предстоит усовершенствовать. Сегодня случается, что ножницы ошибаются с целью, а пластырь функционирует плохо, и тогда возникают непредвиденные генетические мутации. Например, дрепаноцитоз, генетическая болезнь, связанная с гемоглобином и вызываемая изменением всего одной буквы во всем произведении Стейнбека! Короче, как вы уже поняли, все это до сих пор очень опасно и, если не проявить должной осторожности, может привести к аномалиям и уродствам. Нельзя так играть с геномом.

Уродства... Перед глазами Люси возникли рисунки из тетради Карателя. Хоровод деформированных зародышей, держащихся за руки. Был ли это фантазм или крошечные существа действительно существовали? Она подумала о маленьком Луке, о его матери, которую никак не могли найти, и о словах, которые та сказала Бертрану Лесажу в вечер их последней встречи: «Он особенный, этот ребенок. Ваша безвестность будет ему лучшей защитой».

— А манипуляции с человеческими эмбрионами? — спросила она.

Лицо Синди Бушар посерьезнело.

— Мы к этому неизбежно идем. Такое уже проводилось в Китае с нежизнеспособными эмбрионами по этическим соображениям. Но не далее как в августе американцы модифицировали, опять-таки используя CRISPR, ген, ответственный за болезнь сердца, и на этот раз у жизнеспособных эмбрионов. Я сейчас говорю о тех самых американцах, которые внесли генетические модификации в список оружия массового поражения. И это только видимая сторона дела. Вы же понимаете, мало ли что происходит в лабораториях.

Это тем более верно по отношению к биохакерам и адептам пресловутого *do it youself*, подумала Одри. Они хотят продвигаться как можно быстрее, обходя протоколы, а CRISPR дает им доступ к Граалю биологов — человеческому геному. Она вспомнила утверждения Ангела: *Мы живем, а не функционируем. Нас родили, а не произвели. В какой мир мы попали, если жизнь творится в пробирках? Шимпанзе, нарушающие законы природы, должны заплатить*.

— Полагаю, все это интересует трансгуманистов? — спросила Одри.

— Разумеется. С появлением CRISPR вопрос об улучшении оказался в центре всех сегодняшних дебатов: в обозримом будущем техника ее использования будет доведена до совершенства, так будет ли этичным позволять нашим детям рождаться с такими ужасными заболеваниями, как муковисцидоз, болезнь Гентингтона или некоторые формы бета-талассемии? И почему бы заодно не сделать их более устойчивыми к простудам и некоторым бактериям? Вы понимаете, что я хочу сказать?

— Яснее ясного, — кивнула Люси. — Почему бы попутно кое-что не подправить. Или же не создать сверхмощных собак, как это сделал Демоншо.

— Именно. А всем тем, кто вопит о скандале, трансгуманисты отвечают, что мы уже давно занимаемся селекцией и отчасти определенной формой евгеники. Например, разве не используется амниотическая пункция с целью определения трисомии двадцать один? А что сказать о ПГД, преимплантационной генетической диагностике для родителей, находящихся в зоне риска при зачатии *in vitro*?[1] Эмбрионы, имеющие наследственные генетические дефекты, уничтожаются, а будущей матери имплантируется только здоровый эмбрион. Другими словами, хороших сохраняют, плохих уничтожают. Это вам ничего не напоминает?

Одри попыталась нащупать связь между расследованием и объяснениями ученого. Она чувствовала, что эта связь где-то здесь, на краю сознания, но не могла уловить ее.

Женщины шли по коридору.

— Определенное число исследователей полагают, что в этой технике заложен потенциал трансформации человечества, — продолжила биолог. — С ее помощью человек сможет все больше и больше отступать от правил естественного отбора, навязанного природой. Выбирать, что ему нравится, и отбрасывать остальное. Наше генетическое наследие больше не будет чем-то непреложным, напротив...

— Оно будет полностью в нашей власти.

— Да, мы перейдем от шанса к выбору. И все развивается очень быстро: сбор человеческих геномов по всему миру, как это делает «WorlDna», снижение стоимости исследований ДНК плюс огромные возможности машинных вычислений — всем этим мы обогащаем Big Data. С такой колоссальной базой данных, поступающих со всего мира, мы всё лучше понимаем разницу между отдельными существами и сообществами и всё быстрее расшифровываем тайны жизни. Когда этические преграды дадут трещину, пределов больше не будет...

Они дошли до вестибюля.

— Оборотная сторона медали в том, что это молниеносное продвижение создаст двухвариантную медицину. Че-

[1] В стекле, т. е. в пробирке *(лат.)*.

рез несколько лет богатые смогут предохранять себя и свое потомство от целого комплекса потенциально смертельных болезней, в то время как у бедных такой возможности не будет. Возможно, этого неравенства удастся избежать, но улучшение способностей богатых сделает из бедных завтрашних недочеловеков. Ничего в этом нет радостного, но именно к этому мы идем. Через некоторое время природе останется только помалкивать...

Сотрудница лаборатории протянула им руку и попрощалась:

— Ладно, мне пора к своим пипеткам. Буду держать вас в курсе насчет дальнейшего.

— Спасибо, — отозвалась Люси. — Да, и последнее: миф о Прометее, вам это что-нибудь говорит?

Бушар кивнула:

— Конечно, мы, ученые, хорошо его знаем. Прометей принес человеку огонь, инструмент, позволяющий прогрессировать так быстро, что это грозит гибелью... Если интерпретировать миф на наш лад, то нужно признать, что высший научный прогресс тоже может сопровождаться катастрофой. Вспомните о Чернобыле. Притязания людей на улучшение природы, приводящие к раскрытию глубинных тайн мира, как и их гордыня, неизбежно ведут к определенной форме коллективного самоуничтожения. Именно это древние воспринимали как месть богов.

Она оставила их в глубоких раздумьях и удалилась. Полицейские вышли, и Люси вспомнила сцену преступления в Бонди. Что имел в виду Демоншо? Что раскрыл Шевалье? Может, он украл огонь, как Прометей, и был наказан за это?

Робкий луч солнца согрел лицо Люси. Она посмотрела на реку, которая искрилась тысячью отблесков, а ее течение глухо катило свои разрушительные массы воды. И тогда Люси поняла смысл случившегося разлива. Таким способом, в ответ на прогресс, на человеческое безумие, природа решила не поддаваться. Это нашествие вод было суровым предостережением, ответным ударом. Можно изменять геном или изобретать все более совершенные машины, но против гнева природы ничего не поделаешь.

История нашей планеты тому свидетельство, как и история видов, сметенных ходом тысячелетий. Если человек зайдет слишком далеко, природа сумеет от него избавиться.

53

Сильвен Масе снова налил кофе, а потом взял кассету с записью «Her Last Bloody Day».

— Второй фильм идет всего восемнадцать минут. И крышу сносит довольно сильно, скажем так. Сюжет — подготовка и осуществление человеческого жертвоприношения. Женщина, то же место: сад, стоящий на отшибе дом... Опять снято на сотовый, и у меня впечатление, что тот же «почерк», что в «Atrautz». Тот же режиссер, если это можно назвать режиссурой. Я поставил на начало, буду иногда проматывать, но посмотри целиком...

Черно-белая картинка раскачивалась, как суденышко в неспокойном море. Все происходило ночью, источник света — скорее всего, фонарь — создавал янтарную сферу, которая чуть дальше растворялась в темноте. Слышен был звук шагов по гравию на дорожке, ведущей через сад. Николя мало что смог разглядеть, но угадал тот же дом, что на первой кассете.

— Снимают с другой стороны дома. Сзади. Я потому и говорю, что дом на отшибе. В городе, да с соседями, такого не сделаешь...

Одинокие силуэты, одетые в черное, ждали вдоль дорожки в нескольких метрах друг от друга, прячущие свои лица под белыми масками Анонимуса. Неподвижные, похожие на мрачные статуи. Когда камера проплывала мимо, они, как роботы, начинали двигаться вперед и шли следом за режиссером. Все были похожи друг на друга. На заднем плане дважды подряд осветилось черное небо — две далекие размытые молнии летней грозы. Николя внимательно вглядывался в каждую деталь. Отморозки. Эти люди полные психи.

Шум шагов нарастал. Переступив порог дома, они двигались все дальше по коридору с разодранным ковровым покрытием. В конце его, в полной темноте, в облаке черно-серой мельтешни видеопленки трепетали огоньки десятка свечей. Они окружали женщину, распятую между ножками перевернутого стола посреди комнаты с каменными стенами. Ее лицо тоже скрывала маска Гая Фокса. Она была обнажена, тело покрыто следами порезов, ожогов, шрамов...

Процессия остановилась, маски разошлись в стороны, образовав второй круг, за свечами, примерно в метре от них. Объектив крупным планом панорамировал по одинаковым белым лицам. Женщина дергалась, извивалась и испускала сдавленные вопли. Наверняка под маской у нее во рту был кляп.

Николя не смог допить кофе, он поставил чашку обратно на стол. Его коллега прокрутил видео в ускоренном режиме, пока один из силуэтов не отделился и не опустился на колени рядом с телом, держа в руках ведро воды и губку, чтобы омыть его. Сильвен включил паузу, когда женщина протянула к телу руку, встал и указал на ее левое предплечье:

— Орел... Это та же женщина, что в «Atrautz», я тщательно сверил татуировки. Один в один.

Он прокрутил еще несколько кадров и снова остановил.

— У нее фаланга отрезана, — констатировал Николя.

— Ага. А следовательно, этот фильм снят после «Atrautz». Значит, там она не умерла.

Николя почувствовал облегчение, но на душе было неспокойно: Сильвен сохранял серьезный вид. Женщина с татуировкой орла отошла, теперь во тьме к телу приближались другие маски и склонялись над ним, похожие на полные луны. Их улыбки, черные усики, ничего не выражающие глаза... Николя насчитал шесть или семь, как вокруг ямы в лесу Бонди. Он попытался различить лица за масками, ведь у каждого из них должна быть какая-то социальная жизнь, профессия. Потом стал вглядываться в руки, но безуспешно. Однако Николя был уверен, что, как у женщины с татуировкой орла или у Карателя, у всех них отрезан палец.

Следуя режиссерскому замыслу, в нескольких сантиметрах от объектива возник изогнутый нож. Его лезвие плясало в воздухе. Рукоять держала мощная рука. На левом мизинце не хватало фаланги.

Это они, подумал Николя. *Это они присутствовали при смерти Шевалье.*

Камера перешла в другие руки.

— Тот, кто до сих пор снимал, приступил к действиям, — пояснил Сильвен. — Он передал камеру соседу.

Объектив сначала показал со спины мужчину с ножом. Он был огромен. Маска на лысой заостренной голове удерживалась резинкой. Пальцы Николя впились в колени, он прильнул к экрану:

— Это он! Это он, черт!

— Кто?

— Убийца Шевалье. Владелец кассет. Демоншо. Я практически уверен, что это он.

Все нити расследования переплелись. Когда сделан фильм? Был ли Фабрис Шевалье среди наблюдателей, скрывающихся за масками? Кто эти люди? Чего они хотели?

Из динамиков раздалась пронзительная музыка трущихся друг о друга лезвий пилы. Тип с ножом перешагнул через привязанную женщину, так что одна нога оказалась по левую сторону ее бедер, другая по правую, и встал прямо над ней. Тот, кто вел съемку, старался сделать так, чтобы в объектив попала вся сцена, и перемещал камеру с масок на тело, затем на палача. Пластиковые рты раздирал смех, в глубине черных дыр вращались глаза.

Объектив приблизился к спине палача. Одним движением мужчина упал на колени, вытянув нож вперед и загородив тело. Камера на секунду дрогнула, отстранилась, огибая спину, и стало видно, как нож, вонзившись в плоть, спускается от грудины к брюшной полости. Палач достал оттуда печень и поднял перед собой. Тело скорчилось, забилось, как флаг на ветру, и застыло. Круг масок стянулся ближе, убийственные улыбки появлялись отовсюду, заполняя пустоту ночи.

Николя осознал, что не дышит, и воздух волной хлынул в него, свистя в легких. Он посмотрел на Сильвена, тот с уверенностью кивнул:

— Знаю, знаю... Я еще не просек, но какой-то фокус тут точно есть. Когда мужик наклоняется с ножом, он закрывает обзор, да еще проблема с наводкой на фокус. Все плывет, и на долю секунды тела больше не видно. Вот в этот момент они и передернули, я уверен. Вспоротое тело вполне может быть фальшивкой, муляж с органами животных внутри или что-то вроде. Можешь мне поверить, ребята так продвинулись, что ты не заметишь разницы между настоящим трупом и фальшивым.

«Her Last Bloody Day». Каратель с ножом в руке был совсем не похож на актера. Из своего ящика в морге Фабрис Шевалье мог бы это подтвердить. Коп был убежден, что на этот раз речь не идет ни о спецэффектах, ни о симулированной смерти. Клан собрался, чтобы присутствовать при настоящем жертвоприношении. Этой женщине вспороли живот и вырвали из него печень.

На экране Демоншо положил орган на грудь трупа, встал лицом к объективу. Алый рубец пятнал его маску. Кивнув, он велел камере приблизиться. Объектив развернулся к полу. Николя без труда представил себе, как тот, кто держит камеру, подходит, переводя слегка опущенный вниз объектив от разреза, в котором угадывались молодые органы, к еще нетронутому, но трагически неподвижному горлу. Когда Каратель свободной рукой снял маску с жертвы, камера поднялась на несколько сантиметров, обнажив скрытое за ней лицо.

Шок.

Николя знал эту женщину.

54

Шарко стоял в оперативном штабе в своем вечном темно-сером пиджаке, измятом на спине. Перед видеомагнитофоном справа от него расположились Паскаль и Люси, а слева Николя.

Одри подошла к Белланже, тот как ни в чем не бывало вежливо подставил щеку, а когда она спросила, как дела, только повел подбородком в сторону экранов, которые вернулись к своему изначальному предназначению: три из них были подключены к камерам, направленным на берега Сены.

Вода цвета старого песка была повсюду. Один экран показывал Зуава и разор на набережных. На экране внизу Одри увидела снятый с низкой точки порт Ван Гога. Камера наверняка была установлена на мосту Аньера. Баржи сцепились, как гигантские кусочки лего. Некоторые развернулись вокруг собственной оси, сдвинувшись в сторону соседей. На заднем плане она узнала судно Николя и его болтающиеся на волнах полуразваленные мостки. Она молча сглотнула, бросила на него быстрый взгляд, села и повернулась к Шарко. Он искоса ее оглядел и начал:

— Прежде всего два момента: первое, поиск в FNAEG[1] профиля ДНК, связанного с женским пальцем, ничего

[1] *FNAEG* – Национальная база генетических отпечатков.

не дал. Так что палец остается анонимным. И второе: я получил сообщение из отдела информатики. Похоже, компьютеры Шевалье, найденные в подвале, где он держал жертв, защищены системами шифрования. Специалисты корпят над этим, но понадобятся дни, чтобы получить результат. Сегодня существуют такие сложные системы кодирования, что с ними ничего невозможно поделать. Так вот, если манифест находится в его компьютерах, то прочесть его пока не получится.

— Классная новость, — хмыкнул Николя.

Шарко попросил Люси и Одри рассказать про их визит в лабораторию научной полиции. Они сообщили о том, что узнали от биолога: технология CRISPR-Cas9, возможность манипулировать живой материей с минимумом средств, эксперименты Демоншо над собакой и над самим собой. И научный подход к мифу о Прометее.

Шарко застыл. Модифицировать живое... Он снова увидел, как на него бросается собака. Означает ли это, что кто-то может создавать подобных монстров у себя в гараже? Под впечатлением он сделал несколько пометок на доске. Потом спросил Паскаля, что дало посещение «IDF Med».

— Демоншо работал там уже шесть лет, — начал Робийяр. — Он управлял портфелями трех десятков клиентов — главным образом в области гинекологии — и из Парижа, и по всему Иль-де-Франс; он объезжал их, предлагая самое современное медицинское оборудование. Мне передали его резюме и немного рассказали о нем. — Он подтолкнул листки к коллегам. — Можете сами глянуть. До «IDF Med» он был медицинским представителем, тоже в сфере гинекологии, а еще до этого продавал инвалидные кресла. Он учился в Руане, на экономическом факультете. Короче, изначально ничего медицинского, но его всегда притягивала эта область. Он немного разбирался в предмете и мог поддержать разговор со специалистами. А еще он был постоянно в дороге, работал один, сам устанавливал себе расписание, а платили ему по факту. Очень профессиональный, четкий, одиночка, никаких промахов, и оборот делал. Два года назад он перешел на полставки, чтобы освободить время на свое увлечение кино. Хотел попробовать написать и снять подручными средствами несколько малобюджетных короткометражек... Конечно, работодатели представления не имели, о каких фильмах шла речь.

Шарко кивнул на обложку с масками:

— Что неудивительно. Прежде чем продолжим о фильмах, скажи, ты не показал им тетрадь? Хоровод зародышей, странные рисунки?

— Показал, но они об этом ничего не знают. Зародыши, гинекология, рождения, легко предположить, что это связано, но трудно понять, что Демоншо имел в виду. Во всяком случае, я не слезу с этих ребят из «IDF Med». Я попросил у них список персонала, а они вдобавок дадут мне список клиентов Демоншо. Те, кто присутствовал на краю ямы при смерти Шевалье, могут быть из круга его знакомых.

— Отлично.

Шарко взял в руки кассету:

— Теперь о фильмах. Это видео мы нашли у Демоншо в подборке крайне реалистичных короткометражек извращенного содержания. Николя в выходные отнес их коллеге-киноману, чтобы узнать его мнение. Сейчас, когда все собрались, предоставляю вам возможность ознакомиться с тем, что утром видел Николя... Что до меня, я недавно уже посмотрел. Похоже, здесь речь не только о художественном вымысле.

По мере показа Одри чувствовала, как тревога все сильнее сжимает ей горло. К концу она узнала Демоншо и увидела, как он приближается с ножом. Она сморщилась в момент срежиссированной смерти женщины, но заставила себя досмотреть до конца. Когда Шарко остановил кадр на лице жертвы, Люси замерла. Паскаль осел на стуле:

— Это что такое? Демоншо по-настоящему приканчивает кого-то?

— *Кого-то* — да, — заметил Франк.

Он кивнул Николя, и тот, произведя несколько манипуляций, вывел на соседний экран запись с флешки. Все увидели Бертрана Лесажа, потом женщину, сидящую на кровати в отеле. Белланже остановил картинку, когда лицо женщины в обрамлении длинных темных волос повернулось к камере, не видя ее.

— Это та же женщина! — вырвалось у Паскаля.

— Запись на флешке была сделана Бертраном Лесажем в номере отеля аэропорта Шарль-де-Голль в вечер оплодотворения, — пояснил Николя. — Да, женщина из отеля и есть та, которую убивают на кассете.

Он прочел изумление на лицах своих коллег:

— Ее зовут Эмилия Робен. Это ее Боэси и вся его команда ищут в рамках расследования по делу Лесажа. Она жила в Дижоне, коллеги нашли ее квартиру две недели назад, но так и не смогли ее допросить. И теперь мы знаем, по какой причине. Ее заснятая смерть произошла недавно. Максимум месяц назад, потому что последняя транзакция по ее банковскому счету была 6 октября.

Николя пустил дальше запись в номере отеля и снова поставил на паузу, когда левая рука Эмилии Робен оторвалась от кровати, чтобы надеть латексную перчатку.

— Мы с Люси не обратили внимания, когда в тот раз смотрели эти кадры у Элен Лесаж, потому что нужно действительно приглядеться к руке. И хотя все не очень отчетливо, можно заметить, что левый мизинец слишком короткий. Он был частично ампутирован.

В комнате воцарилось красноречивое молчание. Шарко почти слышал, как закрутились шестеренки в головах у его лейтенантов. Он предложил Николя взять слово.

— Мало-помалу начинает проясняться сценарий всего этого бардака. Мы знаем, что Эмилия Робен уехала из пригорода Парижа, чтобы укрыться в Дижоне, в сентябре 2016-го, через два месяца после липового оплодотворения в гостинице рядом с аэропортом Шарль-де-Голль. В то время она уже беременна маленьким Лукой, и у нее уже отрезан палец. Предполагается, что она сбежала от биологического отца или, во всяком случае, от преследователей, которые могли бы повредить ребенку в ее животе. Когда я говорю «преследователей», то, полагаю, вы понимаете, куда я веду...

— Клан отрезанных фаланг, — бросил Паскаль.

— Да, к которому она наверняка принадлежала, точно так же как и Демоншо. Видео это доказывает: она тоже носит маску, и у нее тоже изуродована рука. Она, очевидно, переметнулась в другой лагерь, сбежала, спряталась. Может, ее били и пытали, как женщину в «Atrautz»? Или во время обряда посвящения она прошла через все возможные жестокости, прежде чем ей сделали ампутацию и приняли в клан, секту, клуб садистов, или как там еще они могли называться? Разумеется, она предала их, сбежав, но им удалось найти ее раньше полиции. И они отомстили.

— А Демоншо может быть биологическим отцом ребенка? — спросила Одри.

— Если учесть, с какой злобой он вспарывает ей живот в этом фильме, такая вероятность не исключена, — ответил Шарко. — Она сбегает, он ее находит благодаря шумихе в прессе вокруг Лесажей и организует это жертвоприношение. Так или иначе, мы узнаем это в течение дня, лаборатория в Бордо работает над его ДНК и над образцами маленького Луки. Может быть, эти два пальца принадлежат родителям малыша. И оба они мертвы.

Он вздохнул. В голове мелькнула картина, которая при других обстоятельствах могла бы его рассмешить. На долю секунды он увидел выросшего ребенка, поднимающего в каждой руке по банке и заявляющего присутствующим: «Познакомьтесь, вот мои родители».

— Итак, продолжаю историю по версии Николя: однажды Эмилия Робен решает сбежать, — заговорил он. — Она прячется, уверенная, что обеспечила безопасность Луки, передав его чете Лесажей, но разражается скандал с мошенничеством, связанным с суррогатным материнством.

И свет притягивает тени. Демоншо находит следы Робен. У него есть преимущество перед копами: он знает и кто она, и ее саму в лицо, а потому опережает их. Был ли он в курсе, что Эмилия беременна, когда та сбежала? Или догадался, когда разразился скандал? Трудно сказать. Во всяком случае, он ее похищает, забирает вещи из квартиры, симулируя отъезд, и решает отомстить самым страшным образом.

— Сняв фильм с этим сборищем отморозков в масках, — печально вздыхает Паскаль.

— Он хочет сохранить память о своих подвигах. И переживать их снова всякий раз, когда появится желание.

— Чего они хотят?

Никто не высказался, потому что ответа ни у кого не было. Паскаль был прав: к чему стремились эти анонимы? Какое событие толкнуло Эмилию Робен на побег? Была ли она в курсе существования подземной лаборатории? Боялась ли за своего ребенка?

Ребенок... Лука... Николя высказал вслух вопрос, который пришел ему на ум:

— А малыш?

Он оглядел своих товарищей по команде, которые смотрели на него с неожиданным интересом.

— Что с малышом? — спросил Шарко.

— Да просто... мы как-то забыли поинтересоваться, что с ним происходит, хотя он в центре событий. Эмилия Робен исчезает и круто меняет свою жизнь, чтобы защитить его, она придумывает мошенническую схему с ложным суррогатным материнством, а это огромная жертва. Демоншо находит ее, похищает и убивает. Но он не интересуется ребенком, хотя прекрасно знает, где его найти... Этот тип или, вернее, эти типы — они убийцы и, похоже, проводят разные нехорошие эксперименты со всяким биохакингом и CRISPR. Если младенец так важен, почему они его не забирают? Почему они не похитили и его тоже?

— Очевидно, это слишком рискованно из-за шумихи в прессе, они не хотят привлекать к себе внимание.

Николя покачал головой:

— Поверить не могу, что они оставили малыша в яслях спокойно пускать пузыри в ожидании, пока его не передадут приемным родителям. Они должны были бы как-то подобраться к нему в тот или иной момент.

— Или просто ждут, пока все уляжется.

— Может, так, а может, и нет. Я хочу съездить туда. Порасспросить. Увидеть малыша и узнать, что Шевалье хотел нам сказать. Хочу понять, что такого особенного в этом ребенке, которому всего несколько месяцев, и почему Эмилия Робен была готова рискнуть жизнью ради него. Даете зеленый свет?

Шарко подумал несколько секунд и согласился:

— Попытка не пытка. Давай. Я предупрежу Боэси о твоем приезде и, главное, о кассетах. Теперь мы должны искать не Эмилию Робен, а ее тело.

Одри тоже встала:

— Я поеду с тобой, Николя.

Капитан полиции посмотрел ей в глаза:

— Не обязательно двоим ехать посмотреть на одного малыша. Ты будешь полезнее здесь. Я поеду один.

55

Департаментская дорога перекрыта, можно только пройти вброд, оползни... Хаос. Включив на всю мощь сирену, Николя с великим трудом пробился и вынужден был пробираться по окольным узким дорогам, чтобы добраться до Осера. Он видел, как там, где должны быть поля, реют чайки. Даже птицы сбиты с толку.

Проявив изрядное терпение и заглотив на ходу сэндвич, он прибыл по месту назначения. Своим небесно-голубым фасадом, игровой площадкой с резиновым покрытием и анфиладой застекленных окон, сквозь которые были видны не комнаты для занятий, а спальни, ясли Эрмитажа напоминали типичный детский сад. Под навесом были аккуратно составлены пластмассовые тракторы и велосипеды.

В приемной Николя представился, предъявил полицейское удостоверение и сказал, что хотел бы встретиться с директрисой, Мод Мазарян, которая появилась несколько минут спустя. Она была уже в возрасте, с высоким выпуклым лбом и собранными в хвост волосами темно-рыжего отлива, в которых проглядывали седые пряди.

Николя объяснил причину своего визита: он работает над серьезным делом, связанным с полученным по Интернету ультиматумом, его группа поддерживает тесный контакт с майором Боэси и заставляет полагать, что маленький Лука играет важную роль в их расследовании. Прежде всего он хотел бы увидеть малыша и узнать побольше о его пребывании в яслях. Мод Мазарян с озабоченным видом взглянула на него:

— Как себя чувствует жена Бертрана Лесажа?

— Не знаю. Думаю, плохо.

— Эта история с резервуарами просто чудовищна. Как человек способен сделать нечто подобное?

— К несчастью, воображение убийц не знает пределов.

— Мы все здесь следили за этим кошмаром. А как иначе, ведь показывали по всем каналам. Господи, это было невыносимо...

Она несколько секунд помолчала, потом задала несколько вопросов о расследовании, на которые он ответил как можно более расплывчато, чтобы ее не обидеть. В конце концов она достала формуляр. Попросила его заполнить и сделала ксерокс его полицейской карточки и удостоверения личности:

— Извините. Таковы правила. Большая часть детей передана нам по решению суда. Сюда не может зайти кто угодно.

— Я понимаю.

Она обменялась несколькими словами с регистраторшей и сделала Николя знак следовать за ней.

— У нас тридцать два маленьких постояльца, которыми мы круглосуточно занимаемся. Нашему старшему, Лу, скоро будет три. Что касается Луки, он поступил сюда через неделю после рождения, в марте этого года. Как вы знаете, суд вынес решение оставить его здесь. Учитывая, что произошло с его отцом, я не знаю, чем все закончится. Бедный мальчик...

Николя не стал ничего рассказывать. Без сомнения, директриса еще не знает, что Бертран Лесаж не был биологическим отцом Луки. И в любом случае теперь, став вдовой, Элен Лесаж никогда не получит ребенка, с которым у нее нет ни малейшей связи.

Они прошли по коридору мимо спален, кухни, медицинского кабинета. Жизнь била ключом, как в легендарном Источнике вечной молодости. Малыши самого разного роста кричали, смеялись, носились под приглядом нянечек в полосатых бело-розовых халатах. Николя охватила глубокая грусть, потому что так или иначе, несмотря на улыбки и ласковые жесты персонала, эти дети проживут первые месяцы своей жизни лишенные любви матери или отца. Виновные в том, что появились на свет. Сталкиваясь взглядом с живыми глазками малышей, нуждающихся в привязанности, Николя думал о собственном отце. Как давно они не разговаривали? Что ему останется, если он разорвет последнюю ниточку, связывающую его с семьей? Он пообещал себе позвонить, как только все закончится.

— Они все отказники?

— Нет, только некоторые. Бóльшая часть стали жертвой опасной небрежности или плохого обращения. Судья решил разлучить их с родителями ради их собственной безопасности. Этим детям не суждено начать жизнь с лучшими козырями, хотя мы делаем все возможное, чтобы им помочь. Вам это покажется невероятным, но некоторые дети, рожденные анонимно, делают все, чтобы о них забыли, никогда не плачут, не просят есть или много спят, как если бы осознавали отсутствие любви со стороны матери. Вот почему так важно, чтобы они чувствовали себя любимыми в первые месяцы своего существования.

— Таков и случай Луки? Он старался, чтобы его забыли?

— Нет. Он, напротив, очень экспансивен, полон жизни, требует много внимания. Кстати, несколько дней назад он сделал первые шаги, а ему еще восьми месяцев нет!

— Он пошел слишком рано?

— Немного рано, да, но ничего необычного. Вы сам отец?

— Нет-нет...

Она не стала продолжать, почувствовав в ответе смущение и явное нежелание говорить на эту тему. Коридор закончился.

— Это здесь.

Они зашли в комнату, где стояли три кроватки с перекладинами, цветные шкафчики, деревянные манежи-трансформеры, из которых можно было сделать один общий или, наоборот, выделить каждому ребенку отдельное пространство. Маленький стол, стулья, кухонный уголок со всем необходимым, раковина, микроволновка, чтобы разогреть еду. Один малыш спал, другой привстал в кроватке, третий ел, сидя на высоком стульчике. Молодая женщина протягивала ему ложечку с непонятной смесью.

— Это Гвендолин Вейс, — представила ее Мазарян, — она няня и занимается шестью детьми, в том числе Лукой. Вон он, справа. Гвендолин его куратор.

Николя поздоровался. Гвендолин послала ему робкую улыбку и вернулась к своему занятию, потому что ребенок проявлял нетерпение. Направляясь к Луке, коп двигался осторожно, стараясь не наступить на какую-нибудь игрушку. Ребенок, крутивший висящий над кроваткой мобиль, повернулся. Маленькие пухлые ручки вцепились в прутья кроватки.

Сам не понимая почему, Николя почувствовал что-то вроде разочарования. Он ожидал увидеть Аполлона, рекламного малыша, но Лука, со своим приплюснутым носом и черными глазами, которые казались слишком широко расставленными, не отличался особой красотой. Его волосы торчали ежиком. Ребенок улыбнулся, Николя присел и улыбнулся в ответ:

— Значит, ты и есть Лука?

Малыш испустил крик и еще шире открыл рот, в котором торчали два белых эмалевых зубика. Николя прикоснулся к его ручке и почувствовал тепло в сердце. Не позволив себе расчувствоваться, он выпрямился и отошел. Повернулся к куратору:

— Вы не заметили в нем ничего особенного? Я хочу сказать, вид у него... нормальный, да? Никаких проблем? Странных болезней? Каких-то особенностей?

Гвендолин покачала головой:

— Малыш как малыш, если вас именно это интересует. Он под присмотром нашего врача, вес и рост набирает в соответствии со стандартами, у него был отит, желтуха и еще резались зубки, что вызвало высокую температуру. По характеру Лука очень спокойный и жизнерадостный. Вот, я... я не знаю, что вам еще сказать. Самый что ни на есть «нормальный».

Николя кивнул, потом обратился к директрисе:

— Кто-нибудь приходил его повидать? Задавал вам вопросы о нем? Не случалось ли чего-то непривычного вокруг Луки, кроме всего, что связано с шумихой в прессе по поводу суррогатного материнства?

— Нет, ничего особенного. Один раз приходил майор Боэси со специалистом, чтобы взять образец ДНК, в прошлом месяце, ну, чтобы установить отцовство Бертрана

Лесажа. Но кроме внутреннего персонала и соцработников, которые ведут его дело, больше никого. Хотя его данные и просочились в прессу, мы стараемся максимально оберегать Луку. Никто здесь не позволил втянуть себя в игру с журналистами и интервью. Гвендолин вам сказала: Лука — такой же малыш, как остальные, хотя все они, конечно, очень разные...

Николя ощутил груз разочарования. Но он не мог смириться с мыслью, что ни Демоншо, ни его банда выродков не пытались подобраться к мальчику. Они выследили, похитили и зарезали его мать, значит они не могли забыть про ребенка. Он поймал взгляд Гвендолин и, когда она отвернулась, почувствовал легкую внутреннюю дрожь, сигнал тревоги в животе. Подошел к няне:

— Вы хотите мне что-то сказать?

Малыш с нетерпением голодающего стучал ручками по столику. Молодая женщина сунула ложку ему в рот.

— Видите ли... — Она повернулась к директрисе. — Та красная отметина...

Директриса покачала головой:

— Мы об этом уже говорили, Гвендолин.

Няня густо покраснела. Николя рванулся в наметившуюся брешь и пристально посмотрел на молодую женщину:

— Можете пояснить?

— Пустяки, — вмешалась директриса. — Однажды утром Гвендолин заметила на руке Луки покраснение и маленькое отверстие с капелькой засохшей крови. Наверное, ночью обо что-то укололся. Может, заноза на перекладине кроватки или же паук укусил.

Николя спросил у Гвендолин:

— Вы тоже так подумали?

Она на мгновение заколебалась, потом ответила:

— Не сразу. Я не понимала, где он мог уколоться, я же все проверила. И это не было вздутие от укуса. Если честно, я сразу же подумала, что это игла. И точка прямо на вене, на левом предплечье. К тому же Лука был очень бледен.

— У него взяли кровь?

Она замялась, потом пожала плечами:

— Мне пришло это в голову, но ведь получается полная бессмыслица. Зачем кому-то делать это среди ночи? Госпожа директриса права, наверняка он поранился перед сном, а я просто ничего не заметила... В любом случае врач осмотрел его, и все было в порядке.

— Вы помните точную дату?

— Доктор ее записал. Как мне помнится, последнее воскресенье сентября. В ночь с воскресенья на понедельник. Я уложила Луку в девять вечера, а около шести он заплакал.

Белланже поблагодарил Гвендолин и отвел директрису в сторону:

— Мне нужен список всех лиц, которые находились здесь в ту ночь, с обозначением точного времени. У вас наверняка есть расписание.

— Я не понимаю: что именно вы ищете?

— Ответы, мадам Мазарян. Этого мальчика и его мать преследовали, причем задолго до его рождения. До сентября никто не знал, где находятся мать и ребенок. Потом, в начале сентября, дело с суррогатным материнством получило широкую огласку, имя мальчика и название яслей попали в прессу. А две или три недели спустя происходит эта история с уколом. Это не случайность. Я думаю, что кто-то из внутреннего персонала или посторонний пришел в эту комнату, чтобы взять у мальчика кровь.

Мод Мазарян покачала головой:

— Это немыслимо. Я вам уже сказала, никто сюда просто так не заходит, а я абсолютно доверяю своему персоналу. Это люди, которые...

— Пожалуйста. Список.

После некоторого колебания она отвела его в свой кабинет, щелкнула мышкой, и ее пальцы забегали по клавиатуре.

— Ночь с 24 на 25 сентября... Вот... Пять помощниц по уходу за детьми, одна медсестра, сторож и одна уборщица.

— Можете распечатать?

Она повиновалась. Николя взял список и внимательно его прочел:

— Полагаю, это достойный доверия персонал, который работает здесь уже давно?

— Да, по многу лет, кроме уборщицы. Анри, сторож, был здесь еще до меня, а с остальными я работаю как минимум два года.

— Вы сказали, уборщица. Расскажите о ней.

Казалось, вопрос Николя застал Мод Мазарян врасплох. Она склонилась к экрану и подняла руку, прося его подождать:

— И впрямь странно, я как-то раньше не задумывалась. — Она подняла серые глаза на Николя. — Персонал для уборки нам присылает агентство по трудоустройству, «Адоми». Анна Шуграни, которая была в здании рано утром 25-го, не наша обычная уборщица. Она несколько дней заменяла Диану. На Диану напали, когда она возвращалась домой, и ей пришлось взять больничный на две недели. Вот Анна Шуграни и подменяла ее это время. Женщина с анемичной кожей, неразговорчивая...

— А вы, случайно, не заметили, может, у этой Анны Шуграни на мизинце левой руки не хватало одной фаланги?

Взгляд директрисы вильнул влево, потом вернулся к Николя.

— Да-да. Я хорошо помню.

Клан приходил сюда. Николя вернул список директрисе:

— Напишите мне адрес вашего агентства по трудоустройству.

56

Искусственный интеллект, умножение человеческих возможностей, манипуляции жизнью в пробирке, покорение пространства и бессмертие... таковы были пять главных тем, продвигаемых движениями трансгуманистов.

Одри все еще находилась под впечатлением от слов биолога из лаборатории ДНК. Устроившись за компьютером, она продолжила изыскания в этой области. Какую тему ни возьми, систематически всплывала четверка GAFA. Марк Цукерберг, основатель Facebook, работал над развитием интерфейса мозг—машина, который позволит индивидуумам общаться, не разговаривая. Илон Маск, миллиардер-мечтатель, разрабатывал имплантаты, чтобы увеличить интеллектуальные возможности человека. Ларри Пейдж, сооснователь Google, влил сотни миллионов долларов в ведущую исследования в области бессмертия компанию «Calico», руководитель которой Рэймонд Курцвейл, убежденный трансгуманист, был уверен, что человек, который проживет тысячу лет, уже родился.

Эти люди не были сумасшедшими. Они имели власть, деньги и желали изменить мир благодаря собственным лабораториям, финансированию и развитию параллельной науки. Они создавали биохакинг на планетарном уровне, пользуясь своим положением, и, как написал Ангел, им позволяли безнаказанно действовать.

«Breakout Labs»[1], «Calico», «Meta»... Чем именно занимаются в этих компаниях, финансируемых самыми богатыми людьми, где без устали трудятся самые блестящие умы? Никто этого не знает, никакая информация не просачивается. Настоящие черные ящики. Google со товарищи

[1] «Прорыв» *(англ.)* — некоммерческая организация, создана в 2011 г. для финансирования радикальных и смелых замыслов, которые «опережают время». Владелец — миллиардер Питер Тиль, который известен еще как создатель платежной системы PayPal и первый инвестор Facebook.

не ограничиваются тем, что цветут в Силиконовой долине. Через свои филиалы, занимающиеся научными разработками, эти компании инвестируют сотни миллионов долларов в европейские биотехнологические предприятия. Их дыхание ощущается в Париже, Нанте или Гренобле.

Одри подняла глаза, когда Паскаль вскочил со стула, едва закончив телефонный разговор. Одним движением он влез в куртку и обратился к обеим женщинам:

— Я нужен Николя. Предупрежу Франка и мчусь в Мелён.

С этими словами он исчез, как ветром сдуло. Одри взглянула на Люси, пожала плечами и вернулась к экрану. Гренобль... настоящий питомник биотехнологических предприятий. Несколько месяцев назад один нейрохирург прооперировал там больного тетраплегией[1], чтобы тот мог при помощи мысли управлять экзоскелетом и таким образом передвигаться. Специалист причислял себя к движению трансгуманистов: больной, обреченный оставаться в инвалидном кресле, благодаря науке и технологии снова обрел возможность ходить. Человечно ли было бы лишать его этого?

Такие субъекты обнаруживались повсюду, на конференциях, на радио, они объединялись в ассоциации, подобные той, которую возглавлял Альрик Съоблад. Они руководили стартапами, были учеными, студентами или просто интеллектуалами и постоянно противопоставляли себя биоконсерваторам, Церкви, а в общем смысле — всем тем, кто жил прошлым. Дебаты были бурными, митинги реальными, но их позиция оставалась ясной и, скорее, пацифистской, а демонстрация результатов — ослепительной. Короче, ничего общего с действиями банды отморозков с отрезанными пальцами.

[1] *Тетраплегия* — полный или частичный паралич нижних и верхних конечностей.

Одри явно промахнулась. Имена Демоншо или Шевалье ни разу не всплывали в ее изысканиях. Поиск биохакеров-экстремалов не дал ничего конкретного. Комплекты CRISPR-Cas9 продавались во множестве по всему миру. Она забуксовала.

Ближе к вечеру в их помещении появился Шарко, неся в руке мобильник, словно святой Грааль. Он закрыл дверь и щелкнул пальцами, чтобы привлечь внимание женщин. Люси и Одри оторвались от своих дел.

— Я на связи с лабораторией в Бордо по поводу ДНК, — пояснил он. — Профессор Самсон, я с частью своей группы. Мы вас слушаем.

Обе женщины подтянулись ближе к телефону Шарко, тот включил на полную мощность громкую связь.

— Очень хорошо, — сказал женский голос. — Мы провели анализы, которые требовались от нашей лаборатории. Напоминаю, что мы работали все выходные с четырьмя различными источниками: ДНК маленького Луки, женского пальца из банки, Арно Демоншо, а также анонимного тела, обнаруженного в Эссоне в 2013 году. Вам хорошо меня слышно?

— Мы вас слушаем.

— На первом этапе мы проверили, существует ли отцовская связь между Арно Демоншо и Лукой. Подтверждаю вам, что Арно Демоншо не является отцом ребенка. Точно так же ничего не дало ДНК женского пальца, нет никакой биологической связи с младенцем.

Шарко скривился. Он ожидал ответов, но не таких. Происхождение малыша по-прежнему было окутано тайной.

— Вас понял, — ответил он спокойно.

— Зато мы нашли генетическую связь между индивидуумом 2013 года и Лукой, — произнес голос по громкой связи. — Наши результаты достоверны на девяносто девять и девяносто девять сотых, ошибки быть не может, хотя, вынуждена признать, это более чем ошеломительно...

Последовало молчание. Копы вслушивались в голос, как если бы он собирался объявить о конце света. В некотором смысле так оно и было.

— Связь между ДНК Луки и ДНК женщины, выловленной в пруду, является материнской. Неизвестная, умершая в 2013 году в Эссоне, является матерью Луки.

57

Регистрируясь в Осере в агентстве по трудоустройству, Анна Шугранн должна была представить документы, недавние счета или банковскую выписку. Теперь у Николя имелся адрес и фото с удостоверения, заставившее его сделать стойку: Шугрaни оказалась той молодой женщиной с татуировкой орла, которую били, насиловали и увечили в «Atrautz». И это она в «Her Last Bloody Day» протирала губкой тело Эмилии Робен перед заснятым убийством.

Поймать ее означало подобраться к клану. Выписанный в августе этого года на ее имя счет за газ указывал, что она живет в доме в Мелёне, к югу от Парижа. Николя позвонил в бригаду, чтобы там проверили ее на правонарушения и судимость. Она была чиста.

По словам менеджера агентства, Шугрaни заявила, что вынуждена временно жить у недееспособной матери в Осере, объяснив этим, почему она ищет работу в этом городе, в то время как по документам ее адрес значился в Мелёне, в ста пятидесяти километрах оттуда. Она зарегистрировалась в агентстве по найму как клининг-оператор за три дня до того, как напали на Диану Марк. После работы в яслях агентство позвонило ей с другими предложениями, но номер мобильника выводил на несуществующего абонента. Что касается ее резюме, Николя связался с одним из указанных там мест работы, яслями в Аркёе, и убедился, что о Шугрaни там слыхом не слыхали.

Он также позвонил Диане Марк, чтобы выяснить подробности нападения. Молодую женщину ударили по голове, когда она поздно вечером возвращалась домой. Нападавший ничего не украл, и полицейское дознание ничего не дало. Все было подстроено так, чтобы Анна Шугрannи могла приблизиться к Луке.

Расследование захватило его, да и улыбка Луки с двумя пробивающимися зубками не выходила у него из головы. Этого ребенка преследуют, его мать убили самым зверским образом, а теперь еще и вырвали самое ценное достояние: его кровь. Почему? Что в ней искали? Слишком уж много смертей в этой истории. Он заставит Анну Шуграни заговорить.

Его телефон зазвонил, когда он на закате въезжал в Мелён, после того как Паскаль прислал ему эсэмэс, что скоро будет на месте. Тибо Ичасян, знакомый из судебной полиции Ниццы.

— У меня новости о твоей Одри Спик. Я могу говорить?

Николя положил телефон на пассажирское сиденье:

— Я включил громкую связь, но я один в машине. Так что я тебя слушаю.

— Вот и ладно. Вечер 14 июля 2016 года... Спик только что взяла отпуск на месяц. Ты же помнишь, что случилось в ту ночь... Салют около десяти вечера, тридцать тысяч человек собрались... Незадолго до конца салюта грузовик вылетает на Английскую набережную. О дальнейшем могу не рассказывать.

Конечно, Николя знал продолжение. Настоящий кошмар, спасательные службы, пытающиеся организовать помощь в воцарившемся хаосе...

— А два часа спустя находят эту женщину... Она в темноте бродит по пляжу по колено в воде в залитой кровью одежде. Женщина не в себе, немного пьяна, не разговаривает. Один из пожарных привозит ее в отель «Негреско», превращенный в импровизированный госпиталь. В конце концов ее узнает коллега: это Одри Спик, старший капрал полиции Ниццы.

Судя по GPS, Николя оставался всего один километр. Он припарковался у тротуара и выключил мотор, чтобы лучше слышать.

— По ее состоянию коллега понимает, что случилось нечто серьезное. Она прижимает к сердцу искореженную дужку от очков, на лбу и на руках у нее кровь, но нет ни одной раны. Наконец она произносит имя, которое повторяет как мантру: «Николя»...

Ему было странно услышать собственное имя.

— Как рассказывает коллега, Спик встала и пошла на поиски тела. Едва держась на ногах. Единственное, на что она была способна, это твердить «Николя». Она описала его одежду. В результате ребята сами берутся за дело и ищут вместо нее.

— Николя... ее сын?

— Нет. Ее парень. Николя Сулар.

Белланже ничего не понимал. Если ее дружка звали Николя, то кто такой тогда Ролан, которого она любит и с кем неразлучна со времен юрфака?

— Они нашли его?

Вздох в телефоне.

— Мертвым. Жертва того урода и его долбаного грузовика. Опознать было трудно. Избавлю тебя от деталей, но при нем были документы, и он соответствовал описанию Спик. Идентификация прошла по самой строгой процедуре и была сделана комиссией экспертов, вплоть до анализа ДНК. Тело передали семье. Николя Сулар, по всей видимости, был блестящим исследователем, работал в «София-Антиполис»[1] над этой новомодной штукой, искусственным интеллектом.

Белланже потер виски. Искусственный интеллект. Ее парень был по уши в интересующей их проблеме, а Одри ни разу даже не намекнула. Он попытался навести хоть некоторый порядок в своих мыслях. Николя, Ролан, искусственный интеллект...

[1] *«София-Антиполис»* — технологический парк юго-западнее Ниццы.

— Над чем он работал?

— Что-то связанное с эмоциями и машинами. Я слышал о проекте, в котором он был задействован, «Морфеус», но я тут немного поискал и не нашел больше никаких подробностей. Название компании... Погоди, коллега мне говорил... «Digibot»... Да, точно, «Digibot». Прости, больше я ничего не знаю.

Николя записал информацию на клочке бумаги:

— Уже немало. А дальше? Спик вернулась к работе?

— Да. Она продлила отпуск на две недели и через полтора месяца после того, как пережила ад, снова была на посту. Мой приятель из уголовной полиции рассказал, что странная там была атмосфера, когда она вернулась. Спик вела себя, как будто ничего не случилось, ну и остальные тоже, раз уж она не хотела об этом говорить. Казалось, она сумела справиться с шоком. Ей удалось убедить комиссара не вносить тот эпизод в ее досье, да у него и не было никаких оснований это делать, поскольку в тот вечер она была не при исполнении, а дальше это не помешало ей нормально выполнять свои обязанности. Короче, девица класс. Вот все, что я для тебя нарыл. Мне говорили, она уехала в Париж. Она теперь твоя коллега?

Николя поверить не мог. Одри сумела справиться с шоком, загнав его внутрь, но боль той ночи никуда не делась: она просто перешла в спящий режим, а чуть позже проросла в форме синдрома посттравматического стресса.

— Да, я работаю с ней. Спасибо, Тибо. За мной не пропадет. И этого разговора никогда не было.

Он дал отбой и уставился на пустую улицу перед собой. Вспомнил Одри у себя на барже, в ночь, когда истекал ультиматум. Ее забытье, и как она твердила ему на ухо его имя... Николя... Но его ли она имела в виду или мужчину, умершего 14 июля 2016 года?

Он подумал еще, вспомнил о долгом отсутствии сообщений на странице Ролана Казулуа после теракта. Его отъезд на Таити. Пламенную переписку между ним и Одри. О Николя Суларе никогда и речи не было.

Кто был человек, умерший в ту ночь? А тип с рыжей шевелюрой? Сулар и Казулуа были знакомы? Может, Одри вела двойную игру? Два дружка, две параллельные личные жизни?

Николя не хватило времени довести размышления до конца: позвонил Паскаль. Он приехал на место встречи, в сотне метров от нужного адреса.

Загадке Спик придется еще немного подождать.

58

Николя и Паскаль пешком двинулись по тротуару. Минут через десять Белланже остановился у бара, где продавали сигареты. Он указал пальцем на расположенный справа от них перестроенный под многоквартирный четырехэтажный дом с белым фасадом:

— Вон то белое здание. Она живет на третьем.

— Одна? С кем-то?

— Откуда мне знать.

— Не много же тебе известно.

— Да уж. Схожу куплю сигареты... Подожди.

Две минуты спустя он прислонился к телефонному столбу и прикурил сигарету, не сводя глаз с белого фасада.

— Сейчас шесть вечера, — бросил Паскаль. — А если ее там нет?

— Пристроим наши задницы в кафе и будем ждать. А если кафе закроется, пристроим те же задницы в машины. Мне необходимо заполучить эту девчонку сегодня.

Паскаль выразил свое раздражение, присвистнув носом:

— И позвонил ты, конечно же, мне.

— Мне требовался здоровяк, на всякий случай.

— А когда мне тренироваться, а? С самого начала этого дела я не переступал порога спортзала.

Николя сделал несколько затяжек и раздавил окурок о металлический мусорный бак:

— Вот помрешь, тогда будешь качаться сколько влезет. Ну, пора.

Они быстро перешли на другую сторону и осмотрели домофон, оборудованный миниатюрной камерой. Николя нажал подряд на все кнопки, кроме той, на которой было обозначено: «Анна Шуграни, 3-й этаж». Кто-то в конце концов открыл.

— Останься у домофона, — бросил Николя, придерживая дверь открытой. — Через две минуты позвони к ней. Скажи, что продаешь пылесосы.

— Я что, похож на продавца пылесосов?

Николя заблокировал створку рекламным проспектом, проверил имя на почтовом ящике, взбежал на третий этаж и зашел в холл. Приложил ухо к двери Шуграни. Никаких звуков, и такая же тишина, когда зазвонил домофон. Ее там не было. Он торопливо спустился, мужчины вернулись в тот же бар, заказали кофе и уселись так, чтобы был виден вход в дом.

Николя воспользовался свободным моментом, чтобы позвонить Ясину и узнать новости о своей барже. Швартовы пока держали, но из-за напора течения и высокого уровня воды верхушки причальных палов терлись о корпус. По словам Ясина, трение вызывало странные металлические звуки, а нанесенные им царапины были видны с берега. Николя попросил его сделать фотографии и прислать. Через пять минут он их получил.

— Твою мать!

Паскаль протянул руку, чтобы посмотреть на снимки, увеличил, оценил широкие процарапанные полосы, которые даже издалека виднелись на корпусе.

— Похоже, ты попал на бабки.

— Ты всегда найдешь, чем утешить...

В каком состоянии он найдет свое судно? Николя помолился, чтобы спад начался как можно скорее, и предпочел сменить тему:

— Скажи, что ты думаешь о Спик?

Паскаль допил чашку, которая казалась смешной в его широких ручищах. Правый уголок его верхней губы пополз вверх. Николя уставился на него во все глаза:

— Что это за мафиозная улыбочка?

— Да так, ничего.

— Кончай нести хрень. Ты никогда не умел врать.

Паскаль хотел увильнуть, но поздно: Николя вцепился намертво.

— Тут такое дело... утром в воскресенье... Мы были в Бастионе с Франком, разбирались с бумагами. Ты тогда уехал на Опаловый берег.

— И?

— Ну вот... Мы вывели на экран камеру, которая выходит на порт Ван Гога. Было около десяти утра. Просто хотели глянуть, как там твоя баржа. И тут увидели женщину, сидящую на скамейке у самой кромки поднявшейся воды, лицом к твоему судну. Это была она, Николя. Одри Спик.

— Одри? Что она там делала?

— Мне откуда знать. Но ты бы посмотрел на Шарко, он вцепился в наводку камеры и стал возиться с ней, как дурак. Представляешь, с его-то толстыми пальцами? Менял фокус, чтобы покрупнее... Но Спик всего-то и делала, что тыкала в свой телефон. Она ждала и была еще там, когда мы уходили, около полудня. У меня серьезное подозрение, что она надеялась увидеть тебя... А теперь, когда ты знаешь, что мы знаем, может, скажешь мне: между вами что-то есть?

Николя побагровел. И выпрямился, как кобра.

— Шайка придурков!

Увидев, как Паскаль втянул голову в плечи, он расхохотался:

— Правда придурки. Прыщавые незрелые пацаны!

Он собрался сходить в туалет, но Паскаль вдруг окликнул его: кто-то припарковал мотоцикл у противоположного тротуара. Женщина в черной кожаной косухе, движения молодые, рюкзак в форме ежа на спине. Не снимая шлема, она слезла со своего коня и исчезла под козырьком подъезда.

— Прибери улыбочку. Это она.

Паскаль торопливо бросил на стол банкноту. Они схватили свои куртки и выскочили на улицу. Когда женщина вставляла ключ в замок входной двери, они с двух сторон подошли к ней:

— Анна Шуграни?

Женщина обернулась, снимая шлем:

— Да.

Косая челка упала на черные глаза, длинная хрупкая шея вытянулась. На ногтях у нее был черный лак, на губах темная помада. Добавить еще немного грима, и она могла бы играть главную роль в сериале про зомби.

Но отрезанной фаланги у нее не было, и она совершенно не походила на лицо с фотографии на удостоверении, добытом Николя.

Копы тупо уставились на нее. Их провели.

Та, которая под видом Анны Шуграни ходила брать кровь у Луки, отымела их по полной.

59

Шарко повесил трубку после разговора с профессором из лаборатории в Бордо. Он был ошеломлен. Теперь придется крепко пошевелить извилинами, пытаясь понять невозможное: как биологическая мать могла умереть за три года до рождения своего сына?

Жюли Самсон указала на единственно возможный вариант в сложившейся ситуации: Эмилию Робен оплодотворили искусственно. В ее матку поместили замороженный много лет назад эмбрион, в котором по материнской линии содержалось генетическое наследие неизвестной из пруда в Манси.

Самсон объяснила, что в центрах или клиниках по искусственному оплодотворению заморозка эмбрионов представляет собой сравнительно распространенную практику. Насколько Шарко понял, во время зачатия *in vitro* биологи создают несколько эмбрионов — вплоть до десяти. Пациентку оплодотворяют одним или двумя из них, а остальные — «сверхкомплектные эмбрионы» — помещают в жидкий азот и хранят в той же клинике. В случае неудачи первого оплодотворения эти замороженные эмбрионы могут обеспечить будущим родителям еще один шанс.

Самсон рассказала о проблемах, связанных с такими эмбрионами: сколько из этих организмов, погруженных в азотные ванны при температуре минус сто девяносто шесть по Цельсию, ждут, пока «родители» определят их будущее? Новая имплантация? Дар бесплодной чете? Уничтожение? И что делать с эмбрионами пары, которая развелась, или той, которая переехала и больше не подает признаков жизни, или скончавшейся четы? Сколько таких потенциальных человеческих существ забыты в своих ваннах? Их число оценивается приблизительно более чем в тридцать тысяч.

Повесив трубку, Самсон оставила полицейских в состоянии полного недоумения и крайнего напряжения. Увесистые ягодицы Шарко грели край стола Николя. Три параллельные морщины прочертили его лоб. Снаружи темнота стирала контрасты. Приближалась новая холодная ночь, подступала тьма, а с нею и их призраки.

— Так... Давайте подумаем... Вернемся во времени и будем исходить из того, чтó на сегодняшний день нам известно об Эмилии Робен, а потом прокрутим назад и попытаемся хоть что-то понять в этой чертовой путанице.

Он отклеился от стола, выбрал чистый лист на доске, которую вытащил на середину комнаты, и вооружился черным фломастером:

— Несколько недель назад Робен погибла, предварительно сбежав от группы, к которой принадлежала, — от клана отрезанных фаланг. Она была найдена и буквально выпотрошена Арно Демоншо, он же Каратель. Он вспорол ей живот и вынул печень, как в мифе о Прометее, как бы намекая на то, что любой серьезный научный прогресс сопровождается катастрофой.

Шарко потер подбородок и продолжил:

— Семью месяцами раньше, в марте этого года, Робен производит на свет маленького Луку, стараясь сделать это максимально анонимно. Она прячется в Дижоне, рожает в Осере и благодаря афере с ложным суррогатным материнством устраивает так, чтобы Лука мог оказаться у родителей, также стремящихся остаться анонимными...

Он отмечал основные этапы. Люси и Одри стояли рядом с ним, внимательные и сосредоточенные.

— Вернемся назад еще на девять месяцев. К июлю или июню 2016-го, к тому моменту, когда Робен забеременела. Речь идет не о классической сексуальной связи, а, по всей видимости, об искусственном оплодотворении. ЭКО, как говорят. *Некто*, безусловно, очень компетентный, гинеколог, акушер, лаборант или что-то вроде, размораживает уже существующий эмбрион, генетически посторонний Эмилии Робен, и вводит его в ее матку, тем самым превращая молодую женщину в суррогатную мать.

— Я более-менее в курсе, как это работает, — вмешалась Люси. — ЭКО — штука сложная и технологичная. Даже если Демоншо сумел совершить подобные манипуляции с эмбрионами собаки, с человеческим существом дело другое. Я с трудом себе представляю, как он мог провернуть такое в одиночку. И тем более в своей лаборатории.

— Может, их несколько. На данном этапе я задаю себе вопросы, на которые у меня нет ответов: зачем? И почему Эмилия Робен? Знала ли она о происхождении эмбриона? Произошло ли это законно, в каком-нибудь центре и с врачами, или нелегально? Что она должна была сделать с ребенком, если бы не сбежала и не родила нормально? Вырастить его? Короче, неизвестно. Зато известно, что этот эмбрион превратился в Луку, и теперь мы «знаем» одного из двух его родителей... — Он написал крупными буквами «неизвестная из Манси» и несколько раз подчеркнул. — Речь идет об эмбрионе, половина составляющих которого принадлежит женщине, умершей в 2013 году. Об эмбрионе, который три года хранился где-то замороженным в жидком азоте при температуре минус сто семьдесят. Но ведь этот эмбрион нужно было создать и извлечь, прежде чем заморозить... Я хочу сказать, его не достали из живота неизвестной из пруда, чтобы засунуть в пробирку.

— Еще одно зачатие *in vitro*? — предположила Люси.

— Я вот не в курсе, как это работает, но у меня хватает мозгов, чтобы понять: только так и могло быть. — Кончиком фломастера он вписал еще одну строчку. — Продолжим... В 2013-м удар по черепу убивает неизвестную из Манси. Несчастный случай, убийство? Мы не знаем. Демоншо, наш солидный коммерческий представитель, убийца Шевалье и Эмилии Робен, сжигает ей лицо кислотой, разбивает челюсти и скулы, чтобы помешать идентификации, потом заворачивает в чехол с утяжелением и бросает на дно пруда, чтобы ее никогда не нашли. Сам ли он убил ее? Невозможно установить. Во всяком случае, он тот, кто ее утопил. — Он написал «ЛУКА». — Каким бы невероятным это ни казалось, то, что сегодня стало Лукой, уже существовало до смерти его настоящей биологической матери. Неизвестная из Манси должна была дать одну или несколько своих яйцеклеток, чтобы создание эмбриона стало возможным. За сколько времени до смерти? За месяцы? За годы? Есть ли связь между причиной ее смерти и Лукой? И все тот же вопрос, который мы задаем себе с самого начала: кто биологический отец этого ребенка?

Он посмотрел на часы, потом указал на гору папок у себя на столе:

— Начиная с завтрашнего дня разберите мне по косточкам дело Манси, посмотрите, не пропустили ли наши коллеги из Версаля чего-нибудь, какой-то детали, которая на сегодняшний день станет весомой. Мы должны узнать, кто эта женщина. Она ключ ко всему делу, я уверен.

— Я этим займусь, — вызвалась Люси.

Шарко кивнул и повернулся к Одри:

— Ты не знаешь, Паскаль получил информацию от конторы, где работал Демоншо, «IDF Med»? Список коллег и клиентов?

— Не думаю. Если хочешь, я выясню у него и обзвоню их завтра с утра, если нужно.

— Да, давай. Когда неизвестная из Манси была убита, Демоншо уже работал в этой фирме. Компания по снабжению оборудованием частных клиник и кабинетов, связанных с деторождением, верно?

— Да, акушерство, гинекология, центры ЭКО.

— Интересное совпадение. Коммерческий представитель по необходимости связан со многими специалистами внутри самих клиник и лабораторий. Его работа — это что-то вроде «сезама», позволяющего проникать в самые защищенные места. Я хочу, чтобы ты или Паскаль поработали с этим. Лука провел три года на холоде и, уж конечно, не в первой попавшейся морозилке. Найдите мне заведения, где хранят эмбрионы и которые фигурируют в записной книжке Демоншо, будь то сегодня или три года назад. Этот *некто*, извлекший яйцеклетку неизвестной из озера и оплодотворивший Эмилию Робен, возможно, скрывается среди контактов Карателя. — Шарко оглядел то, что только что написал на доске. — Мы должны его взять.

60

После того как они объяснили ей ситуацию, настоящая Анна Шуграни пригласила копов подняться к ней в квартиру. Жилище соответствовало ее образу: оно показалось им загадочным и нездоровым. Перевернутые кресты, металлические пентаграммы, разбитые иконы... задернутые черные шторы поглощали любой свет, идущий снаружи. Компакт-диски с дэт-металом громоздились на колонке, а сверху ее украшала рука скелета, сжимающая глобус.

Молодая женщина все еще не могла опомниться от полученной информации. Она держала фотографию самозванки, той, что использовала ее счет и адрес, чтобы проникнуть в ясли и подобраться к ребенку, о котором столько говорилось в прессе.

— Да-да, я ее знаю. Конечно же знаю.

Николя испытал чувство облегчения. След не вел энный раз в тупик. Шуграни сняла кожаную куртку и с отвращением бросила ее.

— Она называла себя Каро. Я не знаю ее фамилии, в сущности, я вообще мало о ней знаю. Она приходила ко мне, иногда ночевала здесь, и... черт, у нее даже был ключ от моей квартиры, а я его так и не забрала.

Она с возмущением откинула волосы назад. Николя не сводил с нее глаз, желая увериться, что девушка не ломает перед ними комедию.

— Значит, она заявилась сюда? И стащила мои документы?

— Похоже, да.

— Зачем? Чего ей было нужно от того малыша?

— Вряд ли чего-то хорошего.

Она осталась стоять, растерянная и задумчивая. Николя указал на кресло:

— Может, мы присядем на пять минут, и вы нам все объясните?

Копы расположились. Она пошла налить себе стакан воды из-под крана. Пока Паскаль усаживался, Николя заинтересовался ее коллекцией DVD. Достал несколько дисков. Попал на «August Underground».

— Любите экстремальное кино с извращениями? — бросил он, когда Анна вернулась.

Она устроилась напротив Паскаля, и тот на долю секунды утонул в ее декольте. Одежда на ней была более чем облегающей, на ногах черные мокасины на толстой, как стопка блинов, подошве.

— Меня всегда привлекали фильмы на грани фола. Те, которые никто не смотрит, от которых вам делается дурно, которые обращены к самой темной стороне человеческой натуры. «August Underground» еще ничего, но есть и фильмы вроде «Maladolescenza»[1], официально запрещенного на рынке, они еще хуже. Тебя торкает не столько то, что ты смотришь, сколько то, как ты... как ты их добываешь.

— Вроде страсти коллекционера, да?

— Можно и так сказать. Тут требуется много терпения, приходится долго разнюхивать, пока попадешь в крошечные сообщества, которые образуются вокруг таких фильмов. Со временем ты все больше становишься своей, и теперь ты в курсе сеансов, которые организуются в подвалах, на закрытых станциях метро, в старых заброшенных театрах. Часто ты встречаешь там одни и те же лица, обсуждаешь. Так я и познакомилась с Каро.

Николя закончил просматривать названия на обложках, одна непристойнее другой. Потом присел на подлокотник кресла рядом с коллегой:

— Когда?

— Точно не помню, я бы сказала, года два назад, летом. Не очень себе представляю ни где она тогда жила, ни как.

[1] *«Maladolescenza»* — в русскоязычном варианте «Распутное детство» — эротическая драма 1977 г. итальянского режиссера Пьера Джузеппе Мурджиа.

Она была такой богемной девицей, которая спала то у одного, то у другого. Приятели, встречи на одну ночь, скводы... Подрабатывала от случая к случаю. Много раз на несколько дней приходила сюда. Мы пили, смотрели фильмы, трахались...

Она провернула колесико зажигалки «vanity» в форме черепа, посмотрела на пламя, отразившееся в ониксовой радужке ее глаз:

— Это она потом приобщила меня к садомазо и ввела в круги парижской ночной жизни. Бар «В & В», «Черный донжон», «Абсолют»...

Подошла кошка, потерлась о ее ноги, она взяла ее на колени и погладила:

— Ей нравилось, чтобы ей делали больно, и не чуть-чуть. Я много раз видела, как она позволяла избивать себя в донжонах. Одни ногами давили ей лицо. Другие плющили грудь средневековыми приспособлениями для пыток. Потом еще порезы, скарификация. Это не мой кайф. Перебор с экстримом.

Николя вспомнил о шрамах на теле девушки в «Atrautz». То, как она позволяла увечить себя.

— Вы были вместе? — спросил Паскаль. — Я хочу сказать, парой?

— И да и нет. Знаете, в определенных кругах границы не такие отчетливые, как те, к которым привыкли люди. То так, то этак. Но как бы то ни было, с течением времени я видела, что Каро все глубже погружается в сумеречную зону. Она все меньше бывала в обычных клубах, с ней начали вести разговоры об исследовании новых территорий, где ее ждут другие впечатления и другой опыт...

— Какой опыт?

— Я не знаю. Частные тусы, конечно: в клубе такого не увидишь. Вроде вечеринок, на которые можно попасть, только если знаешь кого-то, кто знает кого-то. Она больше не позволяла мне ходить с ней, да мне и самой не хотелось. Она зашла уже слишком далеко в трансформации тела...

— В трансформации тела?

Она провела пламенем перед глазами. Завороженный Паскаль спросил себя, каким существом она представала в упомянутых донжонах. Ангелом или демоном?

— Она утверждала, что телу в его нынешнем состоянии больше нет места в нашем обществе. Для нее сделать что-то со своим телом означало в некотором смысле надругаться над собственностью государства. Послать их куда подальше. И, доводя до крайности жестокое обращение с телом, она хотела избавиться от того, во что превратила ее природа, — в рабыню общества.

Бредовые взгляды, но в высшей степени интересные для обоих копов. Шугрspani покачала головой:

— Я работаю в больнице, часто дежурю, и когда я возвращалась с работы поздно ночью, она была здесь. Я обнаруживала, что она вся в крови, иногда мне приходилось возиться с ней после ее заскоков, лечить и ухаживать. Однажды она вернулась с имплантатом, который торчал у нее из головы, как шишка. Варварская работа.

Николя представил себе вечеринки с ударами ножом и пытками. Лоснящиеся тела под старинными жаркими сводами, влажная плоть. Все это вызывало у него отвращение, но он не позволил себе отвлечься.

— Я была сыта по горло и дала понять, что в этот дом ей путь заказан. Она ушла, а я не сообразила забрать ключ и больше ее не видела.

— И когда это случилось?

— Около двух лет назад. В октябре-ноябре 2015-го, что-то вроде.

— А... тогда у нее не была отрезана фаланга левого мизинца?

— Нет-нет.

Значит, фильму «Atrautz», где Каро получила увечье, меньше двух лет. Николя показал ей фото Карателя:

— Никогда не видела.

То же самое с Шевалье, она его видела только по телевизору. Коп набрал что-то на своем мобильнике:

— «Her Last Bloody Day», знакомо?

— Нет, а что это?

Он протянул ей телефон:

— Фильм. Из тех, которые в вашей коллекции, только еще круче. Я хотел бы, чтобы вы посмотрели до конца.

Анна Шугрaни согнала кошку, включила просмотр и положила аппарат себе на колени. Она заломила руки, когда увидела маски Гая Фокса вокруг камеры, потом как молодая женщина протирает тело, привязанное к ножкам стола.

— Это она. Она подстриглась, но я ее узнаю. Это Каро.

Молчание. Анна резко отвернулась, когда Демоншо обрушился на Эмилию Робен, вспарывая ей грудь. Потом, приложив ладони ко рту, вернулась к фильму, чтобы досмотреть его. Когда все было кончено, она попыталась успокоить себя:

— Это точно подделка. Скажите мне, что все это не по-настоящему. Что Каро не участвовала в бойне.

— Отнюдь. Все указывает на то, что та женщина была убита перед камерой.

Шугрaни приняла удар и дрожащей рукой протянула ему телефон. Николя подождал, пока пройдет первый шок, и спросил:

— Вы узнали что-нибудь в этом фильме? Места вам ничего не напоминают? А маски, вы их уже видели на какой-нибудь вечеринке? Что-то похожее мелькало вокруг Каро, когда вы проводили время вместе?

Она покачала головой:

— Нет-нет. Бывали иногда люди в масках, это часть игры, но... не в таких масках, я бы запомнила. Все это мне совершенно незнакомо. Мне очень жаль. Я не могу вам помочь.

Судя по ее лицу, она еще долго будет вспоминать содержание фильма.

— Я же вам сказала, Каро ушла в тот безумный круг, куда я не могла за ней последовать. Ее высказывания становились все более радикальными, она выбросила свой телефон, компьютер. Она хотела быть свободной, отличной от всех. А еще она изменялась физически. Порезы, следы ударов, имплантаты, чип... для меня это было слишком.

Паскаль выпрямился с живостью выпрыгнувшего из засады мангуста:

— Чип?

— Да. Вот здесь, на запястье.

Она показала точку на своем левом запястье.

— А для чего служил чип? — спросил Белланже.

Шуграни пожала плечами:

— Каро не хотела мне ничего говорить. Я не знаю, откуда взялась эта штука, кто ей ее дал и как ее вставили под кожу. Наверняка какой-нибудь специалист по пирсингу или по модификациям тела. Но однажды вечером она обдолбалась и заговорила про какую-то хрень, которая называется Гидра.

У Николя возникло ощущение, будто ему прямо в физиономию швырнули первое письмо Ангела. Паскаль тоже сразу сопоставил одно с другим. *От чипа до гигантского монстра Гидры расстояние всего в один шаг*, написал Фабрис Шевалье.

— Гидра?

— Я ни фига не поняла, она парила за облаками, но мне кажется, что речь шла о каком-то месте. А еще она говорила, в Гидре есть одна дверь и стоит ее открыть, как ты окажешься в другом измерении, пройдешь через высший опыт страдания и мутации. Когда она немного пришла в себя, то больше ничего не стала объяснять. Да я и не докапывалась. Она ушла, как я вам и сказала, и больше мы не пересекались.

Гидра... Девятиглавый монстр из греческой мифологии.

Несомненно, чип RFID позволяет пройти через дверь.

Дверь, которая, судя по всему, ведет прямиком в ад.

61

При бледном свете фонарей суровая громада Бастиона поблескивала в темноте металлическими ребрами. За несколькими неравномерно разбросанными по его огромному фасаду освещенными квадратами угадывались люди. Одни заканчивали срочные дела или подводили итоги. Другие отвечали на звонки, потому что преступление и смерть на часы не смотрят. Оставались еще и те, кто предпочитал ад расследования тому, который ждал их дома.

За дверью с изображением акулы-молота сидели лицом к лицу два человека, разделенные один от другого своими экранами и центральным проходом. Словно два апатрида, оторванные от своих корней или изгнанные со своей земли. Одна — человеческим безумием, другой — яростью природы.

Тишину нарушали только клики мыши и перещелк компьютерных клавиш. Николя не мог удержаться, чтобы не поднимать исподволь глаза на Одри, и видел, как она сидит, сосредоточенно сдвинув тонкие черные брови, в голубоватом свете экрана, который отражался в ее глазах, как полярное сияние.

Что за тайну скрывало ее лицо?

Николя чувствовал, как навязчивая идея грызет ему внутренности. Он перенес свое внимание на экран. С одной стороны, он следил за страницей Ролана на Facebook, с другой — он только что открыл новую вкладку в своем браузере и ввел в Google имя «Nicolas Soulard». К его большому удивлению, он не нашел никакой записи и ни одной фотографии. Он не понимал: разве не должна была появиться хоть одна статья, связанная с терактом? Как он умудрился не оставить ни единого следа в Интернете? В соцсетях он тоже ничего не нашел.

Может, это из-за специфики его работы в «Digibot»? Может, его исследования были секретными? И ему запретили оставлять свои данные в Интернете?

«Digibot» насчитывал около шестидесяти сотрудников, которые работали, среди прочего, над *персонализированными голосовыми рекомендациями*. Из их разработок он не вынес ничего относительно предполагаемого проекта «Морфеус». Зато там много говорилось о платформе «Уилсон», предназначенной для крупных торговых розничных сетей. «Уилсон» был так называемым «интерактивным агентом», способным проанализировать персональные характеристики индивидуума на основе его социальных профилей и манеры навигации по данному коммерческому сайту, чтобы затем сделать ему наиболее обоснованные предложения. Потенциальный покупатель мог связаться с «Уилсоном» по телефону. Подобно продавцу в спортивном магазине, голосовой робот направлял покупателя, задавая ему вопросы. «Где и когда вы собираетесь использовать эту куртку?», «Каким видом спорта вы занимаетесь?». В зависимости от ответов «агент» был способен предложить наиболее подходящую модель.

Николя эти нововведения казались ужасающими, и было очевидно, что рано или поздно они заполонят и полицию. Может, однажды роботы заменят их на месте преступления? А потом восстановят обстановку при помощи голограммы, соберут образцы и проанализируют их в реальном времени, чтобы в течение часа представить вам генетический портрет убийцы? И назовут личность жертвы, отсканировав ее лицо и сравнив миллиарды фотографий, хранящихся в Big Data?

— Думаю, я нашла.

Николя снова поднял голову. Одри делала ему знак подойти. Он закрыл вкладки в своем браузере и встал рядом с ней, говоря себе, что на сегодняшний день до этого, слава богу, еще далеко: машины лишены интуиции — пресловутого полицейского чутья.

— Посмотри на это.

На веб-страницу был выведен комплекс промышленных зданий, выкрашенных в бело-красные цвета. Фасады были расписаны граффити: лица с проводами, вылезающими из черепов, вскрытые грудины, где лежали органы в форме зубчатых передач... С обеих сторон бетонной трубы шли гигантские буквы, образующие слово «ГИДРА».

— Это здания бывшей текстильной фабрики, приютившейся на границе заброшенной промышленной зоны. Теперь ими владеет принадлежащая к андеграундной контркультуре театральная компания под названием «Парки».

— Три божества, в чьей власти человеческая судьба...

— Да, еще одна мифологическая штучка.

Одри вывела на экран несколько фотографий. Льющаяся из окон старых зданий игра разноцветных лучей пронзает ночь. Построенная снаружи сцена, актеры в мешковатых синих и оранжевых рабочих робах и с выбритыми черепами изрыгают огонь. Потом фото двух мужчин и женщины с мрачными загримированными лицами, стоящих плечом к плечу. Мужчина, Кристоф Доллз[1], вызывал неприятное чувство. Брови выщипаны, лицо блестит как воск, а торс — он снялся наполовину обнаженным — совершенно безволосый.

— Вот три основателя компании. Дело у них совершенно легальное, хотя в том районе из-за них вроде бы поднялась целая волна протестов: из-за извращенного характера своих мероприятий они восстановили против себя все окрестные коммуны. Местные жители долго поговаривали о секте, а эта троица еще и подыгрывает им из чистой провокации. С первого взгляда никаких отрезанных пальцев, ничего бросающегося в глаза, что могло бы насторожить.

— А где эта Гидра? — бросил он, возвращаясь к своей клавиатуре.

— В самой глуши, недалеко от Эврё, в Эре. Труппа регулярно организует там вечеринки «электро», выставки, конференции и фестивали, связанные с живым искусством

[1] Имеется в виду главный персонаж мультфильма «Холодное сердце», восковая кукла голубоглазого блондина Кристофа (Doll — *англ.* «кукла»).

и трансгрессивным телом, то есть телом, которое трансформируется и не подчиняется нормам. Особо приветствуются всякие отклонения и радикализм взглядов, с упором на обнаженку и секс. Короче, сплошная провокация.

Пользуясь указаниями Одри, Николя начал поиск, и ему попались несколько статей. Труппа черпала свои темы в неврозах, ритуалах, животном начале и связи между человеком и машинами. В нескольких своих интервью Кристоф Доллз говорил, что тело должно мутировать, эволюционировать вместе с ходом времени. По его словам, человеческое тело сводится к набору запчастей, связанных с мозгом. Будучи биоразлагаемым, оно должно иметь право на то, чтобы его части замещались на иные, созданные технологией. Речь шла о *боди-арте*, о *фетишизме*, о *садомазохизме*, о *киберпанке*, о *боди-хактивизме*... Короче, обо всем, что выходит за рамки.

— Похоже, это вписывается в наше дело. Модификации тела, слияние с машинами, *боди-хакинг*... Во всяком случае, Каро вполне могла оказаться там после ухода от Анны Шуграни. Гидра...

— Не знаю, обратил ли ты внимание, но фестиваль начался в субботу. Они называют его «Предел тела». Вроде бы известный в их кругу, они проводят его каждый год. Тема этого года — «Выжить в апокалипсисе».

— И что он такое, этот фестиваль?

— Каждый вечер перформансы, связанные с механизмами из индустриальной сферы, помещенными в экстремальные условия, при участии артистов, съехавшихся со всего мира. Захоронения исполнителей перформанса, издевательства над телом, мощное физическое напряжение, испытание сильным холодом... Похоже, эти типы заходят очень далеко, и есть немало психов, которые тащатся через всю Францию, чтобы посмотреть на них. Каждый вечер набирается несколько сот человек. Атмосфера пива, секса и стоящих в поле палаток, если тебе это о чем-то говорит.

Николя достал фотографию Каро и задумчиво посмотрел на нее:

— Значит, там ты и прошла через дверь... И что было за ней, Каро?

Николя выудил сигарету из пачки. Интересно, а Ангел будущего тоже проходил через Гидру, чтобы присоединиться к клану? И какие были этапы? Сначала круг экстремального садомазо, который вел к Гидре? Потом Гидра, которая открывает еще более мрачные бездны? Сколько наслаивающихся друг на друга уровней нужно пройти, чтобы достичь сердцевины клана?

— Этот фестиваль — удобный случай, чтобы смешаться с толпой.

Она повернулась к нему:

— Что ты об этом думаешь? Надо поговорить с Шарко. Подготовим операцию завтра днем, а вечером заявимся туда, ты и я, как обычные поклонники фестиваля. Изобразим пару торчков и прощупаем почву, никакого риска.

Николя ничего не сказал, но она была права. Лучше пойти туда и раствориться в большой группе, чем двинуться в лоб, со стволами и полицейскими карточками наперевес. Он выскочил из-за стола, метнулся к шкафу с уликами и открыл его, набрав код. Да так и замер; Одри подошла и глянула из-за его плеча:

— Что там такое?

Он повернулся с пакетом в руке:

— Чип Демоншо сдох, но у нас есть чип Шевалье. Ведь если мы обнаружим ту самую дверь, нам нужно будет както ее открыть. Ты нашла Гидру, у тебя появилась прекрасная мысль. Но завтра туда пойду я, причем один. В любом случае у нас всего один чип.

Одри покачала головой:

— Не на этот раз. Я видела, что произошло у трюма баржи и у края колодца. Гидра — не четырехзвездочный отель с видом на море. Если придется спускаться в подвал, а ты начнешь дрожать как лист, что ты будешь делать?

Он уставился на нее, приоткрыв рот, без сомнения пораженный такой откровенностью. Одри, не дрогнув, встретила его взгляд, так как не желала уступать, а еще потому, что ей нравилось погружаться в эти большие глаза. Некоторое время — Николя был неспособен определить, сколько именно, — они смотрели друг другу в глаза, и он ощутил, как его сердце зашлось, когда увидел, что она качнулась к нему. Он предпочел отвернуться к шкафу, вместо того чтобы в свою очередь тоже податься к ней и снова забыться в ее объятиях. *Я отворачиваюсь от тебя, как ты повернулась ко мне спиной в ту ночь*, подумал он, потому что хотел причинить ей боль, показать, что он тоже способен ранить.

Он положил на место пакет с чипом и почувствовал спиной движение воздуха. Одри уходила. Она взяла свое пальто, резким движением схватила термос и перед тем, как исчезнуть, бросила ему короткое «пока».

Николя так и остался стоять, вцепившись рукой в дверцу шкафа, чтобы не броситься за ней.

62

Неизвестная из Манси не поделилась с ней своей тайной, к несчастью для Люси.

Она провела большую часть вторника, проглядывая одну за другой папки из регионального отдела Версаля. Дело было действительно тупиковое. Никаких свидетелей. Ни одного зафиксированного исчезновения, соответствующего профилю женщины сорока пяти лет, среднего роста и веса. Пребывание жертвы в воде отняло всякую надежду получить биологические следы, отличные от ее собственных. Арно Демоншо обезобразил ее и отправил на дно пруда, навсегда опечатав ее судьбу.

Люси взяла фоторобот биологической матери Луки и всмотрелась в лицо с усредненными чертами, большими черными круглыми глазами и орлиным носом. Где умерла эта женщина? Каким образом? И почему? Сколько Люси ни пыталась связать это старое дело с их расследованием, ей не удавалось обнаружить никакой связи.

Она устало подняла голову. Паскаль отрабатывал след, ведущий к профессиональной деятельности Демоншо, требовал списки и занимался обзвоном. Он получал названия клиник и больниц, выяснял, где существуют банки эмбрионов и центры оплодотворения. Титаническая работа. Что до Николя, Одри и Франка, они были на совещании у Жеко. Насколько Люси поняла, обсуждался план засылки сотрудников на фестиваль, чтобы прозондировать почву в месте, называемом Гидрой.

Она пошла в комнату отдыха налить себе кофе. Яркое солнце светило в окна, минерально-синее небо навевало задумчивость. Но внизу царил полный разор. Паводок продолжал подрывную деятельность; несмотря на едва заметное понижение уровня Сены, целые кварталы Парижа оставались без электричества. В части Тринадцатого округа уже десять дней не могли убрать отбросы, а выгнанные из подземелий крысы передвигались темными стайками, создавая средневековую атмосферу.

Вернувшись в помещение группы, она обнаружила Сильвена Масе, парня из бригады по борьбе с бандитизмом, которому Николя передал видеокассеты. Он разговаривал с Паскалем, тот жестом подозвал ее.

— У Сильвена кое-что для нас есть, — сказал Робийяр, вставая.

Паскаль предложил свое место коллеге с третьего этажа. Люси поздоровалась и посмотрела на экран. Масе положил на стол мишленовскую[1] карту. Усевшись, он вставил флешку

[1] Серия наиболее точных и подробных географических карт издательства «Мишлен».

в системный блок компьютера Робийяра, взялся за мышь и открыл файл с фотографиями:

— Мой приятель-монтажер проанализировал оба фильма, «Atrautz» и «Her Last Bloody Day»... При помощи своих программ он выделил и обработал кадры, которые наверняка вас заинтересуют. Что до установления личностей, то он не смог обнаружить ни одной стоящей зацепки в отношении этих отморозков в масках. Его открытия касаются в основном дома, где происходят эти ужасы. Сначала здесь...

Он вывел первый снимок. Возникло размытое после цифровой обработки переплетение веток, хотя и плотное, но позволяющее разглядеть на заднем плане одноцветный фон.

— Этот снимок был извлечен из самого начала «Atrautz», когда два человека идут по саду к дому. Заросли бирючины в пару метров высотой растут как попало и почти полностью все загораживают, только между некоторыми стволами нет листвы. Вот эти зоны мой приятель и увеличил. Парень просто блеск. Посмотрите на одноцветный фон... И на следующее фото...

Еще один клик. В путанице веток на экране между двумя оттенками серого угадывалась разграничительная линия, идеально горизонтальная.

— Горизонт, — выдохнул Паскаль. — Море...

— Именно. Дом стоит над морем, и ничто не заслоняет вид, кроме деревьев. Строение выходит на берег, лежащий севернее, если доверять положению заходящего солнца, которое видно в фильме чуть раньше. Здание большое и изолированное, потолки высокие, стены из старого камня, мой приятель насчитал как минимум десять комнат. Дом расположен на первой линии и на некоторой высоте, может, на вершине скалы или холма.

Сильвен вывел другой снимок: граффити на досках, которые закрывают окна. Непонятные знаки, лица с открытыми ртами, хаотическое нагромождение букв. Новое фото, фокус наведен на часть предыдущего снимка. Сильвен уткнул палец в экран:

— Вот это граффити, «Breizh 29». Это название маленькой бретонской музыкальной группы, довольно радикальной, которая выступала за свободную Бретань и распалась в 2014-м. А «29», потому что они из Финистера[1]. Если точнее, из Морле.

Подавшись вперед, Паскаль отбивал пальцами дробь по краю своего стола.

— Понятно. Допустим, что оба фильма сняты в Морле или его окрестностях. Проблема в том, что дом, стоящий на высоте над морем, в Бретани такая же редкость, как коп в Бастионе.

— Дом, заброшенный по крайней мере три года назад, Паскаль, не будем забывать. И погоди, лучшее я оставил на закуску. Сейчас прокручу кусочек видео из другого фильма. Там меньше десяти секунд.

Он включил запись. В темноте маски Гая Фокса двигались к дому в одном темпе с камерой. Короткая вспышка довольно сильно выбелила часть неба, за ней через долю секунды последовала вторая, послабее. Тот же феномен повторился еще раз до того, как группа вошла в дом. Люси вспомнила, как в первый раз смотрела фильм: тогда она подумала, что это молнии, но сейчас очевидность бросалась в глаза.

— Маяк.

— И даже не один маяк, а два, вращающиеся не синхронно, причем один, похоже, расположен намного дальше другого. Его свет едва достигает дома, как эхо первого. Два маяка, определенно стоящие к северу от дома, со стороны моря.

Сильвен развернул мишленовскую карту Финистера и разложил ее на столе:

— Если мы ставим на Морле, я не вижу обилия вариантов.

[1] *Финистер* — департамент во Франции, в Бретани, порядковый номер 29.

Он указал на два острова у входа в большую бухту:

— Вот остров Черный и остров Луэ, оба со своими маяками, и разделяет их всего километр. — Его палец очертил кусок побережья напротив острова Луэ, в западной части. — Если учесть ориентиры и то, что дом стоит на высоте, вполне вероятно, что он находится где-то здесь, в западной части рейда, на высотах мыса Пен-аль-Лан. Похоже, места там малонаселенные. Если мы не промахнулись, вы отыщете эту хибару.

Паскаль поблагодарил его, и они вместе направились к кофемашине. Люси осталась перед картой. Бретань... Изрезанный берег... Она представила себе бушующее море, дом и гигантские волны внизу, крики жертв, затерянные в ветре и лучах маяков, пятнающих ночь... Почему он привел их туда, так далеко? Почему именно этот дом?

Люси не собиралась пренебрегать этим следом. Немало километров отделяло ее от Бретани, но она отправится в дорогу и отыщет дом. Может, там осталось только переворошить пыль, но меньше года назад в заброшенном жилище было совершено убийство. Кучка выродков проехала всю Францию с востока на запад, чтобы принести там в жертву Эмилию Робен.

Там, а не где-то в другом месте.

На это наверняка есть причина.

63

Две машины без полицейских обозначений летели через черные равнины в направлении Эврё. Шарко не желал рисковать: пока Николя и Одри будут просачиваться сквозь девять голов Гидры, трое людей, один из которых Паскаль Робийяр, засядут в машине и вмешаются в случае неприятностей.

Если Николя остался в обычной одежде — джинсы, кожаная куртка, высокие мартинсы, — то Одри выбрала прикид, соответствующий обстоятельствам. Черная подводка и тушь, ярко-фиолетовая помада, тальк на коже. Прическа каре, кожаные брюки в облипку и бархатный фрак дополняли картину. Никакого оружия, их, безусловно, досмотрят, прежде чем пропустить.

После долгой перебранки между Николя и Шарко было решено, что чип будет у нее, приклеенный к запястью пластырем цвета кожи. Она умела убеждать: после работы в отделе наркотиков она вполне способна раствориться в подобном окружении. Но что бы ни случилось, они должны держаться вместе.

Капитану полиции она казалась суперкрутой, но он держал это впечатление при себе. Он сосредоточенно вел машину по извилистой дороге, ведущей в никуда. Весь день они собирали информацию о Гидре, прошерстили все, что касалось личностей и жизненного пути основателей. В картотеках ничего не нашлось: все трое были чисты. Кристоф Доллз, единственный мужчина в трио, был явно одержим куклами, до такой степени, что переделал себя под воскового человечка. До Гидры он был фотографом и создавал в компьютере женщин-роботов из сменных деталей или прозрачных кукол с органами внутри, которых затем материализовал на принтерах 3D. Он немало выставлялся в известных галереях в Токио. Две его сподвижницы были ничем не примечательны. Одна занималась графикой, другая устраивала перформансы в стрип-клубах Парижа.

Языки фар вылизывали теперь мрачные овраги, немые холмы, затерянные насыпи. Все следы цивилизации исчезли. Еще немало километров, и показались белые, синие, зеленые световые пятна, окружающие розоватое трепещущее облако — бывшую текстильную фабрику, где обреталась Гидра.

Машина, следовавшая за ними, притормозила и позволила им уйти вперед. Теперь вокруг расстилался индустриальный пейзаж, с дымовыми трубами, раскачивающимися соплами, воздушными рельсами. Гидра располагалась на окраине промзоны. Асфальтовая дорога вела на обширный паркинг с плохо очерченными границами: колеса сотен машин, фургончиков и мотоциклов тонули в грязи. Николя приткнулся, где смог, и они вышли из автомобиля с одной главной целью в мыслях: засекать лица, искать маски, рассматривать руки. Вычислить, возможно, члена клана и не спускать с него глаз.

Прежде чем захлопнуть дверцы, они включили микрофоны телефонов, активировав специальное приложение. Сами аппараты, казалось, не работали, но уши слушали...

Глухой ритм басов и раскаты тяжелой музыки создавали впечатление, что адские кузни под землей трудятся на полную мощь. Одри достала из сумки две банки пива и протянула одну Николя:

— Надо расслабиться. Если мы туда отправимся со шваброй в жопе, ничего не выйдет. Сколько пива ты можешь потребить, оставшись трезвым?

— Я... я не знаю. Три, четыре.

— Выпьем по паре. Одну сейчас, одну там. Давай пей.

— Ты вообще в курсе, что твой полицейский начальник сейчас тебя слушает?

— Тогда за здоровье начальника.

Она проглотила свой алкоголь и раздавила банку каблуком, прежде чем бросить ее в багажник. Николя смотрел на нее не отрываясь. Когда он покончил со своим пивом, она вытащила ему рубашку из брюк, взяла за руку и почувствовала сопротивление:

— В чем дело? Ты хочешь, чтобы мы шагали рядом, как два незнакомца?

В конце концов Николя подчинился. На самом деле все, что она делала, ему нравилось. Он втюрился еще с первой встречи.

Они поднялись по мощеной аллее и прошли через открытые выбитые ворота, где стояли два парня в робах, со сверхсовременным инфракрасным лорнетом на одном глазу и в хромированном гриме. Оба прямиком из фильма Бессона. Над ними красовалась надпись из кованого железа: «Оставь надежду, всяк сюда входящий». Копов ощупали с головы до пят.

— Не снимать, не фотографировать, — буркнул один из робокопов. — Ясно?

— Кристально, — отозвался Николя.

Они заплатили за вход по двадцать евро и прошли в центр площади перед зданием в форме подковы. Слева пресловутый Кристоф Доллз что-то говорил группе одинаково одетых, как клоны, типов с ирокезами цвета мочи и указывал им направление. Над ними нависали решетки и натянутые сети, по которым карабкалась фигура, затянутая в нечто вроде гигантского нейлонового чулка. Ни носа, ни глаз, ни лица, только гладкая наводящая страх поверхность. Николя вспомнил «Крик» Мунка и спросил себя, как дышит этот ненормальный, перемещающийся с ловкостью паука. Существо протянуло руки сквозь решетку, пытаясь их поймать.

Перед ними в мерзком бледном свете громоздился хаос. Промышленные машины были трансформированы, разобраны, превращены в железных монстров. На гигантском экране мелькали шокирующие картины: сиамские сестры, сросшиеся чревом, шурупы, ввинченные в черепа, уродцы и фрики всех видов, одноногие и однорукие... Колонки выплевывали вязкую музыку, смесь металлического трения, шороха крыльев и электрической пульсации. Плакаты, граффити, наклеенные и измазанные слоганы. «Гибридные существа», «Половина органической материи, половина промышленной», «Вернуть власть над телом, чтобы лучше владеть разумом», «Да здравствует спаривание с машинами»... Под портиком переполненный бар. Бочки с пивом, крепкие напитки.

Одри увлекла его к стойке; щелкнув пальцами, заказала два разливных пива. Она улыбалась, мотала головой, словно ее тело вибрировало в ритме басов, но, окуная нос в пену, вовсю работала. Краем глаза она отметила татуированных мутантов с пирсингом. Металлические гребни, хромированные зубы... Чуть дальше двигалась женщина на поводке, которую вел мужчина с железным протезом на месте левой руки. С какой планеты явились эти чудики? Она подумала о другом фильме, с Тарантино: «Ночь в аду»[1]. Такого рода вечеринки могли обернуться кошмаром.

Человек-нейлон прыгнул над ними и выбрался на крышу, где медленно изогнулся в странной скрученной позе. Николя пытался, как мог, расслабиться, погруженный по самые уши в атмосферу психиатрической клиники с психоделическим уклоном. Недалеко от них две дамы-распорядительницы беседовали, принимали и направляли. С этой стороны все чисто. Справа кучки гостей фестиваля устремлялись в какую-то дверь. Со стаканом в руке, повинуясь толчку Одри, Николя двинулся за нею. Они прошли мимо залов с картинами, рисунками и фотографиями. Николя мельком рассмотрел их. Люди-машины, мутации тел, киборги, голые беззубые старики с висящими мошонками и грудями. Гадость, провокация, безумие художника, конечно, но ничего противозаконного или относящегося к их расследованию.

Чуть дальше — арка, в которой висел гигантский металлический паук с сотнями блестящих глаз. Старые железные бочки, расписанные, деформированные, изогнутые, отбрасывающие чудовищные тени, высокие лбы, бесконечно растянутые рты, выкрученные конечности... На импровизированных подмостках сидящий в клубном кресле сорокалетний мужчина в костюме и галстуке дегустировал фуа-гра, извлекая ее непосредственно из вспоротого гуся. Позади на экране возникало все, что он видел, но с меньшей четкостью. Глазной имплантат или режиссура?

[1] В оригинале и в русском варианте «От заката до рассвета».

Спокойным движением мужчина вылил шампанское в серебряный салатник, окунул туда лицо и начал бичевать себя шариками, утыканными лезвиями. Алые лепестки расцвели на его рубашке. Атмосфера переменилась, музыка стала пронзительной, свет темно-синим, артист разделся и хореографическим движением обнажил мускулистое молочно-белое тело, оплетенное колючей проволокой. Металлическая колючка была вживлена в его плоть.

Появились два типа в синих рабочих спецовках, заковали его и потащили по коридорам во внешний дворик, расположенный за трактором с ковшом, к которому за ноги была подвешена извивающаяся, как червяк, женщина. Она размахивала большим флагом с надписью: «Какая гусеница думала, что будет летать, пока не стала бабочкой?» Копы шли вслед, увлекаемые молчаливой толпой. Они поглядывали по сторонам, всматривались в закоулки и темные углы, ища некую дверь или ее признак. Ничего. Артиста привязали к кресту, закрепленному на стене, где была изображена гигантская печатная плата. И принялись бичевать. Николя увидел в этом символ рабочего, восставшего против хозяина, только в «жестком» варианте.

— Заметила что-нибудь? — прошептал Николя на ухо Одри.

— Ни черта. Вернемся вовнутрь.

Они пошли обратно, Одри взяла Николя за плечо:

— Не будь таким надутым, можно подумать, тебе вручают орден Почетного легиона. Расслабься.

— Я и так расслаблен. Что я должен сделать? Сплясать на столе?

— А что, было бы неплохо.

Они шли по лабиринту из бредовых конструкций, невероятного слияния, где каждая труба, каждая лестница и каждый металлический изгиб превращались в произведение искусства. Повсюду надписи, на полу, на стенах, рисунки поверх рисунков, всех видов, на всех языках, ни один квадратный сантиметр не ускользнул от сумасшедших затей какого-нибудь художника.

В этом хаосе Одри остановилась перед одним из произведений, вышедшим из рук скульптора — певца невозможного, где металл танцевал на цоколе: две цепочки ДНК сплелись, как балерины.

— Я где-то уже видела этот мотив. Тебе ничего не напоминает?

Николя покачал головой. Он отвлекся на нейлонового человека, который стоял на металлической крыше в позе Человека-паука. Его затянутое пластиком лицо, казалось, смотрит на них. Он за ними следит? Одри не могла успокоиться: сама скульптура, ее форма, весь сюжет связан с их расследованием, она уверена. Но каким образом?

Незаметно она сделала снимок, потом повела партнера направо. Новая дверь. Залы, коридоры, по которым они углубились на сотни метров во внутренности здания. Где же та чертова дверь? Они попали в гудящий от гипнотической электромузыки каменный туннель с зеленоватым освещением... Копы шли вперед вместе с двумя-тремя потерявшимися, как и они сами, тенями. Кое-кто трахался в лесу металлических рук, растущих из земли. Холод усилился.

Справа, в корпусе автомобиля, превращенного в куб, томилась женщина, причем казалось, что она была внутри еще *до того*, как листовой металл смяли. Ее левая рука высовывалась из куба, затылок словно развалился надвое, колено почти упиралось в правое ухо. Название произведения «*Авария плоти*/Мэрилин Грейсток». Ее губы кривились от боли, и Николя подумал, что извлечь ее из ловушки можно будет только при помощи спецтехники.

Чем дальше углублялись они в туннель, тем делалось темнее и тем безумнее и отвратительней становились живые скульптуры. «*Расчлененная рука*/Мерлин Вон Хаас», «*Железнодорожная сеть*/Грета Фицджеральд», «*Воло-*

сы-гвозди/Кевин Пэн». Николя и Одри остановились перед шедевром «*Человек-гайка*/Петер Кляйн»: в такой же резервуар, как и тот, что использовал Ангел, был заключен мужчина, только цилиндр заполняли тысячи гаек, в которые человек погрузился по шею. Провод соединял его с большой зеленой кнопкой, расположенной на виду у пленника. Молчаливые посетители рассматривали его, перешептываясь между собой. Они наверняка заметили сходство с цилиндрами, которые видели по телевизору. Это не помешало одному из гостей несколько раз нажать на кнопку. При каждом нажатии одна гайка скатывалась по трубе, подсоединенной к крышке, и, прежде чем скатиться к остальным, падала на голову занятому в перформансе артисту. В таком ритме через несколько часов его засыплет полностью, и Николя задумался, можно ли выжить после утопления в гайках.

— Господи... — пробормотала Одри.

Ангел будущего побывал здесь, это «произведение» наверняка вдохновило его на создание собственного устройства. Или наоборот? Бельгийский артист из чисто провокационных соображений вдохновился Ангелом? Николя сказал себе, что от убийцы до артиста иногда всего лишь шаг...

Туннель сворачивал вправо, куда и направлялись посетители, но Одри толкнула Николя в бок: справа, в глубине защищенной решеткой и заставленной театральным оборудованием и чехлами ниши находилась едва освещенная закрытая деревянная дверь с выгравированным рисунком: Лернейская Гидра со своими девятью разъяренными головами. На решетке красовалась табличка «Вход воспрещен».

Одри инстинктивно поняла, что они на верном пути. Она толкнула решетку и прошла мимо наваленных там разнородных предметов. Николя не отставал. Деревянная дверь оказалась не заперта, достаточно было потянуть за ручку, и она открылась. Ступени лестницы уходили в темноту. Метрах в десяти ниже опять виднелись зеленые огни. Наклонившись, Николя почувствовал, как ужас запускает свои щупальца во все фибры его мускулов. Подумал, что сейчас упадет, но устоял на ногах. Ступор уже не был таким сильным. Смягчающий эффект пива? Или лечения?

— Иди вперед, — прошептал он. — Иди...

Одри начала спускаться в глубину, температура опять резко понизилась. Их тени росли, опережая их. Дверь позади захлопнулась со щелчком. В глубине возник коридор из темного кирпича, с диодами на полу, как на взлетных полосах аэропорта. А в самом конце — тень, стоящая перед другой дверью, на этот раз металлической. Сквозь стены ощущалась вибрация. Ад был там, чуть дальше.

Копы пошли гуськом, потому что места идти рядом не было. Николя старался выровнять дыхание, чтобы успокоить нервы. Мужчина был в костюме и объемистее, чем они оба, вместе взятые.

— Заблудились?

Его физиономия оставалась замкнутой, как сейф. Справа от двери — серая ручка, расположенная на черном прямоугольнике. Одри инстинктивно направилась к ней. Она протянула левое запястье, где был чип, к плоской поверхности. Пискнул сигнал, и дверь приотворилась ровно настолько, чтобы она могла пройти. Мужчина кивнул, чуть примкнув веки.

Они были на месте.

Она перешагнула порог, Николя хотел пойти следом, но охранник уперся ладонью ему в грудь. Дверь резко захлопнулась.

— Теперь твоя очередь.

Николя был в замешательстве. Как и Одри, он протянул руку, но, естественно, ничего не произошло. Он попробовал еще раз.

— Наверно, мой чип сломался.

Амбал послал ему нехорошую улыбку:

— В таком случае ты не зайдешь.

Николя потоптался у двери. Он был в ловушке.

— Она там надолго?

Мужчина ничего не ответил, держа руку у рации. Если продолжить вопросы и настаивать, Николя только привлечет внимание. Он взглянул на непроницаемое лицо и понял, что другого выхода, кроме как дать задний ход, у него нет. Он смертельно себя ненавидел.

Одри была одна в неизвестности, затерянная в чреве Гидры.

А он ничем не мог помочь ей.

64

Бретань. Волна холодного воздуха и брызг, которая пробирает вас до костей. Люси ехала по дороге, ведущей прямо на запад. Она видела, как синева неба переходит в черноту по мере того, как ее машина пересекает часть Франции, погруженную, как исполинская ладонь, в море с одной стороны и в океан — с другой.

Она только что закончила телефонный разговор с Джаей. В десять вечера близнецы только заснули, без отца и матери, которые почитали бы им перед сном. И сейчас, оказавшись одна в какой-то песчаной равнине далеко-далеко от дома, в сменной одежде, Люси злилась на себя за это. Но она верила. Она должна найти адрес, который поможет добраться до последних владельцев дома и узнать его историю.

Фужер, Сен-Бриё, Генгам... Бесконечное нанизывание километров в давящем на веки, подобно кирпичам, белесом свете автострады N12. Каждый раз Люси проносилась по этому району как вихрь из-за очередного гнусного преступления. И этот раз не станет исключением из правила.

Огни Морле подстегнули ее. Но бретонские города по осени и в вечернее время нагоняли тоску. Безжизненные улицы, продуваемые резким ветром, чернильные волны, в которых бьются умирающие отсветы. Люси оставила город позади и двинулась в сторону западного побережья бухты. При свете дня эти места наверняка сияли красотой — ультрамариновые воды, пастельные оттенки скал, роскошные парусники, — но в этот час лишь пасть злобного великана распахивалась, готовая вас поглотить.

Еще десяток километров, и дорога сузилась, сворачивая вправо. После Карантека человеческое жилье стало попадаться реже. Пейзаж сделался еще более диким, дорога превратилась в полоску асфальта между землей и скалой. Эта часть берега напоминала голову морского конька, и автомобиль ехал как раз по его хоботу, поднимаясь все выше от уровня моря.

У Люси в животе образовался ком, когда она заметила на севере возникшие из глубины моря два кратких подмигивания, разделенные долей секунды, — двойное биение маяков, которые вели ее, как и моряков, в море. Она следовала по главной дороге, и всякий раз, когда дорога сворачивала вправо — в сторону моря, — она ехала туда. Она начала различать жилища, вкрапленные, как редкие жемчужины, в густую растительность. Летние виллы, пустые и безжизненные, растворялись в сумерках. Только луч маяка обнаруживал их существование. Люси оглядывала их, иногда выходила из машины, чтобы проверить, и снова садилась за руль.

Она нашла дом минут через двадцать, в полукилометре от поворота дороги. Стоящий на отшибе, заросший бирючиной, в путанице гортензий и сорняков — настоящий дом ужасов. Классический бретонский стиль, с шиферной крышей, каменными ребрами и светлым фасадом, испещренным граффити и плющом. Проход на участок загораживали шаткие ворота. Напрасно Люси искала табличку с адресом, названием улицы и номером дома — пустая трата времени. Она находилась «где-то», на мысу Пен-аль-Лан.

Послала эсэмэс Шарко: «Я нашла его, но адреса нет… Сниму номер в гостинице, а завтра расспрошу местных…»

Люси выключила фары, положила руки на руль и глубоко вдохнула. Может, и правда следует сделать так, как она написала. Просто устроиться в гостинице, перевести дух после долгого путешествия и подождать завтрашнего дня, чтобы продолжить изыскания. Но с самого отъезда ею владело одно навязчивое желание: проникнуть в этот дом и ощутить в каждом коридоре, в каждом камне все происшедшие здесь трагедии. Конечно, было уже темно, но мрак — дополнительный стимулятор.

Люси все предусмотрела: перчатки, фонарь, баллон с Bluestar, который потихоньку стащила из кладовки с материалами на их этаже. Она засунула оружие сзади за пояс джинсов и двинулась на территорию. Пронзительный западный ветер налетел на нее, его жестокие укусы заставили застегнуть молнию куртки до самой шеи. Чем дальше она продвигалась, тем сильнее крепла ее уверенность в том, что место для сквота было выбрано отнюдь не случайно. Надо было целенаправленно хотеть этого, чтобы забраться в такой глухой угол. Люси чувствовала глубокую, символическую связь между шайкой и этим местом. Именно среди этих стен принесли в жертву суррогатную мать Луки, именно здесь Каратель вырвал печень из ее внутренностей.

Мобильник завибрировал у нее в кармане. Ответ Шарко: просьба позвонить, когда устроится в гостинице. Наверняка он очень занят с операцией по внедрению Одри и Николя в Гидру. Тем лучше.

Она подошла к фасаду, осветила прибитые к окнам доски. Граффити «Breizh 29» по-прежнему на месте. Дверь оказалась заперта на ключ. Быстрыми шагами она начала обходить дом, как вдруг заметила силуэт на краю сада. Не успела она и глазом моргнуть, как тень исчезла среди деревьев. Десять секунд спустя раздался звук мотора —

скутер, подумала Люси. Она кинулась туда, но было уже поздно.

Кто-то из местных? Бездомный? Самовольный поселенец? Или за ней следят?

Держась настороже, она направилась к задней части дома. Белая пульсация маяка вызывала ощущение постоянной грозы, насыщенной электричеством и присосавшейся к бретонскому берегу, как щупальце спрута. От бухты поднимался морской воздух — волна запаха водорослей и тины. Люси не нашла ни одного прохода в дом, а потому взялась за доски, которыми было забито одно из окон заднего фасада. Она использовала дуло своего «зига» как рычаг. В какой-то момент она подумала, что ничего не выйдет, но первый треск придал ей решимости, и через четверть часа она смогла протиснуть свое миниатюрное тело вовнутрь.

65

Дверь с сухим щелчком захлопнулась у Одри за спиной. Ни кнопки, ни ручки, чтобы выйти. Только металлическая перегородка и ведущие в неизвестность слабо освещенные стены из серого камня. Она подождала несколько секунд и поняла, что Николя с ней не пойдет.

Тогда она углубилась в пасть Гидры, потом двинулась по ее бесконечной шее, по которой в свете факелов змеились трубы и трубки, готовые выплюнуть струю огня. Сбоку она обнаружила еще одну открывающуюся чипом металлическую дверь с надписью «ВЫХОД». Одри заколебалась, она еще могла вернуться к Николя. Но раз уж она сейчас была здесь, то продолжила путь.

За изгибом стены за стойкой дежурила женщина. Нечто вроде куска проволоки, обтянутого латексной спецовкой, с презервативом на голове. Она протянула Одри корзинку:

— Сотовый телефон, фотоаппарат... Ни видео, ни фото.

Одри неохотно подчинилась. Любой контакт с внешним миром был прерван. Она выключила мобильник, ради уверенности, что не придет сообщение от Николя. Дежурная протянула билетик с номером ячейки, в которую она убрала телефон.

— Желаете добровольно выйти на сцену?

— Нет.

Она не знала, о чем речь, но предпочла не высовываться. Ей на запястье надели белый браслет и позволили идти дальше. Воздух сделался более теплым, но и более влажным. Шла ли она под выставочными залами на поверхности? Одри не знала. Освещение стало еще слабее, и путь показался ей бесконечным. Наконец она заметила череду освещенных альковов в камне. Силуэты блуждали, как кукольные тени, перебираясь из ниши в нишу. Как только представлялась возможность, Одри разглядывала руки. На запястьях белые браслеты, такие же как ее собственный. Но некоторых были красные...

Первые помещения были оформлены под и́глу, со звериными шкурами на полу, полукруглыми скамьями и креслами, где смешались лоснящиеся тела. Одни трахались, другие смотрели. Покой, сладострастие, вуайеризм. *Из этого много не высосешь*. Она улыбнулась собственной шутке, чтобы себя подбодрить. В двух шагах маленькие прилавки, как на рынке. Секс-игрушки, вибраторы, наручники, электрические батарейки, расширители и куча предметов, назначение которых она не осмеливалась себе представить.

Чуть дальше запах антисептиков и медицинских препаратов. Мужчина лежал в кресле, лицо его было освещено лампой дантиста. Парень в перчатках, весь в пирсинге, склонился над ним, погружая иглу огромного шприца в его левый глаз. Он вытащил инструмент и помассировал веко клиента. Потом повернулся лицом к Одри. На нее смотрели две огромные плошки, словно вместо глаз ему вставили два стеклянных шара, полных коричневой жидкости. Точная копия инопланетян из Розуэлла.

— Хлорин е-шесть, — пробормотал он. — Впрыскиваешь внутрь глазных яблок, чтобы видеть ночью. Как инфракрасные очки, работает классно. Могу тебе сделать за пятьсот евриков, дешевле на рынке не найдешь. Через двадцать минут я весь твой.

Она с отвращением отошла. Другой альков. Потрескивание, запах горелого, раскромсанная плоть. На руке женщины она увидела печатную плату, вживленную вместо лоскута кожи. Человек в белом халате накладывал швы, ловко манипулируя шелковыми нитями. Афиша: «Заряжайте свой мобильник телесной индукцией».

Еще дальше перед альковом стоял мужчина в косо надвинутом борсалино и белом костюме. Карикатура на мафиозо. Позади него виднелось нагромождение коробок и лабораторное оборудование.

— По Интернету такого не найдешь, — сказал он. — Заходи в мою лавочку. Конечно, есть и классические штуки, чтобы выделять и воспроизводить ДНК. Но что касается CRISPR, у меня имеется кое-что очень симпатичное. Короче, если любишь отрываться, я знаю, как сделать светящееся пиво и дьявольские приправы.

— А миостатин? — спросила Одри.

— А. Я вижу, ты продвинутая.

Он схватил ее за руку и втащил вовнутрь. Настоящая пещера Али-Бабы. Не коммерческие комплекты, а уже приготовленные пузырьки, разложенные по пакетам. Одри посмотрела на его пальцы. Нетронутые. Он сунул ей в руки набор:

— С этим ты получишь силу титана. Отдам за четыре сотни. Только для тебя.

Одри вернула ему пакет:

— Не интересует.

— Погоди-погоди! У меня еще это есть! — Он размахивал другим пакетом. — Вколешь себе такой коктейль, и гарантирую, что тебя в жизни больше не укусит ни один комар... И... погоди... Если у тебя кто из приятелей ВИЧ-инфицированный, я — тот, кто им нужен. Этот CRISPR нацеливается персонально на тебя и разносит твой паршивый вирус в пух и прах. Думаешь, не сработает? Посмотри в Интернете, в американских лабораториях они пробуют на мышах. Черт, это ж гениально, мыши, больные СПИДом, выздоравливают. А я предлагаю тебе это напрямую, да еще за гроши, и тебя не интересует?

Одри не ответила и предпочла уйти. Она задыхалась. И чувствовала дыхание мужчины у себя за спиной.

— Пошла бы ты! У меня есть, что тебе надо, так почему ты не берешь?

Она свернула в боковой коридор. Возможно, вся подобная деятельность и нелегальна с точки зрения закона — подпольное хирургическое вмешательство в несертифицированном месте, продажа незадекларированных препаратов... — но преследование организаторов за такого рода правонарушения ни для кого не представляет интереса. Надо найти клан.

Следующий альков был погружен в темноту. Одри разглядела склоненный силуэт, сидевший прислонясь к каменной стене. И больше ничего. Ни оборудования, ни витрины. Только объявление, висевшее у входа: «Обнуление». Она подошла. Тип стиснул ладони, зажав их между коленями. Не разглядеть. Мерзкая физиономия, по которой прошелся метеоритный дождь. Лысый череп утыкан имплантатами: спальное место факира, привыкшего отдыхать на гвоздях.

— Интересует?

— Смотря что.

— Делаем это у меня, инструменты правильные и стерилизованные. Через два дня ты уже дома.

— А в чем это заключается?

Мужчина потрогал белый браслет Одри:

— А, у тебя премьера? Иди отсюда, девочка. Это не для тебя.

Одри не двинулась с места. Она хотела увидеть другую руку. Мужчина одарил ее недоброй улыбкой. Оттолкнувшись от собственных колен, выпрямился. Он был выше ее на голову. Его рука легла между ног Одри.

— В чем это заключается? Я убираю у тебя все генитальные части, от губ до клитора. Многие делают это у себя в гараже и теми же инструментами, что чинят тачки, но я работаю чисто, по всем правилам искусства. Стерильные инструменты, медикаменты, все дипломы на месте. Поверь, когда у тебя в животе ничего не будет, ты почувствуешь настоящую близость с машинами.

Одри была на грани рвоты. Как только она удостоверилась, что руки у него целы, она исчезла во влажном воздухе туннеля. Свернула влево. Новые ступени вели еще глубже во внутренности монстра. Она судорожно размышляла: некоторые биохакеры-экстремалы осуществляли в этом месте модификацию тела, позволяли вводить в собственную плоть посторонние предметы, доставали вещества, предназначенные для манипуляций над живой тканью. Шевалье, Демоншо, Эмилия Робен и фальшивая Анна Шугрconsidered приходили в эти туннели. Обязательный этап для принятия в клан?

Одри не понимала, как их здесь вычисляют. Все типы вокруг нее имеют чипы, раз они здесь, но это не делает их членами группы отрезанных фаланг. Может, за ними следят, чтобы потом отобрать подходящих? Связано ли это с цветом браслета? Находятся ли все, прошедшие через дверь, под наблюдением?

Мысль, что за ней шпионят, леденила кровь. По мере погружения во внутренности Гидры молодая женщина чувствовала укусы холода на затылке: ей следовало соблюдать осторожность.

66

Ветер ворвался в дом вслед за Люси и принялся ворошить валяющиеся обрывки обоев, завивать спиралью рыжую пыль. Она на мгновение застыла, словно ноги весили тонну. Незаконное проникновение в чужое жилище полтора года назад едва не стоило ей жизни. Она постаралась успокоиться. Само место явно могло о многом рассказать. Она снова увидела, как клан в масках движется по этому самому коридору. Она шла по их стопам. Внутри фильма.

Пахло селитрой и сырым цементом. Перед ней остатки бывшей гостиной. Массивный каменный камин, на полу терракотовая плитка под старину, балки. Так и оставленная стоять мебель. Разодранный диван. Она обратила внимание на стол, сдвинутый в угол, — тот самый, который использовали, чтобы привязать Эмилию Робен. Не заметила никаких следов крови на полу. Эти ублюдки наверняка все вымыли.

Она выключила фонарь, снова включила, снова выключила. Вспышка, белые маски... Вспышка, свечи... Вспышка, шайка, сгрудившаяся вокруг привязанного тела... Безусловно, именно здесь, где она сейчас находилась. Она наклонилась и распылила вокруг Bluestar. Вещество реагировало на присутствие крови на вымытом полу даже много лет спустя.

Смерть распростерлась у ее ног гробовым саваном, и на долю секунды она увидела жертву, вспоротую от пупка до грудины. По коже пробежал озноб. В темноте нажимая на пульверизатор маленькими *пшик!*, она следовала потоку светящейся реки, которая перетекала из комнаты в комнату: бывшая кухня, бывшая столовая, коридоры... Труп Робен наверняка тащили за волосы через весь дом, словно помечая территорию или празднуя великую победу. Люси видела жаждущую крови и смерти, испускающую животные крики свору. Маршрут завершился в ванной. Ее положили туда и спустили всю кровь, прежде чем куда-то погрузить, расчленить или растворить в кислоте прямо на месте.

А потом все убрали, как прилежные домохозяйки.

Скоты.

Люси быстро открыла окно и вдохнула воздух морского простора. Этот дом провонял смертью и хранил в своей утробе стигматы убийства. Немного придя в себя, она продолжила осмотр. Свечение Bluestar ослабло, прошлое вновь становилось прошлым. Она поднялась на второй этаж, прошла мимо детской — остатки обоев с картинками, большой разодранный плюшевый медведь в углу, сломанная кроватка с перекладинами... Потом еще одна комната, напомнившая ей декорации первого фильма, «Atrautz». В этих стенах ложная Анна Шуграни позволила изнасиловать себя, избить и отрезать себе фалангу, чтобы ее приняли в стаю. Химический проявитель подтвердил ее предположение.

Старая кровать осталась на месте. Комоды и ночные столики — в приличном состоянии; она порылась в ящичках. Пустой платяной шкаф. Почему в брошенном доме осталась мебель? Переходя из комнаты в комнату, Люси представляла себе жизнь здесь. Вид на морской простор, природа, большие пространства... А потом срыв, превративший живое жилье в пристанище пыли и старых призраков, сцену худших кошмаров.

Кто обитал в этих стенах? Люси решила сделать именно то, что написала Франку: найти гостиницу, чтобы поспать, а завтра с утра расспросить обитателей мыса. Она обязательно найдет кого-то, кто в курсе.

В коридоре она обнаружила люк в потолке, но подобраться к нему было невозможно. Ей захотелось заглянуть туда перед уходом. Придвинув ночной столик и вскарабкавшись на него, она сумела открыть люк. Там был шнур, позволяющий опустить лестницу, которая с диким грохотом обрушилась к ее ногам.

Люси просунула в люк голову, посветила вовнутрь фонарем. Под крышей простирался заваленный старым барахлом чердак. Серебряная пыль танцевала в луче. Люси решила подняться и оглядеться. Она перешагнула через последнюю ступеньку и ступила на черный, как сажа, пол. Когда паутина задела ее по лицу, она вскрикнула, поддавшись глупому рефлексу, и отчаянно замахала руками.

— Возьми себя в руки, черт!

Она тяжело дышала. Под черепицей свистел ветер. Пространство было огромным и наверняка покрывало всю площадь дома. Необъятная кладовка, заставленная старыми чемоданами, просевшими картонными коробками, стопками книг и журналов, громоздящимися электроприборами: раклетница, ростер, вафельница... Люси продвигалась, остерегаясь серых полотнищ паутины и их черных обитателей, чернильными пятнышками маячивших в облаке тумана.

Чуть дальше она сняла большие куски брезента, которым была укрыта детская одежда и игрушки: лошадка-качалка, набор игрушечной посуды, мобили, плюшевые звери и даже еще одна кроватка с перекладинами... Значит, в доме жила семья с одним или несколькими детьми — в возрасте не больше трех-четырех лет, судя по игрушкам и одежде.

Она не смогла бы объяснить, откуда такая уверенность, но чувствовала, что здесь разыгралась трагедия еще в то время, когда дом был обитаем, задолго до жестокого убийства. Жильцы покинули его в спешке, бросив часть памятных вещей.

Она переступила через стопку тарелок, стаканы, лежащие в фирменных упаковках, откуда их так никогда и не достали. Чем дальше она шла, тем дальше возвращалась во времени и тем теснее смыкалась вокруг нее темнота — люк, казалось, теперь отдалился от нее на световые годы. Скат крыши становился ниже, и Люси пришлось пригнуться, чтобы добраться до самой глубины.

Прислоненный к стене мольберт. Рядом на полу пришедшие в негодность кисти, приклеившиеся краской к палитре или завернутые в тряпки. Рамы различного размера, пигменты в банках. Накрытые простыней полотна. Люси встала на колени, сдула пыль и посмотрела на картины. Море, корабли, пляж, зонтики. Потом цветущие гортензии, обрамляющие фасад красивого дома: этого самого, до того, как его бросили. Люси ощутила меланхоличность манеры, явную печаль, исходящую от этих произведений. Она направила луч фонаря на левый угол внизу полотен. Подпись *Мэгги* и всякий раз название: «Бухта ангелов», «Печаль небес», «Нега и Одиночество».

— Мэгги, — повторила Люси.

Она сняла другую старую простыню и обнаружила еще две картины. На той, что была сверху, парусник резал волны под алым пылающим солнцем, заливающим все небо. На белом корпусе темно-синими буквами было выведено его название, от которого у нее по коже побежали мурашки:

ЛУКА

Она различила хлопанье крыльев на крыше. Воркование. Птицы гнездились там или прятались от ветра. Люси вернулась к картине, но теперь ей нестерпимо хотелось лишь одного: уйти отсюда. Она быстро раскрыла второе полотно. Лицо, повернутое на три четверти. Оно подействовало, как удар хлыстом по лицу.

«Мэгги, автопортрет».

Два больших синих глаза, на которых лежала пелена слез, форма носа, очертание губ... Люси не верила своим глазам. Она кинулась к банкам с краской, посмотрела на этикетки. «Свинцовые белила», «Медное золото», «Синий кобальт». Окиси... Те самые, которые в малых количествах были обнаружены в волосах трупа из Манси.

Сомнения невозможны.

Она нашла биологическую мать Луки.

67

Одри продолжила спуск. За поворотом издалека донеслись вопли женщины, истошные, пронизанные смертью. Из глубины шел резкий свет, и чем ближе она подходила, тем больше липкая влажность обволакивала блестящие стены — адская слюна зверя.

Приотворенная дверь, которую она толкнула. Жара как в печи.

Плотная, странная толпа — некоторые стоят, другие сидят — заполняла зал, стены которого Одри не могла различить. Слепящие прожектора сошлись на сцене, где на кончиках пальцев стояла женщина со связанными впереди руками и скользящей петлей на шее. Стоило ей чуть расслабиться, и она сама себя душила. На ней был красный браслет. Бородач в спецовке и строительной каске кружил вокруг нее, нанося легкие порезы бритвой. Стекали алые слезы.

Одри протиснулась вправо и нашла себе место. Вокруг — черепа, похожие на яичную скорлупу, кожаные куртки, полуголые женщины. Ухо одного типа мерцало как гаджеты, которые продают в вечера праздничного салюта. В голову была встроена микрокамера. На шее другого была татуировка с подсветкой. Одри решила, что бредит, когда увидела, что в рыжую шевелюру женщины вживлено растение. И множество изувеченных тел. Плоть, подвергшаяся истязанию, вся в проколах, порезах, укусах... Много красных браслетов. Завсегдатаи. Настоящее шоу уродов.

Перформансы с добровольцами, которых выбирал бородач, продолжились. Номера «артистов» следовали один за другим. Подвешивание за груди, бичевание, открытые раны. Мощные удары, пощечины, кровь. Одри смотрела на лица и руки, но среди ее окружения не было ни одной отрезанной фаланги.

Вдруг ее взгляд задержался в глубине зала, слева. В темноте выделялась лаковая белизна маски Гая Фокса.

Она плыла в воздухе, как привидение. Одри застыла и снова посмотрела на сцену.

Один из них был здесь и наблюдал за публикой.

Офицер полиции постаралась сохранять спокойствие. Если бы только она могла предупредить Николя.

Внезапно наступила полная темнота. Ропот голосов. Хлопанье двери. Одри почувствовала электрическое потрескивание, растущее напряжение. Тишина. По сцене кто-то бегал, передвигал предметы. Потом дыхание, возникшее непонятно откуда, но пробравшее ее до самого нутра. Словно тот, кто дышал, прикасался губами к ее уху. Как если бы она ощущала собственное дыхание. Потом быстрое биение сердца, отчетливое, будто услышанное через стетоскоп. Диастола, систола, бег крови в артериях, пульсация в висках. *В ней.*

Белый экран на сцене, титр: «ПРОМЕТЕЙ».

Рассеянный свет, приглушенная атмосфера. По обеим сторонам экрана — горный пейзаж, перед ним — искусственная скала. Вспыхнул факел. Огонь как в мифе. В центре сцены женщина в одном белье, на запястье красный браслет. Черная маска скрывает нижнюю часть ее лица, как у Ганнибала Лектера в «Молчании ягнят». Значит, шум дыхания доносится из усилителя. Ее грудь и руки с насечками утыканы датчиками. На голове шлем, похожий на велосипедный, который снимает изнутри ее лицо и улавливает мозговые волны. На экране изгибаются кривые линии. «Сердечный ритм», «кровяное давление», «степень боли». Появилось ее лицо крупным планом.

Интерактивный опыт, подумала Одри, *дьявольский экскурс в боль этой женщины...*

Сердце билось учащенно, дыхание было прерывистым, и Одри почувствовала, как ее собственные показатели подстраиваются под состояние женщины. Добровольной жертве было страшно, и через органическую связь ее страх проникал в Одри. Как такое возможно?

Появился мужчина с оранжевым клювом, огромными металлическими когтями на кончиках пальцев, в костюме, покрытом черными перьями. Он встал рядом со скалой, пока две женщины в белых платьях, с длинными волосами — богини, подумала Одри, — выносили цепи и выкатывали поднос на колесиках с повязками и пузырьками.

Женщину приковали к скале, разведя руки и ноги. Ее лицо напряглось. Орел махал черными крыльями. Их шум пронзил Одри, ее дыхание смешалось с дыханием женщины, и она почувствовала себя словно под гипнозом. Акустика, жара, пульсация стробоскопов... все вместе создавало эффект невесомости. Одри пыталась оставаться сосредоточенной, не терять из вида маску. Место она выбрала неудачно. Невозможно шевельнуться, не привлекая внимания. Она незаметно сделала несколько шагов назад и скользнула вдоль одной из опор. Маска по-прежнему наблюдала.

Ритм пульсаций нарастал. На сцене орел водил когтями по голому плечу. Дыхание участилось, когда лезвие оставило борозду на левой груди. Одри стало больно, как той женщине. Вспышка осветила помещение. На экране кривая боли выписала пик. Сердце выплескивало кровь. Бум, бум, бум...

Орел терзал, жертва кричала — звук сверлил барабанные перепонки, — ее кривые метались. Руками в перчатках богини-сообщницы промокали раны, накладывали марлевые повязки и снадобья, а четверо мужчин-роботов танцевали на сцене и изрыгали огонь.

Страдание, разделенное со всеми, подумала Одри. Жестокая, отвратительная постановка, рассчитанная на посвященного зрителя, но всего лишь фреска со звуковыми и визуальными эффектами, демонстрирующими мифологию и технологию. Она даже была почти уверена, что с точки зрения закона все оставалось в рамках: ведь те, кого пытали или резали, всегда были добровольцами.

Она снова тайком бросила взгляд назад. Маска исчезла. Дверь только что закрылась. Она начала проталкиваться сквозь толпу, с трудом вырываясь из массы плоти, но все же добралась до двери. Тень неслась бегом по коридору, уже почти в самом конце.

Она кинулась по узкому туннелю, освещенному огнем факелов, который лизал ей волосы. По спине бежали струйки пота. Неужели он ее засек? Дальше, в альковах, передвигались тени из сумерек, потрескивали аппараты, прохаживались любопытные.

— Белая маска, — задыхаясь, спросила она. — Вы не видели?

Мужчина мотнул подбородком вправо. Одри метнулась вверх. Регистраторша в латексе стояла опираясь о стойку и уткнувшись в свой телефон. Одри вихрем промчалась мимо, нашла дверь с надписью «ВЫХОД». Торопливо поднесла запястье. Щелчок, проход открыт. Порыв свежего воздуха в лицо. Она оказалась позади зданий, окруженная темными массами смятых и сплющенных машин, образовавших железный лабиринт в ледяном воздухе ночи. Она бросилась вперед, свернула направо, когда в ее черепе внезапно взорвалась бомба.

Секунду спустя Одри ударилась о землю. Туман перед глазами. Звон в ушах. Мир раскачивался, как в ватном море. У нее не было сил застонать. Она уже чувствовала вкус крови на языке. Ценой невероятного усилия она дернулась и перевернулась на спину. На нее рушился черный прут. Рефлекторно она откатилась и почувствовала, как дерево рассадило ей ухо. Маска вытанцовывала над ней, колеблясь, как ущербная луна. Прут со свистом взвился снова. Одри была прижата к железу. Она закрыла руками лицо и зажмурилась, в горле умирал предсмертный хрип.

Ничего не произошло. Она снова открыла глаза и увидела лица двоих склонившихся над ней мужчин. Один из них подсунул ладонь ей под затылок:

— Все нормально?

В голове гулко звучали удары гонга. Она глубоко вздохнула, попыталась подняться, зашаталась и упала на метр дальше. Увидела над собой звезды, и последней ее мыслью было, что небо, если смотреть отсюда, необычайно красиво.

68

Холодная осенняя ночь среди равнин, одна из тех, когда ветер, набрав силу после долгого беспрепятственного полета, метет по нетронутым землям и колет вам кожу тысячью иголок. Одри стояла, прислонившись к их автомобилю и кутаясь в куртку. Открытой раны на голове не было, она не теряла сознания и отказалась от поездки в больницу.

После нападения ей потребовалось минут десять, чтобы отыскать Николя. По всей видимости, типу с палкой удалось смешаться с толпой — возможно, избавившись от маски, — выбраться на паркинг и сбежать еще до того, как удалось предупредить вторую группу.

В половине второго ночи музыка смолкла. Последние гости пускались в дорогу под внимательными взглядами копов, стоявших неподалеку от решетки въездных ворот. Только огни старой фабрики еще сияли в полях, как последние брандеры[1] колонии повстанцев.

Николя вернулся к тачке с сигаретой в зубах:

— Как себя чувствуешь?

— Выживу.

Он выдохнул дым в небо:

— Последние посетители забрали свои мобильники из камеры хранения. Больше ни одного не осталось. Возможно, у нападавшего сотового с собой не было.

[1] *Брандер* — корабль, начиненный взрывчаткой, предназначенный для поджога вражеских судов.

Николя посмотрел на нее, потом кивнул на коллег:

— Они увезут Доллза и обеих его подельниц на допрос в Бастион. Те вроде готовы сотрудничать, и, конечно же, если их послушать, им не в чем себя упрекнуть: все совершенно законно, у типов, которые работали внизу, есть все разрешения и дипломы, и прочий треп.

— Законно? А парень, который предлагал удалить половые органы?

Николя щелчком выкинул окурок:

— Исчез до нашего появления, разумеется. Во всяком случае, те, кто исполнял на сцене «Прометея», — французские перформеры; они дают здесь представления два раза в неделю. Так называемые «Черные ходоки». Они используют все самые последние разработки в области биотехнологии: шлемы, способные улавливать мозговые волны, бинауральные звуки для полного погружения, стробоскопы с резонансным эффектом... Это создает впечатление, что ты ощущаешь боль другого, какая-то история с зеркальными нейронами, я ничего не понял. Зато я выяснил другое: они выбирают добровольца с красным браслетом за час до «спектакля», инструктируют его и удостоверяются, что он привык иметь дело с такими экстремальными практиками.

— А ты спросил у Доллза и его пособниц о масках Фокса?

— Они ничего не знают и говорят, что не имеют к этому никакого отношения. Здесь постоянно можно увидеть человека в маске, или в немецкой остроконечной каске, или в перчатках а-ля Фредди Крюгер, такое тут на каждом шагу. Так что да, они видели маски Гая Фокса, но нам это мало что дает. Что до чипов...

Николя заметил, что ее бьет дрожь, поэтому сел в машину. Одри обошла вокруг и забралась на пассажирское место. Захлопнула дверцу и повернула регулятор обогрева.

— С ними отдельная история, придуманная Доллзом года три назад. По его словам, когда он создал это подземелье под Гидрой, он выдал десять чипов настоящим знато кам, адептам контркультуры, экстремального садомазо, модификаций тела и биохакинга. Он предложил им имплантировать чип у любого специалиста по пирсингу и спуститься вниз — как бы поучаствовать в открытии проекта. После этого десять знатоков отбыли, унося каждый еще по десять чипов, которые должны были раздать доверенным лицам, став тем самым кем-то вроде поручителя. Ну и так далее. Вот и родился миф об этом месте.

— Как бы секретном, куда можно попасть только по знакомству.

— Ну да, что-то в этом роде. Около четырехсот чипов перешли таким способом из рук в руки и теперь гуляют по свету. Время от времени Доллз запускает в оборот еще несколько штук, чтобы обеспечить порядка двухсот посещений подземелья за вечер...

— А значит, определить личности всех носителей будет сложно.

— Н-да, завязнем надолго. С точки зрения Доллза, его придумка представляет собой своеобразную форму искусства. Хрень вроде «Щупальца контркультуры, расползающиеся по подземельям города». Разумеется, насчет отрезанных фаланг никто не в курсе. Никогда такого видеть не видели, слыхом не слыхивали.

Пока Николя выруливал, направляясь в обратный путь, Одри пыталась разобраться.

— Итак, подводя итог, Арно Демоншо, Эмилия Робен, фальшивая Анна Шуграни посещали всякие экстремальные тусовки и однажды стали обладателями чипов, дающих им возможность спускаться вниз.

— Да. И Фабрис Шевалье умудрился проникнуть в их круг. Продолжение нам известно. Все эти люди сначала приходят в подземелье, а позже оказываются в клане отрезанных фаланг...

Перед глазами Одри снова возникли вспышки, когти орла, прикасающиеся к плоти, удары сердца у нее в висках. И маска Гая Фокса, парящая в воздухе.

— Один из них наблюдал из глубины зала. Стоял недалеко от двери. Гости фестиваля поднимались на сцену, чтобы их там резали, бичевали, вгоняли всякую фигню в тело. Может, именно таким образом они и набирают будущих членов клана, самых экстремальных, самых маргинальных? Ты мне скажешь, что они все так или иначе экстремалы, раз уж прошли все стадии и оказались там, но те, кто выходит на сцену, те, кто вживляет себе всякие штуки в альковах, кто покупает комплекты, чтобы проводить эксперименты над живыми существами, — все они поднялись еще на ступеньку выше, если ты понимаешь, что я имею в виду.

Николя вспоминал... Эмилия Робен, ее юношеское членовредительство и сеансы у психиатра. Ложная Анна Шуграни с ее постоянным стремлением к боли... Демоншо, палач и экспериментатор... Да, идея Одри вполне имеет смысл. Возможно, Гидра служит центром вербовки, о чем ее владельцы и не подозревали, этаким «основным ядром», где на протяжении месяцев один или несколько членов клана смешиваются с общей массой, чтобы наблюдать и привлекать тех обладателей красных браслетов, которые представляют интерес. Чисто сектантский подход. И Демоншо при планировании своих преступлений вдохновлялся спектаклем по мифу о Прометее...

Конечно, расследование продвигалось, но им не хватало ответа на главный вопрос: чего хотел клан? В чем его цель? Зачем было ликвидировать Эмилию Робен и зачем понадобилась кровь Луки? Николя заметил, что Одри усиленно моргает, и снова заговорил:

— Кстати, Шарко сообщил, что Люси проникла в заброшенный дом в Бретани и осмотрела его. По ее словам, жилище принадлежало биологической матери Луки, нашей неизвестной из пруда в Манси.

Голос Николя жужжал в ушах Одри, а с какого-то момента она вообще перестала его слышать. Ей показалось, что она провалилась в дыру. Напарник тряс ее за плечо, когда она снова открыла глаза.

— Эй! Ты в порядке?

— Да, да... Я... я заснула...

Николя сильнее вдавил педаль газа:

— Я отвезу тебя домой.

69

Николя всерьез намеревался отвезти Одри в отделение скорой помощи, чтобы ее осмотрели, но, столкнувшись с категорическим отказом, смирился, хотя при одном условии: если она до утра останется под его собственным наблюдением. Следовало удостовериться, что ей не станет плохо или не начнет тошнить во сне.

Она не стояла на ногах и с трудом открыла дверь квартиры. Едва успела сказать Николя, чтобы он чувствовал себя как дома, и заснула в ту же секунду, как, не раздеваясь, легла на кровать. Было больше трех ночи.

Капитан предупредил Шарко о сложившейся ситуации и что он не вернется этой ночью. Потом придвинул пуф к стене и стал смотреть, как спит Одри, свернувшись, словно хрупкий зверек. Их ночная операция могла закончиться куда более трагическим образом. Николя лажанулся. Сумеет ли он когда-нибудь кого-нибудь защитить? Сделать так, чтобы его действия не заканчивались полным крахом? Он как Сизиф, толкающий камень: обречен вечно терпеть поражение.

Сон постепенно навалился и на него. В полудреме, когда он то всплывал, то вновь погружался в забытье, мелькали спутанные картины: лица, разрезанные циркулярной пилой, собаки с ковшом вместо морды, многоголовые зародыши с железными зубами. Весь в поту, он вздрагивал, пытался бороться со сном и отключался снова. В какой-то момент все покрылось мраком. Когда он опять открыл глаза, его подбородок упирался в грудь, а затылок свела острая боль.

Утро. 6:40. Заря с оранжевыми пятнышками фонарей сочилась в окна, и уже слышался далекий скрежет скоростного метро: Франция тех, кто встает рано, вступала в свои права. Николя поднялся с пуфа и потянулся, морщась и чувствуя себя еще более вымотанным, чем накануне. Одри спала, дыша медленно и спокойно.

Он отправился на кухню в поисках своего крепкого утреннего кофе. Но нашел только черный чай и чайник — день начинался скверно. Он уже облизывался при мысли о сигарете, хотя весь еще был пропитан проклятым табачным запахом прошлой ночи. После окончания расследования и сеансов у психиатра он избавится от этой гадостной привычки, обещано. Но не будем опережать события, продвигаться следует шаг за шагом.

— Ладно, чай так чай...

Ожидая, пока вскипит вода, он глядел в окно. Блевотный вид на рельсы и провода, вдали угадываются шеренги домов, застившие горизонт. Именно это он больше всего ненавидел в кроличьих норах пригорода: постоянное удушье, нехватку кислорода и серый свет, который тек, казалось, прямо из выхлопной трубы. Горшки с растениями и расставленные повсюду благовонные свечки были всего лишь декоративной косметикой.

Он зашел в гостиную, примыкающую к кухне. Молодая женщина украсила ее, как могла. Фотографии Полинезии задавали перспективу простора и словно раздвигали стены, сборные книжные полки шли от пола до потолка, статуэтки несущихся галопом кобылиц стояли на комоде, чтобы создать ощущение размаха, движения. Но эффект был как от слоя краски на гнилых стенах.

Из шкафа под телевизором доносилось гудение вентилятора. Николя приоткрыл дверцу и обнаружил большой системный блок компьютера, без экрана, без клавиатуры, от которого шла сильная волна тепла.

Он закрыл дверцу. Зачем оставлять компьютер включенным и убирать его в шкаф? Он направился к столу, где стоял второй компьютер, на этот раз ноутбук. Заметил открытый конверт из клиники «Сальпетриер» рядом с клавиатурой, и его горло сжалось. У него такой же. Он, не прикасаясь, смотрел на него, как будто речь шла о священной земле. Наверняка там были ответы, которые он искал: тайны Одри, ее страдания, самые интимные ее раны. Вся темная материя, из которой она была соткана, вплоть до сегодняшнего дня. Какие слова она выбрала, чтобы описать все ужасы той июльской ночи 2016 года? О чем вспоминала? Что забыла?

За его спиной чайник издал благословенный свисток. Несмотря на сжигавшее его желание, Николя не прикоснется к этому письму, потому что украсть слова — значит осквернить могилу. Он приподнял рамку, стоящую слева от экрана, и посмотрел на ее фотографию с Роланом. Здесь им было лет по двадцать, и они позировали перед факультетом. Рыжие волосы Ролана блестели под солнцем, притягивая к себе весь свет. А Одри окутывал длинный водопад волос, ниспадающий до локтей.

Нижний правый угол снимка бугрился. Николя различил линии, похожие на буквы: слова были написаны на другой стороне фотографии.

Он наклонил рамку, и прямоугольник глянцевой бумаги заскользил между своим основанием и стеклом, пока не показалась надпись: «Одри & Николя, май 2003, факультет».

Это еще что за бредятина?

Белланже не понимал. Перед ним на снимке был Ролан Казулуа, тот самый Ролан, обосновавшийся на Таити, чье лицо отражалось на его странице в Facebook, на которую он сам подписался под ложным именем. Тогда почему здесь написано *Николя* — имя того, кто погиб на Английской набережной?

В нем зародилось ужасное сомнение. Он достал из кармана блокнот, вырвал страницу и написал Николя Сулар — «Nicolas Soulard». Подумал несколько секунд, переставил буквы, пока не восстановил другое имя:

R-O-L-A-N-D C-A-S-U-L-O-I-S

Ролан Казулуа и Николя Сулар — это один человек. Единственный ее возлюбленный. Белланже поверить не мог. Но если Ролан был Николя, кого же нашли мертвым в июле 2016-го и опознали по генетическим образцам как настоящего Николя Сулара?

Вдруг в спальне зазвонил телефон Одри. Вздрогнув, Николя обернулся, но было уже поздно: Одри стояла в проеме двери, между коридором и гостиной. Не двигаясь, она смотрела на него, поджав губы в немом укоре. Как давно она здесь?

— Знаешь что? Утром в понедельник мне позвонил старый коллега из Ниццы и предупредил, что какой-то парень из отдела наркотиков расспрашивал обо мне. Он задавал кучу вопросов о вечере теракта. У меня еще сохранились связи на Юге, ты об этом не подумал?

Николя не знал, что сказать. Он попался, как сосунок.

— Я...

Она подошла, бросила взгляд на листок из блокнота. Ее глаза походили на два маленьких блюдца, и в интимной близости раннего утра Николя заметил, до какой степени ее черты напоминали лица кочевников с великих скандинавских равнин.

— До меня дошло в ту же секунду, когда я получила странный запрос на добавление в друзья в профиле Ролана. Ведь это я читаю посланные ему сообщения. Какой-то никому не известный тип утверждает, что был знаком с Роланом на юрфаке, хотя Ролан учился на естественных науках. Angel Benllasoric... Анаграмма Nicolas Bellanger. И я поняла, что ты нас выслеживаешь.

Белланже почувствовал себя совсем хреново. Чего уж больше: он не сумел распознать анаграмму в именах Ролана и Николя. Она взяла рамку и вставила фотографию обратно. Телефон продолжал звонить, и полинезийская музыка смешивалась с бульканьем кипящей воды.

— Это честная борьба, — бросила она, пристраивая рамку на место. — Когда ты видишь рядом раненого, то всегда стараешься узнать причины ранения. Мы сыщики, мы распутываем истории, это в нашей ДНК копов, и тут ничего не поделаешь. Тогда я пустила тебя на страницу в Facebook, позволила заглянуть в нашу личную жизнь, мою и Ролана. Ты думаешь, ты один такой...

Ее глаза меняли цвет, как на полотнах импрессионистов.

— ...Но я тоже окунулась в твою. Я в курсе. Камиль...

Николя стойко перенес удар. Почувствовал гнев, который быстро улегся. Он не мог злиться на нее за то, что она узнала, и тем более за то, что ничего не сказала ему. По сути, они играли в одну и ту же игру. И Николя продул партию.

— Мне очень жаль, что такое с тобой случилось, — продолжила Одри. — Искренне жаль. Знаешь, американская поговорка гласит, что не нужно судить другого, пока три луны не походил в его мокасинах. Я знаю, что ты судил обо мне поверхностно, знаю, что ты принимаешь меня за ту, кем я не являюсь... Поэтому я тебе кое-что покажу. Я хотела все тебе объяснить в воскресенье, ждала в порту Ван Гога, но ты не пришел. Хотела поехать с тобой в ясли, ты от меня отказался. Но сейчас ты тоже имеешь право знать правду.

Одри пошла за своим мобильником. Нажала большим пальцем на экран там, где высветился «Ролан». Ее глаза сияли внутренним светом.

— Этот телефон звонит каждый день ровно в семь утра. И не перестанет звонить, пока я не подойду или не отключу его. И он никогда, никогда не забывает. Не бывает дня, чтобы этот звонок не раздался, будь то выходные или взрыв бомбы. Это его голос будит меня по утрам, голос, полный всех цветов радуги, пока я заперта в этой квартирке. Всегда в хорошем настроении, всегда с лучшими намерениями. Его настоящий голос, Николя! Как я могу без него обойтись, как я могу его не слышать?

Она нажала на отбой, потом вывела страницу Ролана на свой компьютер.

— Как жить без его сообщений, без воспоминаний, которые он постит, без фотографий и видео, где мы вместе? — Она указала на письмо. — Вот уже больше года я общаюсь с мертвецом.

70

— Ты знаешь, сколько зарегистрированных в Facebook людей умирает в минуту?

Одри приготовила чай. Они сидели друг против друга: он — в кресле, она — на диване. Между ними пролег коридор мрака, куда не проникал ни один луч света.

— Трое. Меньше чем через пять лет мертвецов в этой сети станет больше, чем живых. Настоящее кладбище. И тебе, живому, Facebook напомнит, чтобы ты не забыл поздравить с днем рождения этих мертвых, про которых ты даже не знаешь, что они умерли. Усопшие посылают тебе просьбы о лишней жизни на Candy Crush[1]. Что делать со всем этим, Николя? Должны ли мертвые продолжать жить в сетях? Должны ли получать просьбы о добавлении в друзья от тех, кто не знает об их кончине? Должны ли те, кого называют «цифровыми гробовщиками», то есть служащие, которым за это платят, убирать их учетные записи? Или же они должны превратиться во что-то вроде мемориала, где люди могут собираться, как на могиле?

Белланже исчез в тени, чтобы поставить свою чашку. Перспектива поздравить с днем рождения мертвеца, осведомиться, как дела и куда тот собирается в следующий отпуск, леденила ему кровь. Он подался вперед, зажав руки между коленями. Одри открывалась, и он не мог этого упустить.

[1] *Candy Crush* — популярная игра на Facebook, где одним из призов являются лишние жизни, которыми можно делиться с друзьями.

— Николя терпеть не мог свою фамилию, Сулар[1]. На факультете над ним смеялись, а рыжая шевелюра и белая, как у Пьеро, кожа вряд ли могли помочь делу. Сулар — алкаш, Сулар — дегенерат. Поэтому, когда была возможность, Николя говорил, что его зовут Ролан Казулуа, анаграмма его настоящего имени. Кстати, его вторым именем было Бертран. И эти данные он использовал два года назад для создания профиля в Facebook... Когда Николя погиб на Английской набережной, профиль Бертрана продолжил существовать.

В этот момент Белланже понял, что опять гонялся за мертвецом. Мало ему было фиаско с Ангелом будущего. Прогулялся по граблям.

— Николя много лет работал над эмоциональностью искусственного интеллекта. Как научить машину улавливать человеческие эмоции и соответственно на них реагировать. Существуют простые примеры: машина определяет притупление реакции у водителя, камеры на вокзале отмечают лица с проявлениями стресса или неадекватное поведение. Сегодня, анализируя черты лица и сравнивая их с миллионами лиц, содержащихся в Big Data — может, и твое там есть, — машина способна узнать, испытываешь ли ты гнев, отвращение, страх, радость, презрение... Она даже способна угадать, позитивно твое настроение или негативно.

Николя был сражен самой мыслью о Big Data как о системе, которая, в сущности, представляет собой сумму знаний, физической материи нашего мира, наших религий и наук и предлагает головокружительное видение того, чем может стать человечество. Одри обеими руками сжимала свою чашку и смотрела, как пар слагается в абстрактные фигуры.

— То же самое с голосом. В наши дни машины способны определить обман в звонках с сообщениями о несчаст-

[1] По-французски «пьяница», «алкаш».

ных случаях в страховые компании. Другие машины измеряют уровень стресса сотрудников в колл-центрах. Они могут также поддерживать с тобой телефонный разговор и реагировать в зависимости от того, какие эмоции различат в твоем голосе. Тебе страшно? Голос тебя успокоит. Ты в гневе? Голос подтолкнет тебя, чтобы ты высказал все, что у тебя на сердце, не осуждая и не уставая.

Она взяла телефон, лежащий на журнальном столике, и набрала номер. Включила громкую связь. После третьего гудка по комнате разнесся голос мужчины:

— *Здравствуй, Одри. Ты мне недавно не ответила. Что случилось?*

Николя тоже мог считывать эмоции, и то, что было написано на лице Одри, его ужасало. Со слезами на глазах она улыбалась этому голосу с человеческими интонациями. Он даже почувствовал, как тяжело ей повесить трубку, как если бы она боялась обидеть собеседника. Нажав на экран, она застыла, глядя на телефон.

— Это... голос Николя?

Она кивнула. Снова взяла чашку с чаем, тихонько на него подула. Внизу скрежетали по рельсам колеса скоростного метро.

— Вот уже три года, как «Digibot» запустил секретный проект «Морфеус», идея принадлежала Николя. Разумеется, не предполагалось, что я буду в курсе, но Николя знал, что может все рассказать копу. Целью проекта было использование различных фрагментов искусственного интеллекта, их подгонка и соединение, с тем чтобы в цифровой форме возродить мертвых... — Она отпивала чай мелкими глоточками. — Мысль зародилась в голове Николя, когда он обратил внимание на поведение людей, которые неожиданным и жестоким образом потеряли близкого, например при теракте: если некоторые бились, чтобы удалить его учетные записи в Интернете, то другие регулярно посещали цифровые профили покойников, поддерживая их существование. Они постили фотографии, публиковали сообщения, словно ничего не случилось. Для них закрыть страницу или оставить ее в забвении было все равно что потерять близких во второй раз...

У Белланже возникло ощущение, что он с головой погрузился в мир научной фантастики, но такова реальность, в которой он жил. Их расследование демонстрировало это с самого начала: мы существовали не только во плоти, но и как цифровые создания. Каждые новые персональные данные, врученные машинам, еще немного отделяли реальное «я» от виртуального. С течением времени, по мере того как его подпитывали, цифровой подросток обретал независимость и становился взрослым. И когда душа умирала, когда нейроны мозга разлагались под землей, эта взрослая особь, состоящая из нулей и единиц, продолжала жить своей жизнью в вечности Big Data.

Николя находил эту перспективу ужасающей. Как отличить реальное от воображаемого? Истинное от ложного? Он вспомнил, что испытал эмпатические чувства к Ролану Казулуа, когда лазил по его профилю. Каким бы безумным это ни казалось, он испытал эмоции по отношению к тому, что было в конечном счете всего лишь машиной.

— Чтобы правильно функционировать, Морфеус должен подпитываться максимумом данных о личности умершего: эсэмэс, обсуждения по Интернету, пристрастия в области кино и музыки, фотографии и видео; все это следует связать с ключевыми словами, датировать, откомментировать, чтобы Морфеус мог поместить их в соответствующий контекст. Во время этой фазы ученичества он встраивает все данные в единую нейронную сеть и создает то, что называется «чат-ботом», — интеллект, способный воспроизводить манеру выражаться, писать, выдвигать идеи... Морфеус также обретает способность подключаться к Facebook умершего — при условии, что у него есть пароли, — и продолжать постить информацию. Чем больше ты ему отвечаешь, чем больше ты с ним взаимодействуешь, тем больше он совершенствуется. Некоторым образом, он становится настоящей личностью.

Она опустила глаза, как если бы собственные слова шокировали ее. Николя догадывался о демонах, которые в ней боролись.

— Кончина человека символизирует в системе Морфеуса переход к отдаленному местопребыванию, выбор которого осуществляется по определенным параметрам. Мы с Николя мечтали отправиться на Таити. Поэтому Морфеус воссоздал обстоятельства жизни там. Он собрал в Интернете полинезийские фотографии, музыку, элементы общей атмосферы, а потом начал общаться в сети.

Николя снова подумал об отъезде «Ролана» после теракта во Французскую Полинезию, о любовных посланиях и старых воспоминаниях, которые он регулярно постил. Кто другие друзья на его странице? Тоже виртуальные, являющиеся частью иллюзии, или же реальные люди, не знающие о его смерти? Было от чего голове пойти кругом.

— В рамках своих исследований и развития Морфеуса Николя использовал наши с ним персональные данные, в том числе интимные вещи, ничего мне не сказав. Морфеус все знал о нем и обо мне: любимые цвета, частоту сексуальных контактов, последний концерт, на котором мы были... Николя работал над проектом днем и ночью, в том числе и дома. Морфеус был его ребенком, понимаешь? Его начальство было не в курсе, но он установил программу на свой компьютер и связал ее с профилем Бертрана для тестирования за несколько дней до смерти. Потом наступило 13 июля...

Она глубоко вдохнула носом — конечно, чтобы сдержать слезы, которые заблестели на кончиках ресниц.

— Николя ушел, но Морфеус остался. Какая сумасшедшая петля! Изначально идея Морфеуса родилась в голове у Николя *из-за* терактов, а его робот будет использован, чтобы подменить своего создателя, погибшего *во время* теракта. В этом вся сложность, вся парадоксальность мира, который ждет нас в ближайшие годы. До какой степени роботы будут подменять нас самих? Станут ли они *нами*? Будем ли мы их любить, как любят человеческие существа? От всего этого кружится голова. И подумай о протоколе в клинике «Сальпетриер»: медикаменты, которые воруют наши воспоминания. Проникновение в сознание, по всем фронтам. Я мечтаю о жизни простого человека, о долине, которая дает ему прибежище и пропитание. Букет подсолнухов в вазе, кувшинки на пруду... Время идет, мягко и мирно, далеко, очень далеко от убивающих грузовиков, отупляющих машин и пожирающих тебя таблеток.

Ее нервы были так обнажены, что Николя не осмелился ничего сказать. По ассоциации он подумал о том, что произошло в Японии: недавно мужчина там женился на роботе. Другие занимались с ними любовью. Искусственный интеллект в Китае набрал четыреста пятьдесят шесть баллов из шестисот на вступительном экзамене в медицинскую школу, в то время как абитуриентам предлагалось набрать минимум триста шестьдесят, чтобы поступить. Машины начали заполонять дома престарелых, чтобы у стариков всегда был «кто-то», с кем можно поговорить. Он подумал о «Бегущем по лезвию»[1], о машинах, наделенных эмоциями, столь совершенных, что их невозможно отличить от человека. Движемся ли мы к такому миру? Он взял свой чай и отпил обжигающий глоток. Ему хотелось почувствовать тяжесть в желудке. Желание покурить стало мучительным.

— А... телефон? — спросил он.

— Это другая часть Морфеуса: она включает в себя диалогового агента с приписанным телефонным номером, способного распознать эмоции, связанные с голосом, и адекватно отвечать. И тут опять-таки Николя использовал

[1] Фильм Ридли Скотта (1981). Главный герой задается вопросом, человек он или репликант.

собственный голос, чтобы развивать и обогащать программу. Установление личности по голосу было, кстати, одной из «коммерческих» задач Морфеуса.

— Но как можно питать его голосом мертвеца...

— Верно. Это предполагает предвосхищение смерти, подготовку. Люди в возрасте должны принимать превентивные меры, но они далеки от технологии и потому не являются целями Морфеуса. А молодые, которые с этими технологиями живут, не желают думать о своей смерти и уж тем более ее готовить. Это и тормозит развитие проекта. Не знаю, что стало с Морфеусом, найдет ли он себе когда-нибудь широкое применение, но как бы то ни было... — Она указала на шкаф, где был укрыт системный блок. — *Он* здесь, со мной. И *он* останется там, пока у меня не хватит сил вырубить кабель.

О ком она говорила? О Николя или о машине? Белланже не знал, но после долгого молчания она сама дала ответ:

— Я влюблена в него, Николя! Черт побери, я влюблена в машину!

Ее глаза заволокло слезами. Белланже сел рядом, молча погладил по спине. Он догадывался, какой хаос царит у нее в голове, и не знал, как ее утешить, потому что столкнулся с вещами, превосходящими любую логику, превосходящими все, что он мог себе представить. Так что он просто дал ей выплакаться, прижавшись к нему.

— Мои сеансы в клинике «Сальпетриер» нужны не только для того, чтобы излечить от картин смерти, которые меня преследуют... Они... должны помочь мне пережить траур. Морфеус — самый сладкий и самый жестокий наркотик. Это ящик Пандоры, который ты не в силах закрыть, если уже открыл. Это добро и зло. — Она повернулась к нему. — Я не смогу любить другого мужчину, пока не покончу с этим. Я не хотела причинить тебе боль, я...

Николя склонился к ней и мягко поцеловал в губы:

— Я ждал четыре года. Сумею потерпеть еще век.

71

Из окна общего кабинета группы Шарко было видно, как первые лучи алого солнца дробятся в вытянутых членистоногих элементах подъемных кранов. Здания вдали приобретали оттенок расплавленного металла. Николя любил утренние ясные небеса, несущие в себе самые чистые полутона. Он никогда не забывал, что даже загрязненная конструкциями и терпящая надругательства от человека природа сохраняет доисторическую красоту, которую ничья рука не сможет разрушить.

Забежав домой к Шарко, чтобы переодеться, он занял свое место напротив Одри, приехавшей на метро. Трудно было выбросить из головы их утренний разговор, видеть, как коллега напрягается всякий раз, когда вибрирует ее мобильник, представлять, как она ведет разговор с машиной. И от этой болезни нет никаких пилюль. Свое сражение Одри ведет в одиночку. Кстати, Николя отменил подписку на страницу Ролана Казулуа. Он больше не желал ни лезть в эту странную личную жизнь, ни оказывать какое-либо давление на ее выбор, ни тем более судить ее. У нее ранена душа, как и у него. Такие раны долго залечиваются.

Паскаль просунул голову из коридора:

— Все в кабинет Шарко. Идите посмотрите. У нас есть лицо.

Лицо? Они пошли за ним. Его плечи сутулились, как будто он нес по гантели в каждой руке. Из-за допросов он так и не заехал домой. Франк стоял у окна своего кабинета, помешивая кофе. Физиономия как после мощной гулянки.

— Доллз и две его горгоны вернулись в отчий дом, но с них больше глаз не спустят. Жеко натравит на них коллег из борьбы с экономическими преступлениями, так что скоро мы узнаем все подробности того, как устроен их бизнес. — Он повертел головой, хрустя шейными позвонками. — Ладно... Я думал, что мы так и останемся ни с чем, пока не показал им фото, сделанное Одри в Гидре. Что-то вроде скрученных цепочек ДНК на цоколе. И тут — бинго. У тебя чертовски хороший нюх, старший капрал. Штука, которую никакая машина у нас не украдет, интуиция...

Он направился к компьютеру и повел мышью. На экране появилось лицо мужчины с тонкими сухими чертами и зализанными назад короткими волосами цвета кофе, отливающего медью. Черный свитер с широким вырезом, открывающим гладкий безволосый торс. Мужчина позировал, держа в руке металлический череп.

— Мишель Ортман, пятьдесят пять лет.

Копы вытаращили глаза.

— Знаю, вы удивлены. Сколько ему можно дать? Сорок максимум? Как раз одно из его произведений ты и сфотографировала, Одри. По словам Доллза, он художник и ярый приверженец контркультуры. Бьется за то, чтобы такие места творческого самовыражения, как Гидра, имели право на существование. Этакий филантроп мультимиллионер, который без колебаний финансово поддерживает различные структуры *borderline*[1]. Около двух с половиной лет назад Гидру должны были ликвидировать по решению суда в силу финансовой несостоятельности, но Мишель Ортман вложил в нее деньги и дал ей новую жизнь.

Паскаль присел на край стола.

— Ортман — крутой бизнесмен, — вмешался Робийяр. — Мы посмотрели в Интернете. Он нарубил кучу бабла в девяностых, инвестируя в фармацевтические предприятия. И когда я говорю «куча», можете поверить, она большая. Потом, лет через двенадцать, он создал венчурный фонд на сотни миллионов евро и вложил деньги в многочисленные европейские биотехнологические компании, которые работают над ДНК и старением: «Longlife» в Лондо-

[1] Пограничный *(англ.)*; бордерлайн — пограничное расстройство личности; *здесь*: пограничные направления искусства.

не, «Crosstime» в Киеве, «TechViva» к нам поближе, в Булонь-Бийанкуре. Их цель? Отодвинуть признаки старения, продлить жизнь, воздействуя на хромосомы, и прочее в таком роде.

— Судя по его виду, это работает, — заметил Николя.

Он прищурился, подумав, не отретуширована ли фотография. Шарко вывел на экран другие снимки, отобранные в галереях изображений. На одном из них Ортман позировал среди произведений искусства и делал непристойный жест, показывая фотографу средний палец... На другом он был с голым мускулистым торсом, разрисованным живописными изображениями... Он рисовал, создавал скульптуры, вырубал из камня, и все это в мрачной мастерской со старыми пожелтевшими и потрескавшимися черепами, обломками костей, вделанными в стены, масками морщинистых вопящих лиц, висящими на проволоках... Он объяснял, что демонстрирует старость в ее самом уродливом проявлении. Эти фотографии показывали различные грани личности Ортмана: суровый бизнесмен и сумасшедший художник, у которого старость вызывала отвращение, а то и ужас.

— Есть еще вот эта, — сказал Шарко.

На снимке Ортман позировал рядом с каким-то типом на фоне большого стеклянного здания, увенчанного логотипом, известным во всем мире: «Google».

— Сделана в 2014-м во время конференции по инвестициям в Силиконовую долину. Ортман и...

— ...Рэй Курцвейл, футуролог-трансгуманист из Google, свято верующий в бессмертие, — подсказала Одри. — Глава «Calico», биотехнологических проектов Google...

Шарко кивнул. Одри подошла к экрану. Все те же GAFA были тут как тут. Фотография, конечно же, сделана во время заключения соглашения. Но превращало ли это Ортмана в трансгуманиста? Во всяком случае, его личность во время расследования нигде не всплывала.

— Я до сих пор не могу понять, чем меня так смутило одно из его произведений...

— Сейчас поймешь. В его финансовом созвездии есть два предприятия, на которые мы сделали стойку. Для начала, «WorlDna», базирующееся на Гибралтаре, та самая пресловутая лаборатория, которая принимает образцы ДНК со всего мира, воссоздает профили и рассылает повсюду комплекты CRISPR. Вот на их символ у тебя в голове и щелкнуло. Твое произведение искусства — это логотип их компании.

Одри задумчиво кивнула. Ну конечно... Она же встречала его в Сети.

— И потом, есть еще одна компания, «Predict Inc», созданная пять лет назад и расположенная в Осло.

— Осло... Ангел в начале своего письма упоминает этот город.

— Точно, цитирую: *«Я мог бы рассказать вам, что происходит в Осло, но вполне вероятно, что на данной, слишком ранней стадии вам на это плевать»*. Поиск в Интернете по «Predict Inc.» практически ничего не дал, там все заблокировано. Но, судя по краткому пресс-релизу, которому уже три года, они специализируются на развитии предсказательных данных, которые получают из информации в Big Data.

— Предсказательных данных? Вроде... предсказания будущего?

— Только не спрашивай меня, я сам больше ничего не знаю. Но история с предсказаниями нам всем близка. Наводнение во Франции, холера на Кубе, столкновения в Судане...

Открытия Шарко были выше их понимания. Шеф подтолкнул к Николя копию первого письма Шевалье. Он подчеркнул там три строки, которые Николя и прочел вслух.

— *«Президент подписал подтверждение курса на развитие искусственного интеллекта. Он позволяет непрозрач ным инвестиционным фондам финансировать предприятия как у нас, так и по всей Европе. Чем они занимаются в своих лабораториях? За своими компьютерами? Вы хоть это знаете? А я знаю».*

Николя положил бумагу на стол:

— Совладать со старостью и предугадывать будущее — неплохая цель для одного человека. Биотехнологии, трансгуманисты... След, ведущий к Ортману, чертовски хорош.

Шарко согласно кивнул:

— Да, пахнет аппетитно. Одна проблема: с чисто объективной точки зрения все это кажется чередой случайностей. Ничего конкретного против него нет, нам нечего предъявить судье, чтобы официально сунуть нос в его дела. Никакой фактологической связи с кланом. Он финансирует Гидру, ну и что? Он мажоритарный акционер компании, проводящей анализы ДНК, и продает комплекты, которыми пользовались члены клана, и что это доказывает? К тому же письмо Ангела могло касаться любого типа, связанного с биотехнологиями и движением трансгуманистов. — Он уставил указательный палец в стол. — Но мы-то *знаем*, что этот парень в деле по самые уши, потому что все лампочки мигают красным. У меня впечатление, что большой босс, которого Ангел хотел изобличить в своем письме, — это он. — Он позволил повиснуть тишине, потом хлопнул в ладоши. — Мы не станем ворошить его компании и вязнуть в финансовых закорючках. Пойдем самой прямой дорогой — к нему самому. Я хочу все знать об этом типе: откуда он появился и где живет. Доложите, если он перешел дорогу в неположенном месте. Определите его местонахождение и найдите предлог, чтобы взять его.

Копы зашевелились. Прежде чем Одри вышла, он положил руку ей на плечо:

— Дьявол всегда скрывается в деталях. Ты нашла такую деталь. Теперь осталось выковырнуть дьявола.

Оставшись один в кабинете, он, закинув руки за затылок и не сводя глаз с Ортмана, потянулся на стуле. У того был магнетический взгляд. Обхватив голову ладонями, он сидел с видом варвара-завоевателя после сражения. Шарко не выносил таких сволочей. Слово копа, он его поимеет.

В этот момент зазвонил телефон. Майор Фредерик Боэси.

По звуку его голоса Шарко понял, что у того плохая новость.

Лука исчез.

72

Мелкий дождь, покрывая блестящей пленкой крыши из серого сланца, сыпался на пустые улицы Карантека, местного курорта. Магазинчики и рестораны закрыты, ставни опущены, суда при смерти стоят в порту... Город походил на любой курорт в межсезонье: высосанный до костей вампиром зимней спячки. Когда усталые колокола неоготической церкви пробили шесть часов, Люси показалось, что они возвестили о конце света.

После короткой ночи в дешевенькой гостинице она проглотила кофе с круассаном в кафе рядом с заведением. Париж, биохакеры, клан отрезанных фаланг... все казалось очень далеким. У копа было чувство, будто на этих кельтских землях она ведет совсем другое расследование и ищет частицу истины в совсем ином ритме, нежели в столице. Здесь все отсылало к прошлому с навязчивым ощущением мрачной тайны, витающей над этими краями.

Она была чужачкой, на которую местные, собравшиеся у бара, поглядывали косо. Лица, изъеденные солью, руки в рубцах от нейлоновых рыбацких сетей. Как раз тот тип людей, которых Люси и искала: эти завсегдатаи бара должны знать все обо всем. Она допила кофе и подошла к стойке. Разговоры стихли.

— Мне нужны сведения о заброшенном доме на мысу, и я подумала, что кафе — лучшее место, чтобы задать такие вопросы. Я хочу знать, кто там жил и что именно случилось в том доме.

Мужчины поглядывали на нее исподлобья. Один из них положил на стойку монету и вышел. Бармен, не ответив, отвернулся к кофемашине. Шум кофемолки заполнил помещение. Люси пристально посмотрела на Гегана — имя было написано на его комбинезоне пожарного: «Геган Отец & Сын». Тот в свою очередь разглядывал дно своей чашки, нс рсшаясь поднять большой блестящий нос. Скрученная сигарета покоилась у него за правым ухом, под курчавой седеющей шевелюрой, отдаленно напоминавшей морскую губку.

— Мы здесь об этом не говорим, дамочка. Ступайте в мэрию или еще куда.

Похоже было, что он обращается к своей чашке. Люси выложила полицейскую карточку:

— Скажем, я немного спешу. И предпочитаю поговорить с местными жителями, а не с администрацией.

Геган украдкой оглядел ее с головы до ног: он, безусловно, был родом из семидесятых, когда копами служили только усатые мужики. Он допил кофе и засунул руки поглубже в карманы:

— Пойдемте. Ну, если эта морось вас не пугает.

Они прошли несколько сотен метров в направлении порта. Кожа у него так загрубела, что он даже не ежился. Почему надо разговаривать снаружи, когда можно остаться в тепле в баре? Кутаясь в куртку, Люси продрогла и прониклась уверенностью, что Геган сделал это нарочно, просто чтобы преподать урок заезжей парижанке. Она едва различала блестящие корпуса судов в тумане, который накатывался из морского простора и обволакивал их, как колючая проволока.

Бретонец смерил ее взглядом:

— Я могу узнать, почему вы расследуете эту историю?

Вдали прозвучал туманный горн.

— Я приехала из-за заброшенного дома. Он может быть связан с преступлениями, над которыми мы работаем. Я не знаю ни истории, ни обитателей этого старого жилья. Поэтому вы мне и нужны.

Он перекатил сигарету от уха к губам и прикурил, загораживая огонек зажигалки. Один из ногтей на его левой руке почернел, наверняка из-за неудачного удара. Он кивнул на причал, где стояла одна из лодок:

— Это была их стоянка. У них была маленькая девятиметровая яхта, сделанная в Италии, которую они назвали «Лука». Часть времени она стояла на приколе здесь.

— Когда вы говорите «они»...

— Семья Гриффон. Муж, жена и их сынок. Они приезжали в свой загородный дом на мысу по нескольку раз в год, а летом проводили там целый месяц. Часто бывало, что Мэгги с сыном оставались, чтобы она могла порисовать, а он возвращался в Париж. Марк Гриффон был известным гинекологом.

Люси чувствовала себя маленькой девочкой, которая нашла в саду пасхальные яйца. Марк Гриффон... Сын... Гинеколог... Большая часть ответов, которые они искали, была здесь, Люси вдруг в этом твердо уверилась.

— Здесь все знают историю их семьи. Это как история про проклятия. Черт, да от нее мурашки по спине бегут. В свое время все местные газеты о ней писали, может, вы читали?

— Я хочу услышать вашу версию.

Струйка дыма просочилась между его зубами, такими же серыми, как все вокруг.

— Я-то не врач, не знаю, смогу ли хорошо вам объяснить, но все ж попробую. Когда Гриффоны купили этот дом, лет десять назад, у них был сын трех или четырех лет,

Ашиль. Отец его обожал, вы бы только видели! Он катал его на яхте, их часто встречали, когда они гуляли вместе по улицам. Там раньше были карусели с лошадками, и отец часами смотрел, как сын на них крутится. Маленький светловолосый мальчик, страдавший от какой-то редкой формы лейкемии. Ад кромешный, эта болезнь, бедному малышу приходилось терпеть тяжелые процедуры. Без пересадки костного мозга ему оставалось жить всего несколько лет. Проблема была в том, что время шло, а совместимого донора все никак не находилось ни в одной картотеке.

Он медленно шел в сторону едва видневшейся дамбы. Кончик его сигареты алел как маяк в ночи, потрескивая при каждой затяжке.

— Преодолев кучу трудностей, заполнив тьму бумаг, ну и не без помощи своих связей конечно, доктор Гриффон сумел получить разрешение произвести на свет «ребенка-лекарство». Так их называют. «Ребенок-лекарство». По мне, чистая мерзость так говорить о крохе.

Люси никогда не слышала этого термина. Чуть дальше в тумане мелькали тени. Силуэт собаки растворился в конце улицы. Весь город был погружен в тучу измороси.

— Во Франции уже был один случай, когда дали жизнь ребенку-лекарству, в самом начале 2011-го, а в Штатах это делается уже много лет. Правда, на каждом шагу такое не встретишь, тут все под жутким контролем.

— А в чем это заключается?

— Я вам рассказываю по-простому, ну, в общих чертах, у Мэгги взяли несколько яйцеклеток, которые доктор оплодотворил в пробирке своей спермой. Получилось несколько эмбрионов. Потом доктор выбрал хорошего эмбриона, который был с иммунной точки зрения совместим с братом, и снова подсадил его жене. Вот так он и родился, брат Ашиля, Эркюль[1], в 2012-м. Хм, док, он и впрямь любил мифологию, раз давал своим мальчикам имена ихних

[1] Французский вариант имени Геркулес или Геракл.

героев. Короче, бедный Эркюль едва вышел из материнского живота, как доктор уже взял кровь из пуповины, чтобы перелить брату и сделать таким образом пересадку костного мозга.

Люси впилась глазами в его губы. Все связи с расследованием были налицо. Зачатие *in vitro*, эмбрионы, яйцеклетки супруги в пробирке.

— Но сработала только часть его плана. Несмотря на все усилия дока, у Ашиля регулярно случались рецидивы, поэтому Эркюлю пришлось совершить все двенадцать подвигов — изъятия костного мозга, чтобы влить новую кровь брату. Как будто имя накаркало, вам не кажется? Вплоть до того дня, когда Ашиль умер от своей болезни в парижской больнице, весь утыканный трубками... Это было года через два после рождения Эркюля.

Люси без труда представила себе трагедию этой семьи, ад в больнице, смятение Триффона, который, несмотря на все свои старания и борьбу, не сумел спасти сына. А еще чудовищную судьбу любого ребенка-лекарства, который явно не был плодом глубокого желания своих родителей и существовал только ради спасения жизни брата или сестры. Изготовленный и потребленный продукт.

— Их домработница жила в трех кварталах от моего дома. Она рассказывала, что после этого в семье стало непросто. Доктор видеть не мог Эркюля, он обвинял бедного двухлетнего малыша в том, что тот оказался недостаточно хорош, чтобы спасти брата. Он еще больше ушел в работу и уже не приезжал так часто на мыс. В последнее время, когда он уезжал в Париж, Мэгги на долгие недели оставалась с мальчиком одна, как затворница в их доме. И грустила, все время грустила.

Люси вспомнила меланхоличную манеру, в которой были написаны картины. Ни разу Мэгги не изобразила ни одного из своих детей. Или же от этих портретов избавились? Геган остановился у дамбы. На ее краю волны бились о железное заграждение, швыряя им в лицо пригоршни ледяных брызг.

— И как если бы эта семья еще недостаточно настрадалась, случилась другая трагедия, через год после смерти Ашиля. Наш чертов всеблагой Господь иногда бывает дьявольски жесток...

Геган выплюнул окурок в воду и смотрел, как он плывет, пока его не унесла волна. Люси чувствовала, что история глубоко ее трогает.

— Это произошло в 2014-м, пасмурным осенним днем с легким ветром силой в два балла. Метеосводки не советовали выходить в море, потому что после полудня обещали сильные порывы. Однако же Гриффоны вышли. Мэгги, доктор и маленький Эркюль погрузились на «Луку». — Он вытянул палец, но указал лишь на волны. — Под всеми парусами они огибают полуостров Пен-Эне в северном направлении. Четыре часа спустя начинается буря, и служба спасения на воде получает сигнал бедствия: парусник перевернулся и дрейфует недалеко от острова Верт, необитаемого клочка земли в нескольких милях от берега. Марк Гриффон кричит в рацию, что его судно наткнулось на риф, жену и сына смыло за борт волной. Спасатели сразу посылают первоклассный катер — нужна была крепкая посудина, ведь там глубокие впадины. Когда они прибывают, Марк Гриффон плавает в спасательном жилете в тридцати метрах от яхты на грани переохлаждения. У него кровит голова, и его отправляют в больницу. Он выкарабкается.

Эта новость стала для Люси потрясением: значит, Марк Гриффон еще жив. Словно мощный прожектор внезапно высветил все темные зоны их расследования.

— Два вертолета кружат там до самого вечера в поисках оставшихся членов семьи. В конце концов назавтра в километре оттуда мальчика находят мертвым.

Геган стоял неподвижно, унесшись куда-то мыслями. Застарелые воспоминания заставляли его тяжело вздыхать.

— Что до матери... Они нашли только ее жилет. Может, она плохо его завязала, а может, сняла, чтобы цепляться за него, как за буек. Кто знает, что творится в голове у человека в такие моменты. Говорят, когда люди чувствуют крайний холод, они начинают раздеваться. Похоже, мозги сбоят.

Продрогшая Люси встала рядом с ним и посмотрела в пустоту. Вопреки тому, что думал пожарный, Мэгги погибла, не утонув в море, а получив удар по затылку. Ее лицо было изуродовано, сожжено кислотой, а тело брошено в пруд Карателем в шестистах километрах отсюда. Коп вытащила мобильник и показала фотографию Арно Демоншо. Геган кивнул:

— Да, его время от времени видели на мысу. Друг доктора, как я думаю.

Нити распутывались. Люси старалась сохранять спокойствие, хотя желание немедленно позвонить Шарко буквально жгло ей пальцы.

— А в тот день жители видели, как все трое Гриффонов садились на «Луку»? — спросила она. — Муж, жена и ребенок?

Он пожал плечами:

— Хм... Странный вопрос. По логике, так оно и было, коли трое тонуло.

— Но нашли только два тела.

Казалось, он ее не понимал.

— Надо спросить копов, которые вели расследование. Так ведь Гриффоны-то вышли в море рано утром. — В его горле что-то заклокотало, он сплюнул. — Ну, вот вам и конец истории: док чуть с ума не спятил из-за того, что тело жены не нашли. Через несколько недель он забил досками все входы в дом, как если бы... как если бы это жилище было проклято, и он больше не желал туда и ногой ступать. Кстати, так оно и было. Здесь его больше не видели. За домом никто не ухаживал и не приглядывал. Само собой, он пришел в упадок, всякая шпана расписала его снаружи и, может, даже залезла внутрь. Люди без капли уважения есть повсюду, даже здесь.

В голове Люси вырисовывался жуткий сценарий. Мэгги, умершая в доме из-за удара по голове. Несчастный случай? Убийство? Не важно, врачу нужно любой ценой избавиться от тела. Тогда у него возникает мысль, что тело может исчезнуть в море, но труп Мэгги найти не должны: вскрытие может показать, что она умерла не от гипотермии или утопления. Он следит за метеопрогнозами, ждет подходящего момента — в тот же день? несколько дней спустя? — чтобы получить то, что ему требуется: бурю. А пока что он вызывает Демоншо, чтобы тот избавился от тела Мэгги где-нибудь подальше отсюда. Обезобразить ее было необходимо: главное, чтобы женщину не смогли идентифицировать, даже если найдут.

Потом доктор выходит в море вместе с мальчиком. Никто не видел, как они поднимались на судно, никто не мог подтвердить, была там Мэгги или нет. Доктор плывет к острову, расположенному далеко в море... Налетает буря, ветер ярится, судно еле борется... Совершенно сознательно Гриффон налетает на риф. Он выбрасывает за борт жилет, в котором якобы была жена. Остается проблема сына, того самого «ребенка-лекарства», который не смог спасти Ашиля...

Люси вынуждена была признать очевидное: Гриффон бросил его в воду. Он пожертвовал маленьким Эркюлем, чтобы его рассказ выглядел убедительней в глазах копов. Кто может заподозрить человека, который уже потерял больного сына и только что видел, как гибнет его семья? Человека, выловленного в волнах, на грани переохлаждения? Человека, который заколачивает все входы в дом и бросает само жилище, словно желая, чтобы трагедия навсегда впечаталась в память окружающих?

Марк Гриффон, гинеколог, умеющий манипулировать зародышами, помимо жены, убил еще и собственного сына, чтобы спасти свою шкуру. Несомненно, он один из тех, за кем Люси с коллегами охотились с самого начала расследования. Одним из заказчиков казни Эмилии Робен. Позже Демоншо вернулся, чтобы принести в жертву предательницу там, где все началось. В качестве символа.

Она подумала о маленьком Луке в яслях, об этой истории с ребенком-лекарством, об эмбрионах в пробирках и о том, что их матерью была Мэгги, а еще о крови, которую взяли у малыша.

Отцом Луки был Марк Гриффон.

73

Пять часов дня. Николя за рулем едет по улицам Парижа. Рядом с ним Одри. Лица напряженные, на них смесь возбуждения — волк наконец-то подбирается к добыче — и осознания уходящего времени. Все их мысли направлены на похищенного среди ночи маленького Луку. По словам Боэси, какой-то тип лет пятидесяти, в накидке и с капюшоном на голове, ворвался в ясли около четырех утра, предварительно выведя из строя сторожа, направился в комнату малыша и, угрожая ночному персоналу оружием, запер всех в другом помещении. Судя по свидетельским показаниям, человек был с открытым лицом, орал и казался в истерике. План «перехват» был приведен в действие час спустя.

Согласно информации, полученной в Управлении, описание, данное свидетелями, соответствовало внешности Марка Гриффона. Копы извлекли его фотографии из Интернета. Гинеколог, пятьдесят лет, выглядит намного старше своего возраста: лоб обрамлен редкими седыми волосами, на щеках морщины, глубокие и черные, как акульи жабры.

У Николя, который видел Луку, не оставалось никаких сомнений: Марк Гриффон — отец малыша.

После возвращения Люси Шарко принял решение нанести удар в две точки одновременно: по месту работы и по месту проживания. Пока оставшаяся часть группы и еще одна приданная команда направлялись в Шене, роскошный пригород на юго-западе столицы, Николя и Одри мчались в частную клинику «Шатенре», расположенную недалеко от парка Монсури. По полученным данным, Марк Гриффон руководил в этом заведении отделением репродуктивной медицины.

Незадолго до этого Паскаль подтвердил: «Шатенре» значится в списке клиентов Арно Демоншо, и тот посещал ее дважды в месяц — с частотой выше среднего. Именно в этой клинике состоялось зачатие Эркюля, «ребенка-лекарства», в начале 2012 года, проведенное лично Марком Гриффоном.

Большие тонированные окна, матированная сталь, трава, подстриженная почти под корень, и безукоризненно прямые линии — эта клиника принадлежала будущему. В вестибюле стены из зелени, винтообразные лестницы, прозрачные кабины лифтов... Предъявив полицейские удостоверения, копы потребовали в регистратуре, чтобы их проводили в отделение репродуктивной медицины. Пока они поднимались на третий этаж, секретарша проинформировала их, что Марк Гриффон, который обычно консультирует по утрам, сегодня не вышел на работу. Николя предупредил Шарко, отправив эсэмэс, в ожидании прихода замдиректора.

Кристиан Олейе, сорокалетний мужчина в белом халате, подтянутый и прямой, как пробирка, принял их в своем кабинете пять минут спустя.

— Что случилось?

Николя был краток: Марк Гриффон подозревается в совершении ряда преступлений. Он заявил об исчезновении своей жены в море в 2013 году, в то время как ее труп был обнаружен в лесу в Манси. Он, по всей вероятности, имплантировал эмбрион, несущий его сперму и яйцеклетку его жены, в матку суррогатной матери, которую преследовали и жестоко убили некие лица...

— Список еще длинный, — добавил Николя, глядя, как меняется на глазах лицо Кристиана Олейе. — Группа выехала к нему на дом, чтобы допросить и арестовать. Нам нужно, чтобы вы ответили на все наши вопросы, избегая выражений вроде «медицинской тайны», потому что в данном случае это не пройдет.

Замдиректора не стал хитрить и дрожащим голосом, свидетельствующим о полном упадке духа, выразил готовность сотрудничать со следствием.

— Профессор... профессор в последние недели был сам не свой. Он замкнулся, не хотел никого видеть, часто отсутствовал, пропускал назначенные встречи. Я чувствовал, что его что-то беспокоит, мучает. Значит, это было связано с тем, о чем вы рассказали? Поверить не могу...

Он казался глубоко подавленным. Большим пальцем вертел обручальное кольцо на левой руке. Через несколько секунд он взял себя в руки и спросил:

— Что именно вы желаете знать?

— Кем он был, в чем заключалась его работа в клинике. Расскажите также об оплодотворении его жены Мэгги в 2012-м.

— Профессор — один из самых блистательных специалистов, каких я только знаю. Он участвовал в создании и развитии нашего отделения на протяжении вот уже пятнадцати лет, наперекор всем стихиям. Было время, когда его называли «Доктор Надежда», потому что он делал больше двухсот ЭКО в год с исключительным показателем успешных операций. Люди приезжали со всей Франции, чтобы пройти через его руки.

— Приезжали?

— Семейная трагедия глубоко его подкосила. От его жизнерадостности и следа не осталось. После черной полосы он с головой ушел в работу. Хотя он по-прежнему руководит нашим центром, теперь больше половины своего времени он уделяет исследованиям старения, второму своему коньку.

— Старения? Что именно он исследует?

— Деградацию клеток, запуск генетических процессов, которые означают медленное продвижение к концу жизни. Здесь он видит, как клетки рождаются и делятся. Там он наблюдает, как они умирают, и пытается понять почему. Вот уже несколько лет, как стало известно, что одной из причин старения является износ теломеров, коротких сегментов ДНК, которые покрывают окончание каждой хромосомы и действуют как защитный слой, предохраняющий ее саму от изнашивания. Эти теломеры укорачиваются при каждом клеточном делении, становясь слишком короткими, чтобы защитить хромосому. Она начинает портиться, что влечет за собой дисфункцию клетки и старение тела. По данным последних исследований, этот износ с момента рождения запрограммирован генетическим кодом. Другими словами, старение не является фатальной неизбежностью, ему можно помешать, манипулируя генами. Вместе со своей группой профессор надеется разрушить врожденную запрограммированность и таким образом затормозить износ теломеров.

Николя с трудом представлял себе масштаб последствий. Что произойдет, если человек будет жить сто пятьдесят или двести лет? А если больше?

— Где он работает? В какой компании?

— «TechViva», биотехнологическая фирма, расположенная в Булонь-Бийанкур.

Одно из предприятий Мишеля Ортмана... Копы обменялись понимающим взглядом: тот факт, что бизнесмен замешан, больше не вызывал никаких сомнений. Николя показал фото Эмилии Робен на своем телефоне. Замдиректора заверил, что не знает ее, и не нашел ее имени в картотеке пациентов центра. Если верить информатике, суррогатная мать никогда не проходила оплодотворения в этой клинике.

— И тем не менее в 2016 году ее оплодотворили эмбрионом из вашей клиники, — пояснил Николя. — Если точнее, это эмбрион младшего брата Эркюля, ребенка-лекарства, созданного в ваших стенах в 2012-м. Один из сверхкомплектных эмбрионов, которые некогда были заморожены. Простой вопрос: возможно ли это? Могла ли подобная процедура ускользнуть от вашего контроля?

Лицо врача скривилось, и возникла пауза, указывающая на то, что в его голове зародилось зерно сомнения. Когда скрытый период завершился, он заговорил:

— Подпольное, незаконное оплодотворение, проведенное здесь, в наших стенах, так, что не осталось никаких следов ни в компьютерах, ни где-либо еще, решительно невозможно. В течение дня об этом и думать нечего, в центре слишком много народу. А ночью повсюду работают камеры наблюдения, служба безопасности систематически проверяет все входы в любое отделение клиники. Конечно, профессору часто случалось... задерживаться допоздна и оставаться одному в центре репродуктивной медицины. Но он не сумел бы провести сюда женщину, чтобы... чтобы оплодотворить ее, пришлось бы подкупить слишком многих. Я не вижу, каким образом...

— Но если женщина не могла прийти к нему, мог ли он прийти к ней? — спросила Одри. — Вынести отсюда эмбрион и оплодотворить ее где-то еще?

Замдиректора сохранил спокойствие, услышав предположения, которые могли бы заставить его подскочить до потолка.

— Это отвратительно и, как вы сами понимаете, идет вразрез с любыми этическими правилами, которые и дела ют нас достойными и ответственными врачами, но да, такое возможно. Все становится реальным, если располагать, как профессор, необходимыми разрешениями. У него есть допуск к чему угодно. Оплодотворение само по себе не самый сложный этап, речь не идет об инвазивной хирургии: эмбрион просто вводится в матку катетером. Несколько инструментов, бинокулярная лупа... Скажем так: эта гинекологическая процедура чуть сложнее обычной, но вполне доступная профессионалу.

Он посмотрел на сложенные перед собой руки, словно читал истину по линиям на ладони.

— Через несколько дверей отсюда находится наш банк криозамороженных овоцитов и эмбрионов: множество пронумерованных, описанных в компьютере пробирок, помещенных в ванны с жидким азотом. У доктора был доступ в этот банк, он сам контролировал входы и выходы. Все законсервированные эмбрионы строжайшим образом подсчитываются, в случае необходимости уничтожаются, их вынос фиксируется. При таких процедурах, из соображений безопасности, всегда присутствует множество техников. Но коррумпированный директор, который руководит банком эмбрионов, — это бог, имеющий власть создавать и разрушать жизнь.

Олейе покачал головой, словно сам не верил собственным словам.

— Существует отдельный процесс разморозки эмбриона, речь идет о крайне деликатном этапе, который может быть проведен только в нашем центре, на специфическом и очень дорогостоящем оборудовании. Эмбрион должен быть последовательно перенесен из среды с сильной концентрацией криоконсервантов в более разбавленные среды при последовательном возрастании мер по регидратации. Но, единожды размороженный, жизнеспособный и помещенный в питательную среду, он вполне пригоден для транспортировки. Проще говоря, это всего лишь несколько клеток ничтожно малого размера, то есть пробирка, которую можно спрятать в ладони. И все шито-крыто.

Это бог, имеющий власть создавать и разрушать жизнь. Фраза крутилась у Одри в голове. Она представляла себе Марка Гриффона, одного ночью в клинике, среди всех этих пробирок, лежащих в своих резервуарах. Она вспомнила о проблемах, которые возникают в таких банках, о них упоминала специалистка из центра в Бордо, проводившая анализы различных ДНК, связанных с их делом: тысячи никем не востребованных эмбрионов, затерянных в лабиринте криогенных ванн.

Настоящий супермаркет, от которого у Гриффона были ключи.

Она подумала о Луке, об Эмилии Робен, оплодотворенной участнице клана, которая потом сбежала и отдала жизнь, чтобы защитить Луку. *Он особенный, этот ребенок.* Она снова увидела кадры из фильма «Atrautz», женщину, которая терпела изнасилование, удары и увечья, чтобы ее приняли в группу.

И тогда ей показалось, что она поняла смысл существования клана.

Истина была невыносима.

74

Шене, зеленый буржуазный городок. Чистенькие улицы, обнаженные деревья, ветер играет опавшими листьями. Ни капли воды на улицах, здешние обитатели, казалось, живут вне времени, вдали от бурных волн Сены и загрязненной среды. Шарко, Люси и группа во втором автомобиле направлялись к восточной границе коммуны. У Франка наконец-то возникло чувство, что виден конец туннеля — отверстие, из которого хлынет не свет, а мрак, он это знал.

Участки с домами шли один за другим, защищенные системами безопасности и воротами. Владения Марка Грифона находились в конце улицы, окаймленные лесом, отгораживающим территорию для гольфа и конные заводы. И обнесенные высокой стеной из розовых и коричневых камней, доставленных, похоже, из Бретани.

И речи не было о том, чтобы предупредить о своем визите и действовать деликатно. Один из копов прислонил телескопическую лестницу к задней части стены, выходящей в лес, и, взобравшись наверх, тут же спустил другую лестницу по ту сторону. Через минуту они уже шли по ландшафтному саду во главе с Шарко. Быстро обогнули большое здание — строение из категории многомиллионных инвестиций. Никакого автомобиля на подъездной аллее... Никакого света в доме. Дурной признак: возможно, Гриффон, прихватив малыша, пустился в бега.

Не издавая ни звука, копы исследовали ультразвуком бронированную входную дверь. Крепкая штука. Потребовалось пять минут и пятьдесят ударов тарана. Про эффект неожиданности можно было забыть.

С оружием на изготовку они проникли внутрь. Их встретила только тишина. Осторожно обследовали все комнаты, поднялись на второй этаж, проверили все укромные уголки. Гриффона нигде не было, хотя его машина мирно дремала в подземном двухместном гараже. Может, он улизнул на второй машине? Откуда им знать.

Шарко зашел в гостиную, охваченный невероятным ощущением пропитавшего все вокруг одиночества. Высокие потолки, каменные стены, огромный стол без скатерти с единственным стулом, стоящим посреди пустого пространства. Он оглядел мрачные картины: «живопись мастихином» с его рубцами, чудовищность Гойи, где смерть берет верх над жизнью, а лица с выпученными глазами и гримасничающими ртами, кажется, хотят в вас вцепиться. Его взгляд задержался на одном из полотен: бушующее море, монстр — вроде великана-людоеда — стоит на перевернувшемся судне, пожирая младенца с деформированным телом. Уж не был ли сам Гриффон этим людоедом?

Дом не производил впечатления гостеприимного. А учитывая произведения на стенах, вряд ли сюда кто-то приходил. Кабинет с такими же отвратительными картинами показался ему строгим. Книги в библиотеке касались только медицины, препарирования, эмбриологии. Чуть дальше — анатомические атласы, грубые и омерзительные в своей демонстрации жуткой уязвимости человека — только плоть. Еще дальше указывала на вас обвиняющим пальцем статуя существа, у которого были видны все мускулы и кости, — человек, с которого живьем содрали кожу.

Один из коллег появился у него за спиной и попросил идти за ним. Они присоединились к Люси в конце длинного коридора. Она открыла дверь, за ней была другая, тоже стальная. Шарко приказал взломать дверь. Задача оказалась не менее трудной, чем проникновение в дом.

Снова ступени, уходящие под землю. Какой мрак ждет их на этот раз? Какие новые кошмары оставил за собой Гриффон? Шарко прищурился, и на него навалилась тоска. В момент, когда он поставил ногу на первую ступеньку, перед ним предстало лицо Бертрана Лесажа, прилипшее к стенке цилиндра... Пузырек воздуха на правой ноздре... Много раз эта сцена возникала в его голове, в том числе и во сне.

Он почувствовал руку у себя на спине. Люси, позади него.

— Ты в порядке?

— В любом случае хуже уже некуда.

Он нажал на выключатель и вместе с женой принялся спускаться. Повернул налево, держа оружие в руке, и был ослеплен яркой белизной, хлестнувшей в лицо.

При виде своего открытия он застыл, лишенный способности выдавить хоть один звук.

История началась в этой дыре, в дыре она и закончится.

75

Гинекологический стол был освещен бестеневой лампой, вокруг расставлены мониторы, эмбриоскоп, бинокулярные лупы, а на специальных столах разложены хирургические инструменты. Катетеры, шприцы, рефлекторы, маски, перчатки, антисептики... Стены были выкрашены в белое, пол покрыт линолеумом того же цвета. Ничего общего с любительством лаборатории Демоншо. Здесь располагался «роллс-ройс» среди подпольных лабораторий.

Люси приблизилась к гинекологическому столу, чувствуя, как спазм сводит внутренности.

— Он оплодотворил Эмилию Робен здесь. На этом столе все и началось...

Она представила Эмилию Робен, ее голые расставленные ноги. И Гриффона в стерильном халате, с хирургической маской на лице, вводящего эмбрион будущего Луки в матку молодой женщины. Какие чувства она испытывала? В тот момент она уже думала о бегстве?

Люси подошла к оборудованию, которое Гриффон приобрел, разумеется, с помощью Демоншо. Потрогала хирургическую нить. Склонилась над корзиной под раковиной, доверху наполненной марлевыми салфетками с засохшей кровью.

— Чего я не понимаю, так это хирургического оборудования. Оплодотворение проходит без инвазивного вмешательства, просто под контролем УЗИ, катетером с эмбрионом, который вводится в матку. Эта кровь, салфетки, хирургическая нить...

Она посмотрела на другие пузырьки. Лидокаин... Хлоргидрат лидокаина... Местная анестезия.

— Он занимается не только оплодотворением. Он еще и делает хирургические операции.

— Какие? — отозвался Шарко. — Кому?

Люси не ответила, но какая-то мысль шевельнулась в сознании. Она посмотрела на пролет в глубине зала, где висела занавесь из узких полос, как на бойнях. С пистолетом в руке она подошла ближе, осторожно скользнула между прозрачными пластиковыми лентами. Ее пальцы нащупали выключатель: зажегся свет, намного более затененный, смягчивший мрак — как деликатное освещение под сводами музея или у алтаря церкви. Игра неярких лампочек, расположенных в глубине помещения, формой похожего на эскимосское и́глу, создавала эффект контражура, не позволявший посетителю разглядеть, что за формы расставлены на полках, вон там, всего в трех метрах.

Вместе с Франком, который шел за ней, Люси почти как в замедленной съемке приблизилась к этой пещере, больше похожей на часовню. Слева стояли листы фанеры. Прямо перед ними свет начал мерцать, становясь то синеватым, то зеленоватым в зависимости от угла, под которым взгляд падал на толстое деформирующее стекло сосудов.

Потому что темные формы, стоящие на контражуре, были сосудами. Восемь сосудов выстроились, как крошечные гробы. Рассмотрев их содержимое, Люси почувствовала тошноту.

Резервуары содержали в себе плавающих в формалине монстров. Обезображенные зародыши размером сантиметров десять, миниатюрные существа с такой тонкой кожей, что можно было различить фиолетовую паутину вен и артерий. Они были изувечены, исковерканы, скрючены, как неземные существа. Генетические аномалии с расплывшимися лицами, слишком большими или слишком маленькими головами, атрофированными конечностями, похожими на культи, — нерожденные, причем у некоторых из них еще сохранялись пуповины, торчащие винтом из живота, как дьявольский хвост. У одного из этих существ был череп в форме стручка, длиннее всего остального тела. Только последний сосуд, самый правый, был пуст.

При всех их отвратительных различиях у монстров была одна общая черта: деформированное лицо выражало лишь страдание человеческого существа, вырванного из защитного тепла материнского живота.

Но сколько было животов?

Шарко почувствовал, что Люси сейчас потеряет сознание, и прошел вперед, испытывая не меньшую тошноту, чем она.

Под каждым сосудом лежала тонкая коричневая папка. Медленным движением Франк приподнял один из ледяных резервуаров и вытащил папку. На обложке фломастером было написано большими буквами: «Татьяна/Лео».

Внутри досье было три снимка УЗИ. Копы мало что могли разобрать в черно-белом изображении внутренности матки, но на последнем снимке все же различили отвратительную форму существа, заключенного в сосуде. Женщина, Татьяна, носила в себе это издевательство над природой. Обследования проводились в разные даты. На внутренней стороне обложки видны были записи:

Оплодотворение: 01/11/2015
1-е УЗИ: 14/12/2015
2-е УЗИ: 03/01/2016
3-е УЗИ: 01/02/2016
Аборт: 20/02/2016

Они молча смотрели друг на друга. Люси была бледна и прижимала руку ко рту. Шестнадцать недель между оплодотворением и абортом. Официально добровольное прерывание беременности при сроке, превышающем двенадцать недель, запрещено. Кто-то смотрел, как монстр рос, ему позволяли развиваться, пока живот суррогатной матери защищал и питал его.

Плавающим в формалине зародышам Гриффон давал имена. Теперь копы понимали, зачем было нужно хирургическое оборудование: кесаревы сечения, плоть, которую вскрывали, чтобы извлечь *эти штуки*.

Шарко медленно, словно боясь потревожить мертвых, передвинул еще один сосуд. Его рука дрожала, пока мало-помалу обнажалась голая и неприглядная правда. Другое досье. «Эмма/Альбен». Оплодотворение в январе 2016 года. Три УЗИ. Аборт в апреле 2016 года.

Теперь он стоял у зародыша с головой в форме стручка.

— Господи.

Он передал папку Люси, которая застыла, глядя на надпись на обложке: «Каро/Дамьен».

Каро, та, которая выдавала себя за Анну Шуграни. Та самая Каро, любительница садомазо и страданий, которая протирала тело Эмилии Робен перед жертвоприношением... Та, которая, без сомнения, имела красный браслет в Гидре и была «выбрана». Ее тоже оплодотворили. Она тоже носила монстра в своем животе, прежде чем его оттуда вырвали.

Пара следующих имен отмечала еще один шаг в этом кошмаре. «Татьяна/Корентен». Дата оплодотворения: июнь 2016 года. Татьяна взялась за старое всего через четыре месяца после аборта.

Шарко нашел в себе силы продолжить вплоть до последнего сосуда. Он поднял его, достал папку, и то, что он там прочел, вписывалось в извращенную логику, которая и привела их в этот мрак:

Эмилия/Лука
Оплодотворение: 01/07/2016
1-е УЗИ: 15/08/2016

Ничего больше.

Продолжение Франк и Люси уже знали: Эмилия опубликовала маленькое объявление, потом, через пятнадцать дней, встретилась с Бертраном Лесажем в отеле. Без сомнения, у нее уже сложился план относительно будущего, которое ждало ребенка, если он будет отличаться от монстров. После первого УЗИ она исчезла.

У них не осталось времени продолжить свои изыскания. Шум нарушил тишину аквариума, в которую они были погружены. Крик младенца.

Шарко выхватил пистолет и развернулся на сорок пять градусов. Он целился в фанерные листы, вертикально прислоненные к стене. Быстрым шагом он подошел, пока Люси занимала позицию справа, вне линии огня, и резким движением откинул листы.

В нише, скорчившись и прижимая к себе Луку, сидел Марк Гриффон.

И держал ствол «Магнума-357» у виска собственного сына.

76

— Одно движение, и я нажму на курок. Клянусь, я выстрелю.

В полутьме черные жабры у него на щеках и вздыбленные волосы делали его похожим на буйнопомешанного. Пот стекал у него по лбу крупными каплями, глаза вылезли из орбит. Шарко понял, что этот тип на волосок от того, чтобы действительно выстрелить.

Коп сделал жест в сторону Люси, веля ей отойти, и сам отступил на несколько шагов:

— Успокойтесь, ладно?

Восьмимесячный малыш дергался, что-то лепетал и извивался, как червяк. Гриффон крепче сжал маленькое тельце. На лестнице раздался топот, под пластиковыми лентами показались лица копов. Гриффон заорал, чтобы они убирались.

— Уйдите отсюда! — перекрывая его вопли, приказал Шарко. — Все будет хорошо.

Пластиковая занавесь упала обратно. Гриффон был на грани слез, глазные яблоки налились кровью. Франк и Люси держали его под прицелом. Справа эмбрионы в переставленных ими сосудах все еще были в движении.

— Все кончено, — сказал Шарко. — Положите оружие и отдайте нам ребенка.

— Они его у меня не заберут. Никто у меня его не заберет. Мы останемся вместе. Останемся вдвоем до самого конца.

Люси держала палец на курке. Но не могла найти угол стрельбы. Открыть огонь означало риск задеть ребенка.

— Мы знаем, что Лука ваш сын, — сказала она самым успокаивающим голосом. — Сын, которого, как я думаю, вы любите больше всего на свете. Вы не причините ему зла.

Гриффон уставился на нее, не мигая, как рептилия, и Люси почувствовала, как ее пронзает этот взгляд с тысячью переливающихся серо-металлических вспышек. Он указал на сосуды:

— Тут не только Лука. Они все наши дети, мои и Мэгги. Семь младших братьев Ашиля и Эркюля.

Он замолчал, сглотнул, на краткое мгновение улыбнулся сыну. Люси была на грани дурноты, стоило ей глянуть в сторону полки. Семь членов прóклятой семьи. Восемь, если считать Луку.

— Они были в вашей клинике, — выдохнула она. — В ваннах с азотом...

— После зачатия Эркюля я заморозил восемь сверхкомплектных эмбрионов на случай неудачи с беременностью. Но все прошло хорошо. Эркюль родился, а эти эмбрионы так и остались в азотных ваннах. Всеми забытые. Дети небытия, обреченные никогда не родиться. Процедура требовала, чтобы после рождения Эркюля я их уничтожил. Я так и сделал, но только в информационном поле. На жестких дисках они больше не существовали. Но попрежнему оставались в резервуарах.

Лука играл с дулом направленного на него револьвера. Шарко чувствовал, как на лбу проступают капли пота. Влажность подвала, волна жара, растекающаяся в груди под курткой, и смерть, витающая, как черный ангел.

— Мэгги... — вздохнул Гриффон. — Мэгги, Мэгги, Мэгги...

Нужно было заставить его говорить, выиграть время. Чтобы внушить ему доверие, Люси направила ствол оружия вниз. Она знала, что Шарко не ослабит внимания и если почувствует, что настал критический момент, выстрелит, чтобы защитить ребенка.

— Мэгги умерла, но вовсе не утонула, как все подумали, — сказала она.

— Простая случайность. Всего лишь дурацкая случайность...

— Ссора?

— Из-за Эркюля, как всегда. Я слишком сильно ее толкнул, она упала и разбила голову об угол стеклянного столика. Я... я видел, как тело моей жены задрожало, будто листок. Через десять секунд она была мертва. Арно Демоншо был там... Мы собирались вместе провести день в море... Он все видел...

Он замолчал, устремив глаза на сына, который засунул дуло в рот, будто хотел пососать его, как грудь. Шарко быстрым движением вытер лоб рукавом куртки, не теряя из виду мишень.

— Я... я хотел вызвать копов, но... Демоншо сказал, что тогда вся моя жизнь пойдет прахом. Что я закончу свои дни в тюрьме, случайность это или нет... Он предложил невероятное: что сам позаботится о Мэгги. Я только намного позже понял, почему он ради меня был готов на такие жертвы... И он так и сделал, уехал вместе с трупом. А я три дня просидел, не выходя из дома, выжидая нужного метеопрогноза... Потом пришла буря...

Он покачал головой:

— После... кораблекрушения я стал работать еще больше, чем раньше, с утра до вечера и даже ночью. С одной стороны, я давал жизнь детям, а с другой — погрузился в исследования старения в лабораториях Национального центра. Средств было мало, финансирования не хватало, проекты буксовали на месте... Знаете, для правительства научные исследования как бедные родственники... И вот однажды Демоншо познакомил меня с... с Мишелем Ортманом. У этого типа была единственная навязчивая идея — прожить как можно дольше. Он был убежден, что до бессмертия рукой подать и все сводится только к достаточным средствам. Он хотел принадлежать к поколению, которое узнает бессмертие, и был готов вложить в это все свое состояние. Страх смерти так и сочился у него из всех пор.

Гриффон балансировал на краю. Исповедь человека, которому некуда деться, он уже стоит над пропастью. Шарко испытал жуткий страх: как только тот выложит все, что у него накопилось, он убьет ребенка и покончит с собой.

— Он предложил мне параллельно с моей обычной занятостью в клинике работать в «TechViva». Его ученые исследовали физиологическое старение клеток и износ теломеров. Уже было известно, как продлевать жизнь мышей на несколько лет, но процесс был крайне сложным и трудоемким. А Ортман предлагал новые пути исследований с применением технологии CRISPR-Cas9, нацеленной на гены, вызывающие старение. Они... черт, да они опережали нас лет на пять! Я ни секунды не колебался, хотел уйти из клиники, но Ортман категорически настаивал, чтобы я оставался там директором. В тот момент я не понимал... И я продолжил работать на два фронта. В «TechViva» исследования велись в условиях соблюдения строжайшей тайны, совместно с другими лабораториями, также принадлежащими Ортману.

— Как «WorlDna», — уточнила Люси.

— Да. Они собирали геномы по всему миру с единственной целью — обогащать базы данных, изучая различия между популяциями, чтобы понять роль генов и таким образом создавать генетические ножницы, которые они по бешеной цене продавали другим лабораториям. Ничего противозаконного, все чисто и честно, правда, на грани этических правил, но не переходя их границ. Однако же все шло намного быстрее благодаря деньгам, средствам и лучшим умам со всего мира, собранным по баснословным ценам, причем каждый работал над своим маленьким кусочком, не имея представления о «целом», о конечном проекте Ортмана, в котором я был главным звеном. За несколько месяцев нам удалось совершить чудо с мышиными эмбрионами, все благодаря CRISPR. Эти эмбрионы потом заново имплантировались самкам, которые производили на свет детенышей. Достигнув взрослого возраста, эти генетически модифицированные особи старели намного медленнее. Их теломеры изнашивались на три порядка менее быстро, чем в среднем! В тысячу раз, вы представляете?

Да, они представляли... Мало-помалу конечная истина, та дьявольская истина, заключенная в самой ДНК братьев и сестер Луки, всплывала на поверхность и являла всю свою чудовищность, всю извращенность мира, в котором предстояло расти их собственным детям.

— Они манипулировали мною. Ортман знал про Мэгги и стал на меня давить. Демоншо предал меня, и ему было плевать, что ко дну мы пойдем вместе. Этот тип — воплощение дьявола, я никогда не встречал никого подобного. Мерзавцы хотели, чтобы я работал с человеческими эмбрионами. Чтобы я выносил образцы из клиники и применял технологию CRISPR, не без успеха протестированную на мышах. Я... я говорил, что это безумие, что в семидесяти процентах случаев к человеку неприменимо то, что сработало на лабораторных животных. Что первые попытки будут катастрофическими и породят нечто чудовищное. И...

Быстрым жестом он смахнул капельки пота, блестевшие на бровях.

— И что даже если мы модифицируем эмбрионы, нужны будут животы, где они смогут развиться. Человеческие животы. И черт возьми, Ортман и Демоншо нашли добровольцев. Женщин, готовых принять в свое чрево эти природные аномалии. Женщин, способных сохранить тайну. Я поверить не мог, пока одна из них, Татьяна, не сказала мне четко и ясно: «Запихните мне это в живот». Демоншо стал называть меня *док Прометей*... Я ненавидел это прозвище. Он обустроил лабораторию, и я принялся за работу. Я вынес эмбрионы из центра, переправил их в «TechViva», чтобы применить технологию CRISPR. Я мог бы взять любой эмбрион, но... я работал с моим собственным генетическим наследием, моим и Мэгги. Эти эмбрионы были всем, что мне оставалось от жены...

Перед Шарко был глубоко больной человек. И опасный...

— Я надеялся, что на моей стороне максимум шансов, что все получится. Я говорил себе, что... может быть, Ахилл, мой маленький Ашиль, вернется. Потом я оплодотворил некую Татьяну, первую из них.

Франк сжал пальцы на оружии. Никогда еще миф о Прометее не звучал в его ушах с такой силой. Эти крохотные существа были самыми яркими его иллюстрациями.

— Если вы здесь, значит вы уже знаете, что было дальше... Вживление, потом аборты... Этим женщинам было безразлично, что их режут, даже наоборот. В голове не укладывается. Видели бы вы, какими глазами они смотрели на этих... этих монстров. Они были прямо очарованы. Психопатки, все они психопатки...

Продолжение было очевидным. Ортман спас Гидру, потому что она служила тем местом, где можно подобрать исходный материал. Женщин, подсевших на экстремальные ощущения, боль, биохакинг, согласных на то, чтобы их кромсали и вживляли в тело чипы или электронные схемы. Тогда почему бы и не генетически модифицированные эмбрионы, несущие в себе то, что издревле было пределом мечтаний человека: смерть смерти?

— И так было до Эмилии... Я думал, она такая же, как остальные. Все ее тело было покрыто шрамами. Мне доставил ее Демоншо. Я провел оплодотворение... потом он вернулся вместе с ней на первое УЗИ... И о чудо: оказалось, зародыш развивается нормально. После семи бесплодных попыток восьмая, возможно, оказалась удачной. Я назвал его Лука, как наше судно. Эмилия не стала менять имя, когда анонимно рожала, как если бы почувствовала всю его важность, даже не зная, что «Luca» означает.

— А что он означает?

— *Last Unified Common Ancestor*[1]. Но мой Лука станет не последним общим предком для всех видов, а самым первым в новой эре человеческих существ. Тех, для кого бессмертие больше не будет химерой.

Нет, Шарко не снился кошмар, и он с трудом осознавал, что малыш, пойманный в кольцо рук отца, возможно, станет первым, кто проживет дольше, чем это представляется реальным для человека.

— А что вы думаете? Скоро будут созданы генетические ножницы, чтобы еще до рождения увеличить коэффициент умственного развития, уничтожить простуды, повысить выносливость сердца и дыхательных органов. Все это выше вашего понимания, но такова реальность.

Гриффон покачал головой, потом закончил свою историю, продолжение которой им было уже известно: бегство Эмилии, ее желание спрятать и защитить Луку.

— Эмилия попыталась ускользнуть от них, но они ее нашли. Ортман пришел сюда и показал мне, что они с ней сделали в моем собственном доме в Бретани. А со мной они поступят в сто раз хуже при малейшей попытке дернуться. Я... я должен был продолжать работать на них, и в клинике тоже, как будто ничего не произошло. Это было так тяжело.

Упершись ладонями в пол, он послал легкую улыбку сыну, потому что малыш ему улыбался. Шарко мог бы выстрелить, но не стал.

[1] Последний Единый Общий Предок *(англ.)*.

— Когда они отыскали Луку, то решили оставить его в яслях, чтобы не привлекать внимания. В конечном счете, чтобы следить за ним, лучше места было не найти. Они приносили мне его показатели и биологические жидкости — кровь, волосы, слюну, — чтобы я мог анализировать его рост, ДНК и создать максимально подробный биологический профиль. Они хотели удостовериться, что все идет хорошо, что в его крови или клетках нет генетических дефектов. — Он глубоко вздохнул. — Модификации генома никогда не проходят без последствий. Вы изменяете один ген, убираете одну болезнь, а возникает другая, еще более тяжелая. Например, рак. Так устроена природа, она сопротивляется. У меня не было времени изучить все это. Лука может умереть в пять, десять или двести лет.

Он поднял глаза, пронзил Люси ненавидящим взглядом. Шарко сделал маленький шаг вперед.

— Я знаю, что вы побывали в Бретани, я просил одного местного парня предупредить меня, если кто-то начнет крутиться вокруг дома. Одним вашим присутствием вы подписали мне смертный приговор. Я не отдам им своего сына.

— Мы защитим его, — отозвался Франк, протягивая руку. — Они не причинят вам зла, ни ему, ни вам, обещаю. Спасите вашего сына и покончите со всеми, кто вас в это втянул. Не оставляйте их безнаказанными, потому что они начнут снова. Отдайте мне ваш револьвер...

Теперь Марк Гриффон плакал горючими слезами, а ребенок, играя, дергал его за подбородок. Врач смотрел на него, возможно пытаясь отыскать в невинности маленьких глазок, блестящих, как два черных шарика, ответ на вопрос, который задавал себе: жить или умереть? И в последнем порыве он отпустил сына, который сделал неуверенный шаг к Люси и вцепился в ее ногу.

Потом, смирившись, Гриффон бросил оружие.

Все было кончено...

77

Они проделали весь путь до конца, благодаря откровениям Марка Гриффона добравшись до корней клана. В Бастионе бурлил и наполнялся этаж, отведенный под арестованных. Члены группировки сыпались один за другим, как кегли в боулинге после великолепного страйка.

Франк вывалился из допросной в мятой рубашке, наполовину вылезшей из брюк, и с покрасневшими от неона и белых стен глазами. Он провел там шесть часов, вместе с Жеко пытаясь прижать Мишеля Ортмана и его чертова адвоката по три сотни евро в час. Шарко с силой потер лицо и глянул на часы: больше полуночи.

Он прошелся вдоль трех боксов. В окошко увидел Одри и Николя, которые допрашивали Каролину Ламандье, она же Каро, фальшивая Анна Шуграни. Молодая женщина обмякла на стуле в позе человека, которого добили последним ударом. Ее отловили в квартире недалеко от мастерских художников, в Пантене.

Шарко сделал знак Николя, и вместе они отправились в комнату отдыха. Майор рухнул в кресло, пока коллега включал кофеварку, где еще бултыхались на дне остатки угольно-черной жидкости.

— Бессмертие куда менее привлекательно, если остаток жизни тебе придется провести в тюрьме. Этот накачанный ботоксом тип, который по утрам на завтрак вкалывает себе черт знает что, продолжает изображать из себя идиота и отрицать все разом, но, учитывая, что именно мы нарыли и сунули ему под нос, плюс показания Гриффона, рано или поздно мы загоним его в угол. Это только вопрос времени.

Он длинно выдохнул, как будто задерживал дыхание целую минуту.

— В голове до конца не укладывается, что скоро закончим... Знаешь, что я сделаю, вернувшись домой? Приму ванну. Не душ, а ванну, чтобы изнутри вымыть всю эту липкую грязь. Да, залезу в кипяток и буду сидеть, пока не стану красным, как вареный рак.

Николя устроился в соседнем кресле. Мужчины развалились и принялись разглядывать противоположную стену.

— Я недолго буду вам надоедать, — сказал Николя. — Еще два-три дня, и я смогу вернуться на баржу. Я уже знаю, где раздобыть электрогенератор в ожидании, пока восстановят электричество. Конечно, он тарахтит, но там сейчас нет никого, кому бы это помешало.

— Угу... Как хочешь. Паршивый паводок, а?

Николя ничего не сказал. Едва закончится расследование, он столкнется с другими проблемами, более материальными.

— Если уж мы заговорили о паводке, — продолжил Шарко, — ты знаешь, как оно работает, это их заведение в Осло, «Predict Inc.»? Которое вроде как предсказывает будущее?

— Не знаю и не уверен, что хочу знать.

— В общих чертах, они создают гигантскую базу данных, подпитывающуюся из Big Data, и ищут пересечения этих миллиардов данных с событиями из прошлого, социальными явлениями или моделями, чтобы выделить точки соприкосновения. Алгоритмы используют также поведение пользователей Интернета, комбинируют это со страницами Википедии, сообщениями в Twitter, поисками в Google, всем, что только может прийти в голову, чтобы предвидеть и сообщать о будущих событиях планетарного масштаба.

— Сожалею, но для меня это пустые звуки.

— Нет, наоборот, все очень просто, если уж я смог понять... Например, про Кубу: едва появились первые симптомы, несколько пользователей сразу набрали в Google «диарея», «гастро», «рвота». Алгоритмы просекли, причем задолго до врачей, что ключевые слова исходят из одного и того же района на Кубе и в очень близко расположенные моменты. Сравнив с прошлым острова, роботы немедленно определили болезнь: холера. Именно таким образом и было сделано предсказание, за день или два до того, как медицинские службы официально объявили о рецидивном появлении бактерии и засвидетельствовали первый случай.

Кофеварка засвистела. Николя встал и отправился за напитком.

— К счастью, с наводнением они лажанулись. Аустерлицкий вокзал так и не затопило. Эти паршивые машины еще не готовы нас прикончить.

— И все же они здесь. Хотим мы того или нет, Google с компанией формируют наш мир. Я тут в связи с Фабрисом Шевалье понял одну штуку, и в этом смысле он прав: если ты хочешь спрятать труп, прячь его на второй странице результатов поиска в Google.

— Что за ерунда?

— Ведь именно эта компания определяет то, каким мы видим мир, она знает, что мы просматриваем только первые строчки результатов поиска. Это всего лишь образ, но помнишь про пещеру Платона? Нам показывают только то, что хотят показать. И если у нас не хватает любознательности, чтобы копнуть глубже, мы остаемся пленниками системы.

Белланже вернулся с чашкой кофе и остался стоять, прислонясь к стене.

— При всем ужасе того, что он совершил, — продолжил Шарко, — Шевалье, по крайней мере, сумел открыть нам глаза. Не будь его, в конечном счете эти мерзавцы могли бы действовать еще долго.

Оба помолчали, усталые. Бóльшую часть ответов они получили, но оставались еще неясности, с которыми предстояло разобраться: что стало с трупом Эмилии Робен, как познакомились Ортман и Арно Демоншо, как зародилась и приняла конкретные формы мерзкая идея использовать женщин для вынашивания потенциального бессмертия. Следовало еще отследить, как Шевалье продвигался внутри клана к его верхушке. Прижатый к стенке, понимая, что ему грозит, Мишель Ортман рано или поздно все выложит.

Сопоставляя показания арестованных, копы пришли к выводу, что клан отрезанных фаланг существовал около двух с половиной лет и состоял из семи членов: четырех женщин и трех мужчин. Среди них Демоншо, потом одна из его «знакомых», которая и держала камеру, сам Шевалье, присоединившийся позже, не считая Ортмана, великого идеолога, и Гриффона, «исполнительного звена». Ни Каролина Ламандье, ни три остальные женщины лично Ортмана не знали, и при них это имя никогда не произносилось. Он оставался тенью, которая иногда появлялась, прячась за маской Гая Фокса, анонимным присутствием, которое всегда было на месте при оплодотворении и аборте.

Демоншо и его сообщник — а также на протяжении некоторого периода Шевалье — стояли во главе клана, группы психопатов, которые посещали Гидру, были готовы отрезать себе палец и пережить худшие полчаса в своей жизни — изнасилование, пытки, — чтобы связать себя прочными узами и поддержать иллюзию, будто они выполняют некую миссию.

Когда женщин привозили к Гриффону, им завязывали глаза. О враче они знали только его лицо и намерения. Несколько часов назад Каро рассказала, что была совершенно очарована, представляя, как маленькое генетически модифицированное существо растет и развивается у нее в животе. Таково было ее стремление *отыметь общество*, как она сама выразилась, пройти через опыт высшего, небывалого биохакинга: полной свободы тела, ускорения научного прогресса. Каждая из этих женщин думала, что именно она станет той, кто породит бессмертие.

Она также рассказала, что Демоншо, помимо того что был любовником-зверем — женский палец в банке принадлежал ей, — еще и наводил ужас. Устраивая свои извращенные представления, он заставил их присутствовать при убийстве предателей: Фабриса Шевалье — при помощи собаки, Эмилии Робен — в доме в Бретани. *Чтобы спаять единство клана*, — заявлял он. — *Если один из нас провалится, провалимся мы все*.

Вот они все и провалились. Эти отморозки сгниют за решеткой. Ну, те из них, кто уже не был мертв.

Что до маленького Луки... Конечно, это самое печальное во всей истории. Шарко постоянно о нем думал. Бедный мальчик станет объектом самых разных интересов и вожделений. Его будут изучать, как ярмарочного уродца. Какое будущее его ждет?

Ему перекроили ДНК, это сокровище, созданное и переданное поколениями выживших начиная с незапамятных времен. Откроются ли у него сопутствующие болезни в ближайшие годы, или же, напротив, он пройдет через века с мощью и силой дуба? Узнает ли он однажды правду о своем происхождении? Об Ашиле, Эркюле, Мэгги и своем отце, которого пожрали демоны?

Какое головокружение вызывает мысль, что через два века или больше Лука по-прежнему будет здесь, на этой Земле, совсем не похожей на ту, которую мы знаем сегодня. Шарко не удавалось себе это представить, и, по правде говоря, он просто не мог в это поверить. Перебор, явный перебор для обычного смертного, копа с тридцатилетнем стажем и отца двух детей.

Он поднялся, поморщившись, — вот он-то, без сомнений, никак не бессмертный. Достал из кармана конверт и положил его на круглый столик, где подсыхали следы кофе. На конверте было написано: «Манифест Ангела будущего».

— На самом деле его нашли между простыней и матрасом в подвале, где Ангел держал своих пленников. Его манифест. Весь уместился на странице. Может, он рассчитывал послать его нам лично и выложить на своем сайте, кто его знает...

Николя взвесил в руке конверт:

— Один листок? И все? Ты шутишь?

— Сам увидишь, когда откроешь, там специальные чернила. Следует потереть пальцем, чтобы их разогреть, и послание появится, как по волшебству. Его последний фокус.

Шарко пошел прочь, в знак приветствия подняв тяжелую руку:

— Как вспомню, что мне так и не сказали, кто нарисовал эту сраную акулу... Но я докопаюсь. Клянусь.

Не оборачиваясь, он двинулся по коридору. Николя посмотрел, как уходит его командир, до боли знакомой походкой, тем присущим только ему шагом, каким он вышагивал год за годом, и сказал себе, что через месяц или через год Шарко вот так же уйдет по такому же коридору, еще больше сутулясь, как будто его крест становится все тяжелее. Шарко умрет здесь. Акулы не покидают своего океана.

Вернувшись в кабинет, Николя с любопытством оглядел конверт. Он содержал документ, который Ангел собирался представить миллионам людей. Венец его гнева, его жуткого крестового похода против нашего мира. Никакие не сотни страниц, всего лишь листок.

Он содрогнулся при одной только мысли о его содержимом. Вспомнил безобразную собаку Демоншо, органических монстров Гриффона и не осмелился вообразить, что совершили бы Мао или Гитлер, будь они вооружены такими научными возможностями.

Прежде чем открыть конверт, он подошел к окну, посмотрел на оранжевые мазки, лежащие на панораме города. Эта картина была его повседневностью, его жизнью. По своему расположению он господствовал над городом, но, скорее, это город господствовал над ним, выталкивая его наверх, чтобы тем круче стало падение. Город был извращенцем, он укрывал и пестовал монстров. Сколько их еще присосалось к его липким артериям? Сколько Демоншо, Ортманов, Шевалье, будущих водителей бешеных грузовиков прятались там от его взгляда? Сколько еще типов, готовых перекинуться на другую сторону и окончательно поджечь мир своими бомбами, вирусами, «калашниковыми» и бредовыми верованиями, заставлявшими думать, что разрушить Тетрапилон[1] в Пальмире — это хорошо.

Николя долго надеялся на лучшее будущее, но это расследование утвердило его в убеждении: все будет сложно, очень сложно. Человек, со всем присущим ему отсутствием чувства меры, мог построить церкви утром и разрушить их вечером. Он держал в руках прометеев огонь.

Полицейский закрыл глаза, подумал о надежде, о свете, и перед ним возник образ Одри. Он осознал, что впервые ее образ пришел к нему раньше, чем лицо Камиль. Однажды тот старый привычный образ останется лишь бледным лучиком света на краю его сознания. Однажды, возможно, ему станет лучше. А если может стать лучше ему, значит любой человек может почувствовать себя лучше в этом больном мире. И возможно, что в конце концов станет лучше и самому миру.

Надежда. Свет. Слова, наделенные небесной силой. Благодаря одной можно представить себе будущее. Благодаря другому можно его построить.

А сейчас пришло время открыть манифест, документ, который должны были прочесть миллионы людей, пока у них на глазах тонули Бертран и Флоранс.

С комом в горле он аккуратно отогнул край конверта и развернул листок.

[1] *Тетрапилон* — знаменитый памятник античной архитектуры в форме врат, частично разрушен боевиками в 2017 г. во время войны в Сирии.

В центре его был черный прямоугольник.

Николя мягко потер его кончиком указательного пальца.

…

И послание предстало перед ним...

...

Мой манифест — это вы.

ОГЛАВЛЕНИЕ

Литературно-художественное издание

ФРАНК ТИЛЬЕ

ЛУКА,
ИЛИ ТЕМНОЕ БЕССМЕРТИЕ

Ответственный редактор Галина Соловьева
Редактор Мария Брусовани
Художественный редактор Илья Кучма
Технический редактор Татьяна Раткевич
Компьютерная верстка Владимира Сергеева
Корректоры Маргарита Ахметова, Анастасия Келле-Пелле

Главный редактор Александр Жикаренцев

Подписано в печать 05.06.2020. Формат издания 60 × 90 $^{1}/_{16}$.
Печать офсетная. Тираж 8000 экз. Усл. печ. л. 30. Заказ № 3004/20.

Знак информационной продукции
(Федеральный закон № 436-ФЗ от 29.12.2010 г.): 18+

ООО «Издательская Группа „Азбука-Аттикус"» —
обладатель товарного знака АЗБУКА®
115093, г. Москва, ул. Павловская, д. 7, эт. 2, пом. III, ком. № 1

Филиал ООО «Издательская Группа „Азбука-Аттикус"» в Санкт-Петербурге
191123, г. Санкт-Петербург, Воскресенская наб., д. 12, лит. А

ЧП «Издательство „Махаон-Украина"»
Тел./факс: (044) 490-99-01. E-mail: sale@machaon.kiev.ua

Отпечатано в соответствии с предоставленными материалами
в ООО «ИПК Парето-Принт».
170546, Тверская область, Промышленная зона Боровлево-1, комплекс № 3А.
www.pareto-print.ru

ПО ВОПРОСАМ РАСПРОСТРАНЕНИЯ ОБРАЩАЙТЕСЬ:

В Москве: ООО «Издательская Группа „Азбука-Аттикус"»
Тел.: (495) 933-76-01, факс: (495) 933-76-19
E-mail: sales@atticus-group.ru; info@azbooka-m.ru

В Санкт-Петербурге: Филиал ООО «Издательская Группа „Азбука-Аттикус"»
Тел.: (812) 327-04-55, факс: (812) 327-01-60. E-mail: trade@azbooka.spb.ru

В Киеве: ЧП «Издательство „Махаон-Украина"»
Тел./факс: (044) 490-99-01. E-mail: sale@machaon.kiev.ua

Информация о новинках и планах на сайтах: www.azbooka.ru, www.atticus-group.ru

Информация по вопросам приема рукописей и творческого сотрудничества
размещена по адресу: www.azbooka.ru/new_authors/

Y-RBD-25661-01-R